봉신연의

봉신연의
7
허중림 지음 • 홍상훈 풀어 옮김

솔

| 7권 주요 등장인물 |

강상

원시천존의 제자로 곤륜산에서 수행했으며 곤륜산 선인계의 지시에 따라 봉신 계획과 은주 역성혁명을 수행한다.

고난영

장규의 아내로 마흔아홉 개의 태양침이 쏟아지는 붉은 호리병으로 전공을 세운다.

무왕

아버지 희창이 사망한 후에 주 왕조를 세우고 강상을 중용하여 상나라를 격파한다.

위호

곤륜산 12대선 중 하나인 도행천존의 제자로 항마저를 사용하며 강상의 수하에서 활약한다.

금타

이정의 아들로 문수광법천존의 제자가 되어 구룡도의 사성 중 하나인 왕마를 죽이는 등 강상의 봉신 계획을 위해 힘쓴다.

목타

이정의 아들로 보현진인의 제자가 되어 구룡도의 사성 중 하나인 이흥패를 죽이는 등 강상의 봉신 계획을 위해 힘쓴다.

장규

민지성의 사령관으로 독각흑연수를 타고 숭흑호와 문빙, 최영, 장웅, 황비호 등 '오악'의 목숨을 끊고 토행손을 죽인다.

정륜

도액진인의 제자로 기주후 소호의 설득에 주나라에 귀순하여 전공을 세운다.

| 선계 3교의 계보 |

천교 闡敎

태상노군
↓
원시천존 연등도인, 강상
↓
남극선옹 등화, 소진

곤륜산 12대선

곤륜산 12대선	제자
구선산 도원동 광성자	은교
태화산 운소동 적정자	은홍
건원산 금광동 태을진인	나타
오룡산 운소동 문수광법천존	금타
구궁산 백학동 보현진인	목타
옥천산 금하동 옥정진인	양전
청봉산 자양동 청허도덕진군	황천화, 양임
금정산 옥옥동 도행천존	위호, 한독룡, 설악호
이선산 마고동 황룡진인	
협룡산 비운동 구류손	토행손
공동산 원양동 영보대법사	
보타산 낙가동 자항도인	

✿ 종남산 옥주동 운중자 —— 뇌진자
✿ 구정철차산 팔보영광동 도액진인 —— 이정, 정륜
✿ 오이산 백운동 교곤, 소승, 조보
✿ 서곤륜 육압도인

✿ 용길공주

✿ 신공표

절교 截教

통천교주

벽유궁
- 금령성모 —— 문중, 마씨 사형제
- 귀령성모
- 다보도인
- 무당성모
- 규수선
- 오운선
- 금광선
- 영아선

→ 일성구군
- 금광성모
- 진천군
- 조천군
- 동천군
- 원천군
- 손천군
- 백천군
- 왕천군
- 장천군
- 요천군

- ✿ 구룡도 사성 —— 왕마, 양삼, 고우건, 이흥패
- ✿ 금오도 함지선
- ✿ 구룡도 성명산 여악 —— 주신, 이기, 주천린, 양문휘
- ✿ 봉래도 우익선
  - 일기선 여원 —— 여화
  - 법계 —— 팽준, 한승, 한변
- ✿ 분화도 나선, 유환
- ✿ 구명산 화령성모
- ✿ 아미산 나부동 조공명 —— 진구공, 요소사
- ✿ 삼선도 세 선녀 —— 운소낭랑, 벽소낭랑, 경소낭랑
- ✿ 고루산 백골동 석기낭랑, 마원
- ✿ 장이정광선
- ✿ 비로선

서역 西域

준제도인　접인도인

| 조가와 서기를 중심으로 한 은·주 시대의 중국 |

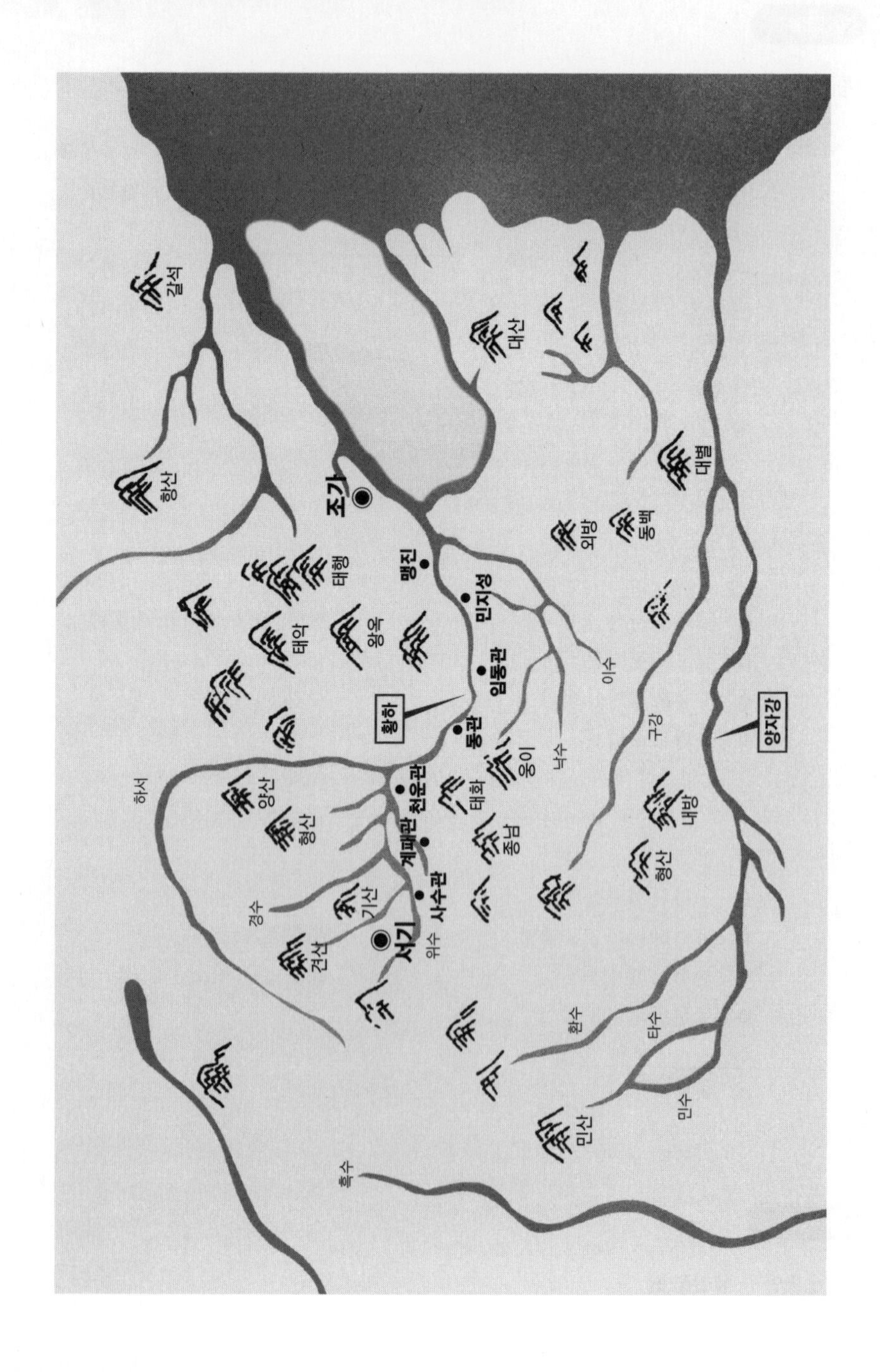

차 례

일러두기

- 이 책은 (明) 許仲琳 編著, 『封神演義』(上海:上海古籍出版社, 2000)를 저본으로 하고 (明) 許仲琳 著, 『封神演義』(北京:中華書局, 2009)와 (淸) 許仲琳 著, 『封神演義』(北京:中國長安出版社, 2003)를 참조하여 원문을 교감한 후 번역한 것이다.
- 이 책에 각 회마다 실려 있는 본문 삽화는 『中國古代小說版畫集成』(北京:漢語大詞典出版社, 2002)에서 발췌한 명나라 때 목판화를 그대로 수록한 것이다.
- 이 책은 기본적으로 전체 완역이지만 가독성을 높이기 위해 "詩曰", "以詩爲證"과 같은 장회소설의 상투적인 표현 가운데 일부는 번역을 생략하기도 하고 본문 가운데 극히 일부의 중복된 서술은 간략히 요약하는 방식을 취했다.
- 이 책에서 주인공의 이름은 본명 표기를 원칙으로 하였기 때문에 원문에서 '자아子牙'와 같이 자호字號를 써서 표기한 것은 '강상姜尙'으로 바꾸었고 '희백姬伯'과 같이 성姓과 작위爵位를 합친 호칭도 '희창姬昌'으로 바꾸는 방식을 일괄적으로 적용했다.
- 이 책에 인용 또는 제시된 원문 가운데 시사詩詞와 부賦를 제외한 산문은 원문을 함께 수록하지 않고 번역문만 제시했다.
- 이 책의 주석은 온전히 역자 개인의 지식을 바탕으로 각종 자료를 검색하여 작성한 것이기 때문에 혹시 있을 수도 있는 오류 또한 역자의 책임이다.
- 이 책에서 저서는 『 』로, 단편 작품의 제목과 편명篇名과 시 및 노래의 제목은 「 」로 표기했다.

제86회

오악, 민지현에서 하늘로 돌아가다

澠池縣五嶽歸天

민지현은 작지만 상나라의 병풍이라
사령관의 용맹함 예사롭지 않았지.
안개 내뿜는 신마는 정말 진귀한 것이지만
오묘한 지행술은 더욱 헤아리기 어려웠지.
젊은 두 제후 그로 인해 죽었고
오악의 기묘한 계책도 그 때문에 망했지.
오직 지략 많은 독량관 양전만이
기회를 틈타 먼저 그의 노모를 죽였지.

澠池小縣亦屛商　主將英雄却異常
吐霧神駒眞鮮得　地行妙術更難量
二王年少因他死　五嶽奇謀爲爾亡
惟有智多楊督運　騰挪先殺老萱堂

그러니까 강상은 필요한 부적을 모두 그려놓고 군정사의 장교에게 북을 울려 장수들을 소집하게 했다. 장수들이 중군 막사로 모이자 강상이 말했다.

"모두들 부적을 하나씩 수령하여 투구 안이나 머리카락에 넣으시오. 내일 교전할 때 그자가 패해서 도주하면 여러분은 우선 그를 추격하여 유혼백골번을 탈취하고 관문을 공격하도록 하시오."

"예!"

장수들은 무척 기뻐하며 공격을 준비했다.

이튿날 강상은 대규모 병력을 이끌고 나가서 멀찌감치 진을 치고 싸움을 걸었다. 정찰병의 보고를 받은 등곤과 예길은 변길에게 출전을 명령했고 변길은 병사들을 거느리고 출전했으니 가련하게도 이런 꼴이었다.

일편단심 충정으로 천 년의 계책을 세웠건만 헛수고여서
임동관에 죽음이 이르렀어도 여전히 모르고 있었지.

丹心枉作千年計　死到臨潼尚不知

변길은 말을 타고 깃발 아래로 가서 소리쳤다.

"오늘은 반드시 너를 잡아 공을 세우리라!"

그가 말을 몰고 달려들어 강상에게 방천극을 휘두르자 강상의 좌우에 있던 장수들이 일제히 달려 나와서 그를 포위해버렸다. 징과 북이 울리며 사방에서 함성이 일어 먼지와 안개가 허공을 가려버렸으니 이를 묘사한 시가 있다.

자욱한 살기가 화산華山을 가리고

챙챙 부딪치는 창날이 어지러이 얽힌다.

다섯 관문은 이제 주나라에 점령되니

만고에 명성이 드리워 강상을 칭송하리라!

殺氣漫漫鎖太華　戈聲響亮亂交加

五關今屬西岐主　萬載名垂讚子牙

변길은 포위에 갇혀서 벗어나지 못하다가 갑자기 방천극을 내질러 무길의 어깨를 찌르려고 했다. 그때 무길이 재빨리 피하자 변길은 그 틈을 이용해 포위에서 벗어나 곧장 깃발 아래로 도망쳤고 주나라 장수들은 그를 바짝 쫓아갔다. 비밀이 누설된 줄 모르는 변길은 여전히 적을 사로잡을 수 있으리라는 허튼 생각에 빠져 있었기 때문에 고삐를 당겨 말머리를 돌리고 수하들이 그들을 사로잡는 모습을 지켜보려고 했다. 그런데 주나라 장수들이 깃발 아래를 그대로 지나쳐 엄청난 기세로 돌격해 오는 것이었다.

'이럴 수가! 하늘이 상나라 사직을 멸망시키려는 것인가? 어째서 이 보물의 영험함이 통하지 않는 것이지?'

변길은 감히 다시 싸울 생각을 하지 못하고 관문 안으로 패주하여 문을 걸어 잠갔다. 강상도 더 이상 뒤쫓지 않고 장수들에게 유혼백골번을 먼저 거둬들이라고 지시했다. 그제야 위호는 항마저를 되찾았고 뇌진자의 황금 몽둥이를 챙겨서 승전고를 울리며 영채로 돌아왔다.

그 무렵 변길은 등곤과 예길을 찾아가서 교전 결과를 보고했다.

하지만 그는 두 제후가 이미 주나라에 귀순하여 자신을 해치울 구실만 찾고 있다는 사실은 꿈에도 몰랐다. 잠시 후 그가 계단 아래에 이르자 예길이 물었다.

"변 장군, 오늘은 몇 명이나 사로잡았소?"

"오늘은 교전 도중에 십여 명의 주나라 장수들에게 포위되었다가 그중에 한 장수를 찔러 생긴 빈틈을 이용해 깃발 아래로 도망쳐서 적을 유인하여 몇 명이라도 사로잡으려고 했사옵니다. 그런데 어찌 된 영문인지 그쪽 장수들이 여럿이 몰려와서 그대로 깃발 아래를 지나쳤사오니 이는 하늘이 상나라를 망하게 하려는 징조이지 제가 전투를 잘못 한 것은 아니옵니다."

그 말을 들은 예길이 코웃음을 쳤다.

"흥! 저번에 네 장수를 사로잡았을 때는 그 깃발이 영험했는데 오늘은 왜 통하지 않았다는 것이오?"

등곤도 거들었다.

"이것은 달리 설명할 길이 없소. 변길이 우리 쪽 병력이 주나라에 미치지 못해서 이 관문이 오래 버티지 못할 것으로 생각하고 일부러 주나라 진영과 내통하여 거짓으로 패전한 체한 것이 아니겠소이까? 그렇게 해서 주나라 장수들이 일제히 관문 안으로 들어오면 이 관문을 고스란히 바치려는 속셈이었던 게지요. 다행히 병사들이 신속히 문을 걸어 잠근 덕분에 적의 계책이 성사되지 않았을 뿐이외다. 그렇지 않았더라면 우리는 모두 포로가 되었겠지요. 이런 역적을 살려두면 결국 후환이 될 것이 분명합니다! 여봐라, 당장 끌고 나가서 참수하여 수급을 효수하라!"

가련하게도 변길은 이런 꼴이 되고 말았다.

일편단심은 그림의 떡이 되어버렸고
억울한 영혼은 부질없이 두견새 따라 우는구나!

一點丹心成畵餠　怨魂空逐杜鵑啼

변길은 미처 뭐라고 변명하기도 전에 수하들에게 끌려 나가서 즉시 목이 잘려 효수되었다. 한편 영문을 모르는 구양순은 변길이 참수되자 눈을 휘둥그레 뜨고 입을 딱 벌린 채 마음의 갈피를 잡지 못했다. 그때 두 제후가 그에게 말했다.

"변길은 천명을 모르고 고의로 군무를 그르쳤으니 참수해야 마땅하외다. 솔직히 말씀드리자면 지금 상나라의 운수는 끝장이 나고 있소. 천자가 황음무도하여 민심이 이미 그를 떠났고 하늘도 이 나라를 보우해주지 않고 있으며 천하의 제후들도 오래전에 이미 주나라에 귀의한 상태가 아니오? 지금 상나라에는 이 관문 하나만 남아 있을 뿐이외다. 그런데 지금 관문 안에 저 병력을 막아낼 장수도 없으니 결국 오래 버텨낼 수 없을 것이오. 그러니 차라리 이 관문을 주나라에 바치고 그들과 함께 무도한 군주를 정벌하는 것이 낫지 않겠소이까? 이야말로 '하늘에 순응하면 흥성하고 하늘을 거스르면 망한다'라는 속담에 맞는 일이 아니겠소이까? 게다가 주나라 진영에는 도술에 능한 이들이 많은데 우리는 모두 그들의 적수가 될 수 없소이다. 물론 우리는 군주를 위해 목숨을 바치는 것이 당연하지만 천하가 모두 무도한 군주를 버린 마당에 우리가 괜히 죽어봤자

아무 이득도 없지 않소이까? 장군, 잘 생각해보시구려."

그러자 구양순이 버럭 화를 내며 호통쳤다.

"군주의 봉록을 먹었으면 은혜에 보답해야지 오히려 관문을 바치고 적에게 투항하려고 변길을 억울하게 죽였구나. 이야말로 개돼지만도 못한 자들이 아닌가! 나 구양순은 목이 잘리고 몸이 가루가 되는 한이 있어도 결코 상나라의 은혜를 저버리지 않겠다. 은혜와 의리를 저버린 역적과는 절대 상종하지 않겠노라!"

그 말을 들은 두 제후가 호통쳤다.

"지금 천하의 제후들이 주나라에 귀의했는데 설마 그들이 모두 상나라의 은혜를 저버린 자들이라는 말이냐! 단지 독불장군의 주왕이 백성을 탄압하여 도탄에 빠뜨렸기 때문에 주나라 무왕이 백성을 위로하여 죄인을 토벌하기 위한 군대를 일으켰는데 그것을 어찌 반역이라 할 수 있겠느냐? 정말 하늘의 시운을 모르는 미천한 작자로구나!"

"아아, 폐하! 간사한 자들을 잘못 등용하는 바람에 나라를 팔아서 부귀영화를 추구하게 만드셨나이다. 제가 먼저 이 역적들을 처단하여 성은에 보답하겠나이다!"

그러면서 그가 칼을 들고 달려들자 두 제후도 칼로 맞받아쳐 은안전 안에서 격전이 벌어졌다. 하지만 구양순이 어찌 그들 둘을 당해낼 수 있었겠는가? 예길이 고함을 지르며 단칼에 그를 베어 수급을 잘라 효수해버렸으니 바로 이런 격이었다.

나라 위해 몸 바쳐 충절을 지켰지만

두 제후는 이치를 살펴 하늘의 뜻을 따랐지.

爲國亡身全大節　二侯察理順天心

두 제후는 구양순을 죽이고 나서 옥에 갇힌 네 장수를 석방했다. 대전으로 들어온 황비호는 인척인 등곤을 보고 무척 반갑게 인사하며 그동안의 회포를 풀었다. 그러자 예길이 군령을 내렸다.

"속히 관문을 열어라!"

그는 먼저 석방한 네 장수를 보내어 강상의 영채에 소식을 알리게 했다. 강상은 네 장수가 도착하자 무척 기뻐하며 중군 막사로 불러들였다. 강상이 그들에게 풀려난 경위를 묻자 수하가 들어와서 보고했다.

"등곤과 예길이 원문 앞에 대령했사옵니다."

"안으로 모셔라!"

두 제후가 들어오자 강상이 그들을 맞이하여 자리를 권했다. 두 제후는 강상에게 절을 올리려 했고 강상은 그들의 팔을 붙들어 만류하며 위로했다.

"오늘 두 분께서 주나라에 귀순하신 것은 그야말로 군주를 가려서 벼슬살이를 하는 현명한 신하의 지혜를 제대로 발휘하신 처사이십니다!"

"대원수, 관문에 진입하셔서 백성들을 다독여주시옵소서."

그러자 강상이 병력을 관문 안으로 이동시켰고 무왕도 따라 들어갔다. 관문 안의 백성 가운데 원로들은 모두 양을 끌고 술 단지를 지고 나와서 천자의 군대를 맞이했다. 이에 무왕은 은안전 앞에 연회를 열어 장수들을 대접하고 병사들에게 상을 내렸다.

임동관에서 며칠을 묵은 강상은 다시 군령을 내려 민지현을 향해 행군을 시작했으니 그 엄청난 병력이 이동하는 모습을 칭송한 시가 있다.

허공에 가득한 살기는 천 리에 미치고
펄럭이는 깃발에 햇빛도 가려진다.
겹겹의 무쇠 도끼는 눈처럼 하얗게 날이 섰고
쌍쌍이 강철 칼은 서리처럼 매섭다.
장병은 산에 오른 호랑이와 표범처럼 용맹하고
말은 물에서 나온 이무기와 용처럼 강인하다.
민지현에서 이제 교전이 일어나게 되면
오악이 일제히 칼날 아래 목숨 잃게 되리라!

殺氣迷空千里長　旌旗招展日無光
層層鐵鉞鋒如雪　對對鋼刀刃似霜
人勝登山豹虎猛　馬過出水蟒龍剛
澠池此際交兵日　五嶽齊遭劍下亡

행군을 시작한 지 하루도 되지 않아서 정찰병이 보고했다.

"대원수, 민지현에 도착했사오니 어찌할지 분부를 내려주시옵소서."

강상은 곧 영채를 세워 포를 울리고 함성을 지르도록 분부했다.

그 무렵 민지현의 사령관 장규는 주나라 병력이 도착했다는 소식을 듣고 서둘러 사령부로 갔다. 잠시 후 선봉장 왕좌王佐와 정장鄭椿이 들어오자 그가 말했다.

"오늘 주나라 군대가 다섯 관문을 들어왔으니 폐하께서 계신 도읍과는 강 하나만을 사이에 두게 되었네. 다행히 내가 여기에 있으니 아직 저지할 수 있을 걸세."

장규는 곧 적을 막을 준비를 했다.

이튿날 중군 막사로 들어간 강상이 출전을 명령하려는데 갑자기 수하가 들어와서 보고했다.

"동백후께서 전령을 통해 서신을 보내왔사옵니다."

"들여보내라!"

잠시 후 전령이 들어와서 절하고 서신을 바쳤다. 강상은 서신을 받아 읽어보고 나서 좌우의 장수들을 향해 물었다.

"지금 동백후 강문환이 구원병을 청했으니 반드시 보내줘야 할 것 같소이다."

그러자 옆에 있던 황비호가 말했다.

"천하 제후들이 모두 우리 주나라를 우러르고 있으니 당연히 좌시하지 말고 구원병을 보내서 안심시키셔야 하옵니다."

이에 강상이 장수들에게 물었다.

"누가 유혼관에 다녀오시겠소?"

금타와 목타가 허리를 숙여 예를 표하며 말했다.

"미흡하지만 저희가 다녀오겠사옵니다."

강상은 허락하면서 일단의 병력을 나눠주고 다시 장수들에게 물었다.

"민지현에서 첫 전공을 세울 분은 누구시오?"

그 말이 끝나자마자 남궁괄이 자원하고 나섰다. 강상의 허락을 받은 그는 곧 병력을 이끌고 성 아래로 가서 싸움을 걸었고 보고를 받은 장규는 왕좌를 출전시켰다. 잠시 후 왕좌가 성문을 열고 병력을 이끌고 나오자 남궁괄이 소리쳤다.

"주나라가 다섯 관문을 모두 점령하고 이 조그마한 지역만 남았으니 일찌감치 성을 바치는 것이 죽음의 재앙을 피하는 길이 아니더냐!"

"무지한 필부 같으니! 너희는 도리를 어기고 반역을 저질러 그 죄가 이미 차고 넘쳤으니 오늘은 스스로 죽을 곳을 찾아온 꼴이로구나!"

그러면서 왕좌는 말을 몰고 달려들어 칼을 휘둘렀고 남궁괄도 칼로 맞섰다. 대략 이삼십 판쯤 맞붙고 나서 남궁괄의 칼이 왕좌를 두 동강 내버리자 그는 즉시 돌아가서 강상에게 보고했다. 한편 정찰병의 보고를 받은 장규는 기분이 몹시 언짢았다.

이튿날은 황비호가 출전하여 싸움을 걸었는데 상대편에서 정장이 나와서 스무 판도 맞붙기 전에 창에 찔려 낙마하자 황비호는 그의 수급을 잘라 돌아가서 전과를 보고했다. 장규는 두 선봉장을 모두 잃고 너무나 화가 치밀었다. 그에 비해 강상은 연달아 두 장수의 목을 베게 되자 기분이 고무되어 좌우의 장병들에게 일제히 성을 공격하라고 군령을 내렸다. 이에 장수들이 각기 병력을 이끌고 성으로 돌격하며 포를 쏘고 함성을 질러댔다. 그러자 장규는 뒤채에 있다가 그 사실을 보고받고 아내인 고난영高蘭英과 상의했다.

"고립된 성이라 방어하기도 어려운데 연달아 두 장수를 잃었으니 어쩌면 좋겠소?"

"장군께서는 도술을 부릴 줄 아시고 훌륭한 탈것도 있으니 성공할 수 있을 텐데 왜 적군을 두려워하시나요?"

"당신은 잘 모르는 모양인데 다섯 관문을 지키던 그 많은 영웅들도 저들을 막지 못했소. 저들이 어느새 여기까지 이르렀으니 하늘의 뜻이 무엇인지 알 만하지 않소? 지금 천자는 여전히 황음무도한 짓만 일삼고 있으니 신하된 몸으로 어찌 편히 잘 수 있겠소?"

그렇게 상의하고 있는데 또 보고가 올라왔다.

"주나라 병력이 몹시 거세게 성을 공격하고 있사옵니다!"

그러자 장규는 즉시 말에 올라 칼을 들고 나섰고 그의 아내도 뒤에서 그를 지원해주었다. 장규가 성문을 열고 홀로 앞으로 나서자 강상이 제자와 장수들을 좌우로 나누어 세우고 서 있는 모습이 보였다.

"강 원수, 멈추시오!"

이에 강상이 앞으로 나아가 말했다.

"장 장군, 그대도 하늘의 뜻을 알 수 있지 않소이까? 어서 투항하여 제후의 지위를 보전하도록 하시구려. 괜히 미혹에서 벗어나지 못한다면 다섯 관문의 사령관들과 마찬가지 신세가 될 것이 아니겠소이까?"

"흥! 하늘을 거스르고 하극상을 저질러 요행으로 여기까지 오기는 했지만 아무래도 그대는 오늘 죽을 곳을 찾아온 것 같구려!"

"하하! 하늘의 운세와 인간 세상의 추세는 따져보지 않아도 알 수 있소이다. 다만 그대가 미혹에 빠져 깨닫지 못하고 있을 뿐이지요.

여기서 조가까지는 겨우 수백 리밖에 되지 않아서 황하만이 가로놓여 있을 뿐이오. 천하의 제후들이 사방팔방에 운집해 있거늘 채찍 하나만 던져도 꽉 차버릴 이 조그마한 성으로 어찌 감히 우리 군대를 막으려는 것이오! 이야말로 큰 건물이 무너지려 하는데 나무 하나로 버티려는 꼴이 아니겠소? 그저 괜히 멸망을 자초하는 짓일 뿐이오!"

그 말에 장규가 진노하여 말을 몰아 칼을 휘둘렀고 강상의 뒤쪽에 있던 희숙명과 희숙승姬叔昇이 일제히 말을 몰고 달려 나와 소리쳤다.

"어딜 감히 도발하느냐!"

그들이 각기 창을 휘두르자 장규도 칼을 들고 격전을 벌였으니 이를 묘사한 시가 있다.

팔을 휘둘러 무기를 능숙하게 쓰니
공중에서 각기 무정하게 내리치는구나.
터럭을 불면 잘리는 날카로운 칼날 앞뒤를 나누고
뼈를 찌르는 뾰족한 칼끝 생사를 정하지.
치열한 격전을 벌이며 오로지 기린각에 이름 남기기만을 바라고
힘겹게 싸우면서 그저 역사에 이름 남기려고 했지.
장규의 칼솜씨는 정말 비할 데 없어
곳곳에서 공을 세우고 전란을 평정했지.

臂膊掄開好用兵　空中各自下無情
吹毛利刃分先後　刺骨尖鋒定死生
惡戰止圖麟閣姓　苦爭只爲史篇名

희숙명 등은 장규를 이길 수 없게 되자 일부러 허공에 창을 휘두르고 패한 척 달아나며 그가 쫓아오기를 바랐다. 그런데 뜻밖에도 장규가 타고 있는 독각오연수獨角烏煙獸는 귀신같이 빨라서 원래 장규와 두 왕자 사이에는 화살 서너 개가 날아갈 정도의 거리가 있었으나 장규가 그 짐승의 뿔을 툭 치자 그놈은 마치 한 줄기 검은 연기처럼 날아가는 구름을 쫓는 번개처럼 치달렸다. 희숙명은 장규가 자신을 뒤쫓아 오는 소리를 듣고 계책이 성공했다고 생각했지만 장규는 어느새 뒤쪽에 이르러 그를 단칼에 베어 낙마시켜버렸다. 형의 죽음을 본 희숙승은 급히 고삐를 돌렸으나 그 역시 장규의 칼에 두 동강 나고 말았다. 강상은 금지옥엽으로 자란 두 왕자가 가련하게도 하루아침에 재앙을 당하자 깜짝 놀라서 다급히 징을 울려 병사를 물렸다. 이에 장규도 승전고를 울리며 성으로 돌아갔다. 두 왕자를 잃은 강상은 영채로 돌아온 뒤에도 기분이 몹시 울적했다. 무왕 또한 그 소식을 듣고 얼굴을 가린 채 통곡하며 뒤쪽 영채로 가버렸다. 그 무렵 두 장수를 벤 장규는 아주 즐거운 마음으로 아내와 상의하여 자세한 내용을 적은 상소문을 조가로 보냈다.

강상은 중군 막사에 우울하게 앉아 있다가 장수들을 향해 탄식했다.

“이 조그마한 민지현에서 두 분 전하를 잃게 될 줄이야!”

그러자 여러 장수들이 일제히 말했다.

“장규가 탄 짐승이 기이해서 그렇게 되었사옵니다. 그놈이 바람처럼 빠르니 두 분 전하께서 미처 손쓸 기회도 없이 당하셨사옵니다."

여러 장수들이 의아해하고 있을 때 갑자기 보고가 들어왔다.

"북백후 숭흑호 님이 원문에 찾아와서 뵙고자 하옵니다."

"모셔 오너라!"

잠시 후 숭흑호가 문빙, 최영, 장웅과 함께 중군 막사로 들어왔다. 강상은 황급히 아래로 내려가서 그들을 맞이하여 인사를 나누고 물었다.

"그쪽 병력이 맹진에 도착한 지 얼마나 되셨습니까?"

"진당관을 점령한 뒤로 병력이 맹진에 도착하여 영채를 세운 지 벌써 몇 달이 되었습니다. 그러다가 대원수의 병력이 이곳에 도착했다는 소식을 듣고 인사를 올리러 왔습니다. 부디 조속히 제후들의 회합을 성사시켜서 함께 저 무도한 천자를 정벌할 수 있도록 해 주시옵소서!"

그러자 강상이 무척 기뻐했다. 이때 무성왕 황비호도 숭흑호에게 감사 인사를 했다.

"저번에 고계능을 잡아서 참수할 때 도와주신 은덕을 아직 갚지 못하고 있지만 한시도 잊지 않고 가슴에 새겨두고 있소이다."

그들은 서로 겸양하며 인사를 나누었다. 그리고 강상은 술상을 준비하게 하여 숭흑호 일행을 접대했다.

죽고 사는 운수는 하늘이 정해놓았으니
오악이 민지현에서 만나 목숨을 잃게 되는구나!

이튿날 강상은 중군 막사에 나가서 장수들의 인사를 받았다. 그러자 정찰병이 보고했다.

"장규가 싸움을 걸어오고 있사옵니다."

이에 강상이 장수들에게 물었다.

"오늘은 누가 나가시겠소?"

그때 숭흑호가 나섰다.

"제가 도착한 지 얼마 안 됐으니 마땅히 힘을 보태야 하지 않겠사옵니까?"

그러자 문빙과 최영, 장웅도 함께 출전하겠다고 나섰다. 강상이 무척 기뻐하며 허락하자 네 장수가 자신들의 병력을 이끌고 나가서 진세를 구축했다. 숭흑호는 화안금정수에 올라 두 자루 도끼를 들고 나는 듯이 앞으로 나가서 소리쳤다.

"장규, 천자의 군대가 도착했거늘 왜 일찌감치 투항하지 않고 감히 하늘을 거스르며 멸망을 자초하는 것이냐?"

"뭣이! 의리도 모르는 비천한 놈! 네놈은 바로 형을 죽이고 자리를 차지하려 한 천하의 못된 도적놈이 아니더냐? 그런 네가 어찌 감히 그런 큰소리를 치느냐!"

그러면서 장규가 달려들어 칼을 휘두르자 숭흑호도 쌍도끼를 들어 막았다. 이에 격분한 문빙이 탁천차를 휘두르며 달려들자 최영은 팔릉추八楞錘°를 유성처럼 내쏘았고 장웅도 털실로 꼰 새끼줄에 묶은 오조조五爪抓°를 휘두르며 장규를 가운데로 몰아넣었다.

한편 중군 막사에 있던 강상은 옆에 황비호가 서 있는 것을 보고 그에게 말했다.

"황 장군, 숭후가 교전하니 그대가 뒤를 지원해주시는 것이 어떻소? 예전에 저분이 그대 아드님의 복수를 해주기도 했으니 말이오."

"알겠사옵니다."

황비호는 영채 밖으로 나가서 네 장수가 장규와 격전을 벌이는 모습을 보고 속으로 생각했다.

'여기서 뒤를 지원하는 것만으로는 내 성의를 다 보일 수 없으니 차라리 나도 가세해서 공을 세우는 것이 낫지 않을까?'

이에 그는 오색신우를 몰고 달려들며 소리쳤다.

"숭후, 제가 돕겠소이다!"

이야말로 오악이 칠살七煞을 만나게 된 것이니 결국 하늘이 정해 놓은 운수는 피하기 어려웠기 때문이다. 어쨌든 다섯 장수가 장규를 에워싸고 벌인 이 격전을 묘사한 노래가 있다.

치열한 공격에 시름겨운 구름은 참담하고
떠오른 해도 먼지에 어두워지니
말 위의 장사들이 힘을 냈기 때문이지.
허리띠 바람에 날리니
수천 줄기 상서로운 광채 공중에 가득 날고
칼과 방천극이 삐죽삐죽
한겨울 흰 눈이 무성히 춤추는 듯하구나.
숭흑호의 쌍도끼 어지러이 위아래를 휘젓고

문빙의 탁천차 좌우로 엇갈리고

최영의 팔릉추 유성처럼 날아다니고

장웅의 오조조는 질러가서 날아다니는 듯

황비호의 긴 창은 굴에서 나온 이무기 같구나.

대단한 장규!

다섯 장수를 상대하며

맹호처럼 이리저리 뛰어 다닌다.

칼로 도끼 막으니

도끼가 칼에 부딪혀

땅땅 소리 울리고

탁천차로 칼날 막고

칼로 탁천차 막아

끼륵끼륵 소리 울리며

팔릉추가 칼을 때리고

칼로 팔릉추 막으니

몸 주위를 떠나지 않으며

오조조가 머리 쪼개려 할 때

칼로 쓸어 막으니

오로지 마음과 힘을 믿었고

창을 찔러오면

칼로 막으니

순전히 완력으로 버텼지.

다섯 장수가 안장 위에서 각기 교묘한 무술을 펼치니

그 격전에 차가운 바람이 어지러이 대지를 휩쓸어

격전의 먼지 피어나 등자와 갑옷 위에 날렸지.

민지성 아래에서 공을 세우니

운명에 정해진 대로 오악이 칠살을 만났지.

只殺得愁雲慘淡　旭日昏塵　征夫馬上抖精神

號帶飄楊　千條瑞彩滿空飛

劍戟參差　三冬白雪漫陣舞

崇黑虎雙板斧紛紜上下　聞聘的托天叉左右交加

崔英的八楞錘如流星蕩漾　蔣雄的五爪抓似蒺藜飛揚

黃飛虎長槍如大蟒出穴

好張奎　敵五將　似猛虎翻騰

刀架斧　斧劈刀　叮噹響亮

叉迎刀　刀架叉　有叱吒之聲

錘打刀　刀架錘　不離其身

抓分頂　刀掠處　全憑心力

槍刺來　刀隔架　純是精神

五員將鞍轎上各施巧妙　只殺得刮地寒風聲拉雜　蕩起征塵飛鐙甲

澠池城下立功勳　數定五嶽逢七煞

이렇게 다섯 장수가 장규를 포위하고 삼사십 판쯤 맞붙었으나 승부가 나지 않자 숭흑호가 속으로 생각했다.

'기왕 공을 세우러 왔는데 굳이 이놈하고 교전에 연연할 필요 없지!'

이에 그는 화안금정수의 고삐를 돌려 사정권 밖으로 나가서 거짓으로 패주하는 척하며 신웅을 날릴 기회를 엿보았다. 숭흑호의 낌새를 눈치챈 네 장수도 고삐를 돌려 패주하는 척했는데 그들은 장규가 탄 짐승이 바람처럼 빠르다는 것을 몰랐으니 그 또한 오악의 운명이 그러했기 때문이다. 다섯 장수가 화살 두세 개쯤 날아갈 거리만큼 멀어지자 장규가 독각오연수의 머리에 난 뿔을 툭 쳤고 그놈이 한 줄기 검은 연기처럼 순식간에 문빙의 배후로 달려가니 장규는 단칼에 그를 베어 낙마시켜버렸다. 그때 숭흑호가 호리병의 마개를 열려고 했지만 이미 때는 늦어서 그 역시 몸뚱이가 두 동강 나고 말았다. 그러자 최영이 고삐를 당겨서 말머리를 돌려 다시 세 장수가 격전을 벌였는데 그때 갑자기 도화마桃花馬를 탄 여자 장수가 일월쌍도日月雙刀를 휘두르며 달려왔으니 바로 장규의 아내 고난영이었다. 잠시 후 그녀는 붉은 호리병을 꺼내더니 그 안에 담긴 마흔아홉 개의 태양금침太陽金針을 던져 세 장수의 눈을 쏴버렸고 시력을 잃은 세 장수는 모조리 장규의 칼 아래 목숨을 잃고 말았다. 가련하게도 한 차례의 전투에서 다섯 장수가 전사하고 말았으니 이를 묘사한 시가 있다.

다섯 장수 동쪽 정벌하다가 민지현에 모였는데
때마침 칠살을 만나니 운명도 기묘하구나.
충심은 퍼렇게 변해도 여전히 피울음 울고
의로운 마음은 재가 되어도 영원히 변하지 않지.
천고의 영웅은 그 명성이 태산처럼 드리우니

오악, 민지현에서 하늘로 돌아가다.

만 년 동안 사당에서 숭흑호의 위패를 모셨지.

오방의 신들 황제의 은총을 많이 받았으니

나라에 보답한 외로운 충정은 역사책에 길이 남았지.

五將東征會澠池　時逢七煞數應奇

忠肝化碧猶啼血　義膽成灰永不移

千古英風垂泰嶽　萬年煙祀祝嵩尸

五方帝位多隆寵　報國孤忠史冊垂

정찰병으로부터 다섯 장수의 전사 소식을 들은 강상은 깜짝 놀랐다.

"어떻게 다섯 장수가 한꺼번에 전사했다는 말인가?"

그러자 그 전투에서 뒤쪽을 지원한 장수가 상황을 설명했다. 장규가 탄 짐승이 대단히 엄청나서 다섯 장수가 미처 손쓸 틈도 없이 당해버렸다는 것이었다. 강상은 황비호를 잃게 되자 너무나 상심하여 그들을 애도했다. 그가 수심에 잠겨 있을 때 수하의 보고가 올라왔다.

"양전이 군량을 조달하러 와서 원문 앞에 대령하고 있사옵니다."

"들라 하라!"

잠시 후 양전이 중군 막사에 들어와서 절하고 보고했다.

"군량을 다섯 관문 안으로 들여왔사오니 이제 독량관의 직인을 반납하고 정벌에 참여하여 공을 세우고 싶나이다."

"곧 맹진에서 회합할 것이니 자네도 군중에서 도와줘야겠네."

잠시 후 양전은 무성왕 황비호가 전사했다는 소식을 듣고 탄식했다.

"황씨 가문은 충성스럽고 절개가 있었지만 부자가 왕실을 위해 몸을 바쳐 역사책에 남을 향기만 남기고 말았구나! 그런데 장규는 대체 무슨 재간이 있는 것입니까? 선봉장은 어째서 그자와 싸우지 않았소이까?"

이에 나타가 대답했다.

"숭후께서 공을 세우려 하셨기 때문에 나도 어쩔 수 없이 양보할 수밖에 없었소이다. 그런데 뜻밖에 한꺼번에 해를 당하고 말았지요."

그들이 그렇게 이야기를 나누고 있을 때 수하가 들어와서 보고했다.

"장규가 싸움을 걸어오고 있사옵니다."

그러자 황비표가 큰형의 복수를 하고 싶다고 나섰다. 강상이 허락하자 양전이 그의 뒤를 지원해주기로 했다. 황비표는 영채 밖으로 나가서 장규를 보자마자 여러 말 섞지 않고 다짜고짜 달려들어 창을 내질렀고 장규도 칼을 들어 맞서며 이삼십 판쯤 격전을 벌였다. 하지만 형의 복수를 하겠다는 생각에 마음만 조급했던 황비표는 애초에 장규의 상대가 되지 못했으니 그는 결국 창을 놀리는 것이 점점 어지러워지더니 장규의 칼에 맞아 낙마하고 말았다. 뒤에서 그 모습을 지켜보고 있던 양전은 장규가 탄 짐승의 머리에 뿔이 나 있는 것을 보고 단번에 예사로운 짐승이 아님을 알아보았다.

'그렇다면 내가 없애주마!'

양전은 곧 말을 몰고 달려들어 칼을 휘두르며 소리쳤다.

"장규, 꼼짝 마라! 내가 간다!"

"너는 누구인데 죽음을 자초하는 것이냐?"

"비열한 놈, 사악한 술법으로 몇 번이나 우리 장수들을 해쳤다지? 내 너를 사로잡아 시체를 천참만륙하여 그분들의 원한을 씻어 주겠다!"

그러면서 양전은 삼첨도를 내리쳤고 장규도 급히 칼을 들어 맞받아쳤으니 이들의 치열한 격전을 묘사한 노래가 있다.

두 장수 맞수를 만나
진영 앞에서 각기 용맹을 자랑했지.
이리 뛰고 저리 넘는 모습 어찌 예사로우랴?
정말 한 쌍의 호랑이와 승냥이 같았지.
이쪽은 기회를 잡는 변신술에 뛰어나고
저쪽은 바다를 휘젓고 강을 뒤집는 재간 있었지.
칼을 치고 칼로 막는 것이 거침없음은
두 장수 모두 똑같았지.

二將棋逢敵手　陣前各逞豪强
翻來覆去豈尋常　眞似一對虎狼形狀
這一個會騰挪變化　那一個會攪海翻江
刀來刀架兩無妨　兩個將軍一樣

장규와 서른 판쯤 맞붙었을 때 양전이 일부러 가슴 쪽에 틈을 내보이자 장규가 재빨리 손을 뻗어 그의 허리띠를 잡아 안장에서 끌어내려버렸다.

장규가 오늘 양전을 사로잡았으니
이제 곧 독각오연수를 잃게 되겠구나!

張奎今日擒楊戩　眼前喪了黑煙駒

장규는 양전을 사로잡고 승전고를 울리며 성으로 들어가서 청사에 앉아 분부했다.

"사로잡은 주나라 장수를 끌고 와라!"

잠시 후 병사들이 양전을 끌고 왔는데 그가 꼿꼿이 서 있자 장규가 호통쳤다.

"포로가 되었는데도 왜 무릎을 꿇지 않는 것이냐?"

"무식한 필부 같으니! 너와 나는 이미 적인지라 포로가 되었으면 죽으면 그만이지 무슨 말이 필요하겠느냐!"

"뭣이! 여봐라, 저자를 끌고 나가 목을 쳐서 효수하라!"

잠시 후 수하들이 양전을 참수하고 수급을 효수했다. 장규가 막 자리에 앉자 마구간을 관리하는 자가 달려와서 보고했다.

"나리, 큰일 났사옵니다!"

"무슨 일이냐?"

"나리의 탈것이 갑자기 목이 잘려 떨어져버렸사옵니다."

그 말에 장규는 자기도 모르게 안색이 하얗게 변해서 발을 구르며 탄식했다.

"내가 공을 세운 것은 오로지 그 독각오연수 덕분이었는데 뜻밖에 오늘 아무 이유도 없이 목이 떨어져버리다니!"

장규는 삼시신이 폭주하고 칠공에서 연기가 날 정도로 화가 치밀었다. 그때 갑자기 수하가 달려와서 보고했다.

"조금 전에 사로잡았던 주나라 장수가 다시 와서 싸움을 걸어오고 있사옵니다."

"이런! 내가 이 못된 놈의 간계에 당했구나! 어서 말을 대령해라!"

그는 다른 말에 올라 칼을 들고 나가서 양전을 보고 욕을 퍼부었다.

"역적 놈, 내 독각오연수를 함부로 죽이다니 너무나 분통하구나! 도저히 용서할 수 없다!"

"흥! 네가 그놈 덕분에 우리 장수들을 해쳤으니 나는 당연히 먼저 그놈부터 죽이고 나서 네놈의 그 멍청한 대갈통을 잘라야 하지 않겠느냐?"

그러자 장규가 이를 갈았다.

"꼼짝 말고 내 칼을 받아라!"

이에 양전도 얼른 칼을 들어 맞섰는데 스무 판쯤 지나자 양전이 다시 일부러 틈을 보였다. 이번에도 장규는 그의 허리띠를 낚아채서 가볍게 사로잡아버렸다.

"이번에도 도망칠 수 있는지 보자!"

장규가 두 번째에도 양전을 사로잡았는데

다만 모친의 옷을 피로 물들일까 걱정이로구나!

張奎二次擒楊戩　只恐萱堂血染衣

장규는 양전을 사로잡아 성으로 들어가서 청사에 앉았다. 그러자 수하가 들어와서 보고했다.

"뒤채의 부인께서 오셨사옵니다."

고난영이 와서 어찌 된 일인지 묻자 장규가 긴 한숨을 내쉬었다.

"부인, 내가 여러 해 동안 벼슬살이를 하면서 많은 공을 세웠는데 그것이 다 독각오연수 덕분이 아니었소? 그런데 오늘 주나라의 장수 양전이 간사한 술법으로 그 말을 죽여버려서 지금 다시 그자를 사로잡아 왔소. 이놈을 어떻게 처리하면 좋겠소?"

"이리 좀 끌고 와봐요."

장규는 수하에게 분부했고 잠시 후 양전이 청사 앞으로 끌려 왔다. 고난영은 양전을 보고 코웃음을 쳤다.

"제게 방법이 있어요. 검은 닭과 검은 개의 피를 가져와서 오줌과 똥에 섞고 먼저 저자의 비파골을 꿴 다음 그것을 머리 위에 붓도록 해요. 그리고 부적을 붙여서 원신을 붙들어놓고 목을 베도록 하셔요."

장규는 부인의 말대로 준비하게 했다. 그리고 부부는 청사 앞으로 가서 수하들이 일일이 시행하는 모습을 지켜보았다. 그런 다음 고난영은 부적을 붙이고 핏물에 갠 똥오줌을 머리에 붓게 하고 나서 칼을 들어 양전의 수급을 베어버렸다. 일을 마치고 난 부부는 아주 흡족한 기분으로 다시 거처로 돌아왔다. 그때 갑자기 뒤채의 하녀가 다급히 달려와서 통곡하며 보고했다.

"나리, 마님, 큰일 났사옵니다! 어찌 된 영문인지 안방에 계시던 노마님께 갑자기 더러운 핏물과 똥오줌이 쏟아지더니 금방 목이 잘려 떨어져버렸사옵니다. 정말 너무 놀랍고 무서운 일이었사옵니다!"

그 말에 장규가 버럭 고함을 질렀다.

"또 그놈의 요사한 술법에 걸렸구나!"

그는 마치 취한 사람처럼 넋을 놓고 대성통곡했다.

'어머님께서 낳아 길러주신 은혜를 갚기도 전에 나라를 위해 봉사하다가 오히려 모친의 목숨을 잃고 말았으니 이 얼마나 애통한 일인가!'

그는 서둘러 관을 마련하여 시신을 안치했다.

그 무렵 양전은 중군 막사로 돌아가 강상에게 그간의 일을 보고했다.

"먼저 그자의 말을 죽이고 나중에 그의 모친을 죽여 마음을 어지럽혀놓았사옵니다. 이제 장규를 잡는 일은 어렵지 않을 것이옵니다."

강상은 무척 기뻐했다.

"그야말로 불세출의 큰 공을 세운 것일세!"

한편 장규는 모친의 복수를 하기 위해 다시 말에 올라 칼을 들고 주나라 진영으로 가서 싸움을 걸었는데 이제 뒷일이 어찌 되는지는 다음 회를 보시라.

제*87*회

토행손 부부 전사하다

土行孫夫妻陣亡

오묘한 지행의 술법은 응당 현묘하지만
뜻밖에 장규가 더욱 뛰어났구나.
맹수애 앞에서 이미 목숨을 잃었으니
민지성 아래에서 아내도 황천으로 돌아갔지.
수많은 공적을 세운들 무슨 소용이랴?
몇 번이나 공훈의 명성을 날렸어도 부질없게 되었구나.
역사책에 몇 줄 기록을 남길 수는 있었으나
나중의 성패는 결국 하늘에 달렸던 것이지!

地行妙術法應玄　誰識張奎更占先
猛獸崖前身已死　澠池城下婦歸泉
許多功業成何用　幾度勳名亦枉然
留得兩行青史在　後來成敗總由天

그러니까 강상이 중군 막사에서 공격할 계책을 의논하고 있는데 갑자기 정찰병이 보고했다.

"장규가 싸움을 걸어오고 있사옵니다."

그러자 나타가 나섰다.

"제가 다녀오겠사옵니다."

그는 곧 풍화륜에 올라 세 개의 머리와 여덟 개의 팔을 드러내고 장규에게 달려들며 소리쳤다.

"장규, 나중에 후회하지 말고 당장 항복해라!"

장규도 격노하여 말을 몰고 달려들어 칼을 휘둘렀고 나타는 화첨창으로 맞섰다. 서너 판도 맞붙기 전에 나타가 구룡신화조를 던져 장규와 말을 한꺼번에 덮어버리고 다시 한 손으로 툭 치자 아홉 마리 용이 일제히 연기와 불을 내뿜으며 온 땅을 태워버렸다. 그런데 뜻밖에도 장규는 토행손처럼 지행술을 익히고 있었는지라 구룡신화조가 덮어오자 안 되겠다 싶어서 재빨리 말에서 내려 땅속으로 스며들어버렸다. 나타는 자세히 살피지 않았기 때문에 하마터면 대사를 그르칠 뻔했는데 어쨌든 말 한 필을 태워 죽인 그는 곧 승전고를 울리며 돌아가서 강상에게 보고했다.

"장규는 이미 불에 타 죽었사옵니다."

이에 강상은 무척 기뻐했다.

한편 성으로 돌아온 장규는 고난영에게 말했다.

"오늘 나타와 싸워보니 과연 무시무시하더구려. 그자의 화룡조에 갇혀버렸는데 지행술이 없었더라면 타 죽을 뻔했소."

"오늘 밤 지행술로 저들의 영채로 들어가서 무왕과 신하들을 암

살해버리도록 해요. 그러면 단번에 대사를 마무리 짓고 공을 세울 수 있지 않겠어요? 굳이 저들과 이렇게 교전할 필요가 있나요?"

"그거 아주 좋은 생각이오. 저 가증스러운 양전이 내 어머님을 암살하여 마음을 어지럽히는 바람에 연일 심사가 불편해서 그만 그것을 잊고 있었구려. 오늘 밤에는 기필코 성공할 것이오."

장규는 모든 준비를 마치고 날카로운 칼을 숨겨 주나라 진영으로 잠입했으니 바로 이런 상황이었다.

무왕의 크나큰 복은 요·순을 넘어서서
자연히 고명한 이가 영채를 지켜주리라!

武王洪福過堯舜　自有高人守大營

그 무렵 강상은 장규가 죽은 줄로만 알고 성을 점령할 방도를 논의하고 있었다. 그는 저녁이 되자 군령을 내려 병력을 소집하여 훈련시키고 삼경에 식사를 하고 나서 사경에 군기軍紀를 점검하고 오경에 성을 공략하여 단번에 함락할 작정으로 모든 안배를 마쳤다. 그런데 이 또한 하늘의 뜻이었는지 그날따라 영채 외부의 순찰을 담당한 이가 하필 양임이었다. 장규는 이경 무렵이 되어 지행술로 주나라 영채로 가서 원문 앞에 이르렀는데 그때 양임이 마침 앞쪽 영채로 다가오고 있었다. 양임은 눈구멍에 두 개의 손이 나와 있고 그 손바닥에 두 개의 눈동자가 있어서 위로는 하늘을 살피고 아래로는 땅속을, 중간으로는 인간 세상의 천 리 밖까지 볼 수 있었다. 이에 그는 땅속에서 칼을 들고 원문으로 접근하는 장규를 발견했다.

"땅속의 장규, 거기 서라! 여기 내가 있다!"

그러자 장규가 깜짝 놀랄 수밖에 없었다.

'주나라 영채에 이런 기이한 인물이 있다니 이를 어쩌지? 어쨌든 나는 땅속에서 빨리 움직일 수 있으니 얼른 중군 막사로 들어가서 강상을 죽여버리자. 그러면 저놈이 쫓아와도 늦을 테지!'

장규가 칼을 들고 재빨리 들어가자 다급해진 양임은 운하수를 몰고 달려갔다. 그는 세 번째 방어막 안에서 운판을 울리며 크게 소리쳤다.

"자객이 들어왔으니 각 초소의 병사들은 조심하라!"

이에 순식간에 영채 안의 모든 이들이 잠자리에서 일어났다. 강상은 서둘러 중군 막사로 들어갔는데 그곳에는 여러 장수들이 활에 화살을 재어놓고 칼을 칼집에서 뽑아 들고 모닥불을 피운 채 횃불을 밝히고 있어서 대낮처럼 환했다.

"자객은 어디에 있느냐?"

양임이 들어와서 보고했다.

"장규가 칼을 들고 땅속을 통해 원문 안으로 잠입했사옵니다. 이에 제가 운판을 울려서 알린 것이옵니다."

"아니! 어제 나타가 그자를 불태워 죽였는데 어째서 이 밤중에 또 장규가 나타났다는 것인가?"

"그자는 아직 이 근처에서 대원수의 말씀을 듣고 있을 것이옵니다."

강상이 의아해하고 있을 때 옆에 있던 양전이 말했다.

"날이 밝으면 제가 처리할 방법이 있사옵니다."

어쨌든 그 바람에 주나라 진영은 밤새 소란스러웠다. 장규는 성공할 가망이 보이지 않자 다시 돌아갈 수밖에 없었다. 양임은 원문 밖으로 나가서 그가 성 안으로 돌아갈 때까지 지켜보았다.

장규가 성으로 들어가서 거처로 향하자 고난영이 물었다.

"성공하셨나요?"

그는 머리를 내저었다.

"정말 엄청나더구려! 주나라 영채에 고명한 이가 그렇게 많으니 다섯 관문을 파죽지세로 격파해도 막아낼 수 없었던 게지요."

그러면서 다녀온 일을 자세히 설명하자 고난영이 말했다.

"그럼 어서 상소문을 작성해서 조가에 구원병을 보내달라고 해야 하지 않겠어요? 그렇지 않으면 이 고립된 성에서 주나라 군대를 어찌 막을 수 있겠어요?"

장규는 그 말에 서둘러 상소문을 써서 조가로 보냈다.

이튿날 날이 밝자 양전이 성 아래로 가서 싸움을 걸었다.

"장규, 나와라!"

보고를 받은 장규가 곧 말에 올라 칼을 들고 성문을 나가보니 바로 자신의 원수가 아닌가!

"비열한 놈! 내 어머니를 암살한 네놈과는 한 하늘을 이고 살 수 없다!"

"하늘을 거스르는 못된 네놈이니 네 어미를 죽이지 않았다면 주나라 군대의 무서움을 몰랐을 것이 아니더냐!"

"네놈을 죽이지 않으면 이 원한을 어찌 풀겠느냐!"

그러면서 장규는 칼을 휘두르며 달려들었고 양전도 칼로 맞섰다. 그런데 몇 판 맞붙기도 전에 양전이 효천견을 풀어놓자 그것을 본 장규는 황급히 말에서 내려 순식간에 사라져버렸다. 이에 양전은 자기도 모르게 한숨을 내쉬었으니 그야말로 이런 격이었다.

장규의 도술은 정말 영리하여
주나라 진영의 토행손도 이겨내지!

張奎道術眞伶俐　賽過周營土行孫

양전은 하는 수 없이 영채로 돌아왔다. 그러자 강상이 물었다.

"그래, 전과는 어찌 되었는가?"

그는 장규가 지행술로 도망친 이야기를 들려주며 덧붙였다.

"정말 토행손 같았사옵니다! 간밤에 양임이 막대한 공을 세웠사옵니다."

강상은 무척 기뻐하며 군령을 내렸다.

"이후로는 양임이 영채의 순찰을 전담하도록 하라!"

그 무렵 장규는 성으로 돌아가서 고난영에게 말했다.

"오늘 양전과 싸워보니 주나라 진영에 도술이 뛰어난 이가 정말 많다는 것을 알았소. 우리 부부는 아무래도 이 성을 지켜낼 수 없을 것 같구려. 내 생각에는 민지현을 버리고 일단 조가로 돌아가서 다시 대책을 마련하는 것이 좋을 것 같은데 당신 생각은 어떻소?"

"그건 안 돼요! 우리 부부가 여러 해 동안 이곳을 지키면서 사방에 명성을 날렸는데 어찌 하루아침에 버리고 떠날 수 있겠어요? 게다가 이 성의 지리적 위치도 중요해요. 조가를 막아주는 병풍 문과 마찬가지인데 여기를 버리면 황하라는 험난한 방어선을 주나라와 공유하게 되는 셈이잖아요. 그건 절대 안 돼요! 내일은 제가 출전하여 반드시 공을 세우겠어요."

이튿날 고난영은 주나라 영채 앞으로 가서 싸움을 걸었다. 그러자 보고를 받은 강상이 물었다.

"누가 나가시겠소?"

그 말이 떨어지자마자 등선옥이 자원하고 나섰다.

"조심하시구려!"

"알겠사옵니다."

등선옥은 곧 말에 올라 포성과 함께 두 개의 커다란 붉은 깃발을 앞세우고 영채 밖으로 나가서 소리쳤다.

"너는 누구냐? 이름을 밝혀라!"

고난영은 상대 쪽에서도 여자 장수가 나오자 의아하게 생각하며 얼른 응대했다.

"나는 민지현 사령관의 아내 고난영이다. 그러는 너는 누구냐?"

"나는 독량관 토행손 장군의 아내 등선옥이다."

"천한 것! 너희 아비와 자식들은 어명을 받고 토벌하러 나갔거늘 너는 어찌 구차하게 역적과 혼인했느냐? 그러고도 무슨 낯짝으로 고향을 찾아가려는 것이냐?"

이에 등선옥은 격노하여 칼을 휘두르며 달려들었고 온몸에 하얀 옷을 두른 고난영도 쌍칼을 휘두르며 맞섰으니 붉은 옷과 하얀 옷을 입은 두 여자가 성 아래에서 벌인 격전을 묘사한 노래가 있다.

이쪽의 투구는 햇빛에 반짝이고
저쪽의 은빛 속발관에는 봉황 장식 늘어서 있다.
이쪽은 황금 사슬을 엮은 갑옷을 입었고
저쪽의 천엽용린갑은 더욱 튼튼하다.
이쪽은 비린내 나는 피로 붉은 도포를 물들였고
저쪽의 새하얀 전포는 분을 바른 듯하다.
이쪽이 햇살 받아 붉은 마노처럼 빛나는 적금이라면
저쪽은 갓 내린 눈처럼 새하얀 옥을 깎아 만든 아낙.
이쪽이 태양을 향해 하늘하늘 가지를 드리운 붉은 살구라면
저쪽은 달빛 아래 향기로운 이슬을 머금은 배꽃.
이쪽은 불꽃처럼 붉은 오월의 석류꽃이라면
저쪽은 하얀 벽에 기대어 눈 속에 피어난 매화.
이쪽은 나긋한 허리로 안장 위에 앉아 있고
저쪽은 아리따운 모습에 손가락도 갸름하게 길지.
이쪽의 쌍칼이 번개처럼 번쩍이면
저쪽의 쌍칼은 얼굴 향해 날아오는 칼끝 같지.
분명 광한궁의 선녀가 속세에 내려오고
달 속의 항아가 아래 세상에 내려온 게지.
이런 두 여자 장수는 세상에 드무나니
은주銀朱°처럼 붉고 서리처럼 새하얗지.

這一個頂上金盔耀日光　那一個束髮銀冠列鳳凰

這一個黃金鎖子連環鎧　那一個千葉龍鱗甲更强

這一個猩猩血染紅衲祆　那一個素白征袍似粉裝

這一個是赤金映日紅瑪瑙　那一個是白雪初施玉琢娘

這一個似向陽紅杏枝枝嫩　那一個似月下梨花帶露香

這一個似五月榴花紅似火　那一個似雪裹梅花靠粉牆

這一個腰肢嬝娜在鞍鞽上　那一個體態風流十指長

這一個雙刀晃晃如閃電　那一個二刀如鋒劈面揚

分明是　廣寒仙子臨凡世　月裏嫦娥降下方

兩員女將天下少　紅似銀朱白似霜

등선옥은 스무 판쯤 격전을 벌이다가 고삐를 돌려 달아났는데 고난영은 그녀가 거짓으로 패주하는 줄도 모르고 바로 뒤쫓았다. 상대가 쫓아오는 소리를 들은 등선옥은 재빨리 오광석을 꺼내 던졌고 그것은 정확히 고난영의 얼굴에 맞아 즉시 입술이 퍼렇게 부어올랐다. 이렇게 되자 고난영은 어쩔 수 없이 얼굴을 감싼 채 돌아가야 했다. 승리를 거둔 등선옥은 돌아가서 강상에게 보고했다.

"고난영은 오광석에 부상을 입고 성으로 달아났사옵니다."

이에 강상이 그녀의 공적을 기록하려고 하는데 수하가 들어와서 보고했다.

"두 번째 독량관 토행손이 원문 앞에 대령했사옵니다."

"들라 하라!"

잠시 후 토행손이 중군 막사로 들어와서 인사를 올렸다.

"군량 조달을 완수했사오니 직인을 반납하고 전공을 세우고 싶사옵니다."

"이제 다섯 관문을 들어섰으니 군량은 천하 제후들이 조달해줄 것이므로 더 이상 독량관은 필요가 없지. 모두 군대를 따라 진군하도록 하게."

토행손은 물러나서 다른 장수들과 인사를 나누었다. 그런데 황비호가 보이지 않자 황급히 나타에게 물으니 나타가 대답했다.

"민지현은 작은 성에 지나지 않는데 황 장군과 숭후를 비롯한 다섯 분이 한꺼번에 전사하셨네. 어제 보니 장규가 지행술을 쓰던데 자네보다 훨씬 뛰어나더구먼. 저번에 우리 영채로 잠입하여 암살을 시도하다가 다행히 양임이 발견해서 막아낼 수 있었네. 그래서 지금 우리 병력이 전진하지 못하고 막혀 있는 상황일세."

"그런 일이! 예전에 내 사부님께서 이 술법을 전수해주실 때 온 세상에 둘도 없을 것이라고 하셨는데 어찌 여기에 또 그것을 쓰는 기인이 있을 수 있다는 말인가? 아무래도 내일 내가 그자와 붙어봐야겠구먼!"

잠시 후 그는 뒤쪽의 거처로 가서 등선옥에게 물었다.

"그것이 정말이오?"

"정말이에요."

토행손은 밤새 뒤척이다가 이튿날 아침이 되자마자 중군 막사로 가서 강상에게 요청했다.

"제가 나가서 장규와 붙어보겠사옵니다."

강상이 허락하자 곁에 있던 양전과 나타, 등선옥이 모두 뒤를 지원하겠다고 나섰다. 잠시 후 그가 성 아래로 가서 싸움을 걸자 정찰병의 보고를 받은 장규가 나와서 난쟁이를 보고 물었다.

"너는 누구냐?"

"내가 바로 토행손이다."

그러면서 토행손은 말을 마치자마자 빈철로 만든 몽둥이를 휘두르며 달려들었고 장규도 다급히 칼을 들어 맞섰다. 두 사람이 왔다 갔다 몇 판을 맞붙기도 전에 나타와 양전이 일제히 달려와서 거들었는데 나타는 재빨리 건곤권을 던져 공격했고 그것을 본 장규는 구르듯이 말에서 뛰어내려 순식간에 모습을 감추어버렸다. 이에 토행손도 몸을 움찔 흔들어 즉시 장규를 추격하자 그 모습을 본 장규가 깜짝 놀랐다.

'주나라 진영에도 이 술법을 쓰는 자가 있구나!'

이에 두 사람은 땅속에서 다시 격전을 벌였다. 그런데 신장이 큰 장규는 몸놀림이 원활하지 않은 데 비해 토행손은 날렵하게 이리저리 움직이니 장규는 도저히 당해내지 못하고 패주해버렸다. 토행손은 한참 동안이나 추격했지만 결국 따라잡지 못하고 영채로 돌아와야 했다. 장규의 지행술은 하루에 천오백 리를 갈 수 있지만 토행손은 겨우 천 리밖에 갈 수 없었기 때문이다. 이에 그는 영채로 돌아와서 강상에게 말했다.

"장규의 지행술은 과연 대단했사옵니다. 이놈이 여기를 막는다면 아주 곤란하겠사옵니다."

"저번에 자네 사부께서 자네를 사로잡았을 때 땅을 가리켜 강철처럼 단단하게 만드는 지지성강법指地成鋼法을 쓰셨으니 이제 장규를 처리하려면 그 방법을 쓸 수밖에 없을 것 같네. 자네가 그 술법을 배워서 쓰면 되지 않겠는가?"

"대원수께서 편지를 한 통 써주시면 제가 협룡산으로 가서 사부님을 뵙고 그 부적을 가져오겠사옵니다. 그러면 이 민지현을 격파하고 제후의 회합을 앞당길 수 있을 것이옵니다."

강상은 무척 기뻐하며 급히 서신을 써서 토행손에게 건네주었다. 토행손은 곧 아내와 작별하고 협룡산으로 떠났으니 가련하게도 이런 격이었다.

일편단심으로 진정 현명한 군주를 보좌하려 했거늘
수급이 민지현에 높이 걸리고 말았구나!

丹心欲佐眞明主　首級高懸在澠池

토행손은 그대로 협룡산을 향해 떠났다.

한편 장규는 토행손에게 패배하고 돌아와서 고난영을 만나 눈살을 찌푸리며 긴 한숨을 내쉬었다.

"주나라 진영에는 정말 기인이사가 많으니 이를 어쩌면 좋겠소?"

"또 누가 있던가요?"

"토행손이라는 자도 나처럼 지행술을 쓸 줄 아니 문제가 아니오?"

"다시 지급으로 상소문을 올려 조가에 구원병을 청해야겠군요. 우리는 죽을 각오로 성을 지키되 저들과 교전하지 말고 구원병이 도착할 때까지 기다렸다가 다시 대책을 의논해보기로 해요."

부부가 그렇게 상의하고 있는데 갑자기 한 줄기 괴이한 바람이 불어왔으니 그것은 너무나 이상한 바람이었다.

바위 구르고 모래 날려 기세도 더욱 흉험하고
구름 밀고 안개 몰아 종적을 어지럽히는구나.
요괴가 몰래 숨어 훔쳐보면서
또 초楚나라 산을 지나는 외로운 배를 전송하는구나.

走石飛砂勢更凶 推雲擁霧亂行蹤
暗藏妖孽來窺户 又送孤帆過楚峰

그 바람이 지나가면서 거처 앞에 세워둔 꿩 깃털을 장식한 보독번을 두 동강 내버리자 그들 부부는 깜짝 놀랐다.

"이것은 불길한 징조로구나!"

고난영은 곧 제사상을 마련하여 서둘러 동전을 꺼내 점을 쳐보고는 그 의미를 알게 되어 남편에게 말했다.

"여보, 서둘러야겠어요! 토행손이 당신을 격파하려고 지지성강술을 배우러 협룡산으로 가고 있으니 늦으면 안 돼요!"

깜짝 놀란 장규는 황급히 채비를 꾸려 협룡산을 향해 떠났으니 하루에 천 리밖에 가지 못하는 토행손보다 천오백 리를 갈 수 있는 그가 먼저 협룡산에 도착해서 어느 벼랑 옆에 숨어 기다렸다. 장규보다 하루 늦게 맹수애猛獸崖에 도착한 토행손은 멀리 비룡동이 보이자 무척 기뻐했다.

'고향을 또 찾아오게 되었구나!'

토행손은 벼랑 안쪽에 장규가 숨어서 칼을 들고 기다리는 줄은 꿈에도 모르고 아무 생각 없이 앞으로 나아갔는데 그때 갑자기 장규의 고함 소리가 들려왔다.

"토행손, 거기 서라!"

토행손이 고개를 드는 순간 이미 칼날이 내리쳐 가련하게도 그는 어깨부터 등까지 단칼에 갈라져버렸다. 장규는 그의 수급을 베어 들고 민지현의 성 위에 효수하려고 갔으니 주나라에 귀순하고 나서 한 치의 봉토도 받지 못하고 애석하게 죽은 토행손을 위해 후세 사람이 지은 시가 있다.

지난날 주나라에 귀순할 때는
군주 보좌하여 군량 조달할 때 기한을 넘기지 않았지.
관문에 잠입해 보물 훔치니 그 공이 제일이었고
영채 공격할 때 잠입해 활약한 것도 세상에 드문 일이었지.
제후들에게 이름 알려져 부질없이 입에 오르내렸고
명성이 우주에 널리 알려졌으나 원한만 하염없구나!
협룡산 아래에서 목숨 잃으니
본래 자리로 돌아가는 곳 바로 여기였구나!

憶昔西岐歸順時　輔君督運未愆期
進關盜寶功爲首　劫寨偷營世所奇
名播諸侯空嘖嘖　聲揚宇宙恨絲絲
夾龍山下亡身處　反本還元正在玆

장규는 하루도 되지 않아서 민지현으로 돌아와 고난영을 만나 토행손을 죽인 과정을 자세히 들려주었다. 부부는 몹시 기뻐하며 토행손의 수급을 성 위에 효수했다. 잠시 후 주나라의 정찰병이 그것을 발견하고는 다급히 중군 막사로 달려가서 보고했다.

"대원수, 어찌 된 영문인지 모르겠지만 민지현 성 위에 토행손의 수급이 효수되어 있사옵니다. 어떻게 해야 할지 분부를 내려주시옵소서!"

"그 사람은 협룡산으로 떠나서 영내에 없고 또 출전도 하지 않았는데 어찌 피해를 당했다는 말인가?"

강상은 손가락을 짚어 점을 쳐보더니 탁자를 치며 절규했다.

"토행손이 무고하게 죽은 것은 모두 내 탓이로구나!"

강상은 너무나 가슴이 아팠다. 그런데 뜻밖에 뒤쪽에 있던 등선옥이 그 소식을 듣고 통곡하며 중군 막사로 달려와서 남편의 복수를 하겠다고 나섰다. 그러자 강상이 말했다.

"그래도 신중히 따져봐야지 경거망동해서는 안 되네."

하지만 등선옥은 고집을 꺾지 않았다. 그녀는 눈물을 흘리며 말에 올라 성 아래로 가서 고함을 질렀다.

"장규, 나와라!"

정찰병이 보고하자 고난영이 말했다.

"안 그래도 이년에게 돌멩이에 맞은 빚을 갚으려던 참이었는데 잘되었군요. 오늘 이년은 반드시 여기서 죽게 될 거예요!"

이에 고난영은 칼을 들고 말에 올라 출전하기에 앞서 성 안에서 미리 붉은 호리병을 꺼내 마흔아홉 개의 신령한 태양금침을 쏘았다. 등선옥은 말방울 소리가 들리는가 싶어 고개를 들었다가 두 눈에 그 금침을 맞아 시력을 잃어버렸고 결국 고난영의 칼에 맞아 낙마하고 말았다.

토행손 부부 전사하다.

맹진에서 제후들의 얼굴을 보기도 전에

오늘 민지현에서 부부가 목숨 잃었구나!

孟津未會諸侯面　今日夫妻喪澠池

고난영은 등선옥의 수급을 베어서 성 위에 토행손의 수급과 함께 효수했다. 정찰병의 보고를 받은 강상은 말할 수 없이 슬퍼하며 제자들에게 말했다.

"지금 고난영이 태양금침으로 상대의 눈을 쏘니 보통 일이 아닐세. 모두들 방비를 철저히 해야 하네."

그리고 그는 영채에서 움직이지 않고 민지현을 공략할 새로운 방도를 모색했다. 그때 남궁괄이 말했다.

"이 작은 지역에서 벌써 여러 장수를 잃었사옵니다. 대원수, 사방에서 포위하여 공격하면 이곳을 짓밟아 평지로 만들어버릴 수 있지 않겠사옵니까?"

이에 강상은 전군에 명령하여 사방에서 포위 공격을 감행하게 했다. 전군이 함성을 질러대면서 마침내 운제雲梯를 설치하고 포를 쏘며 드세게 공격하자 장규 부부는 온갖 방법을 동원해서 성을 사수했다. 이틀 밤낮을 연이어 공격해도 성이 함락되지 않자 강상은 가슴이 답답하여 퇴각 명령을 내렸다.

"잠시 물러나서 다시 방도를 마련하도록 하세. 그러지 않으면 아무 소득도 없이 괜히 병사들만 고생시킬 뿐일세."

이에 장수들은 징을 울려서 병력을 물렸다.

한편 장규는 다시 상소문을 작성하여 조가로 보냈다. 전령이 황하를 건너 맹진에 도착해보니 벌써 사백 명의 제후들이 병력을 이끌고 그곳에 주둔하고 있었다. 그는 행적을 숨기고 은밀히 통과하여 마침내 별 탈 없이 조가의 역관에 도착했다. 그곳에서 하룻밤을 쉬고 이튿날 문서방으로 가서 상소문을 올렸는데 그날 당직을 서고 있던 미자는 상소문을 받아 읽어보고는 서둘러 내궁으로 들어갔다. 당시 주왕은 녹대에서 잔치를 벌여 술을 마시고 있다가 미자가 알현을 청한다는 보고를 받자 그를 녹대 위로 불렀다. 미자가 절을 올리자 그가 물었다.

"황백, 무슨 상소할 일이 있소이까?"

"무왕의 군대가 다섯 관문을 들어와서 벌써 민지현에 이르렀는데 장수와 병사들의 피해가 많아져 도저히 버티기 어려워 위급한 상황이라 하옵니다. 그러니 속히 구원병을 파견해주시옵소서. 그렇지 않으면 저는 죽음으로 성은에 보답하는 수밖에 없사옵니다. 게다가 그 지역은 도성으로부터 불과 사오백 리밖에 떨어지지 않은 곳인데 폐하께서는 여전히 이곳에서 연회를 즐기시면서 사직은 전혀 염려하지 않고 계시옵니다. 지금 맹진에는 남북에서 모여든 사백 명의 제후들이 병력을 주둔한 채 서백이 도착하기만을 기다리고 있사오니 사태가 대단히 시급해졌사옵니다. 이제 이 보고를 받으니 저는 몸과 마음이 모두 초조하여 어찌할 바를 모르겠나이다. 폐하, 부디 어서 현량한 인재를 구하여 나랏일을 돌보게 하시고 장수를 임명하여 역적을 소탕하게 하시며 지난 과오를 개선하여 군대와 백성을 훈육하시고 어진 정치로 하늘의 뜻을 돌리시옵소서. 그렇게 되면 상나라의 종묘를 잃지 않을 수 있사옵니다."

"아니! 역적 희발이 벌써 짐의 관문을 침범하여 장수와 병사들을 살해하고 민지현까지 왔다니 정말 가증스럽구려! 짐이 친히 병력을 이끌고 나가서 이 큰 악종을 제거해야겠소이다."

그러자 중대부 비렴이 간언했다.

"폐하, 아니 되옵니다! 지금 맹진에 사백 명의 제후들이 주둔해 있는데 폐하께서 출정하신다는 소식을 들으면 그들은 일단 지나가게 해놓고 뒤에서 길을 끊어버릴 터이니 그렇게 되면 앞뒤로 적을 맞게 되는 셈이라 적절하지 않은 듯하옵니다. 차라리 방문을 내걸어 많은 상금을 걸고 인재를 초빙하시면 자연히 고명한 인사들이 찾아오지 않겠사옵니까? '많은 포상이 걸리면 반드시 용감한 장부가 나타나기 마련'이라는 옛말도 있지 않사옵니까? 그런데 굳이 폐하께서 수고롭게 군대를 이끌고 역적과 교전하실 필요가 있겠사옵니까?"

"그대의 말에 따르겠소. 어서 조가성의 사대문에 방문을 내걸어 장수의 직무를 감당할 만한 호걸을 초빙하도록 하시오. 순서에 상관없이 등용하여 증력에 따라 벼슬을 내리겠소!"

이렇게 되자 사방이 시끄러워져 조가성 안의 만백성은 날마다 여러 번씩 놀라서 당황하는 사태가 벌어졌다.

그러던 어느 날 세 명의 호걸이 나타나서 방문을 뜯자 지키고 있던 병사가 그들을 데리고 먼저 비렴의 거처로 가서 보고했다. 문지기의 보고를 받은 비렴은 그들을 안으로 불러들였고 세 사람은 안으로 들어가서 비렴과 인사를 나누고 말했다.

"천자께서 천하에 인재를 모집한다는 소식을 들었사옵니다. 저희 셋은 비록 재주가 모자람을 잘 알지만 그래도 어버이와 다름없는 군주에게 일이 생겼으니 몸과 마음을 바쳐 봉사하고 싶어서 찾아왔사옵니다."

비렴은 세 사람의 기품이 맑고 빼어나다고 생각하여 즉시 자리를 권했다. 그러자 그들 셋이 말했다.

"저희는 모두 민간의 백성일 뿐인데 대부 나리 앞에서 어찌 감히 자리에 앉을 수 있겠사옵니까?"

"현량한 인재를 구하여 나라를 안정시키려는 마당에 당장 높은 벼슬과 후한 봉록을 내리는 일도 마다하지 않을 터인데 함께 자리에 앉는 것쯤이야 무슨 문제가 있겠소이까?"

이에 세 사람이 공손히 자리에 앉자 비렴이 말했다.

"세 분 성함은 어찌 되시는지요? 그리고 어디에 사시는 분들인지요?"

그러자 세 사람이 명함을 바쳤다. 비렴이 받아보니 이들은 매산梅山° 출신으로 각기 이름이 원홍袁洪, 오룡吳龍, 상호常昊였는데 바로 '매산칠성梅山七聖'이라고 불리는 일곱 명 가운데 셋으로 그들이 먼저 찾아오고 나중에 나머지 네 명도 연이어 찾아오게 된다. 원홍은 하얀 원숭이[白猿] 정령이고 오룡은 지네[蜈蚣] 정령이며 상호는 커다란 뱀[長蛇] 정령이었기 때문에 각기 '원袁'과 '오吳', '상常°'을 성씨로 삼은 것이다.

비렴은 곧 그들을 데리고 조정으로 들어가서 주왕을 알현했다. 당시 주왕은 내궁의 현경전에서 악래와 바둑을 두고 있었는데 비렴이 알현을 청한다는 보고를 받고 그를 안으로 불러들였다. 잠시 후 비렴이 아뢰었다.

"폐하, 지금 매산에서 세 명의 호걸이 방문을 보고 찾아와서 어명을 기다리고 있사옵니다."

"오, 그래요? 안으로 데려오시구려."

잠시 후 세 사람이 대전으로 들어와서 만세삼창을 하고 절을 올리자 주왕이 일어나라고 분부했다. 세 사람이 한쪽으로 비켜서서 시립하자 주왕이 물었다.

"그대들은 역적을 사로잡을 무슨 묘책을 가지고 왔소?"

이에 원홍이 아뢰었다.

"강상은 교묘한 거짓말로 천하 제후들을 규합하고 백성을 선동하여 반역을 일으켰나이다. 그러니 저는 우선 주나라를 격파하여 강상을 사로잡아야 한다고 생각하옵니다. 그렇게 되면 팔백 명의 제후들도 폐하께 투항하여 이전의 죄를 용서해달라고 간청할 테니 천하는 전쟁이 없이도 저절로 평안해질 것이옵니다."

그 말을 들은 주왕은 무척 기뻐하며 즉시 원홍을 대장군으로, 오룡과 상호를 선봉장으로 삼았다. 그리고 은파패를 참모로, 뇌개를 오군총독五軍總督으로 임명하고 은성수殷成秀와 뇌곤雷鵾, 뇌붕雷鵬, 노인걸魯仁傑 등의 장수들도 정벌에 참여하라고 분부했다. 그런 다음 그는 가경전嘉慶殿에서 연회를 열었는데 어려서부터 책을 많이 읽어서 영웅들에 대해 아는 것이 많은 노인걸은 원홍의 행동거지가 예절에 맞지 않는 것을 보고 속으로 생각했다.

'보아하니 이 사람은 대장군의 자질이 없는 것 같은데 나중에 병사들을 훈련시키는 것을 보면 알겠지.'

그날 연회가 끝나자 이튿날은 신하들이 성은에 감사하는 연회를 열었다. 그리고 사흘 후 원홍 등은 훈련장으로 가서 병사들을 훈련시켰는데 노인걸이 보니 원홍의 행동거지와 조치가 모두 법도에 맞지 않아서 도저히 강상의 적수가 될 수 없을 것 같았다. 하지만 당시는 아무래도 인재가 필요한 때였기 때문에 그저 일이 흘러가는 대로 내버려둘 수밖에 없었다.

이튿날 원홍이 주왕을 알현하자 주왕이 물었다.

"대장군, 우선 일단의 병력을 이끌고 민지현으로 가서 장규를 도와 주나라 군대를 저지하는 것이 어떻소이까?"

"제 생각에는 도성의 병력을 멀리 내보내면 안 될 것 같사옵니다."

"무엇 때문이오?"

"지금 맹진에는 남북의 제후들이 주둔하여 뒤를 엿보고 있사온데 제가 민지현으로 가면 이 제후들이 맹진을 막아 우리 병력의 군량 조달을 방해할 것이니 그러면 저는 앞뒤로 적을 상대해야 하옵니다. 이것은 전투를 하지 않고도 패배를 자초하는 길이 아니겠사옵니까? 게다가 군량은 병사들의 목숨이나 마찬가지여서 진군을 하기 전에 미리 준비해야 하는 것이옵니다. 제 생각에는 이십만 병력으로 맹진의 요충지를 막아 제후들이 조가를 침범하지 못하게 하고 일전을 벌여 승리하면 만사가 해결될 듯하옵니다."

"아주 좋은 생각이오! 정말 사직을 지탱할 만한 훌륭한 신하로구려! 대장군의 말씀대로 시행하시오!"

원홍은 곧 이십만의 병력을 선발하고 오룡과 상호를 선봉장으로, 은파패를 참모로, 뇌개를 오군도독으로 삼았다. 그리고 은성수와 뇌곤, 뇌붕, 노인걸을 대동하여 맹진으로 갔으니 이후에 승부가 어찌 되는지는 다음 회를 보시라.

제88회

무왕이 탄 배에 하얀 물고기가 뛰어들다

武王白魚躍龍舟

상서로운 흰 물고기의 징조 너무나 기쁘나니
주나라가 창성할 운수를 미리 보여주었지.
팔백 명의 제후들 크나큰 덕을 칭송하고
천 년 동안 사령관들 그의 도움에 의지했지.
당당히 진을 펼치니 아홉 겹이요
반듯하게 기문 열고 삼십육계를 펼쳤지.
때맞춰 내리는 비와 같은 군대 오니 백성은 기뻐하고
상나라 기업은 이미 쇠망했지.

白魚吉兆喜非常　預肇周家應瑞昌
八百諸侯稱碩德　千年師帥賴匡襄
堂堂陣演三三疊　正正旗門六六行
時雨師臨民甚悅　商朝基業已消亡

그러니까 원홍은 병력을 이끌고 맹진으로 가서 요충지에 방어진을 구축하여 제후들의 진로를 막았다.

한편 민지현의 장규는 밤낮으로 조가에서 구원병이 오기만을 기다렸는데 어느 날 갑자기 정찰병이 달려와서 보고했다.

“천자께서 새 대장군으로 원홍이라는 이를 임명하셨는데 이십만 병력을 이끌고 맹진에 주둔하여 제후들을 막고 있다고 하옵니다. 하지만 우리 민지현에 구원병을 보내지는 않았사옵니다.”

“뭣이! 구원병이 오지 않으면 이곳을 어찌 지키라는 말이냐? 게다가 앞에는 주나라 군대가 있고 뒤에는 맹진이 있어서 사백 명의 제후들이 합공하면 우리는 패배할 수밖에 없다. 그런데도 여기를 버리고 구원병을 보내지 않으니 이를 어쩐다는 말이냐?”

장규는 다급히 고난영과 상의했다. 그러자 그녀가 말했다.

“우리 둘이서도 주나라 병력을 막을 수 있을 거예요. 지금 원홍이 맹진을 막고 있으니 남북의 제후들도 우리 뒤를 공격하지 못할 거고요. 그저 원홍이 남북의 제후들을 격파하기만을 기다리는 수밖에요. 만약 그렇게 되면 우리도 그곳으로 가서 합류해 함께 주나라 군대를 공격하면 틀림없이 승리할 거예요. 지금은 그저 성을 지킬 방도만 생각하고 주나라 장수들과 겨루지는 말기로 해요. 그러다가 저들의 군량이 소진되어 병사들이 피로해지면 단번에 승리를 거둘 수 있을 거예요. 이게 최상의 방법이 아닐까요?”

하지만 장규는 여전히 마음을 놓지 못했다.

한편 조그마한 민지현을 함락하지 못하고 많은 장수만 잃은 강상은 중군 막사에서 고심에 빠져 있다가 남몰래 고개를 끄덕이며 탄식했다.

'불쌍하게도 군주를 모시고 나라를 안정시키려던 영웅들이 그렇게 충성을 다했건만 이곳에서 유언을 남겼으니 그들의 육신은 모두 흔적도 없이 사라져버렸구나!'

그렇게 슬퍼하고 있을 때 갑자기 수문장이 들어와서 보고했다.

"어느 젊은 도사가 찾아왔사옵니다."

"들여보내라!"

잠시 후 도동 하나가 들어와서 절을 올리고 말했다.

"저는 협룡산 비룡동에 계신 구류손 도인의 제자이옵니다. 사형 토행손이 협룡산 맹수애에서 장규에게 살해당했는데 사부님께서는 그것이 하늘이 정한 운수에 따른 것이므로 구해줄 수 없다는 사실을 알고 계셨사옵니다. 다만 민지현을 통과하려면 반드시 어떤 사연이 있어야 하기 때문에 저더러 이 편지를 전하라 하셨사옵니다. 사숙께서 이 편지를 보시면 전말을 아실 수 있을 것이옵니다."

강상이 받아 펼쳐보니 편지에는 이렇게 적혀 있었다.

구류손이 강상 대원수에게 올립니다.

저번에 토행손이 맹수애에서 장규에게 죽은 것은 정해진 운명이었기 때문에 피할 수 없었습니다. 저는 그저 맹수애를 바라보며 눈물을 지을 수밖에 없었는데 그 일을 언급하자니 그저 한숨만 나옵니다. 지금 장규는 성을 지키는 능력이 뛰어나서 대원수께서는 하루속히 점령하지 못하여 답답하시겠지만 그 사람의 운명도 이제 곧 끝나게 되어 있습니다. 그러니 제가 알려드리는 대로 틀림없이 시행하시기 바랍니다. 양전에게 제가 드리는 부적을 가지고 먼저 황하 강가에 가서 기다리고 있게 하고 장규가 양임과 위호에게 쫓길 때 사로잡게 하십시오. 성을 함락하는 데에는 나타와 뇌진자만 있으면 충분합니다. 대원수께서 직접 호랑이를 꾀어 산을 떠나게 하는 조호이산계調虎離山計를 쓰시면 단번에 성공할 수 있을 것입니다. 이번 일은 당연히 순탄하게 해결될 것입니다.

그럼 신들을 모두 임명하신 후에 다시 만날 날이 있기를 바라면서 이만 줄입니다.

강상은 편지를 읽고 나서 도동을 돌려보내고 즉시 군령을 내렸다.

"나타와 뇌진자는 영전을 받고 나가서 조치하라! 양전과 양임은 이 문서를 받고 가서 행하라! 위호도 이 문서를 가지고 가서 처리하라!"

그렇게 분부를 마치고 밤이 되자 주나라 진영에서 포성이 울리더니 전군이 함성을 지르며 성 아래로 돌격했다. 이에 장규가 다급히 성으로 올라가서 온갖 방법을 다 동원하여 방어하니 도무지 함락하기가 어려웠다. 강상은 그의 수성守城 능력을 인정하면서 곧 징을 울리게 하여 병사를 물렸다.

이튿날 정오가 조금 지나서 강상은 무왕을 중군 막사로 청했다.

"전하, 오늘은 저와 함께 영채를 나가서 민지현의 해자를 살피고 공략할 방도를 연구해주시기 바라나이다."

무왕은 후덕한 군자인지라 즉시 응낙했다.

"그리하겠습니다."

무왕은 즉시 강상과 함께 영채 밖으로 나가서 성 아래에 이르러 주위를 둘러보았다. 그러자 강상이 민지현의 성을 손으로 가리키며 말했다.

"전하, 이 성을 함락하려면 굉천대포轟天大炮를 써야 단번에 성공할 수 있을 듯하옵니다."

그 무렵 정찰병은 강상과 무왕이 성을 공략할 방도를 논의하는 모습을 발견하고 장규에게 보고했다.

"나리, 강상이 붉은 전포를 입은 이와 함께 성 아래에서 해자를 살펴보고 있사옵니다."

이에 장규가 즉시 성에 올라가 살펴보니 과연 그러했다.

'강상, 나를 너무 무시하는구나! 며칠 동안 계속해서 수비만 하고 교전을 하지 않았더니 감히 나를 아무것도 아닌 존재로 취급하고 성 아래까지 와서 멋대로 굴다니!'

그는 곧 성을 내려가서 고난영에게 말했다.

"성의 수비를 단단히 하시구려, 나는 밖에 나가서 일전을 치러 우환을 미리 막아야겠소이다."

고난영은 싸움을 관전하기 위해 성으로 올라갔고 장규는 말에 올라 칼을 들더니 성문을 열고 나는 듯이 달려가서 소리쳤다.

"희발, 강상! 오늘 너희는 목숨을 부지하기 힘들 것이다!"

그야말로 이런 격이었다.

계책을 세워 달 속의 옥토끼 잡고

모략을 꾸며 해 안의 금오를 잡지!

計就月中擒玉兎　謀成日裏捉金烏

강상은 그 모습을 보고 무왕과 함께 급히 고삐를 돌려 서쪽을 향해 달아났다. 장규는 주나라 진영에서 아무도 가로막는 이가 없자 마음 놓고 계속 추격했다. 그런데 그가 삼십 리쯤 추격했을 때 갑자기 징과 북이 일제히 울리면서 포성과 함께 병사들의 함성이 천지를 흔들더니 주나라 진영의 모든 장수들이 일제히 영채를 나와서 성 아래로 돌진하는 것이었다. 고난영은 성 위에서 완전무장하고 해자를 지키고 있다가 주나라 진영에서 포성이 울리자 어찌 된 영문인지 몰라서 의아했다. 그때 갑자기 나타가 풍화륜에 올라 성 위로 날아와서 세 개의 머리와 여덟 개의 팔이 달린 모습을 드러내고 화첨창을 휘두르며 달려들자 그녀는 급히 말을 타고 쌍칼을 휘두르며 막아섰다. 하지만 성 위에서 교전하기가 불편했기 때문에 말을 몰고 성 아래로 내려가자 나타도 곧 쫓아왔다. 그 무렵 풍뢰시를 펼치고 성 위로 날아오른 뇌진자는 어느새 황금 몽둥이를 휘두르며 병사들을 공격하더니 곧 성문의 빗장을 부수고 문을 열었다. 고난영은 성문으로 주나라 병사들이 밀물처럼 들어오자 사태가 여의치 않게 돌아간다고 생각하고 호리병을 꺼내 태양금침을 쏘려고 했는데 그보다 앞서 나타가 던진 건곤권이 그녀의 머리를 때리는 바람에 그대로 낙마해버렸다. 그리고 다시 나타가 내지른 화첨창에 찔려 비명에 죽은 그녀의 영혼은 그대로 봉신대로 떠났다.

죽음으로 외로운 성을 지키며 상나라를 위했건만
오늘 목숨을 잃었으니 참으로 가슴 아프구나!
절개와 충성 다하여 불후의 명성을 남기니
여인 중의 절개를 역사에 길이 드날리리라!

孤城死守爲成湯　今日身亡實可傷
全節全忠名不朽　女中貞烈萬年揚

고난영의 죽음을 본 병사들은 뇌진자와 나타가 민지현으로 진입하자 모두 땅바닥에 엎드려 항복했다. 이에 나타가 말했다.

"너희들의 목숨은 모두 살려줄 테니 대원수께서 오셔서 백성들을 안심시킬 때까지 대기하도록 하라!"

그런 다음 나타는 뇌진자에게 말했다.

"도형, 잠시 성 위에서 지키고 계시오. 나는 사숙과 무왕을 도우러 가겠소. 전하께서 놀라지나 않으셨을지 걱정이오."

"늦으면 안 되니 어서 서두르시오!"

나타는 곧 풍화륜을 몰고 서쪽으로 달려갔다. 장규는 이십 리쯤 더 추격하다가 사방에서 포성과 함께 병사들의 함성이 일자 깜짝 놀라서 추격을 멈추었다. 그때 강상이 소리쳤다.

"장규, 민지현은 이미 함락되었는데 왜 아직도 항복하지 않는 것이냐?"

이에 장규는 계략에 당했다는 것을 알고 당황하여 고삐를 돌려 성을 향해 달려갔다. 그때 때마침 세 개의 머리와 여덟 개의 팔이 달린 모습을 드러낸 나타가 그의 앞을 막아섰다.

"역적! 말에서 내려 머리를 내밀지 않고 무얼 기다리느냐?"

그 말에 장규가 격노하여 칼을 휘두르며 달려들자 나타도 화첨창으로 맞섰다. 몇 판 맞붙지 않아서 나타가 구룡신화조를 던지며 덮쳐오자 그 술법의 무시무시함을 아는 장규는 재빨리 몸을 움찔하여 땅속으로 들어갔다. 그 모습을 본 나타는 토행손이 떠올라 자기도 모르게 가슴이 아팠지만 어쩔 수 없이 뒤돌아 무왕을 맞이하러 갈 수밖에 없었다. 그사이에 다급히 성 아래에 도착한 장규는 뇌진자를 보고 성이 이미 함락되었다는 것을 알았다. 그러나 고난영의 생사는 알 수 없었다.

'차라리 조가로 가서 원홍과 합류하여 다시 방법을 마련하는 것이 낫겠구나.'

한편 나타는 무왕과 강상을 만나서 함께 민지현으로 돌아와 병력을 성 안에 주둔시키고 성 위에 효수된 주나라 장수들의 수급을 수습하여 제사를 지내준 후 높은 언덕에 안장했다.

장규는 어느새 완전무장한 채 지행술을 써서 황하로 향하는 큰길에 들어섰는데 그 빠르기가 바람인 듯 구름을 쫓는 번개인 듯 했다. 그때 마침 그를 발견한 양임이 위호에게 알려주었다.

"도형, 장규가 오고 있소. 도망치지 못하도록 조심하셔야 하오! 내가 손가락으로 가리키는 곳을 바로 항마저로 찍어 누르시오."

"알겠습니다."

양임은 운하수에 올라 손바닥에 달린 두 눈의 신령한 빛으로 땅속을 꿰뚫어보다가 장규가 다가오자 고함을 질렀다.

"장규, 꼼짝 마라! 오늘은 재앙을 피하지 못할 것이다!"

그 말을 들은 장규는 혼비백산 놀라서 재빨리 지행술로 단숨에 천오백 리를 내달렸다. 그러자 양임은 운하수를 몰고 땅 위에서 뒤쫓았고 위호는 머리를 치켜들고 양임만 쳐다보았는데 그 엄청난 추격전의 모습은 바로 이러했다.

위쪽에서 위호가 양임을 보고 있을 때
양임은 칠살신을 추격했지!

上邊韋護觀楊任　楊任生追七煞神

땅속을 내달리던 장규는 양임이 바로 머리 위에서 바짝 쫓고 있다는 것을 느낄 수 있었다. 그가 어느 쪽으로 가든 간에 양임이 계속 쫓아오니 그저 앞만 보고 나는 듯이 내달릴 수밖에 없었다. 그러다가 황하 강변에 이르자 그곳에는 이미 강상에게 문서를 받은 양전이 매복해 있었다. 그때 멀리서 양임이 양전을 발견하고 소리쳤다.

"도형, 장규가 가고 있소!"

양전은 그 말을 듣고 즉시 삼매진화를 일으켜 구류손이 전해준 부적을 태우고 황하 강가에 섰다. 그때 장규가 막 황하에 도착하니 갑자기 사방의 땅이 철통처럼 변해서 반걸음도 내디딜 수 없게 되었다. 그는 좌우로 이리저리 몸을 움직여봤지만 꼼짝도 하지 않자 되돌아가려고 했는데 뒤쪽 또한 철벽으로 변해 있었다. 그때 양임이 손가락으로 가리키니 공중에 떠 있던 위호가 항마저로 장규를 내리쳤다. 이 보물은 사악한 마귀를 진압하여 삼교를 수호하는 것이었으니 가련하게도 장규가 그것을 어찌 감당할 수 있었겠는가?

한 줄기 금빛 허공에서 일어나니
오색구름과 노을이 함께 힘을 발휘했지.
귀신과 요괴가 이것을 만나면 모조리 종적이 끊어지고
사악한 마귀도 이것을 만나면 죄다 스러져버리지.
삼교에 귀의하여 자비롭고 선하기로 유명했고
여러 하늘 지키며 용맹하게 도법을 수호했지.
오늘 황하에서 칠살신을 제거하니
역사에 길이 남을 영웅의 명성 무지개를 꿰뚫었지!

金光一道起空中　五彩雲霞協用功
鬼怪逢時皆絕跡　邪魔遇此盡成空
皈依三教稱慈善　鎮壓諸天護法雄
今日黃河除七煞　千年英雄貫長虹

장규는 위호의 항마저에 맞아 몸이 가루가 되어버렸고 그의 영혼은 봉신대로 떠났다. 한편 강상은 세 제자가 일제히 돌아와서 장규를 처치한 일에 대해 보고하자 무척 기뻐했다. 그는 민지현에서 며칠 동안 머물다가 길일을 택해 병력을 출발시켰다.

이날 강상은 병력을 정돈하여 민지현을 떠나 황하로 갔는데 때는 한겨울이었고 장수들은 무거운 갑옷과 투구를 걸치고 또 겹겹이 옷을 입어야 했다. 그만큼 한기가 극심했으니 이 상황을 묘사한 노래가 있다.°

겹겹 이불도 온기가 없고

소매 속 손은 얼음을 만지는 듯했지.

시든 나뭇잎에는 서리 꽃이 드리웠고

늙은 소나무에는 얼어붙은 솔방울이 달려 있었지.

지독한 한기에 땅이 갈라지고

물이 얼어붙어 연못도 평지로 변했지.

고깃배는 낚싯줄을 드리우지 못하고

도관에는 참배객의 발길이 끊어졌지.

나무꾼은 땔감이 없어 시름겹고

왕손은 석탄 늘어 즐거워했지.

정벌 나선 장정은 수염이 철사처럼 변했고

시인의 붓은 얼어붙은 듯했지.

솜옷을 입어도 얇은 느낌이고

담비 가죽 옷도 가볍다고 원망했지.

부들방석에는 늙은 승려가 뻣뻣이 누웠고

종잇장 같은 휘장 속에서 나그네도 추위에 놀랐지.

한파의 위세 매섭다고 탓하지 말지니

군대 행렬에서는 군령이 벼락 치듯 하지!

重衾無暖氣　袖手似揣冰

敗葉垂霜蕊　蒼松掛凍鈴

地裂因寒甚　池平爲水凝

魚舟空釣線　仙觀沒人行

樵子愁柴少　王孫喜炭增

征人鬚似鐵　詩客筆如零
皮襖猶嫌薄　貂裘尚恨輕
蒲團僵老衲　紙帳旅魂驚
莫訝寒威重　兵行令若霆

강상의 병력이 황하에 도착하자 수하들이 중군 막사에 보고했다. 이에 강상은 민간의 배를 빌려 강을 건널 준비를 하라고 군령을 내렸다. 배 한 척에 은 다섯 푼을 주되 한 척이라도 무단으로 징발하여 쓰지 못하게 했다. 이에 만백성은 즐거이 생업에 임하며 누구나 그 덕에 감탄했으니 그야말로 '때맞춰 내리는 비와 같은 군대'였다. 강상은 따로 군령을 내려 무왕이 탈 용선龍船을 한 척 준비하게 해서 중앙의 선창에 타고 좌우에서 노를 저어 강 중류를 향해 출발했다. 그런데 잠시 후 물결이 하늘을 칠 듯이 일면서 엄청난 바람이 불어 무왕이 탄 용선이 뒤집힐 듯 흔들렸다.

"상보, 배가 왜 이리 흔들리는 것입니까?"

"황하는 물결이 세서 평소에도 제법 높은 편이온데 지금은 바람까지 부는 데다가 이 배가 용선이다 보니 이렇게 흔들리는 것이옵니다."

"창문을 열고 밖을 좀 구경해도 괜찮겠습니까?"

이에 강상은 창문을 열고 무왕과 함께 밖을 구경했다. 그곳에는 수천 겹의 엄청난 파도가 일고 있었다.°

드넓은 강물에는 달빛 잠겨 있고

광대한 물 위에는 하늘 그림자 떠 있구나.
신령한 파도는 산악을 삼킬 듯하고
긴 강물은 수많은 개천을 꿰었구나.
천 겹의 파도가 흉험하게 일어나고
만 겹의 높은 물결에 뒤집어지는구나.
강가 나루터에는 고기잡이배 불도 켜지지 않았고
모래밭에는 해오라기 자고 있구나.
아득히 넓은 것이 마치 바다 같아서
아무리 둘러봐도 끝이 보이지 않는구나!

洋洋光浸月　浩浩影浮天
靈派呑華嶽　長流貫百川
千層凶浪滚　萬疊峻波顚
岸口無漁火　沙頭有鷺眠
茫然渾似海　一望更無邊

무왕은 허연 파도가 하늘까지 넘실거리고 아무리 둘러봐도 끝이 보이지 않자 너무 놀라서 얼굴이 흙빛으로 변했다. 그때 갑자기 그가 탄 용선이 물결 속에서 오르락내리락하다가 소용돌이가 생겨나면서 물길이 갈라지더니 '텰썩!' 하는 소리와 함께 하얀 물고기 한 마리가 배 안으로 뛰어들었다. 그 물고기는 배 안에서 이리저리 퍼덕이며 네다섯 자 높이나 되게 뛰었는데 무왕은 깜짝 놀라서 강상에게 물었다.

"이 물고기가 배로 뛰어든 것은 어떤 징조입니까?"

무왕이 탄 배에 하얀 물고기가 뛰어들다.

"전하, 축하드리옵니다! 물고기가 전하의 배로 들어온 것은 주왕이 멸망하고 주나라가 흥성하여 전하께서 상나라의 뒤를 이어 천하를 다스리게 되실 징조이옵니다. 여봐라, 요리사에게 이 물고기를 요리하여 전하께 바치도록 하라!"

"아니 되오! 그냥 다시 강물에 넣어주도록 하십시오."

"기왕 전하의 배로 들어온 물고기를 어찌 놓아 보낼 수 있겠사옵니까? '하늘이 내린 것을 받지 않으면 오히려 죄를 추궁당하는 법'이니 함부로 놓아주지 말고 잡수셔야 하옵니다."

강상은 수하에게 요리사를 부르게 했다. 그리고 잠시 후 요리사가 요리를 바치자 장수들에게도 나눠주도록 분부했다. 그로부터 얼마 지나지 않아 물결이 잠잠해지더니 용선은 금방 황하를 건넜다.

주나라 군대가 도착했다는 소식을 들은 사백 명의 제후는 잔치를 준비하여 무왕을 영접하러 나갔다. 강상은 무왕이 어질고 덕이 많은 군주인지라 천자를 무시하려 하지 않을 것임을 잘 알았기에 제후들이 무왕을 높여 불러 그의 용기를 약하게 만듦으로써 대사를 망치게 될까 걱정스러웠다. 이에 그는 미리 제후들에게 언질을 주고 나서 무왕을 만나게 하여 실상이 드러나지 않도록 하고 주왕을 격파한 뒤에 다시 방도를 마련하기로 했다. 그가 무왕에게 말했다.

"이제 배가 뭍에 닿았으니 잠시 배 안에 계시옵소서. 제가 먼저 뭍에 올라 무기를 배치하고 군기를 엄격히 세워서 제후들에게 위세를 보이고 영채를 차린 뒤에 전하를 모시겠나이다."

"상보 뜻대로 하십시오."

이에 강상은 먼저 뭍에 올라 병력을 이끌고 맹진으로 가서 영채를 세웠다. 제후들이 일제히 중군 막사로 찾아오자 강상은 그들을 영접하여 인사를 나누고 나서 이렇게 말했다.

"여러분, 무왕을 알현할 때 백성을 위로하여 죄인을 토벌하는 이유에 대해서는 너무 깊이 말씀하지 마시고 그저 상나라 정권을 대신 장악하여 정치를 바로잡으려 한다는 정도만 말씀해주십시오. 다음 일은 주왕을 격파하고 나서 다시 상의하는 것이 좋겠습니다."

제후들은 무척 기뻐하며 강상의 말을 따르기로 했다. 이에 그는 군정관과 나타, 양전을 보내서 무왕을 모셔 오라고 했다. 그 뒤로 또 서쪽의 제후 이백 명이 황하를 건너와서 무왕의 행차와 함께 들어왔으니 그야말로 천하 제후들의 회합이었는지라 당연히 일반적인 회합과는 달랐다.

오늘 맹진에서 제후들이 회합하니
무성한 살기가 속세에 가득하구나.
해를 향한 깃발에는 용과 봉황이 날고
서리를 맞이하는 창칼은 귀신도 울게 할 정도로다.
용맹한 병사들의 노래에 태양이 감동하고
수많은 병사와 백성들이 어진 사람의 제도를 받지.
세상의 운세가 태평해질 것임을 알아야 하나니
천하가 노래하여 언제나 봄날 같으리라!

今日諸侯會孟津　紛紛殺氣滿紅塵
旌旗向日飛龍鳳　劍戟迎霜泣鬼神
士卒赳赳歌化日　軍民濟濟度仁人

應知世運當亨泰　四海謳吟總是春

무왕이 서방의 제후 이백 명과 함께 맹진의 영채로 오자 정찰병이 중군 막사에 보고했다. 강상은 곧 남북의 제후 사백 명과 수백 명의 작은 나라 제후들을 인솔하여 일제히 나가서 맞이했다. 무왕은 곧 중군 막사로 들어갔는데 그곳에는 이미 이와 같은 이들이 와 있었다.

남백후 악순, 북백후 숭응란, 동남양주후東南揚州侯 종지명鍾志明, 서남예주후西南豫州侯 요초량姚楚亮, 동북연주후東北兗州侯 팽조수彭祖壽, 좌백左伯 종지명宗智明, 우백右伯 요서량姚庶良, 원백遠伯 상신인常信仁, 근백近伯 조종曹宗, 이문백夷門伯 무고규武高逵, 빈주백邠州伯 정건길丁建吉

이렇게 해서 많은 제후들이 영채 안으로 들어왔다. 하지만 동백후 강문환은 아직 유혼관을 들어오지 못한 상태였다. 제후들이 무왕을 상석으로 청하였으나 무왕은 한사코 사양했고 그렇게 한참 동안 서로 겸양하다가 마침내 제후들과 정식으로 인사를 나누었다. 그러자 천하 제후들이 일제히 엎드려 말했다.

"이제 대왕께서 이곳에 오시어 저희 제후들이 위엄과 덕망을 갖춘 용안을 뵙게 해주셨으니 부디 천하를 위하여 속히 도탄에 빠진 백성을 구제해주시옵소서!"

무왕은 공손히 대답했다.

"저 희발이 선왕의 지위를 계승했으나 덕망이 모자라고 아는 것이 적어 선인들이 이룩한 공적과 기업을 저버리지나 않을까 염려스럽습니다. 외람되게 천하 제후들께서 불러주시니 특별히 상보를 대원수에 임명하여 동쪽으로 와서 여러분을 회합하고 상나라의 정치를 바로잡도록 했습니다. 못난 제가 어찌 감히 주제넘게 나서서 군사를 일으킬 수 있겠습니까? 그저 여러분께서 많은 가르침을 내려주시기를 바랄 뿐입니다!"

그러자 예주후 요초량이 말했다.

"무도한 주왕은 처자식을 죽이고 충신을 태웠으며 대신을 도륙했사옵니다. 또 주색에 빠져 지내면서 위로 하늘에 불경을 저지르고 종묘의 제사도 지내지 않았으며 원로들을 내쫓아 죄인들과 어울려 지내고 있사옵니다. 이에 하늘이 진노하여 상나라의 운명을 끊어버렸사오니 저희는 대왕을 모시고 하늘을 대신해서 죄인을 처벌하고 백성을 위로하여 도탄에서 구제하고자 하옵니다. 이는 바로 하늘과 백성의 뜻에 순응하는 거사이며 이를 통해 백성과 신들의 분노를 씻어주게 될 테니 천하가 모두 기뻐할 것이옵니다. 만약 저희와 대왕께서 이를 좌시한다면 그 죄는 주왕과 마찬가지가 될 것이오니 부디 대왕께서 결단을 내려주시옵소서!"

"주왕이 비록 정도를 지키지 않고 있지만 이는 모두 신하들이 이목을 가리고 미혹에 빠지게 했기 때문입니다. 지금은 그저 상나라의 정치를 바로잡고 간신을 붙잡아 폐하로 하여금 정치의 폐단을 개선하게 해야 할 것입니다. 그러면 천하는 저절로 평안해질 것입니다."

그러자 연주후 팽조수가 말했다.

"천명은 늘 변함없는 것이 아니라 오직 덕이 있는 이에게 돌아가는 법이옵니다. 옛날 요 임금이 천하를 다스렸지만 그 아들이 못나서 순 임금에게 제위를 선양했고 순 임금이 천하를 다스릴 때에도 그 아들이 못나서 우 임금에게 물려주었사옵니다. 우 임금의 아들이 현명하여 부친의 왕업을 계승할 수 있었지만 걸왕에 이르러 덕이 쇠멸하는 바람에 폭정을 일삼아 하늘과 백성이 원망했사옵니다. 그래서 탕 임금이 하늘을 대신하여 벌을 내려서 걸왕을 남소로 쫓아내고 그를 대신하여 천하를 다스리게 되었사옵니다. 이후로 성스러운 군주가 예닐곱 분이나 나왔지만 주왕에 이르러 그 죄악이 차고 넘쳐서 훌륭한 정치를 망치고 무도하고 잔혹한 짓을 일삼았사옵니다. 이에 하늘이 진노하여 상나라에 재앙을 내리고 대왕으로 하여금 상나라를 대신하라는 천명을 내렸사오니 부디 사양하지 마시고 저희 제후들의 마음을 풀어주시옵소서!"

그래도 무왕이 곤란해하자 강상이 말했다.

"제후 여러분, 오늘은 대사를 논의할 때가 아니니 일단 상나라 교외에 이르러 다시 이야기하는 것이 좋겠습니다."

그러자 제후들이 일제히 말했다.

"승상의 말씀이 지당하십니다."

무왕은 곧 연회를 마련하여 제후들을 성대히 접대했다.

한편 영채 안에 있던 원홍에게 정찰병의 보고가 올라왔다.

"지금 무왕의 병력이 맹진에 도착하여 영채를 세우고 제후들과 회합하고 있는데 어찌할지 분부를 내려주시옵소서."

그 말을 들은 은파패는 황급히 나서서 말했다.

"주나라 무왕은 역적의 우두머리로 스스로 군대를 일으켜 이곳에 오면서 지나는 곳마다 승리를 거두었기 때문에 군대의 사기가 아주 높습니다. 그러니 사령관께서도 경솔히 움직이지 마시고 병력을 엄히 단속하여 때를 기다리셔야 할 것입니다."

"참모, 지당한 말씀이기는 하나 강상은 기껏해야 골짝에 숨어 지내던 촌놈에 지나지 않거늘 제까짓 것이 무슨 재간이 있겠소이까? 이것이 다 관문을 지키는 장수들이 신경을 쓰지 않아서 그자가 요행으로 성공하도록 만들어주었기 때문이오. 걱정 마시구려, 내가 단 한 번의 전투로 저놈들 가운데 하나도 살아 돌아가지 못하게 해 버리겠소!"

이튿날 강상이 중군 막사로 들어가자 제후들이 찾아와서 인사를 올렸다. 그때 이문백 무고규가 말했다.

"대원수, 육백 명의 제후가 이곳에 병력을 주둔하고 있었으나 모두들 함부로 움직이지 못하고 그저 지키고만 있으면서 무왕께서 왕림하시거든 그 결정에 따르기로 했습니다. 오늘 원홍을 먼저 사로잡지 않으면 어리석은 필부가 제 힘을 믿고 하늘이 파견한 분과 싸워서는 안 된다는 사실을 모를 것입니다. 그러니 어서 군령을 내려주십시오!"

"지당하신 말씀이십니다. 먼저 결전을 요청하는 서신을 보내고 맹진에서 전투를 벌여 천하의 악은 오직 천하의 덕으로만 이겨낼 수 있다는 것을 보여줄 것입니다."

이에 모든 제후들이 기뻐했다. 강상은 서둘러 서신을 작성하여 양전으로 하여금 상나라 진영으로 가서 전하게 했다. 양전은 곧 상나라 진영 앞으로 가서 말에서 내려 소리쳤다.

"대원수의 군령을 받들어 결전을 청하는 서신을 가져왔소이다!"

정찰병의 보고를 받은 원홍은 즉시 수하에게 분부했다.

"안으로 데려오너라!"

잠시 후 군정사의 장교가 나와서 양전을 중군 막사로 안내했다. 원홍은 서신을 받아 읽고 나서 이렇게 말했다.

"답장은 쓰지 않겠지만 내일 교전을 벌이자고 약속하마!"

양전이 돌아와서 보고하자 강상이 제후들에게 군령을 내렸다.

"내일 교전하겠소!"

이에 제후들도 각기 준비하러 떠났다.

이튿날 주나라 진영에서 포성이 울리더니 강상이 병력을 이끌고 나오자 팔백 명°의 제후도 일제히 나와서 강상을 중앙에 두고 포진했다. 강상의 병력은 모두 붉은 깃발을 세웠고 왼쪽의 남백후 악순과 오른쪽의 북백후 숭응란은 모두 오색의 깃발을 펄럭였으니 그야말로 산과 바다를 뒤덮을 기세였다. 주나라 병력이 진세를 펼치고 전군이 함성을 지르며 상나라 영채 앞으로 가서 대치하자 정찰병이 즉시 원홍에게 보고했다. 이에 원홍과 장수들이 영채에서 나와 살펴보니 강상의 병력을 가운데 두고 천하 제후들의 병력이 기러기가 날개를 펼친 듯 좌우로 포진해 있었다. 한가운데에는 대원수 강상이 있고 그 왼쪽에는 악순이, 오른쪽에는 숭응란이 있었다.

제후들이 조가를 격파하려고 함께 논의했으니
바로 신선이 재앙 일으키는 마귀를 만날 때로구나!
백만의 용맹한 군대가 우주에 일어나
맹진 강가에서 드높은 공을 세우게 되지.

諸侯共計破朝歌　正是神仙遇劫魔
百萬雄師興宇宙　奇功立在孟津河

강상이 동쪽을 정벌하여 포악한 정치를 없애니
제후들도 공손히 그 명령을 따랐지.
요사한 기운이 뭉게뭉게 피어나며 승리를 다투었지만
양전이 매산칠성을 거둬들였지.

姜尚東征除虐政　諸侯拱手尊號令
妖氛滾滾各爭先　楊戩梅山收七聖

원홍이 안장에 앉아 바라보니 강상은 도복을 입고 사불상에 올라 진세의 맨 앞에 서 있고 그 좌우로 여러 제자들이 늘어서 있었다. 그 뒤에는 무왕이 소요마를 타고 있고 남북의 제후들이 좌우로 나뉘어 있었다. 이에 원홍은 은빛 투구에 새하얀 갑옷을 입고 백마에 올라 빈철로 만든 몽둥이를 들고 늠름한 기세를 자랑했다.

은빛 투구에 새하얀 갑옷
붉은 영락을 동여맸다.
왼쪽에는 늑대 이빨 같은 화살 꽂고

오른쪽에는 보검 걸었지.
빈철 몽둥이 비스듬히 걸치고 있는데
백마는 신령하게 움직였지.
어려서부터 매산 아래에서 자라
오래된 동굴 속에서 공을 이루어
일찍이 음양의 비결을 전수받고
또 천지의 신령한 기운을 얻었지.
여러 가지 변신술에 뛰어나고
현묘하게 사람의 모습을 이루었으니
매산에서 가장 뛰어나다고 칭송받는 이
주왕을 보좌하여 주나라 군대를 멸하려 했지.

銀盔素鎧　纓絡紅凝
左插狼牙箭　右懸寶劍鋒
橫擔邠鐵棍　白馬似神行
幼長梅山下　成功古洞中
曾受陰陽訣　又得天地靈
善能多變化　玄妙似人形
梅山稱第一　保紂滅周兵

이때 강상이 앞으로 나와서 물었다.
"그대가 상나라 사령관 원홍이오?"
"그러는 그대는 바로 강상인가?"
"내가 바로 봉천정토 소탕성탕천보대원수요. 지금 천하가 주나라에 귀의했고 상나라 주왕이 무도하여 천하의 인심이 그를 떠났으니 조만간 오랏줄을 받게 될 것이오. 그런데 기껏 한 잔의 물에 지나지 않는 그대의 능력으로 여러 대의 수레에 실린 땔감의 불길을 끌 수 있겠소? 일찌감치 무기를 버리고 투항한다면 목숨은 부지할 수 있겠지만 거부하다가는 하루아침에 패전하여 옥석을 가리지 않고 모조리 재가 될 테니 그때는 혼자만이라도 살아보려 해도 이미 늦을 것이오! 괜히 어리석은 생각에 빠져서 땅을 치며 후회할 헛고생을 하지 말기 바라오!"

"흥! 강상, 너는 기껏 골짝에서 낚시질이나 하던 몸이니 물의 깊이나 아는 정도겠지. 지금 다섯 관문에 쓸 만한 장수의 재목이 없어서 요행으로 네가 이 요충지까지 깊이 들어올 수 있었거늘 감히 교묘한 언변으로 우리 장병을 미혹하려 하느냐?"

그러면서 그는 두 선봉장을 돌아보며 말했다.

"누가 저 천한 늙은이를 잡아 와서 천하의 분을 풀어주겠소?"

그러자 옆에 있던 상호가 나서며 소리쳤다.

"사령관님, 걱정하지 마십시오! 제가 나가서 공을 세우겠습니다!"

그는 즉시 말을 몰아 창을 휘두르며 강상에게 덤벼들었고 강상의 옆쪽에 있던 우백후 요서량도 말을 몰고 나가서 도끼를 휘두르며 소리쳤다.

"멈춰라, 가소로운 놈! 여기 내가 있다!"

이렇게 해서 둘은 다짜고짜 격전을 벌이게 되었으니 이를 묘사한 시가 있다.

전장의 구름이 자욱이 허공으로 치솟고
창칼은 어지러이 뒤얽힌다.
오늘 강상이 첫 전투를 벌이니
맹진에 뿌려진 피가 대나무 끝을 붉게 물들였지.

征雲蕩蕩透虛空　劍戟兵戈擾攘中
今日姜公頭一戰　孟津血濺竹梢紅

요서랑은 나는 듯이 도끼를 휘둘렀지만 상호가 바로 매산의 뱀 정령이라는 사실은 몰랐다. 그는 자신이 대단한 능력을 가지고 있기 때문에 그저 승리할 것으로만 생각했다. 그런데 마침 상호가 갑자기 패주하자 즉시 말을 몰고 뒤쫓으니 이제 그들의 목숨이 어찌 되는지는 다음 회를 보시라.

제89회

주왕, 뼈를 쪼개고 임신부의 배를 가르다

紂王敲骨剖孕婦

주왕의 잔혹함은 고금에 예가 없어
음란하고 탐욕스럽게 미녀의 말만 들었지.
임신한 아낙은 무고하게 험한 재앙을 당했고
행인도 재난을 당해 흉험한 길을 두려워했지.
역사책에 잔학한 역적으로 조롱만 남기고
인간 세상에 독불장군으로 욕을 듣게 되었지.
유장한 하늘의 도리는 그 끝을 알 수 없나니
잠시 화노花奴° 앞에서 막걸리나 마셔야지!

紂王酷虐古今無　淫酗貪婪聽美姝
孕婦無辜遭惡劫　行人有難罹兇途
遺譏簡冊稱殘賊　留與人間罵獨夫
天道悠悠難究竟　且將濁酒對花奴

그러니까 요서량이 뒤를 쫓았지만 상호는 뱀 정령인지라 그가 탄 말의 다리 아래로 회오리바람이 일면서 검은 안개가 피어나 그의 몸과 말을 모두 덮어버렸다. 그제야 상호는 본색을 드러냈으니 바로 커다란 구렁이였던 것이다. 그가 입을 쩍 벌리고 독을 품은 기운을 내뱉자 요서량은 감당하지 못하고 정신을 잃고 낙마해버렸다. 그러자 상호가 말에서 내려 그의 수급을 베어 들고 소리쳤다.

"이제 강상을 잡아서 이 요서량처럼 만들어주겠다!"

그때 제후들 가운데 상호가 요사한 정령인 줄 모르는 연주후 팽조수가 말을 몰고 달려 나가서 창을 휘두르며 소리쳤다.

"비천한 놈이 감히 우리 대신을 해치다니!"

그러자 원홍의 오른쪽에 있던 오룡이 상호가 공을 세우는 것을 보고 참지 못하여 쌍칼을 들고 말을 달려 나가며 소리쳤다.

"감히 어디를 달려드는 것이냐!"

팽조수와 오룡이 다짜고짜 맞붙어 격전이 벌어지자 좌우에 늘어선 팔백 명의 제후는 모두들 두 장수의 결전을 지켜보았다. 그런데 몇 판 맞붙기도 전에 오룡이 칼을 휘두르는 척하다가 고삐를 돌려 달아나자 팽조수가 뒤쫓았는데 오룡은 지네 정령이었기 때문에 팽조수가 가까이 다가오자 즉시 본색을 드러냈다. 그 순간 바람이 몰아치면서 검은 구름이 몰려와 요사한 기운이 눈을 가려 팽조수는 정신을 잃어버렸고 오룡은 단칼에 팽조수를 두 동강 내버렸다. 그 모습을 본 제후들은 장수들이 상대를 뒤쫓다가 갑자기 검은 구름에 덮이더니 순식간에 목숨을 잃자 영문을 몰라 하며 어리둥절했다.

강상의 옆에 있던 양전이 나타에게 말했다.

"저 두 장수는 정상적인 인간이 아니라 요사한 기운을 풍기고 있으니 우리 둘이 나가서 살펴보는 것이 어떻겠소?"

그때 오룡이 말을 몰고 달려와서 쌍칼을 휘두르며 소리쳤다.

"내 쌍칼의 맛을 볼 자가 누구냐?"

이에 나타가 풍화륜에 올라 화첨창을 들고 세 개의 머리와 여덟 개의 팔이 달린 모습을 드러내고 나섰다. 그러자 오룡이 말했다.

"너는 누구냐?"

"내가 바로 나타다. 이 못된 짐승아, 감히 요사한 술법으로 제후를 해치다니!"

나타는 즉시 창을 내질러 공격했고 오룡도 쌍칼을 들어 맞섰다. 서너 판쯤 맞붙었을 때 나타가 구룡신화조를 던져서 오룡을 덮자 그는 어느새 한 줄기 푸른빛으로 변해 도망쳐버렸다. 나타는 그것도 모르고 구룡신화조를 툭 쳤고 곧 아홉 마리 화룡이 나타났는데 그때 상호는 오룡이 구룡신화조에 갇혔다고 생각하고 격노하여 말을 몰고 달려들어 창을 겨누며 소리쳤다.

"나타, 꼼짝 마라! 내가 간다!"

그 순간 양전도 삼첨도를 들고 은합마에 올라 나타와 함께 상호를 공격했다. 그러자 전세가 불리해진 상호는 패주했고 양전은 그를 뒤쫓지 않고 탄궁을 꺼내 상호를 향해 쏘았다. 하지만 황금 탄환은 순식간에 흔적도 없이 사라져버렸다. 나타가 뒤늦게 구룡신화조로 상호를 덮쳤으나 그 역시 한 줄기 붉은빛으로 변해 사라져버렸다. 한편 두 장수의 빼어난 활약을 본 원홍은 매우 흡족해하며 즉시 군령을 내렸다.

"전군, 돌격하라!"

그러면서 그는 직접 말을 몰고 달려 나가며 소리쳤다.

"강상, 나와 자웅을 겨뤄보자!"

그때 강상의 옆에 있던 양임이 재빨리 운하수를 몰고 달려 나가 운비창雲飛槍을 휘두르며 막아섰다. 대여섯 판쯤 맞붙었을 때 양임은 오화신염선을 꺼내 원홍을 향해 부쳤으나 원홍이 미리 눈치채고 도망치는 바람에 그가 타고 있던 말만 재로 변해버렸다.

강상은 곧 징을 울리게 하여 군사를 물리고 영채로 돌아와서 중군 막사에 앉아 탄식했다.

"애석하게도 두 제후를 잃었으니 정말 가슴이 아프구나!"

그때 양전이 앞으로 나와서 말했다.

"오늘 제가 살펴보니 그들 셋은 모두 사람이 아니라 요괴인 듯했사옵니다. 조금 전에 나타가 구룡신화조를 쓰고 양임이 오화신염선을, 제가 황금 탄환을 썼지만 모두 푸른빛으로 변해 달아나는 바람에 상처를 입히지 못했사옵니다."

그러자 제후들이 저마다 상호와 오룡이 쓰는 술법에 대해 이런저런 이야기를 나누었다.

한편 영채로 돌아온 원홍은 중군 막사에 들어가서 자리에 앉았다. 그는 상호와 오룡이 들어오자 말했다.

"나타의 덮개와 양임의 부채는 모두 무시무시하더구먼!"

오룡이 웃으며 말했다.

"그 덮개와 부채는 남들에게나 먹힐 뿐이지 우리를 어쩌지는 못합니다. 다만 오늘 강상을 사로잡으려 했지만 뜻밖에 제후 두 명만 해치웠으니 성공했다고 보기가 어렵겠습니다."

원홍은 일단 문서를 작성하여 조가에 승전보를 알리고 천자의 걱정을 덜어주기로 했다.

그 무렵 노인걸이 은성수와 뇌붕, 뇌곤에게 말했다.

"아우들, 오늘 원홍과 오룡, 상호가 강상의 군대와 교전하는 모습을 자네들도 봤겠지?"

"어찌 된 일인지 모르겠습니다."

"이것이 바로 '나라가 흥성하려면 상서로운 징조가 나타나고 패망하려면 요사한 것이 나타나기 마련'이라는 것이 아닌가? 오늘 그 셋은 모두 사람이 아니라 요괴처럼 보였네. 지금 천하의 제후들이 병력을 이끌고 여기에 모였으니 그야말로 강대한 적이라 할 수 있는데 이런 요사한 것들이 어찌 저들을 막아 공을 세울 수 있겠는가?"

그러자 은성수가 말했다.

"형님, 너무 성급히 밝히지 말고 일단 저들이 나중에 어쩌는지 두고 봅시다."

"내가 상나라로부터 삼대에 걸쳐 은혜를 받았으니 어찌 감히 그 은혜를 저버릴 수 있겠는가? 오직 죽음으로 나라에 보답할 뿐일세!"

한편 조가에 도착한 전령이 문서방에 상소문을 올리자 그날 당직을 서고 있던 비렴이 받아서 읽어보았다. 그는 첫 전투에서 승리했을 뿐만 아니라 반역을 저지른 제후들 가운데 비교적 세력이 큰 팽조수와 요서량을 죽였다는 사실을 알고는 무척 기뻐했다. 이에 황급히 상소문을 들고 녹대에 있는 주왕을 찾아가서 절을 올리고 엎드려 아뢰었다.

"대원수 원홍이 어명을 받들어 맹진에 주둔하여 제후들을 막고 있는데 첫 전투에서 연주후 팽조수와 우백 요서량의 목을 베어 주나라 군대의 예봉을 꺾음으로써 병사들의 사기가 크게 올랐다고 하옵니다. 군대를 일으킨 이래 지금까지 이런 승전보는 받아본 적이 없으니 이는 바로 폐하의 크나큰 복이 하늘에 이르러 이런 훌륭한 장수를 얻게 된 것이 아니겠사옵니까? 그러니 이제 그가 조만간 승전보를 올려 사직을 안정시켜줄 것이옵니다."

주왕도 무척 기뻐했다.

"대장군 원홍이 두 역적의 목을 베어 적의 간담을 서늘하게 해주었다니 그 공이 더없이 크도다. 짐이 특별히 전공을 치하하는 조서와 함께 비단 전포와 황금, 진주를 하사하겠노라. 그리고 촉蜀 땅에서 난 비단 백 필과 금화 만 관, 양고기와 술 등으로 장병들의 노고를 위로하라. 물론 전심전력으로 역적을 소탕하고 나면 별도로 봉토와 벼슬을 내릴 것이다. 짐은 절대 식언을 하지 않으니 그리 알고 이대로 시행하라!"

비렴은 머리를 조아려 성은에 감사하고 주왕이 분부한 대로 하사품을 챙겨서 맹진으로 보냈다.

한편 비렴이 원홍의 승전보를 아뢰었다는 소식을 들은 달기는 주왕을 찾아갔다.

"폐하, 감축드리옵나이다! 또 사직을 지킬 동량을 얻으셨군요!

원홍은 정말 대장군의 자질을 충분히 갖춘 인물이니 오래도록 그 직무를 감당할 수 있을 것이옵니다. 이렇게 승전보를 올린 것을 보니 역적이 평정될 날도 얼마 남지 않았사옵니다. 이는 폐하의 무한한 복 덕분인지라 저는 말할 수 없이 기뻐서 특별히 폐하를 위해 축하 연회를 준비했사옵니다."

"짐도 마침 술 생각이 나던 참이었소이다!"

주왕은 곧 시종에게 녹대에 연회를 준비하게 해서 세 요물과 함께 술을 마셨다. 이때는 바로 한겨울이었는지라 혹독한 추위가 위세를 떨치고 있었다. 그런데 한창 술을 마시고 있을 때 갑자기 사방에서 눈구름이 일어나더니 배꽃 같은 눈송이가 어지럽게 떨어져 내렸다. 내관이 그것을 보고 아뢰었다.

"폐하, 하늘에서 눈이 내리고 있사옵니다."

"오! 그렇다면 눈 구경을 하기에 딱 좋겠구나!"

이에 그는 시종에게 따뜻한 술을 잔에 따르게 하고 기분 좋게 취했으니 당시 내리던 눈의 풍경을 묘사한 노래가 있다.

눈구름 빽빽이 퍼져
차가운 안개 자욱했지.
눈구름 빽빽이 퍼지니
북풍이 쌩쌩 허공에서 울부짖고
차가운 안개 자욱하니
함박눈이 무성히 대지를 덮었지.
그야말로 송이송이 눈꽃 옥처럼 날리니

수천 그루 나무 옥에 기대어 섰지.

순식간에 가루가 쌓여

어느새 염전처럼 변하니

하얀 앵무새는 흰 빛을 잃은 듯하고

백학은 결국 형체가 사라졌구나.

사해와 삼강의 물을 자연스럽게 불리고

동서쪽 소나무 몇 그루 눌러 쓰러뜨렸지.

흡사 패전한 옥룡 삼백만 마리처럼

정말 떨어져나간 비늘이 허공에 가득했지.

그저 몇 군데 시골집이 은을 쌓아놓은 듯하고

만 리 강산은 옥으로 그린 그림 같았지.

대단한 눈! 그야말로 다리에 가득한 버들솜이나

집을 덮은 배꽃인 듯.

버들솜이 다리에 가득하니

다리 옆 늙은 낚시꾼 도롱이 걸쳤고

배꽃이 집을 덮으니

그 아래 시골 영감 나무토막 태웠지.

나그네는 술 사러 가기 어렵고

노인은 매화 찾기 힘들었지.

사락사락 오려놓은 나비 날개인 듯

하늘하늘 잘라놓은 거위 깃털인 듯

휘휘 바람 따라 휘몰아치고

스륵스륵 냉기가 침실로 파고들었지.

풍년의 상서로운 조짐 하늘에서 내려오니

인간 세상의 일이 잘되리라 축하할 만하구나!

形雲密布　冷霧繽紛

形雲密布　朔風凜凜號空中

冷霧繽紛　大雪漫漫鋪地下

眞個是　六花片片飛瓊　千樹株株倚玉

須臾積粉　頃刻成鹽

白鸚渾失素　皓鶴竟無形

平添四海三江水　壓倒東西幾樹松

却便似戰敗玉龍三百萬　果然是退鱗殘甲滿空飛

但只見幾家村舍如銀砌　萬里江山似玉圖

好雪　眞個是柳絮滿橋　梨花蓋舍

柳絮滿橋　橋邊漁叟掛蓑衣

梨花蓋舍　舍下野翁煨榾柮

客子難沽酒　蒼頭苦覓梅

洒洒瀟瀟裁蝶翅　飄飄蕩蕩剪鵝衣

團團滾滾隨風勢　颼颼冷氣透幽幃

豐年祥瑞從天降　堪賀人間好事宜

주왕은 달기와 술을 마시다가 또 함박눈이 펑펑 내리는 것을 보고 황급히 분부를 내렸다.

"주렴을 걷어라! 황후와 미녀들과 함께 눈 구경을 해야겠다."

이에 시종이 주렴을 걷고 쌓인 눈을 쓸자 주왕은 달기와 호희미,

왕 귀인을 데리고 대에 올라 은으로 치장한 듯한 조가성 안팎의 풍경과 분가루를 쌓아놓은 듯한 천지의 모습을 구경했다.

"황후, 당신은 어려서부터 노래를 배웠으니 이 설경에 맞추어 노래를 한 곡 불러주실 수 있겠소? 짐은 그것을 들으며 천천히 술을 석 잔 마시리다."

이에 달기는 붉은 입술을 열고 앵무새처럼 귀여운 소리로 가볍게 녹대 위에서 노래를 불렀으니 그야말로 '아리따운 꾀꼬리 소리 버들가지 밖에서 날고 해맑은 생황 소리 하늘에서 들려오는[婉轉鶯聲飛柳外 笙簧嘹亮自大來]' 듯한 정경이었다. 그날 달기가 부른 노래의 가사는 이러했다.

조금 전에 연나라 변경을 날더니
또 성문 밖으로 뿌려지는구나.
날렵하게 옥교를 지나
허공을 날아 낭원으로 왔구나.
어지러이 날리며
천지를 뒤집어 옥을 실으니
얼어붙은 장강에 물고기 가라앉고 기러기 아득해지며
빈 숲에 호랑이 포효하고 원숭이 슬피 우는구나.
하늘에 기대어 내려서
재앙의 뿌리 식혀버리지.
눈꽃이 날아 떨어지니 막을 수 없어
백옥 계단에 가득 쌓이는구나.

궁궐 휘장 안으로 냉기가 옷소매로 스며드니

언제나 따뜻한 해가 머리 위를 비출까?

눈구름 쓸어 사방이 트여서

푸른 하늘 나타나면

상서로운 공기와 빛 몰려오리라!

纔飛燕塞邊　又灑向城門外

輕盈過玉橋去　虛飄臨閬苑來

攘攘挨挨　顚倒把乾坤玉載

凍的長江上魚沈雁杳　空林中虎嘯猿哀

憑天降　冷禍胎

六花飄墮難禁耐　砌漫了白玉階

宮幃裏冷侵衣袂　那一時暖烘烘紅日當頭晒

掃彤雲四開　現青天一派　瑞氣祥光擁出來

달기가 노래를 마치자 그 여운이 아름답고 길게 이어졌다. 주왕은 너무나 기뻐하며 연달아 술을 석 잔이나 마셨고 잠시 후 눈이 그치고 눈구름이 흩어지면서 햇빛이 다시 비추었다.

주왕이 달기와 함께 난간에 기대어 조가성에 쌓인 눈을 구경하고 있는데 문득 서쪽 성문 밖에 작은 개울이 하나 흐르는 것이 보였다. 그 개울은 주왕이 녹대를 지으면서 흙을 파내는 바람에 생긴 것으로 눈과 물이 고여 그곳을 건너려면 신발을 벗어야 했다. 그때 한 노인이 맨발로 물을 건넜는데 그는 냉기가 무섭지도 않은지 발걸음이 상당히 빨랐다. 한편 젊은이 한 사람도 맨발로 물을 건넜는데 그는 냉기가 두려운 듯 걸음이 느리고 표정 또한 겁에 질려 있었다. 주왕은 높은 곳에서 그 모습을 내려다보다가 달기에게 물었다.

"이상하구려, 정말 이상하구려! 노인은 물을 건너면서 냉기를 두려워하지 않고 발걸음도 빨랐는데 저 젊은이는 냉기를 무서워하며 걸음이 느렸으니 이것은 거꾸로 된 게 아니오?"

"폐하, 저 노인은 부모가 젊어서 정혈이 왕성할 때 교합하여 잉태해 태어났기 때문에 그 역시 정혈이 충만하고 골수가 가득 차 있어 노년에 이르러서도 냉기를 그다지 무서워하지 않는 것이옵니다. 하지만 나이가 많아서 이미 기혈이 쇠약해진 부모가 우연히 교합하여 잉태해 태어난 사람은 정혈이 상한 것이 축적되고 골수도 부족하니 비록 나이가 젊더라도 몸은 늙은이 같아서 냉기를 만나면 우선 겁부터 먹게 되는 것이옵니다."

"허허, 그것은 짐을 속이는 말인 게지! 사람은 부모의 정혈을 지니고 태어나니 자연히 젊었을 때는 건장하고 늙으면 쇠약해지기 마련이거늘 어찌 거꾸로 되는 경우가 있을 수 있겠소?"

"그렇다면 관리를 시켜서 저들을 잡아 와 살펴보시면 알 수 있지 않겠사옵니까?"

이에 주왕이 분부를 내렸다.

"여봐라, 저기 서쪽 성문에 가서 물을 건넌 노인과 젊은이를 모두 잡아 오너라!"

내관은 황급히 서쪽 성문으로 가서 노인과 젊은이를 한꺼번에 잡아 왔다.

"아니, 왜 저희를 잡아가는 겁니까?"

"폐하께서 너희를 좀 보자고 하신다."

"저희는 법도 잘 지키고 나라의 재산을 축내지도 않았는데 왜 잡아가는 것입니까?"

"폐하의 성심이 너희한테까지 미쳤는지도 모를 일이지!"

멀쩡히 왔다가 물을 건너는 바람에
뜻밖에 뼈를 깎여 목숨을 잃고 말았구나!

平白行來因過水　誰知敲骨喪其生

주왕이 녹대에서 한참 기다리고 있노라니 내관이 두 백성을 끌고 녹대 아래로 와서 보고했다.

"폐하, 두 백성을 대 아래에 대령했사옵니다."

"그들 둘의 정강이뼈를 쪼개서 가져와라!"

잠시 후 시종이 늙은이와 젊은이의 다리를 잘라 녹대 위로 가져오자 주왕이 살펴보니 과연 늙은이의 뼈 안에는 골수가 가득하고 젊은이의 것에는 적게 들어 있었다. 주왕은 무척 기뻐하며 시종에게 두 백성의 시신을 끌고 나가라고 분부했으니 무고한 백성이 이렇게 처참한 형벌을 당한 일을 두고 후세의 시인이 탄식했다.

낙엽은 팔랑팔랑 고궁에 떨어지고
지금까지 구슬픈 바람 저절로 일어나는구나.
독불장군이 아낙의 참언만 들었으니
조만간 조가의 사직은 스러지리라!

敗葉飄飄落故宮　至今猶自起悲風

獨夫只聽讒言婦　目下朝歌社稷空

어쨌든 주왕은 달기의 신통한 능력에 감탄하여 그녀의 등을 쓸며 말했다.

"황후는 정말 신과 같은 사람이구려. 어찌 이리 신통한지!"

"제가 비록 여자지만 음부陰符°의 술법을 조금 익혀서 음양의 변화를 살피는데 항상 신기하게 들어맞사옵니다. 조금 전처럼 뼈를 잘라 골수를 증험하는 것쯤은 쉬운 편에 속하옵니다. 그뿐 아니라 임신한 아낙을 한 번 보면 그게 몇 개월이 되었으며 남자인지 여자인지, 배 속 태아의 얼굴이 동서남북 어느 쪽을 향하고 있는지도 모두 알 수 있사옵니다."

"조금 전에 두 백성의 뼈를 잘라 골수의 상태를 맞힌 것도 신통하여 짐이 잘 배웠소이다. 그러니 임신한 아낙에 대한 설명도 신통하지 않을 수 없겠구려."

이에 그가 내관에게 분부했다.

"민간에서 임신한 아낙을 찾아 데려오너라!"

이에 내관은 임신한 아낙을 찾으러 갔으니 그야말로 이런 격이었다.

하늘이 내린 엄청난 재앙이 임신부에게 내려오니

상나라 사직은 모조리 주나라에게 돌아가리라!

天降大禍臨孕婦　成湯社稷盡歸周

어쨌든 어명을 받은 내관은 조가성을 샅샅이 뒤져 세 명의 임신한 아낙을 찾아서 모조리 오문으로 끌고 왔다. 그렇게 되자 부부가 차마 서로 떨어질 수 없어서 천지신명을 향해 처절하게 통곡하며 소리쳤다.

"우리 백성은 천자의 법을 어기지도 않고 재물을 축내지도 않았는데 왜 임신한 우리 아내를 잡아간단 말이오?"

자식은 어미를 보내려 하지 않고 어미도 자식을 떼어놓지 못해 비통하게 울어대며 앞을 막고 뒤에서 에워싸니 결국 그들까지 함께 오문으로 들어오게 되었다. 당시 문서방에서는 기자가 미자와 미자계, 미자연, 상대부 손영과 함께 원홍이 대장군이 되어 천하 제후의 군대를 물리치러 나간 일이 어찌 되었는지 의논하고 있었다. 그런데 갑자기 구룡교에서 시끌벅적 소란이 일어 천지신명을 부르며 애통하게 절규하는 소리가 들려오자 깜짝 놀라서 연유를 알아보러 밖으로 나갔다. 그때 내관들이 아낙을 끌고 오는 것을 보고 기자가 물었다.

"무슨 일이냐?"

그러자 아낙이 울며 말했다.

"저희는 모두 여자들이고 천자의 법을 어기지도 않았는데 왜 우리를 끌고 온 것이옵니까? 나리께서는 천자의 신하이시니 마땅히 나라와 백성을 생각하셔서 이 미천한 목숨들을 구해주셔야 하지 않겠사옵니까!"

그러면서 한없이 통곡하자 기자가 다급히 내관에게 어찌 된 일인지 물었다.

주왕, 뼈를 쪼개고 임신부의 배를 가르다.

"폐하께서 황후마마의 말씀에 따라 노인과 젊은이의 뼈를 갈라 골수가 얼마나 들어 있는지 살펴보시고 그 둘이 태어나 자라게 된 사정을 알게 되셨기에 무척 기뻐하셨사옵니다. 그런데 마마께서 또 임신부의 배를 갈라보면 음양의 원리를 알 수 있다고 하시자 폐하께서 그 말을 믿으시고 그 증거를 보시기 위해 저희에게 이 임신한 아낙들을 데려오라고 하셨사옵니다."

그 말을 들은 기자는 고함을 질렀다.

"아아, 어리석은 군주로다! 지금 역적의 군대가 성 아래로 들이닥칠 판이라 사직이 곧 폐허가 될 위기에 처해 있거늘 아직도 요사한 아낙의 말을 듣고 아무 이유 없이 이런 죄업을 짓다니! 여봐라, 일단 멈춰라! 내가 직접 폐하를 알현하여 멈추도록 간언하겠다."

그러면서 기자는 노기등등하여 미자 등과 함께 주왕을 알현하기 위해 녹대로 갔다.

한편 주왕은 임신부를 데려와서 살펴보려고 녹대에서 기다리고 있었다. 그때 내관이 기자 등이 와서 알현을 청한다고 보고했다.

"들라 하라!"

잠시 후 기자가 대에 올라와서 엎드려 통곡하며 아뢰었다.

"뜻밖에도 탕 임금 이래로 수십 대를 이어온 천하를 이제 하루아침에 잃게 되었는데도 아직 경계하고 반성할 줄 모르고 무고한 이들에게 이런 죄업을 짓다니 폐하께서는 장차 무슨 면목으로 선왕들의 영령을 뵐 수 있겠사옵니까!"

그러자 주왕이 화를 냈다.

"주나라 무왕의 반역은 지금 이미 대장군 원홍이 충분히 막아낼 수 있고 조만간 역적의 장수와 군대를 궤멸하고 개선할 것이오. 짐은 우연히 눈 구경을 하다가 늙은이와 젊은이가 물을 건너는데 걸음걸이가 다른 것을 발견하고는 황후가 그 이유를 분명히 설명해주어서 의혹을 풀게 되었으니 그것이 무슨 문제가 되겠소이까? 이제 짐이 임신부의 배를 갈라 음양을 징험하고자 하는데 이 또한 뭐가 대단한 일이겠소? 그런데 어째서 감히 군주의 면전에서 모멸을 주고 망령되게 선왕을 언급한다는 말이오!"

기자는 눈물을 흘리며 간언했다.

"듣자 하니 사람은 천하의 신령한 기운을 받고 태어나서 오관五官°이 구별된다고 하였나이다. 무릇 천지의 순리에 도움을 받아 백성을 교화하는 부모가 되는 것인데 생명을 해치면서 백성의 부모라고 일컬어지는 이가 있다는 이야기는 들어보지 못했나이다. 게다가 사람은 죽으면 다시 살아날 수 없으니 누군들 자기 몸을 아끼지 않고 가벼이 죽음을 택하겠나이까? 지금 폐하께서는 하늘을 공경하지 않으시고 덕망으로 정치를 펼치지 않으셔서 하늘이 진노하고 백성이 원망하여 모두들 날마다 반란을 꿈꾸고 있나이다. 그런데도 폐하께서는 아직도 스스로 반성하지 않으시고 이 무고한 부녀자들을 죽이려 하고 계시옵니다. 저는 팔백 명의 제후가 맹진에 주둔하고 있어서 방어선이 얼마 버티지 못할까 염려스럽사옵니다. 그들이 일단 성 아래로 밀려오면 뉘라서 폐하를 위해 이 도성을 지키려 들겠나이까? 다만 상나라 궁궐이 남에게 노략질당하고 종묘가 남의 손에 무너지고 백성들이 남의 백성이 되고 창고의 재물이 남의 소유가 되어버리는 것이 안타까울 뿐이옵니다. 그런데도 폐하께서는 아직도 뉘우치지 않으시고 여자의 말만 들으시며 백성의 뼈를 쪼개고 임신부의 배를 가르려 하시옵니다. 이런 상황이라면 무왕의 병력이 이곳에 도착하여 싸우지 않고도 조가의 백성들이 자연스럽게 성을 바치지나 않을까 염려스럽사옵니다! 병사와 백성들이 모두 폐하를 원수처럼 생각하며 도시락과 마실 것을 준비하고 무왕의 군대가 하루빨리 도착하여 맞이할 수 있기만을 기다리고 있나이다. 그렇게 되면 폐하께서 포로가 되는 것은 당연한 일일뿐더러 애석하게도 28대의 신주 또한 모조리 천하 제후들에 의해 훼손될 터인데 폐하께서는 차마 그것을 견뎌내실 수 있겠사옵니까?"

주왕은 격노하여 소리쳤다.

"이런 비천한 늙은이가! 어찌 감히 군주의 문전에서 나라를 망하게 할 사람이라고 모욕을 줄 수 있는가? 이보다 더 큰 불경이 어디 있다는 말이냐! 여봐라, 당장 끌고 나가 때려죽여라!"

그러자 기자가 고함을 질렀다.

"이 한 몸 죽는 것은 아깝지 않지만 어리석은 그대가 나라를 망치고 만고에 비웃음거리가 되어 설사 효성스럽고 자상한 자손이 나온다 한들 돌이킬 수 없게 되는 것이 안타까울 뿐이외다!"

좌우의 무사들이 기자를 끌고 내려가려 하자 녹대 아래쪽에서 누군가 고함을 질렀다.

"아니 되오!"

이어서 미자와 미자계, 미자연이 녹대로 올라와서 주왕 앞에 엎드려 한참 동안 목이 메어 아무 말도 못하다가 이내 눈물을 흘리며 간언했다.

"기자는 충성스럽고 어질며 사직에 큰 공을 세웠나이다. 오늘 간언한 것이 지나치기는 했지만 이 모두가 나라를 위한 것이오니 부디 통촉하시옵소서! 폐하께서는 지난날 비간의 가슴을 갈라 심장을 꺼내시고 지금 또 충성스러운 간언을 한 이의 입을 막으려 하고 계시나이다. 사직의 위기가 지척에 다가왔거늘 아직까지 깨닫지 못하고 계시니 저희는 만백성이 원망하여 재앙이 끊이지 않을까 두렵사옵니다! 연민을 베푸시어 기자를 사면하시고 충심으로 간언한 그의 이름을 높이 칭송하신다면 인심을 붙들고 하늘의 뜻도 되돌릴 수 있을 것이옵니다."

이렇게 여럿이 나서서 간언하자 주왕도 어쩔 수 없었다.

"황백과 황형들의 간언을 생각하여 기자의 지위를 폐하고 서인庶人으로 강등하노라!"

그러자 달기가 뒤쪽 대전에서 나와서 아뢰었다.

"폐하, 아니 되옵니다! 기자는 군주의 면전에서 모욕을 줌으로써 이미 신하로서의 예절을 어겼는데 지금 만약 그를 밖으로 내보낸다면 틀림없이 원망하게 될 것이옵니다. 혹시 무왕과 모의하여 재앙이라도 일으키게 되면 그때는 안팎으로 적을 맞이하는 꼴이 될 터이니 그 우환이 막대할 것이옵니다."

"그럼 어찌 처리하는 게 좋겠소?"

"제 생각에는 기자의 머리를 깎고 옥에 가두어 궁중의 노예로 삼아 국법의 지엄함을 보이는 것이 좋을 듯하옵니다. 그러면 백성들이 감히 망령된 짓을 하지 못하고 신하들 또한 군주를 모독하는 간언을 하지 못할 것이옵니다."

그 말에 주왕은 무척 기뻐하며 즉시 기자를 가두어 노예로 삼았다.

그 모습을 본 미자는 상나라의 운명을 돌이킬 수 없게 되었다고 생각하고 즉시 녹대에서 내려와 미자계, 미자연과 함께 대성통곡했다.

"육백 년을 이어온 우리 상나라가 오늘 하루아침에 천하를 잃게 되었으니 이는 하늘이 우리 상나라를 멸하려는 뜻이 아니고 무엇인가? 아아, 이를 어쩐단 말인가!"

이에 그는 미자계 형제와 상의했다.

"우리 셋이서 태묘에 있는 28대 선왕들의 신주를 가지고 다른 지역으로 갑시다. 거기서 이름을 숨기고 살며 제사를 올리도록 하십시다. 선왕들에 대한 제사마저 한날에 멸절되게 해서는 아니 되지 않겠소이까?"

미자계가 눈물을 머금고 대답했다.

"어찌 감히 분부를 거역하겠습니까!"

이에 세 사람은 짐을 꾸려 다른 지역으로 찾아가서 은거해버렸다. 훗날 공자孔子는 그들 셋에 대해 이렇게 칭송했다.

"미자는 떠나고 기자는 노예가 되고 비간은 간언하다가 죽었다[微子去之 箕子爲之奴 比干諫而死]."

그러면서 그는 "은나라에는 세 명의 어진 이가 있었다[殷有三仁焉]"°라고 했고 후세 사람이 시를 지어 이 일을 탄식했다.

상나라 교외에 꾀꼬리 울고 풀도 새로 났는데

상나라 궁전은 이미 먼지로 변했구나.

노예가 되었으니 어찌 상나라 제사를 계속 지낼 수 있으랴?

나라를 떠나면서 분명 후사가 이어질 것을 알았으리라.

배를 갈라 심장을 꺼낸 것은 지난 일이 되었고

민간 아낙의 태를 갈라 또 곤경에 처하게 됐구나.

조가는 조만간 주나라 군주에게 돌아가리니

애석하게도 상나라 역사는 도깨비불로 변하겠구나!

鶯囀商郊百草新　成湯宮殿已成塵

爲奴豈是延商祀　去國應知接後裡

剖腹丹心成往事　割胎民婦又遭迍

朝歌不日歸周主　可惜成湯化鬼燐

미자 등은 결국 짐을 꾸려 다른 지역으로 떠나버렸다.

한편 주왕이 세 아낙을 녹대 위로 끌어 올리자 달기가 한 사람씩 가리키며 말했다.

"이 아낙의 배 속에는 남자아이가 있는데 얼굴은 왼쪽 옆구리를 향하고 있사옵니다. 저 아낙도 남자아이를 배고 있는데 얼굴은 오른쪽 옆구리를 향하고 있사옵니다."

이에 수하를 시켜 배를 갈라보니 과연 한 치도 틀림이 없었다. 그러자 달기가 또 한 아낙을 가리키며 말했다.

"이 아낙은 여자아이를 배고 있는데 얼굴은 등 쪽을 향하고 있사옵니다."

그 아낙 역시 배를 갈라보니 과연 틀림이 없었다. 이에 주왕이 무척 기뻐하며 말했다.

"황후, 과연 신처럼 오묘한 술법이구려. 거북점도 상대가 되지 않겠소이다!"

이때부터 그는 전혀 거리낌 없이 무도한 짓을 자행하며 온갖 처참한 악행을 저질러 만백성이 이를 갈게 되었으니 당시 상황을 묘사한 시가 있다.

함박눈 어지러이 내리는 날 녹대에서 잔치하나가
주왕은 왜 굳이 갑작스러운 재앙 내렸나?
세 현인은 멀리 숨어 종묘를 보전했지만
임신한 아낙은 목숨을 잃었으니 참으로 애달프구나!

大雪紛紛宴鹿臺　獨夫何苦降飛災
三賢遠遁全宗廟　孕婦身亡實可哀

그러니까 임신한 아낙의 배를 가르던 그날은 천지가 어둑해지고 해와 달도 빛을 잃었다. 이튿날 정찰병이 녹대로 올라와서 보고했다.

"미자를 비롯한 세 전하께서 저택의 문을 닫아걸고 어디론가 떠나버렸사옵니다."

"미자는 나이가 많아서 여기에 있다 한들 쓸모가 없는 사람이고 미자계 형제는 조가에 있어본들 짐의 일에 아무 도움이 안 되니 떠나버린 것이 오히려 짐의 걱정을 덜어준 것이다. 지금 대장군 원홍이 계속해서 큰 공을 세우고 있으니 주나라 군대도 별 문제를 일으키지 못할 게야."

그러면서 주왕은 날마다 황음무도하게 연회를 즐기며 나랏일에 전혀 신경을 쓰지 않았다. 조정의 문무백관들도 그저 자리만 채우고 있을 뿐 아무 일도 하지 못했다.

하루는 인재를 초빙하는 방문 앞에 두 사람이 찾아왔는데 그 생김새가 무척 흉악했다. 한 사람은 푸르뎅뎅한 얼굴에 눈동자는 황금 등잔 같고 커다란 입에 송곳니가 삐져나왔으며 몸집이 엄청나게 컸다. 다른 한 사람은 얼굴 피부가 오이 껍질 같고 입은 피칠한 대야 같았으며 칼날 같은 송곳니에 머리카락은 주사를 바른 듯 시뻘겋고 머리 위에 두 개의 뿔이 나 있었다. 이렇게 괴상하기 그지없는 두 사람이 찾아오자 중대부 비렴은 속으로 너무 무서웠지만 일단 인사를 나누고 나서 물었다.

"두 분은 어디서 오셨으며 성함은 어찌 되십니까?"

그러자 두 사람이 허리를 숙여 예를 표하며 말했다.

"저희는 대부님의 보살핌을 받고 살아온 상나라의 백성이온데 강상이 망령되게 하극상을 저질러 천자의 강토를 침범했다는 소식을 듣고 나라의 은혜에 보답하기 위해 왔사옵니다. 절대 무슨 벼슬을 바라는 것이 아니라 그저 주나라 군대를 물리쳐 천자의 치욕을 씻어드리고 싶을 뿐이옵니다. 저는 고명高明이라 하옵고 제 아우는 고각高覺이라고 하옵니다."

이에 비렴은 그들이 주왕을 알현하게 해주려고 조정으로 데려갔다. 비렴이 오문을 지나서 녹대로 가자 주왕이 물었다.

"대부, 무슨 상주할 일이 있소이까?"

"지금 고명과 고각이라는 두 현자가 나라를 위해 봉사하고 싶다고 찾아왔사온데 벼슬도 바라지 않고 그저 주나라 군대를 물리치고 싶을 뿐이라고 하옵니다."

주왕은 무척 기뻐하며 그들을 녹대 위로 불렀다. 그러자 잠시 후 고명과 고각이 주왕에게 엎드려 절을 올리며 신하를 자처했다. 주왕이 그들에게 일어나라고 분부하고 나서 생김새를 보니 무척 놀라웠다.

"정말 진정한 영웅의 풍모를 갖추셨구려!"

그러면서 그는 즉석에서 그들을 신무상장군神武上將軍에 봉했다. 이에 두 사람이 감사의 인사를 올리자 주왕이 말했다.

"대부께서 짐을 대신해서 이분들께 연회를 열어 대접해주시구려."

두 사람은 녹대에서 내려와 의관을 갖춰 입고 현경전에 차려진 연회에서 대접받았다. 그리고 날이 저물자 성은에 감사하고 조정을 나왔다.

이튿날 주왕은 고명과 고각에게 어명을 전하는 관리와 함께 양고기와 술 등을 가지고 맹진으로 가도록 했으니 이제 뒷일이 어찌 되는지는 다음 회를 보시라.

제90회

강상, 신도와 울루를 잡다

子牙捉神荼鬱壘

눈이 밝고 귀도 밝아

천 리 밖에서 자웅을 겨룰 수 있었지.

신령한 기미 발동하자 낌새가 먼저 누설되고

비밀 계책 시행했으니 일은 이미 허사가 되었지.

헌원묘에서 신령한 기운을 빌려 귀신에게 의지했고

기반산에서 자라 복숭아밭에 기대어 살았지.

뜻밖에 봉신방에 이름 올랐으니

항마저 아래 붉은 피 쏟는 일 피하기 어려웠지.

眼有明兮耳有聰　能於千里決雌雄

神機纔動情先泄　密計方行事已空

軒廟借靈憑鬼使　棋山毓秀仗桃叢

誰知名載封神榜　難免降魔杵下紅

그러니까 고명과 고각이 어명을 전하는 관리와 함께 맹진에 도착하여 영채의 원문으로 가자 수문장의 보고를 받은 원홍이 장수들을 이끌고 나와서 영접했다. 중군 막사로 들어간 관리는 조서를 꺼내 낭독했다.

장수는 전군의 목숨을 좌우하고 사직의 안위를 보전하는 사람이라고 했노라. 그런 사람을 얻으면 나라의 동량이 되겠지만 적절한 자질을 갖추지 못한 자라면 그에 따른 재앙이 예측하기 어려우니 나라에 무슨 희망이 있겠는가! 대장군 원홍은 문무를 겸하고 학문이 신의 경지에 이르러 여러 차례 빼어난 공을 세웠으니 진정 나라의 기둥이요 당세의 용이로다. 이에 특별히 대부 진우陳友로 하여금 양고기와 술, 황금, 비단 전포를 보내 변경에서 나라를 지키며 평안을 바라는 짐의 바람을 이루기 위해 애쓰는 그대의 노고에 보답하고자 하노라. 그러니 그대는 마땅히 충정을 다해 역적을 소탕하여 변경을 안정시킴으로써 천하를 평안히 해주기 바라노라. 사명을 완수하면 짐은 봉토를 아끼지 않고 큰 벼슬을 내려 그 공로에 보답하겠노라.

이와 같이 어명을 내리노라!

원홍은 성은에 감사하고 나서 관리를 융숭히 대접하고 고명과 고각을 불러들였다. 두 사람이 와서 인사를 나누고 나자 원홍은 그들이 기반산棋盤山의 복숭아나무 정령과 버드나무 귀신임을 알아보았다. 고명과 고각도 원홍이 매산의 하얀 원숭이임을 알아보았다. 그러자 그들은 서로 껄껄 웃으며 형제를 만난 듯이 기뻐했다.

무왕의 크나큰 복이 하늘에 이르지 않았더라면
매산칠성을 어찌 죽일 수 있었으랴!

不是武王洪福天　焉能七聖死梅山

곧이어 고명과 고각은 영채에 있는 여러 장수들과도 인사를 나누었다.

이튿날 원홍은 성은에 감사하는 상소문을 작성하여 조가로 돌아가는 관리를 통해 올리게 했다. 그리고 이날 고명과 고각에게 군령을 내려 주나라 진영으로 가서 싸움을 걸게 했다. 이에 둘은 결연히 주나라 진영으로 가서 소리쳤다.

"강상, 나와라!"

정찰병의 보고를 받은 강상은 주위 장수들에게 물었다.

"누가 나가시겠소?"

나타가 자원하고 나서서 강상의 허락을 받고 영채 밖으로 나가보니 아주 흉악하게 생긴 두 명이 걸어오고 있었다.

하나는 푸르뎅뎅한 얼굴에 볼이 등잔 같고
하나는 푸른 소나무 같은 얼굴에 입이 피칠한 대야 같다.
하나는 강철 칼 같은 송곳니가 불쑥 튀어나왔고
하나는 붉은 새끼줄 같은 수염이 덥수룩하다.
한 사람의 방천극에는 표범 꼬리 같은 장식이 매달려 있고

한 사람의 강철 도끼는 수레바퀴처럼 거대하다.

하나는 기반산에서 버드나무 귀신이라 불리고

하나는 인간 세상에 들어와서 고명이라고 불렸다.

그야말로 신도神荼와 울루鬱壘의 모습이 정말 이러하니

맹진에서 주나라 군대를 막으려 했지.

一個面如藍靛腮如燈　一個臉似青松口血盆

一個獠牙凸暴如鋼劍　一個海下髫鬚似赤繩

一個方天戟上懸豹尾　一個加鋼板斧似車輪

一個棋盤山上稱柳鬼　一個得手人間叫高明

正是　神荼鬱壘誠如此　要阻周兵鬧孟津

나타는 그들을 보고 소리쳤다.

"너희는 누구냐?"

고명이 대답했다.

"우리는 고명과 고각이다. 대장군의 명령을 받들어 역적 강상을 잡으러 왔노라. 그런데 너는 누구이기에 감히 우리 앞을 가로막는 것이냐?"

"요망한 것들, 감히 그런 큰소리를 치다니!"

그러면서 나타는 화첨창을 내질렀고 고명과 고각은 각기 방천극과 도끼를 들고 맞섰다. 나타가 세 개의 머리와 여덟 개의 팔이 달린 모습을 드러내고 건곤권을 던지자 그것은 그대로 고각의 머리에 맞았고 그는 한 줄기 금빛으로 변해서 땅속으로 사라져버렸다. 나타가 다시 구룡신화조를 던져 고명을 덮고 손으로 툭 치자 그 즉시 아홉 마리 화룡이 나타나 불길을 일으켰다. 그는 그들 둘을 해치운 줄 알고 영채로 돌아가 보고했고 강상이 무척 기뻐했다.

한편 상나라 영채로 돌아온 고명과 고각은 원홍에게 말했다.

"강상이 믿고 있는 것은 다름이 아니라 삼산오악의 제자들이더군요. 그 덕분에 가는 곳마다 요행으로 승리를 거두었지만 여태 우리처럼 오묘한 존재를 만나지는 못했을 겁니다. 설사 강상의 제자들이 천지를 관통하는 재간이 있다 할지라도 우리 손에서 절대 벗어나지 못할 겁니다!"

그러면서 그들은 모두 희희낙락했다.

이튿날 고명과 고각이 다시 주나라 영채로 가서 싸움을 걸자 정찰병의 보고를 받은 강상이 나타에게 물었다.

"어제 그 두 장수를 처리했다고 하더니 어찌 오늘 또 나타난 것인가?"

"아마 그 둘이 몸을 숨기는 하찮은 술법을 부릴 줄 아나 봅니다. 사숙, 직접 나가보시면 진실을 알게 되실 것이옵니다."

이에 강상이 군령을 내리자 팔백 명의 제후들이 일제히 나가서 그의 용병술을 지켜보았다. 그때 고명이 고각에게 말했다.

"나타는 우리가 몸을 숨기는 하찮은 재주를 가지고 있다고 이야기했을 테니 오늘 모두들 나와서 우리의 실체를 보려고 할 거야."

그 말이 끝나기도 전에 포성이 울리면서 주나라 병사들이 진세를 펼쳤으니 갑옷과 투구가 산과 바다처럼 늘어서 햇빛에 눈부시게 빛났다. 강상은 사불상을 타고 앞으로 나가 흉측하기 그지없는 둘의 모습을 보고 호통쳤다.

"고명과 고각, 너희는 하늘의 추세를 따르지 않고 천자의 군대를 억지로 막으려 했으니 이는 죽음의 재앙을 자초하는 짓이 아니더냐!"

그러자 고명이 껄껄 웃었다.

"강상, 우리는 네가 곤륜산의 제자라는 사실을 알고 있다. 하지만 너도 우리처럼 고명한 사람을 만나본 적은 없겠지. 오늘의 성패는 바로 이번 전투에 달려 있다."

그러면서 둘이 각기 방천극과 도끼를 들고 달려들자 주나라 진영에서 이정과 양임이 말을 몰고 달려 나와 격전을 벌였다.

네 장수가 맹진에서 격전을 벌이는데
사람과 신선, 귀신 가운데 누가 가짜고 누가 진짜인가?
예로부터 재앙의 운수는 모두 하늘이 정해놓았으니
설사 기묘한 계책이 있다 한들 먼지가 되어 떨어지리라!

四將交鋒在孟津　人神仙鬼孰虛眞
從來劫運皆天定　縱有奇謀盡墮塵

한편 강상의 옆에 있던 양전은 고명과 고각에게서 요사한 기운을 느끼고 그들이 제대로 된 사람이 아니라는 것을 눈치채고는 만약의 사태에 대비했다. 그때 양임이 오화신염선을 꺼내 고명을 향해 부치자 그는 '팟!' 하는 소리와 함께 한 줄기 검은 빛으로 변해서 도망쳐버렸다. 이정은 황금탑을 던져 고각을 덮었는데 그 역시 순식간에 사라져버렸다. 원홍은 장수들을 이끌고 원문에서 전투를 지켜보다가 양임이 오화신염선으로 고명을 공격하고 이정이 황금탑으로 고각을 공격하자 황급히 오룡과 상호에게 나가서 싸우라고 지시했다. 이에 오룡과 상호가 달려 나가며 소리쳤다.

"주나라 장수들은 거기 서라! 우리가 간다!"

그러자 나타가 풍화륜을 타고 오룡과 싸웠고 양전은 삼첨도를 휘두르며 상호와 맞섰다. 그 모습을 보고 원홍이 생각했다.

'오늘은 반드시 성공해야 돼. 절대 실수하면 안 되지!'

원홍은 곧 백마를 몰고 달려 나가 빈철곤을 휘두르며 강상을 공격했다. 그러자 강상의 옆에 있던 뇌진자와 위호가 그를 막아서며 격전을 벌였으니 이를 묘사한 노래가 있다.

휭휭 찬바람 일어나고
자욱이 살기 피어난다.
하얀 원숭이는 철봉 휘두르는데
뇌진자의 몽둥이가 더욱 힘차다.
위호의 항마저
왔다 갔다 기세도 더욱 흉험하니
목숨 걸고 천하를 안정시키려 하고
목숨 바쳐 태평성대 이루려 한다.

凜凜寒風起　森森殺氣生
白猿施鐵棒　雷震棍更雄
韋護降魔杵　來往勢猶兇
捨命安天下　拚生定太平

뇌진자는 풍뢰시를 펼쳐 공중으로 날아올라 몽둥이로 정수리를 공격했고 위호는 항마저를 던져 공격했다. 그런데 이 항마저가 어떤 보물인가? 그것은 마치 수미산처럼 묵직하게 원홍을 내리쳐버렸으니 원홍이 비록 도를 터득한 하얀 원숭이라고는 하지만 항마저를 견디지 못하고 곧 하얀 빛으로 변해서 도망쳐버렸다. 그 바람에 그가 타고 있던 백마는 진흙 반죽처럼 짓이겨졌다. 그사이 양전은 효천견을 풀어놓았는데 상호 또한 뱀 정령인지라 효천견이 그를 해치지는 못했다. 상호가 효천견이 신선 세계의 개인 줄 알아보고 재빨리 검은 연기로 변해 사라졌기 때문이다. 나타는 구룡신화조로 오룡을 덮었으나 그 또한 푸른 연기로 변해서 달아나버렸다. 이에 한바탕 격전도 모두 허사가 되고 말았다.

강상이 징을 울리게 하여 병력을 거둬들이고 영채로 돌아오자 양전이 말했다.

"오늘 전투는 모두 허사가 되어버렸군요. 예전에 제가 사부님 곁을 떠나올 때 사부님께서 제게 당부하신 말씀이 있사옵니다. 맹진에 도착하거든 '매산칠성'을 조심해야 한다는 말씀이었습니다. 저는 그 말씀을 새겨두고 있었는데 오늘 살펴보니 보물로써는 저들을 제압할 수 없었사옵니다. 죄다 푸르고 검은 연기로 변해 달아나고 말았으니까요. 그러니 대원수께서는 달리 계책을 마련해야지 무턱대고 교전만 벌여서는 아무 소용이 없사옵니다."

"나도 나름대로 방책이 있네."

강상은 날이 저물자 북을 울려 장수들을 소집하고 이정에게 문서를 건네주며 말했다.

"그대는 팔괘진의 정동쪽 진궁으로 가라. 그 문서에 부적이 찍혀 있으니 복숭아나무 막대기에 개의 피를 묻히고 여차여차 처리하라!"

이어서 그는 뇌진자를 정남쪽 이궁으로, 나타를 정서쪽 태궁으로, 양임을 정북쪽 감궁으로 보내면서 각자에게 비슷한 명령을 내렸다. 이어서 그는 양전과 위호에게 말했다.

"양전, 그대는 적을 유인하여 오뢰법五雷法으로 복숭아나무 막대기를 쳐라. 위호, 그대는 병에 오골계와 검은 개의 피를 담아 여인의 소변과 섞어놓았다가 고명과 고각이 진 안으로 들어오거든 병 속에 담긴 것을 뿌려서 요사한 기운을 억누르도록 하라. 그러면 저들은 도망치지 못할 게야. 이 진법을 쓰면 그 두 놈을 잡을 수 있을 걸세."

모두들 명령을 받고 떠나자 강상은 영채 밖으로 나가서 팔괘진을 펼치고 은밀히 구궁의 방위에 맞추어 복숭아나무 막대기를 박아놓았다.

계책을 세워 복숭아나무 정령과 버드나무 귀신 잡으려 했지만
이번에는 부질없이 마음고생만 하게 되는구나!

設計要擒桃柳鬼　這場心苦枉勞神

어쨌든 강상은 그렇게 준비를 마쳤다.

한편 고명은 강상이 팔괘진을 펼치고 오골계와 검은 개의 피, 복숭아나무 막대기로 그들을 잡으려고 한다는 이야기를 듣고 껄껄 웃

었다.

"쓸데없는 짓! 그래, 우리를 어찌 잡겠다는 것인지 두고 보자!"

이튿날 강상은 직접 원문 앞으로 나가서 싸움을 걸었다. 그러자 원홍의 명령을 받고 출전한 고명과 고각이 고함을 질렀다.

"강상, 네가 자칭 소탕성탕대원수라고 하는데 내가 보기에는 한낱 필부에 지나지 않는구나! 곤륜의 제자라면 당연히 장병을 지휘하여 승부를 결판내야 하지 않겠느냐? 그런데 왜 복숭아나무 막대기며 부적, 구궁에 배합한 팔괘진 따위를 써서 제자들에게 오골계와 검은 개의 피를 섞은 더러운 것으로 우리를 상대하게 하느냐? 우리는 마귀도 요정도 아닌데 너의 그런 좌도방문의 술법을 무서워할 줄 아느냐?"

그러면서 그들은 성큼성큼 걸어와서 방천극과 도끼로 강상을 공격했다. 이에 강상의 좌우에서 무길과 남궁괄이 일제히 말을 몰고 나가서 격전을 벌였다. 고명은 맹호처럼 사나웠고 남궁괄은 기뻐 날뛰는 용처럼 그를 상대했다. 고각이 방천극을 휘두르며 커다란 깃발을 펼치자 무길의 창에서 무시무시한 살기가 피어났다. 네 사람의 격전이 무르익자 강상도 사불상을 몰고 달려가서 칼을 휘두르며 가세했는데 몇 판 맞붙기도 전에 패배한 척 진 안으로 도망쳤다. 그 모습을 보고 고명이 코웃음을 쳤다.

"흥! 어딜 도망치느냐! 내가 너의 안배를 무서워할 줄 아느냐? 자, 간다!"

그러면서 두 형제는 곧바로 강상을 쫓아 진 안으로 들어갔다. 그들이 막 팔괘진 안으로 들어가자 동쪽의 이정과 남쪽의 뇌진자, 서쪽의 나타, 북쪽의 양임이 사방에서 부적을 태우니 곳곳에서 우렛소리가 일어났다. 그리고 위호는 공중에서 병 속에 든 오물을 아래로 쏟아부어 닭과 개의 피가 땅바닥에 가득 뿌려졌다. 하지만 고명과 고각은 어느새 푸른빛으로 변해서 모습이 사라져버렸으니 여러 제자들은 모두 눈을 빤히 뜨고 지켜보기만 할 뿐 종적을 찾을 수 없었다.

강상은 병력을 거두고 영채로 돌아와 중군 막사로 들어가서 진노하여 말했다.

"뜻밖에 우리 영채에 세작이 있어서 안쪽 사정을 누설했구나. 이런 식이라면 언제 저들을 물리칠 수 있겠는가! 고명 등이 내 기밀을 모두 알고 있었으니 이것이 어찌 된 일이냐?"

그러자 양전이 말했다.

"사숙, 장수들은 서기성을 출발하여 서른여섯 방향으로 공격을 겪어냈으며 지금 다섯 관문을 들어와서 수백 번의 격전을 치르는 동안 적지 않은 충성스럽고 훌륭한 인재들이 전사했사옵니다. 이제 상나라 도읍의 지척까지 왔는데 세작이 있을 리 있겠사옵니까? 제가 보기에 그들 둘은 정상적인 사람이 아니라 요사한 기운을 가진 것이 분명하니 상황이 아주 다르옵니다. 부디 이 점을 잘 헤아려주시옵소서. 지금 제가 어디 한 군데를 다녀오면 자연히 진상을 알 수 있을 것이옵니다."

"어디를 다녀오겠다는 것인가?"

"기밀이 누설되면 성공할 수 없사옵니다."

"알겠네, 다녀오게!"

저녁이 되자 양전은 강상에게 작별 인사를 하고 떠났다.

한편 고명과 고각은 원홍을 찾아가서 강상이 팔괘진에 복숭아나무 막대를 박아놓은 일을 자세히 들려주었다. 그러자 원홍은 곧 상소문을 작성해서 조가에 보고했다. 고각은 주나라 진영에서 강상과 양전이 논의하는 소리를 듣고는 양전이 행선지를 밝히지 않자 큰소리쳤다.

"네가 아무리 우리의 뿌리를 찾으려고 해봐도 도저히 알 수 없을 게다!"

그러면서 두 형제는 껄껄 웃었다.

그 무렵 양전은 흙의 장막을 이용해 옥천산 금하동으로 갔으니 바로 이런 격이었다.

둔갑의 도술은 정말 현묘하여
맑은 바람이 되어 만 리 길도 지척처럼 가지!

遁中道術眞玄妙　咫尺清風萬里程

양전이 도착해보니 금하동의 문이 닫혀 있어 동부 밖에서 한참 기다렸다. 그때 도동 하나가 밖으로 나오더니 그를 발견하고 황급히 달려와서 물었다.

"사형, 무슨 일로 오셨습니까?"

"아우, 사부님께 말씀 좀 드려주게."

도동이 들어가서 옥정진인에게 보고하자 옥정진인이 자리에서 일어나 도동에게 양전을 데리고 들어오라고 분부했다. 잠시 후 양전이 들어와서 벽유상 앞에서 절을 올리자 옥정진인이 물었다.

"무슨 일로 왔느냐?"

양전이 맹진에서 있었던 일을 설명하자 옥정진인이 말했다.

"이 못된 것들은 기반산의 복숭아나무 정령과 버드나무 귀신이다. 두 나무는 뿌리가 삼십 리나 뻗어 있어서 천지의 신령한 기운을 모으고 해와 달의 정화를 받아 요물이 된 지 몇 년이 되었구나. 지금 기반산에 있는 헌원 황제의 사당 안에 진흙으로 빚은 저승사자 조각이 있다. 이름을 천리안千里眼과 순풍이順風耳라고 하지. 그 두 괴물이 거기에 신령한 기운을 기탁하여 눈으로는 천 리 밖을 살펴볼 수 있고 귀로는 천 리 밖의 소리까지 들을 수 있단다. 하지만 천 리를 넘어선 것은 보지도 듣지도 못하지. 가서 강상에게 사람을 기반산으로 보내 그 복숭아나무와 버드나무의 뿌리를 파내서 불태워버리고 헌원 사당의 두 조각상을 때려 부숴 그놈들의 뿌리를 없애버리라고 해라. 또한 짙은 안개로 영채를 가리고 여차여차하면 그 두 요물은 자연히 없어질 게야."

"알겠습니다."

양전은 즉시 옥천산을 떠나 주나라 영채로 돌아갔다. 그러자 강상이 그를 불러 물었다.

"다녀온 일은 어찌 되었는가?"

양전이 기밀이 누설될까 두려워서 고개를 저으며 아무 말도 하지 않자 강상이 물었다.

"자네 오늘 왜 이러는 겐가?"

"오늘은 감히 말씀드리지 못하겠사오니 잠시 제가 하는 대로 지켜봐주시옵소서."

강상은 양전이 하는 대로 내버려두고 전혀 말리지 않았다. 양전은 명령을 내리는 깃발을 들고 중군 막사에서 나와 뒤쪽 부대에서 이천 명의 병사에게 붉은 깃발을 흔들게 하고 천 명의 병사에게 징과 북을 울리게 했다. 그러자 순식간에 천지를 뒤흔드는 기세가 일어났으니 강상이 영문을 몰라 하자 양전이 말했다.

"고명과 고각은 바로 기반산의 복숭아나무 정령과 버드나무 귀신이옵니다. 그것들이 헌원 사당에 있는 천리안과 순풍이라는 두 개의 저승사자 조각상에 빙의했사오니 이제 깃발을 계속 흔들면 천리안이 우리를 살펴볼 수 없을 것이고 징과 북을 울리면 순풍이가 우리의 대화를 엿들을 수 없을 것이옵니다. 즉시 장수들을 기반산으로 보내서 이 나무들의 뿌리를 파내 불태우고 헌원 사당의 두 조각상을 부숴버리라고 하시옵소서. 그리고 영채를 짙은 안개로 덮어버리면 그 요물들을 없애버릴 수 있사옵니다."

"그렇다면 내 나름대로 방법이 있지."

강상은 곧 이정을 불러 분부했다.

"삼천 명의 병력을 이끌고 기반산으로 가서 그 나무들의 뿌리를 파서 없애버리게!"

그리고 뇌진자에게 분부했다.

"가서 헌원 사당에 있는 두 개의 저승사자 조각상을 때려 부수게!"

후세 사람이 이를 두고 시를 지어 칭송했다.

호랑이는 깊은 산에서 용은 연못에서 싸우나니

강상, 신도와 울루를 잡다.

고명과 고각이 사악한 행적을 자랑하는구나.

당시 신선 스승의 가르침을 받지 못했다면

헌원 사당의 두 귀신을 멸하기 어려웠겠지.

虎門深山淵門龍　高明高覺逞邪蹤

當時不遇仙師指　難滅軒轅二鬼風

강상은 모든 안배를 끝내고 두 제자가 돌아와서 보고하기만을 기다렸다.

한편 고명과 고각은 주나라 진영에서 징과 북소리만 계속해서 들려오자 의아한 생각이 들었다. 고각이 물었다.

"형님, 뭐가 보이십니까?"

"온통 붉은 깃발을 흔들어대고 있어서 눈이 어지럽구먼. 자네는 뭐 들리는 게 있는가?"

"징 소리와 북소리 때문에 귀가 멍할 지경인데 무슨 다른 소리가 들리겠습니까?"

이에 두 사람은 영문을 몰라서 조바심쳤다.

그 무렵 강상은 중군 막사에서 복숭아나무와 버드나무의 뿌리를 파러 간 이정과 저승사자 조각상을 때려 부수러 간 뇌진자가 돌아오기만을 기다렸다. 이튿날 뇌진자가 돌아오자 강상이 갔던 일에 대해서 물었다.

"분부하신 대로 두 귀신상을 때려 부수고 헌원 사당을 불태워 다시는 해코지 못하도록 아예 화근을 없애버렸사옵니다. 나중에 주왕을 정벌하고 나서 다시 건물을 지으면 될 것이옵니다."

강상은 무척 기뻐하며 곧 나타와 무길에게 영채 앞에 단을 하나 세우게 했는데 오행의 방위에 맞추어 중앙에 단을 세우되 사방팔방에 부적을 찍어놓게 했다. 모든 준비가 끝났을 때 이정이 돌아와서 복숭아나무와 버드나무의 뿌리를 이미 없앴다고 보고하자 강상이 무척 기뻐했으니 그야말로 이런 격이었다.

이정이 뿌리 파내고 막 도착했을 때
원홍은 주나라 영채를 습격하려고 생각했지.

李靖掘根方至此　袁洪舉意劫周營

강상은 중군 막사에서 회의를 하다가 말했다.

"동백후께서는 왜 아직 안 오시는 겐가?"

그때 수하가 들어와서 보고했다.

"독량관 정륜이 도착했사옵니다."

이에 강상은 영채 앞으로 갔고 정륜은 경과를 보고하고 직인을 반납했다. 그는 토행손이 죽었다는 소식을 듣고 너무나 슬퍼했다.

한편 상나라 진영의 원홍은 속으로 생각했다.

'주나라 군대와 여러 차례 교전했지만 승부를 가리지 못하고 괜히 헛고생만 하며 세월을 허비했구나.'

그는 상호와 오룡에게 은밀히 군령을 내렸다.

"고명과 고각을 선두에 세우고 오늘 밤 강상의 영채를 급습하겠다."

그리고 다시 군령을 내렸다.

"참모 은파패와 뇌개는 좌우에서 지원하고 은성수와 노인걸은 뒤를 끊도록 하라. 오늘 밤은 기필코 성공해야 한다!"

"예!"

이에 모든 장수들이 밤이 오기만을 기다렸다.

그 무렵 강상은 중군 막사에 앉아 있었는데 갑자기 한 줄기 바람이 땅을 쓸고 일어나 막사 앞까지 이르자 그 바람의 기미가 이상하다고 생각하고 손가락을 짚어 점을 쳐보고는 이내 그 의미를 눈치챘다. 그는 무척 기뻐하며 군령을 내렸다.

"중군 막사에 복숭아나무 막대기를 박아 부적을 붙이고 땅바닥과 위에 각기 그물을 깔라. 그리고 중군 영채를 검은 안개로 가려놓으라! 모든 영채는 경솔히 움직이지 말고 이정은 동쪽을, 양임은 서쪽을, 나타는 남쪽을, 뇌진자는 북쪽을 지키면서 양전과 위호는 지휘대 좌우에서 호위하라!"

이어서 그는 남궁괄과 무길, 정륜, 용수호 등에게 군령을 내렸다.

"그대들은 각기 구역을 나누어 무왕의 영채를 호위하라!"

장수들이 명령을 받고 떠나자 강상은 목욕을 하고 대에 올라 원홍이 습격할 때를 기다렸으니 이를 묘사한 시가 있다.

강상의 오묘한 계산은 세상에 짝이 없어

천지를 놀라게 할 듯 그 기세는 누구도 막지 못했지.

두 귀신이 비밀리에 계책을 쓰려 했지만

세 요괴는 전장에서 쓸 계책이 없었지.
재앙을 당한 양임은 신이 되어 떠났고
필사적으로 도주한 원홍은 죽음을 모면했지.
맹진에 험악한 전투가 많았다는 말은 하지 말라.
연이은 격전에 충성스럽고 어진 이들 잃었으니!

子牙妙算世無雙　動地驚天勢莫當
二鬼有心施密計　三妖無計展疆場
遭殃楊任歸神去　逃死袁洪免喪亡
莫說孟津多惡戰　連逢劫殺損忠良

그 무렵 원홍은 병력을 점검하고 강상의 영채를 급습해서 완전한 승리를 거두려고 했다. 마침내 이경 무렵이 되자 고명과 고각이 선봉 부대를 맡고 원홍은 제2진을 맡았다. 이때 노인걸이 은성수에게 말했다.

"아우, 내가 보기에 오늘 밤의 습격은 성공하지 못할뿐더러 틀림없이 패망의 재앙을 맞이하게 될 것 같네. 게다가 강상은 용병술이 뛰어나고 현묘한 변화를 잘 알고 있으며 그 제자들 가운데는 도와 덕을 갖춘 이들이 많은데 어찌 이런 일에 대해 방비해놓지 않았겠는가? 우리는 일단 후방 부대에 있다가 기회를 보고 움직이세."

"형님, 아주 지당하신 말씀이십니다."

그리고 두 사람은 각자 준비를 했다.

그때 고명과 고각이 주나라 진영으로 가서 대포를 쏘고 공격을 개시하자 원홍은 상호와 오룡을 거느리고 뒤쪽에서 지원했다.

한편 강상은 대 위에서 머리카락을 풀어 헤치고 칼을 든 채 별자리에 따라 걸음을 옮겼는데 순식간에 바람과 구름이 일어났으니 이것이 바로 강상이 곤륜의 오묘한 술법으로 신도와 울루를 잡게 되는 사건이었다. 뒷일이 어찌 되는지는 다음 회를 보시라.

제91회

오문화, 반룡령에서 불타 죽다

蟠龍嶺燒鄔文化

힘은 산을 무너뜨릴 듯하고 기개는 무지개를 토할 듯하여
고무래 자루 휘두르면 바람처럼 빨랐지.
뭍에서 배를 타니 누가 따라잡을 수 있으랴?
영채 입구에서 적을 격파하니 누가 감히 똑같이 할 수 있으랴?
호랑이 잡는 영웅의 명성도 지난 일이 되었고
소 한 마리 먹어치운 기운도 허사가 되었지.
어쨌든 하늘의 뜻이 주나라로 돌아갔으니
부질없이 반룡령 아래를 피로 붉게 물들였구나!

力大排山氣吐虹　手拖杁木快如風
行舟陸地誰堪及　破敵營門孰敢同
擒虎英名成往事　食牛全氣化崆峒
總來天意歸周主　空作蟠龍嶺下紅

그러니까 강상이 대에서 술법을 쓰자 순식간에 사방에서 바람과 구름이 일면서 검은 안개가 자욱해졌다. 또 위아래로 그물이 깔려 주나라 영채는 온통 어둠에 덮였다. 천둥과 벼락이 치고 번개가 번쩍이면서 으스스 냉기가 피어나며 엄청난 함성이 일었고 각 영채에서는 북소리와 뿔피리 소리가 일제히 울려서 마치 천지가 무너지는 듯했다.

바람과 안개 자욱한데 번갯불 타오르고
우렛소리 울려 사악한 요기를 진압했지.
복숭아나무 정령과 버드나무 귀신은 도망칠 수 없어
일찌감치 봉신방에 이름 올라갔지.

風霧濛濛電火燒　雷聲響亮鎭邪妖
桃精柳鬼難逃躱　早把封神名姓標

어쨌든 고명과 고각이 주나라 영채로 돌진하여 중군으로 치고 들어가자 갑자기 엄청난 북소리와 함께 병사들의 함성이 들려왔다. 그리고 포성이 울리며 동쪽에서 이정, 서쪽에서 양임, 남쪽에서 나타, 북쪽에서 뇌진자, 좌측에서 양전, 우측에서 위호가 달려 나와서 그들을 포위해버렸다. 대 위에서는 강상이 술법을 썼고 대 아래에서는 네 제자가 일제히 복숭아나무 막대기를 두드려댔다. 게다가 위아래로 펼쳐진 그물은 단단히 엮여 있었다. 그때 강상이 타신편을 던져 내려치자 고명과 고각은 그것을 피하지 못하고 그대로 머리를 맞아 뇌수가 터져 두 영혼은 봉신대로 떠나버렸다.

한편 원홍은 상호와 오룡을 거느리고 뒤쪽에서 병사들을 재촉하여 주나라 영채로 돌격하다가 나타 등에게 가로막혀 격전이 벌어졌다. 한밤중의 전투인지라 양측은 혼전을 벌여야 했는데 위호가 항마저를 던져 오룡을 공격하자 그는 재빨리 푸른빛으로 변해서 사라져버렸다. 나타가 구룡신화조를 던져 상호를 덮치자 그 역시 푸른빛으로 변해서 도망쳐버렸다. 양임이 오화신염선을 꺼내 원홍에게 부치려는 순간 득도한 하얀 원숭이인 원홍의 머리 위에 원신이 나타나더니 곧 그 하얀 빛 속에서 몽둥이를 내리쳐 양임은 미처 피하지 못하고 그대로 정수리를 얻어맞고 말았다. 가련하게도 천운관을 떠나 주나라에 귀의하여 맹진에 도착해서 벼슬 하나도 제대로 받지 못하고 그는 죽음을 맞았으니 후세 사람이 시를 지어 이를 탄식했다.

상나라를 떠나 자양동으로 돌아갔다가
천운관 아래에서 온황진 격파했지.
맹진에서 충절을 다하다가 몸이 먼저 죽었으니
모든 것이 한바탕 남가일몽에 지나지 않았구나!

自離成湯歸紫陽　穿雲關下破瘟瘽
孟津盡節身先喪　俱是南柯夢一場

양측은 새벽까지 혼전을 벌이다가 강상이 징을 울려 병사를 거둬들이자 원홍도 자기 쪽 병사를 거둬들였다. 중군 막사로 돌아온 강상은 장수들을 점검하다가 양임이 전사한 것을 알고는 한없이 탄식했다. 그때 양전이 나서서 말했다.

"간밤의 전투에서 고명과 고각을 처치하기는 했지만 양임을 잃고 말았사옵니다. 제가 보기에 원홍 등은 모두 정령이 변신한 것들이라 너무 서둘러서는 성공하지 못할 것 같사옵니다. 병력이 여기에 막혀서 언제 끝날지 모르니 제가 종남산으로 가서 요괴를 비추는 조요감을 빌려 와서 저 요망한 것들의 정체를 밝혀야 잡을 수 있을 것 같사옵니다. 그렇지 않으면 도무지 끝나지 않을 것이옵니다."

"그렇게 하게!"

양전은 곧 흙의 장막을 이용해 종남산으로 가서 옥주동 앞에 도착하여 흙의 장막을 거두고 동부 입구에서 운중자가 나오기를 기다렸다. 잠시 후 금하동자가 나오자 양전이 다가가서 고개를 조아려 인사했다.

"사형, 사백을 뵙고 싶으니 안에다가 좀 알려주십시오."

금하동자가 얼른 답례하며 말했다.

"잠시만 기다리십시오."

그는 곧 운중자의 분부에 따라 양전을 데리고 안으로 들어갔다. 양전은 운중자에게 절을 올리고 나서 말했다.

"사백, 조요감을 빌리려고 찾아왔사옵니다. 지금 병력이 맹진에 이르렀는데 몇 마리 요괴가 막고 있어서 진군할 수가 없사옵니다. 몇 번 전투를 벌여봤지만 다른 보물로는 처치하기가 곤란했기에 대원수의 분부에 따라 이렇게 사백을 찾아왔사옵니다."

"그놈들은 바로 매산칠괴인데 오직 자네만이 잡을 수 있네."

그러면서 운중자는 조요감을 양전에게 건네주었다. 그러자 양전은 작별 인사를 하고 곧 흙의 장막을 이용해 주나라 영채로 돌아가서 강상에게 보고했다.

"그러니까 그놈들은 바로 매산칠괴이온데 내일 제가 처리하도록 하겠사옵니다."

한편 원홍은 상호와 오룡을 비롯한 여러 장수들과 함께 제후들을 물리칠 방책을 의논하고 있었다. 그때 은파패가 말했다.

"사령관, 내일은 대대적인 공격으로 위세를 보여 천하 제후들에게 우리의 힘을 알게 해야 합니다. 그렇지 않으면 저들은 모두 좋게 끝내려 하지 않을 것이므로 계속 시간만 끌다가는 병사들도 피로하여 변고가 생길 수 있으니 오히려 더 좋지 않게 되지 않겠습니까?"

원홍은 그 말에 따라 이튿날 병력을 정돈하여 포성을 울리고 주나라 진영으로 갔다. 그러자 강상도 제후들을 이끌고 나와서 진세를 펼친 다음 홀로 말을 몰고 나온 원홍에게 말했다.

"그대는 왜 천명이 주나라에 돌아갔음을 모르고 천자의 군대를 막아 백성을 도탄에 빠뜨리는가? 일찌감치 항복하면 제후의 지위를 잃지 않을 것이나 시세를 파악하지 못하면 나중에 후회해도 소용없을 것이오!"

그러자 원홍이 껄껄 웃음을 터뜨렸다.

"기껏 계곡에서 낚시질이나 하던 늙은이가 무슨 재간이 있다고 감히 그런 큰소리를 치느냐?"

원홍은 상호를 돌아보며 말했다.

"강상을 잡아 와라!"

상호가 말을 몰고 나가 창을 내지르자 양전도 나와서 칼을 들어 맞섰으니 그 격렬한 전투에는 으스스 찬바람이 일고 살기가 가득 피어났다.

무럭무럭 피어난 살기가 맹진을 뒤덮나니
매산의 요사한 도깨비가 속세를 어지럽히기 때문이지.
순식간에 종남산의 조요감을 피하지 못해
차례로 죽어나가 도깨비불이 되었지.

殺氣騰騰鎖孟津　梅山妖魅亂紅塵
須臾難遁終南鑑　取次摧殘作鬼燐

둘이 열다섯 판쯤 맞붙었을 때 상호가 고삐를 돌려 달아나자 양전이 뒤쫓으며 조요감을 꺼내 비춰보니 그것은 커다란 백사白蛇였다. 여러분, 양전이 그놈의 정체를 파악했으니 어찌 처치하는지 볼까요? 그때 상호가 말 위에서 갑자기 본색을 드러내자 한 줄기 괴이한 바람이 흙먼지를 말아 올려 시름겨운 구름이 짙게 덮이면서 냉기가 풀풀 날렸다.

검은 안개 자욱하게 천지를 가리자
하얀 비단 같은 몸뚱이로 요사한 농간 부린다.
신령한 눈빛 번뜩이며 흉악한 성질 드러냈으니
매산에 오래 살아 그곳이 고향이지.

黑霧漫漫天地遮　身如雪練弄妖邪

神光閃灼兇頑性　久於梅山是舊家

양전은 백사가 모습을 드러내고 검은 안개 속에 숨어서 자신을 해칠 기회를 노리자 재빨리 몸을 흔들어 한 마리 거대한 지네로 변했다. 지네의 몸뚱이에는 두 날개가 달려 있어서 공중을 날아가 날카로운 칼날처럼 백사를 옥죄었다.

두 날개 펄럭이니 마치 눈송이가 날리는 듯
검은 몸뚱이에 노란 발이 달려 기세가 타오르는 듯했지.
두 집게를 곧추세우고 쌍칼 휘둘러
먼저 흉포한 뱀을 베어 으뜸의 공을 세웠지.

二翅翩翩似片雲　黑身黃足氣如焚
雙鉗竪起揮雙劍　先斬頑蛇建首勳

양전이 거대한 지네로 변해서 백사의 머리 위로 날아가 단칼에 두 동강 내버리자 그 뱀은 땅바닥에 떨어져 몸을 꿈틀꿈틀하며 굴렀다. 그때 양전이 본래 모습을 드러내고 뱀을 여러 동강으로 자른 후 오뢰결을 발휘하니 순간 벼락 소리와 함께 뱀의 몸뚱이가 재로 변해 날아가버렸다.

원홍은 백사가 죽는 것을 보고 격노하여 말을 몰아 몽둥이를 휘두르며 고함쳤다.

"양전, 네놈이 감히 내 장수를 죽이다니!"

그러자 강상의 곁에 있던 나타가 풍화륜에 올라 세 개의 머리와 여덟 개의 팔이 달린 모습을 드러내고 화첨창을 휘두르며 막아섰다. 나타는 몇 판 맞붙다가 구룡신화조를 던져 원홍과 말을 한꺼번에 덮어버리고 손으로 툭 쳤는데 곧 아홉 마리 화룡이 나타나 그것을 감싸고 돌며 불길을 일으켰다. 그런데 원홍은 일흔두 가지 변신술을 익히고 있었기 때문에 태워 죽일 수 없었다. 그는 오히려 그 불길을 빌려서 달아나고 말았다. 그때 나타의 위용을 본 오룡이 쌍칼을 휘두르며 달려들자 나타가 돌아서서 그와 격전을 벌였다. 옆에 있던 양전이 재빨리 조요감으로 비춰보니 오룡의 정체는 바로 지네였다. 양전은 말을 몰고 달려들어 칼을 휘둘렀고 두 사람을 당해내지 못한 오룡은 고삐를 돌려 달아났다. 이에 나타가 풍화륜을 몰고 뒤쫓으려 하자 양전이 소리쳤다.

"도형, 쫓지 마시오. 내가 처리하겠소이다!"

나타가 풍화륜을 멈추자 대신 양전이 말을 몰아 오룡을 쫓았다. 오룡은 자신을 쫓는 양전을 보고 본색을 드러내 즉시 말발굽 아래에 검은 안개를 피워 스스로를 덮어버렸다.

검은 안개와 음산한 바람 하늘에 가득하니
매산의 정령은 술법도 무한했지.
뜻밖에 천적을 만나니 용서할 수 없어
천 년 묵은 지네는 흔적도 없이 사라졌지.

黑霧陰風布滿天　梅山精怪法無邊
誰知治克難相恕　千歲蜈蚣化罔然

양전은 오룡이 본색을 드러내고 검은 안개 속에서 자신을 해칠 기회를 노리자 몸을 흔들어 한 마리 오색 수탉으로 변했다.

푸른 귀에 금빛 눈동자 오색 깃털
날개는 강철 검 같고 주둥이는 칼 같았지.
지금 지네를 만나니 그 오묘함이 무궁하여
즉시 원래의 몸을 죽여버리니 어찌 도망칠 수 있었으랴?

綠耳金睛五色毛　翅如鋼劍嘴如刀
蜈蚣今遇無窮妙　卽喪原身怎脫逃

양전이 수탉으로 변해서 검은 안개 속으로 날아가 지네를 쪼아버리자 지네는 단번에 조각조각 찢어졌다. 이렇게 또 요괴 하나를 제거하고 강상과 장수들은 승전고를 울리며 영채로 돌아갔다.

한편 은파패와 뇌개를 비롯한 여러 장수들은 그날의 장면을 직접 목격하고 자기도 모르게 헛웃음이 나왔다.

"나라의 운세가 상서롭지 못하면 요사한 것들이 일어나는 법이거늘 오늘 보니 우리의 두 부장들이 뜻밖에 사람을 미혹하는 백사와 지네 정령이었구먼. 이것이 어찌 좋은 징조겠는가! 차라리 영채로 돌아가서 사령관과 상의해봅시다."

원홍은 중군 막사에서 시름겨운 표정으로 자리에 앉아 있다가 그들이 맥 빠진 모습으로 들어오자 말했다.

"상호와 오룡이 정령인 줄은 나도 몰랐소. 하마터면 그것들 때문에 큰일을 망칠 뻔했구려."

"강상은 곤륜산에서 도와 덕을 익혔고 그 아래에는 또 삼산오악의 제자들이 따르고 있으니 우리 병력이 이곳을 지켜내기는 어려울 것 같습니다. 그러니 사령관께서 나가서 결전을 벌일 것인지 이곳을 사수할 것인지 조속히 결정을 내려주십시오. 미리 대책을 마련해야지 때가 닥쳐서 서두르게 되면 갑자기 대처하기 어려워지지 않겠습니까? 지금 우리 측은 병사들도 약하고 장수의 수도 모지라서 적을 상대하기에 역부족입니다. 저희 생각으로는 차라리 퇴각하여 도성을 단단히 지키면서 방어책을 마련해 저들을 피로하게 만드는 것이 좋을 듯합니다. 이것이 바로 싸우지 않고도 적병을 굴복시키는 길인 것 같은데 어찌 생각하시는지요?"

"그것은 잘못된 생각이오! 어명을 받고 이곳을 지키러 왔으니 이곳을 중시해야지 여기를 버리고 도성으로 퇴각하는 것은 그야말로 '문전에서 적을 막으려는' 것이 아니겠소? 그런 경우는 늘 패배하기 마련이지요. 지금 강상에게 보좌하는 이들이 있다 해도 이 위험한 곳까지 깊숙이 들어와 있으니 그쪽도 무력을 쓸 수 없을 것이오. 내게 여기서 적을 격파할 나름의 묘책이 있으니 여러분은 더 이상 다른 말씀을 하지 마시오!"

이렇게 되자 장수들도 막사에서 나올 수밖에 없었다. 그때 노인걸이 은성수에게 말했다.

"지금의 대세가 모두 드러났으니 상나라 사직은 결국 서기의 수중에 들어가고 말 걸세. 게다가 지금 천자도 지혜가 흐려져서 요괴를 함부로 장수로 등용하니 어찌 성공할 수 있겠는가? 다만 나와 자네는 여러 대에 걸쳐 나라의 은혜를 입었으니 충성을 다하지 않을 수 없네. 하지만 죽더라도 조가에서 죽어야 우리의 충의를 보여줄 수 있지 여기서 헛되게 죽어 요괴들과 함께 썩어버릴 수 없는 노릇이 아닌가? 기회를 봐서 조가로 파견되어 돌아오지 않는 것이 더 좋지 않겠는가?"

둘이 막 상의를 마쳤을 때 양곡을 관리하는 장수가 중군 막사로 와서 원홍에게 보고했다.

"군중에 닷새 분량의 군량만 남아 있고 군수품도 부족한 상황인데 어찌할지 분부를 내려주십시오."

한편 그 무렵 조가에는 엄청난 몸집의 장한이 하나 나타났다. 신장이 몇 길이나 되는 그는 뭍에서 배를 끌고 다닐 만큼 힘이 셌고 매끼니마다 소를 한 마리씩 먹어치웠으며 고무래 자루를 무기로 썼다. 오문화鄔文化라고 하는 이 인물은 방문을 보고 군대에 투신하게 되었는데 조정에서는 그를 맹진으로 보내 원홍의 지휘를 받도록 했다. 오문화는 어명을 전하는 관리와 함께 중군 막사로 들어가서 원홍에게 인사하고 이름을 밝힌 후 옆으로 비켜서서 시립했다. 원홍은 외모가 범상치 않은 이가 마치 금강역사처럼 우뚝 서 있는 모습을 보고 상당히 놀랐다.

"장군, 틀림없이 무슨 묘책을 가지고 오셨으리라 믿소이다. 그래, 주나라 군대를 물리칠 계책이 있소이까?"

"저는 힘만 센 비천한 사내에 지나지 않습니다. 어명을 받고 대장군의 휘하로 임명되었으니 그저 지휘에 따를 뿐입니다."

그 말을 들은 원홍은 무척 기뻐했다.

"장군께서 오셨으니 틀림없이 큰 공을 세우실 거요. 강상이 머리를 내놓지 않을까 무슨 걱정이겠소!"

이튿날 아침에 중군 막사로 나온 오문화는 원홍의 군령을 받고 영채 밖으로 나가 고무래 자루를 거꾸로 끌고 주나라 진영 앞에서 소리쳤다.

"역적 강상에게 전해라, 일찌감치 원문 밖으로 나와 목을 씻고 내밀라고 말이다!"

중군 막사에 있던 강상은 갑자기 북소리를 듣고 퍼뜩 고개를 들어보니 엄청나게 키가 큰 사내가 서 있었다. 그는 깜짝 놀라서 장수들에게 물었다.

"어디서 저런 거인이 나타났는가?"

장수들이 일제히 나가서 살펴보니 과연 엄청난 거인인지라 모두들 깜짝 놀랐다. 그때 군정사의 장교가 중군 막사로 들어왔다.

"어떤 거인이 나타나서 큰소리를 쳐대는데 어찌할지 분부를 내려주시옵소서."

이에 용수호가 자원하고 나서자 강상이 허락하며 당부했다.

"조심해야 하네!"

영채 밖에 있던 오문화는 용수호가 나오자 그를 내려다보고 껄껄 웃었다.

"어디서 새우 요정이 나타났나?"

용수호는 고개를 들어 오문화의 얼굴을 쳐다봤는데 그의 얼굴은 흉악하기 그지없었다.

신장은 몇 길이요 뼈대는 느릅나무 같은데
입은 움집 입구 같고 두 눈은 추켜 떴다.
한 길 두 자의 허연 수염은 실타래를 흩뜨려놓은 듯하고
한 자 세 치의 짚신은 배가 지나가는 듯하다.
타고난 힘이 세서 산악도 무너뜨릴 듯하고
소 한 마리를 먹어치워 호랑이나 표범에 비견되는구나.
뭍에서 배를 몰고 다니는 이가 인간 세상에 드문데
반룡령 위에 시름겨운 불꽃이 피어나는구나.

身高數丈骼榔頭　口似窨門兩眼摳
丈二蒼鬚如散線　尺三草履似行舟
生成大力排山嶽　食盡全牛賽虎彪
陸地行舟人罕見　蟠龍嶺上火光愁

그때 오문화가 소리쳤다.

"주나라 진영에서 나온 너는 뭐 하는 물건이냐?"

"천박한 놈! 나더러 물건이라니! 나는 강상 대원수의 둘째 제자인 용수호니라!"

"하하! 사람의 꼴이라고는 전혀 없는 짐승의 몰골로도 강상의 제자가 되었구먼!"

"촌놈, 네놈의 이름은 무엇이냐? 그거라도 알아야 네놈을 죽이고 장부에 공적을 기록할 것이 아니냐?"

"사리분별도 못하는 놈이로구나! 나는 주왕의 대장군 원홍 휘하의 위무대장군威武大將軍 오문화다. 당장 강상을 불러 목을 내밀라

고 해라. 그러면 네 목숨은 살려주겠다."

"뭣이! 군령을 받들어 네놈을 잡으러 왔거늘 무슨 잔말이 그리 많은 게냐!"

그러면서 용수호가 돌멩이를 내쏘자 오문화도 고무래 자루를 내리쳤다. 그런데 용수호가 재빨리 피하는 바람에 고무래는 흙속으로 서너 자나 박혀버렸다. 오문화는 황급히 고무래 자루를 뽑으려다가 용수호가 던진 돌멩이에 정강이를 예닐곱 번이나 맞았고 그가 돌아서자 용수호는 또다시 돌멩이를 대여섯 개 던졌는데 오로지 하체만 집중적으로 공격했다. 몸집이 커서 몸놀림이 영활하지 못했던 오문화는 용수호의 돌멩이를 칠팔십 개나 맞고 두 시간도 되기 전에 너무 아파서 고무래 자루를 거꾸로 끌고 동쪽으로 도망쳐버렸다. 이에 용수호는 승리를 거두고 돌아가서 강상에게 전과를 자세히 보고했고 그 말을 들은 장수들은 몸집만 커봐야 아무 소용이 없다고 생각했다. 강상도 그 일을 그다지 신경 쓰지 않았다.

한편 오문화는 이십 리 가까이 도망쳐서 벼랑에 앉아 두 시간 가까이 다리와 허리를 주무르고 나서 천천히 상나라 진영으로 돌아왔다. 원홍은 중군 막사로 들어오는 그를 보고 꾸짖었다.

"첫 전투에서 패배하여 사기가 꺾이다니 어째서 조심하지 않았는가!"

"대장군, 걱정하지 마십시오. 오늘 밤에 제가 영채를 습격해서 저 놈들을 하나도 남김없이 쓸어버리고 조정에 보고하여 이 한을 풀겠습니다!"

곧이어 오문화는 주나라 영채를 습격할 준비를 했다. 강상의 군대는 이런 재난을 겪어야 했기 때문에 그에 대해 소홀히 생각했으니 그야말로 이런 격이었다.

한순간 군사 정세를 살피지 못해
무고한 장병들의 시신이 맹진을 메웠구나!

一時不察軍情事　斷送無辜塡孟津

그 무렵 강상은 오문화가 야간에 기습할 것이라고는 전혀 눈치채지 못하고 있었다. 마침내 이경 무렵이 되자 상나라 진영에서 포성이 울리더니 함성이 일면서 오문화가 앞장서 원문으로 돌진해 들어왔다. 그는 일곱 겹의 방어 울타리를 때려 부수고 사방의 목책과 방패막을 쳐서 부러뜨리면서 고무래 자루를 마음껏 휘둘렀다. 그러니 칠흑 같은 밤중에 누가 그를 막을 수 있었겠는가? 주나라 병사들의 운명이 그러했기 때문이지만 가련하게도 오문화의 고무래 자루에 맞아 죽은 병사들의 시체가 들판에 가득 널려서 피의 강을 이루었다. 주나라 육십만 병사들은 형제와 부모를 소리쳐 부르면서 혼란에 빠졌고 장수들은 원홍이 어둠 속에서 요사한 기운을 방출하여 영채를 뒤덮자 크게 당황했다. 강상은 사불상에 올라타 행황무기기로 몸을 보호했는데 병사들의 비명 소리가 들려오자 마음이 무척 조급해졌다. 제자들은 그 거인의 두 눈이 마치 두 개의 붉은 등잔 같아서 자기 몸을 챙기기에 급급했다. 곧 맹진은 병사들의 피가 개울을 이루었다.

강상이 군대 일으켜 제후를 회합했는데
원홍이 지혜 다투며 싸움 멈출 수 없었지.
조가에서 파견된 장수는 적의 사기를 꺾어
주나라 영채는 대책 없이 저절로 유린당했지.
병사들이 재앙을 당한 것은 모두 운수에 달렸으니
대원수가 이 재난을 딩한 대에 또 무슨 잘못이 있었으랴?
애석하게도 영웅들 헛되이 죽어
현명한 자와 어리석은 자를 가리지 않고 황량한 언덕에서 죽어갔지.

姜帥提兵會列侯　袁洪賭智未能休
朝歌遣將能摧敵　周寨無謀是自蹂
軍士有災皆在劫　元戎遇難更何尤
可惜英雄徒浪死　賢愚無辨喪荒坵

이렇게 오문화가 야간에 기습하고 원홍이 뒤에서 지원하니 단잠에 빠져 있던 주나라 장병들은 오문화가 휘두르는 고무래 자루에 어지럽게 쓸려 죽었다. 가련하게도 나라를 위해 목숨을 바쳤으나 명성과 이익이 어디 있었으랴? 원홍이 말을 타고 요사한 술법을 부리며 쳐들어오자 현명한 이나 어리석은 이나 모두 팔다리를 잃고 배가 터지거나 머리를 잃고 죽어 귀신이 되었다. 무왕은 사현의 호위를 받으며 도주했고 강상은 정신없이 도망쳤으며 제자들은 모두 오행의 술법으로 장막을 이용해 도주했다. 그 바람에 갑옷을 입고 무기를 든 장병들만 남아서 한바탕 큰 액운을 피하지 못했으니 죽어야 할 이들은 하늘이 정한 운수를 벗어나지 못했고 그래도 살아야 할 운명을 가진 이들은 그 재앙에서 빠져나올 수 있었다.

한편 오문화는 뒤쪽 영채까지 곧장 치고 들어가서 군량과 마초를 쌓아놓은 곳에 이르렀다. 마침 그곳을 지키고 있던 양전은 거대한 몸집의 사내가 급습하자 황급히 말에 올라 주위를 살폈는데 오문화가 흉험한 기세로 달려드니 맞서 싸우려다가 군량과 마초가 걱정스러워서 임시방편으로 계책을 하나 떠올리고는 서둘러 말에서 내렸다. 그는 주문을 외더니 허수아비 하나를 들고 입으로 기운을 불어넣으며 소리쳤다.

"변해라!"

머리는 성문처럼 크고
두 눈은 항아리를 덮어쓴 듯
콧구멍은 물통 같고
송곳니는 멜대처럼 길었지.
수염은 죽순 같고
입에서는 금빛을 토하며
큰 소리로 오문화를 부르며
"나와 한 판 붙자!"라고 했지.

頭有城門大　二目似披缸
鼻孔如水桶　門牙扁擔長
鬍鬚似竹笋　口内吐金光
大呼鄔文化　與吾戰一場

온 힘을 다해 쳐들어오던 오문화는 등불 속에서 자신보다 더 큰 거인이 소리치는 것을 발견했다.

"거기, 너! 가소로운 놈아, 멈춰라! 내가 왔다!"

오문화는 고개를 들어 그를 보고는 혼비백산 놀랐다.

"아이고, 우리 아부지가 오셨네!"

그는 황급히 고무래 자루를 거꾸로 들더니 이것저것 따지지 않고 나는 듯이 내달려 도망쳤다. 양전의 허수아비는 한참 동안 그를 뒤쫓다가 마침 원홍과 마주치자 고함을 질렀다.

"못된 요괴 놈, 감히 이런 짓을 꾸미다니!"

허수아비가 삼첨도를 휘두르며 달려들자 원홍도 몽둥이를 들고 맞서서 한바탕 격전이 벌어졌다. 그러다가 허수아비가 효천견을 풀어놓자 원홍은 한 줄기 하얀 빛으로 변해서 영채로 달아나버렸다.

한편 맹진에 있던 남북의 제후들은 원홍이 강상의 영채를 급습했다는 소식을 듣고 깜짝 놀라서 일제히 구원하러 달려왔다. 이렇게 양측이 맞붙어 다시 혼전이 이어졌고 싸움은 날이 밝을 때까지 계속되었다.

강상은 제자들을 소집하고 무왕을 찾아가서 알현한 다음 패잔병을 모아놓고 보니 이십만 명의 병사와 서른네 명의 장수를 잃었으며 용수호가 오문화의 고무래 자루에 맞아 목숨을 잃었다는 것을 알게 되었다. 병사들이 오문화의 고무래 자루에 용수호의 수급이 걸려 있는 것을 목격하고 그 사실을 보고했던 것이다. 강상은 말할 수 없이 슬펐다. 남북의 제후들이 막사를 찾아와서 무왕에게 문안 인사를 올리고 나자 양전이 앞으로 나와서 강상에게 보고했다.

"오문화가 쳐들어오기에 제가 여차여차 처리해서 군량과 마초를 무사히 지킬 수 있었사옵니다."

"잠깐의 실수로 이런 재앙을 당했으니 이것이 다 하늘이 정한 운명 때문이 아니겠는가!"

강상은 울적한 마음으로 막사에 앉아서 고민에 잠겼다.

그 무렵 승리를 거두고 영채로 돌아온 원홍은 자세한 상황을 적어서 조가에 승전보를 알렸다.

"오문화가 주나라 군대를 크게 물리쳐서 시체로 맹진을 막아 물길이 흐르지 못할 정도라고 하옵니다."

그 소식을 들은 신하들은 기뻐하며 축하했다.

"서기를 정벌하기 시작한 이래로 이런 대승을 거둔 적은 처음이구려!"

주왕도 무척 기뻐하며 날마다 연회에 빠져서 주나라 군대는 전혀 염려하지 않았다.

한편 얼마 후 양전은 강상을 찾아갔다.

"먼저 그 오문화라는 거인부터 처리한 뒤에 원홍을 격파해야겠사옵니다."

"그자를 처리하려면 여차여차한 방법을 쓸 수밖에 없겠네."

"알겠사옵니다."

양전은 곧 맹진으로 가서 길을 탐색하다가 육십 리쯤 지나 반룡령蟠龍嶺이라는 곳에 도착했다. 이 산은 용이 웅크린 것처럼 둥글게

굽어 있고 그 중간에 널찍한 길이 하나 나 있어서 양쪽 끝으로 드나들 수 있었다. 이것을 본 양전은 무척 기뻐했다.

'이곳이야말로 그 계책을 쓰기에 딱 맞는 곳이로구나!'

그는 황급히 돌아가서 강상에게 보고했다. 그러자 강상은 무척 기뻐하며 양전에게 귓속말로 분부했다.

"여차여차하면 성공할 수 있을 걸세."

"알겠사옵니다!"

이렇게 해서 양전이 계책을 시행하러 떠났으니 그야말로 이런 격이었다.

계책을 세워 대장 오문화를 태워 죽였으니
강상은 이 계책을 쓸 수밖에 없었지!

計燒大將鄔文化　須得姜公用此謀

잠시 후 강상은 무길과 남궁괄에게 군령을 내렸다.

"이천 명의 병력을 이끌고 반룡령으로 가서 불을 일으킬 만한 물건을 숨겨놓고 대나무 통을 이용해 도화선을 만들도록 하라. 그리고 화포와 불화살 등으로 무장한 병력을 매복시키고 고개 위에 불에 잘 타는 마른 장작 같은 것을 준비해놓으라. 모든 준비를 마치고 오문화가 그곳에 도착하거든 분부한 대로 시행하라!"

"예!"

두 장수는 곧 분부를 시행하러 떠났다.

오문화, 반룡령에서 불타 죽다.

한편 오문화가 큰 공을 세우자 주왕은 관리를 파견하여 전포와 허리띠 등의 선물을 보내서 표창했다. 원홍과 오문화는 성은에 감사하고 파견된 관리를 잘 대접하여 조가로 돌려보냈다. 그런 다음 원홍은 오문화에게 말했다.

"폐하께서 표창까지 내리시는 성은을 베푸셨으니 우리도 충성과 전력을 다해 보답해야겠네. 그래야 우리 명성을 천하에 드날릴 수 있지 않겠는가?"

"내일쯤 강상이 미처 준비하지 못한 틈을 타서 제가 다시 급습하여 한 놈도 살려두지 않겠습니다. 그리고 하루빨리 개선해야지요!"

원홍은 무척 기뻐하며 잔치를 열어 그를 격려했다. 그들이 담소를 나누고 있을 때 정찰병이 들어와서 보고했다.

"지금 강상과 무왕이 원문에서 우리 영채를 구경하고 있는데 무슨 이유인지 모르겠사옵니다. 어찌할지 분부를 내려주시옵소서."

원홍은 즉시 오문화에게 분부했다.

"은밀히 영채를 빠져나가서 강상의 뒤를 급습하면 주머니 속의 물건을 꺼내듯 쉽게 해치울 수 있을 걸세!"

"알겠습니다."

오문화는 서둘러 영채 뒤쪽으로 나가서 고무래 자루를 휘두르며 구름을 쫓는 번개처럼 달려갔다.

"강상, 꼼짝 마라! 이번에는 반드시 너를 사로잡고 말겠다. 당장 안장에서 내려 목을 내밀어라. 그래야 내 수고를 덜 수 있지 않겠느냐?"

강상과 무왕은 그가 달려들자 재빨리 고삐를 돌려 서남쪽을 향해 달아났다. 오문화는 그들이 영채가 아니라 들판을 향해 도망치는 것을 보고 마음 놓고 추격했다. 그러자 강상이 뒤를 돌아보며 오문화를 유인했다.

"오 장군, 우리를 놓아주면 고국으로 돌아가서 다시는 천자의 영토를 침범하지 않겠소이다. 또한 우리 군주와 신하들은 오 장군의 은혜에 한없이 감사할 것이외다."

"천재일우의 이 기회를 절대 놓칠 수 없다!"

오문화는 죽자 살자 달려들어 절대 놓아주려 하지 않았다. 그렇게 두 시간쯤 쫓아갔는데 강상과 무왕은 탈 것이 있었지만 오문화는 다급히 뒤쫓는 바람에 단숨에 오육십 리를 내달린 터라 그만 다리가 풀려서 서 있기조차 힘들어졌다. 강상은 그가 더 이상 쫓아오지 않자 고삐를 당겨 사불상을 돌아서게 하고 고함을 질렀다.

"오문화, 나와 세 판을 겨뤄볼 자신이 있느냐?"

"뭣이! 못할 것도 없지!"

그가 다시 쫓아오자 강상도 사불상을 재촉해서 달아났다. 잠시 후 반룡령에 이르러 강상과 무왕이 산 입구로 들어가는 것을 본 오문화는 무척 기뻐했다.

'네놈들이 산으로 들어갔으니 솥 안에 들어온 생선이요 도마에 오른 고기로구나!'

오문화도 즉시 산 입구로 쫓아 들어갔으니 이제 그의 목숨이 어찌 되는지는 다음 회를 보시라.

제92회

양전과 나타, 매산칠괴를 거둬들이다

楊戩哪吒收七怪

매산칠괴가 주나라 군대를 막아서서
기이한 능력을 자랑하며 악전고투 벌였지.
개의 보물이 흉험하다 한들 누가 혼자 죽으랴?
소는 행패를 부리다가 스스로 목숨 잃었지.
주자진은 땅에 엎어지기 전에 목이 먼저 사라졌고
양현도 위세를 부리다가 나중에 죽었지.
우습구나, 하얀 원숭이는 온갖 사달 일으키다가
천 년을 수행한 공이 부질없이 사라졌구나!

梅山七怪阻周兵　逞異誇能苦戰爭
狗寶雖兇誰獨死　牛黃縱惡自戕生
朱眞伏地先無項　楊顯縱橫後亦薨
堪笑白猿多惹事　千年道行等閒傾

그러니까 무길과 남궁괄은 멀리서 강상이 오문화를 유인하여 산으로 들어오는 것을 보고 일단 그들이 지나간 뒤에 나무와 바위를 쌓아 앞산의 출구를 막아버렸다. 산 입구로 쫓아 들어온 오문화는 강상과 무왕이 보이지 않자 걸음을 멈추고 사방을 둘러보았는데 도무지 그들의 종적을 찾을 수 없었다. 이에 그가 막 돌아서 산을 나가려고 할 때 양쪽에서 포성이 울리면서 함성이 땅을 뒤흔들었다. 병사들이 산 위에서 나무 지렛대를 이용해 커다란 바위를 굴려 산 입구를 막고 불화살과 화포를 쏘면서 마른 장작 따위를 산 아래로 내던지자 순식간에 사방에서 불길이 일어 골짜기 안에 연기가 가득 피어났으니 그 불길을 묘사한 노래가 있다.

기세등등한 불꽃 일렁이고
뭉게뭉게 연기 피어난다.
순식간에 땅이 꺼지고 산이 무너지면서
삽시간에 우렛소리 울리며 번갯불 번쩍인다.
어느새 푸른 나무는 모조리 붉게 물들고
푸른 산은 금세 온통 붉은 빛을 띤다.
제아무리 쇠와 구리로 만든 담장인들
드넓은 강과 바다인들 무슨 상관이랴?
그 불길을 만나면 바위도 타고 쇠도 녹아 흐르며
그것을 만나면 샘도 웅덩이도 말라버리지.
바람은 불길을 타고 무서운 위세 자랑하고
불길은 드센 바람을 빌려 지독하게 쓸려온다.

피와 살로 이루어진 오문화야 말할 것도 없고
온 산의 털과 뿔이 달린 것들 그 재앙을 당했지.

騰騰烈焰　滾滾煙生
一會家地塌山崩　霎時間雷轟電掣
須臾綠樹盡沾紅　傾刻青山皆帶赤
那怕你銅牆鐵壁　說甚麼海闊河寬
擋着他爍石流金　遇着時枯泉轍涸
風乘火勢逞雄威　火借風高拚惡毒
休說鄔文化血肉身軀　就是滿山中披毛戴角的皆逢其劫

오문화는 뒤쪽에서 불길이 일고 돌아갈 길이 막히자 다시 산으로 달려들었다. 그때 마침 산자락에 묻힌 포탄과 지뢰가 폭발하면서 위로 치솟았으니 가련하게도 천지를 떠받들 듯 장대하며 뭍에서 배를 몰고 다니던 그 영웅적인 거인은 순식간에 재로 변하고 말았다. 이에 후세 사람이 그 일을 탄식하며 시를 지었다.

밤중에 주나라 영채를 습격하여 큰 공을 세우고
맹진 강변에서 영웅의 풍모를 자랑했지.
강상이 오묘한 계산으로 양전을 부려
반룡령 불태우고 한바탕 바람 불게 했지.

夜劫周營立大功　孟津河下逞英雄
姜公妙算驅楊戩　火化蟠龍一陣風

양전과 무길, 남궁괄은 오문화가 불에 타 죽는 것을 보고 돌아가서 강상에게 자세히 보고했다. 강상은 무척 기뻐하며 양전에게 말했다.

"그나저나 원홍이라는 요괴를 아직 제거하지 못했으니 어쩌면 좋을꼬?"

"그 요괴는 득도한 매산의 하얀 원숭이로 영성이 대단히 뛰어납니다. 그러니 천천히 제거하는 수밖에 없겠사옵니다."

"일단 동백후가 도착해야 제후들이 진격할 수 있을 걸세."

한편 원홍은 오문화가 죽었다는 소식을 듣고 울적하게 혼자 앉아 있었다. 그때 갑자기 수하가 보고했다.

"원문 밖에 웬 행각승이 찾아왔사옵니다."

"안으로 모셔라!"

잠시 후 행각승이 중군 막사로 들어와서 머리를 조아려 인사했다.

"대장군, 안녕하십니까?"

"안녕하시오? 그런데 어디서 오신 분이시며 무슨 가르침을 주시러 오셨는지요?"

"저 또한 매산에 살고 있으며 대장군과 그리 멀지 않은 곳에 거처를 둔 주자진朱子眞이라고 합니다. 대장군께서 주왕을 위해 애쓰신다는 소식을 듣고 미력하나마 도와드리고자 찾아왔는데 받아들여 주실지 모르겠습니다."

그 말에 원홍은 무척 기뻐하며 행각승에게 상석을 권했다. 주자진은 재삼 사양하다가 자리에 앉았고 곁에 있던 은파패와 뇌개는 또 매산의 인사가 왔다는 소리를 듣고 서로 바라보며 탄식했다.

"상호나 오룡과 한패거리가 왔구먼!"

원홍은 술상을 차리게 하여 주자진을 접대했다. 그리고 그날 밤은 별일 없이 지나갔다.

이튿날 주자진은 보검을 들고 수하들과 함께 주나라 진영으로 가서 강상에게 나오라고 요구했다. 보고를 받은 강상은 서둘러 남북의 제후들에게 모두 원문 밖으로 나가서 대오를 펼치게 했다. 그리고 그 자신도 직접 제자들을 이끌고 원문 밖으로 나가서 진세를 펼쳤다. 그러자 잠시 후 행각승 하나가 상나라 진영의 기문 아래로 나왔다.

옻칠한 듯 시커먼 얼굴은 기괴하기 짝이 없고
턱수염을 가지런히 잘랐구나.
길쭉한 입과 커다란 귀는 정말 흉악스럽고
빗자루 같은 눈썹 아래로 눈동자가 번들거린다.
검은 도포에 두른 초록 띠 표연히 날리고
온몸의 싸늘한 기운은 보는 이의 살갗을 파고든다.
매산의 돼지 요괴가 양전을 만나니
머지않아 주나라 진영에서 그 몸을 드러내리라!

面如黑漆甚蹺蹊　海下髭鬚一剪齊
長脣大耳眞兇惡　眼露光華掃帚眉
皂服綠絛飄蕩蕩　渾身冷氣侵人肌
梅山猪怪逢楊戩　不久周營現此軀

강상이 그에게 물었다.

"도사는 누구시오?"

"나는 매산에서 수련한 주자진이다."

"그렇다면 분수를 지키며 조용히 살 일이지 여기는 뭐하러 오셨소? 이것은 죽음을 자초하는 일이 아니오?"

"하하! 상나라는 수십 세대를 이어왔고 그대들은 대대로 나라의 은혜를 입었거늘 아무 이유 없이 반란을 일으켜 천자의 강역을 침범해놓고도 오히려 천명이니 인심이니 하는 말을 늘어놓으니 이야말로 요사한 말로 대중을 현혹하고 불충불효한 짓이 아닌가! 이제 내가 왔으니 어서 안장에서 내려와 항복하고 고향으로 돌아가면 그나마 죽음은 면하게 해주겠다. 조금이라도 거역할 기미가 보이면 잡아서 시신을 만 조각으로 내버릴 테니 그때는 후회해도 소용없을 것이다!"

"무지한 필부로구나! 죽음이 눈앞에 이르렀는데도 자각하지 못하고 오히려 주둥이만 나불대다니!"

그러자 주자진이 칼을 들고 강상에게 달려들었고 이에 남백후 휘하의 부장 여충余忠이 나서서 가로막았다. 자줏빛 대추 같은 얼굴에 세 갈래 긴 수염을 기르고 도술 같은 것은 믿지 않는 여충은 말을 몰고 나는 듯이 달려 나가 낭아곤狼牙棍을 들고 소리쳤다.

"이번에는 제가 공을 세우겠사옵니다!"

그가 홀로 앞으로 나아가 낭아곤을 휘둘러 공격하자 주자진도 보검을 들어 맞받아쳤다. 그렇게 한 사람은 땅 위를 걸으며, 다른 한 사람은 말을 타고 공방을 주고받다가 스무 판도 되기 전에 주자진이 돌아서 달아나자 여충이 뒤쫓았다. 그때 강상이 군령을 내렸다.

"북을 울리고 함성을 질러 사기를 북돋아라!"

여충이 추격한 지 얼마 되지 않아 요괴인 주자진의 발아래에 음산한 바람이 모여들더니 싸늘한 안개가 피어나 여충의 말이 그를 따라잡지 못했다. 그러자 주자진은 걸음을 멈추고 입을 쩍 벌렸는데 그 입에서 검은 연기가 분출되어 몸을 뒤덮더니 본색을 드러내고 한입에 여충을 덥석 깨물어버렸다. 순식간에 몸뚱이의 절반을 잃어버린 여충은 그대로 시신이 되어 낙마해버렸고 주자진은 다시 행각승의 모습으로 돌아와 고함을 질렀다.

"강상, 나와 자웅을 겨뤄볼 용기가 있느냐?"

그때 강상의 옆에 있던 양전이 조요감으로 주자진을 비춰보니 다름 아닌 커다란 돼지였다. 이에 그는 말을 몰고 달려 나가 삼첨도를 휘두르며 호통쳤다.

"못된 짐승, 거기 서라! 여기 내가 있다!"

양전은 주자진의 머리를 향해 칼을 내리쳤고 다급히 막아선 주자진은 몇 판 맞붙지 않고 몸을 빼서 달아났다. 그러다가 양전이 뒤쫓아 오자 앞서와 마찬가지로 본색을 드러내어 그를 단숨에 삼켜버렸다. 그 모습을 본 강상은 어쩔 수 없이 병력을 거둬들여 영채로 돌아갔고 원홍은 주자진이 승리를 거두자 무척 기뻐하며 술상을 차리게 하여 공적을 축하해주었다.

그들이 한창 술을 마시고 있을 때 수하가 들어와서 보고했다.

"원문에 웬 호걸이 찾아와서 뵙기를 청하고 있사옵니다."

"데려오너라!"

잠시 후 얼굴이 새하얗고 턱밑에 긴 수염을 기른 이가 두 개의 뿔이 난 머리에 속발관을 쓰고 중군 막사로 들어와서 절을 올렸다.

"어디서 오신 분이오?"

"저는 양현楊顯이라고 하며 관적은 매산입니다."

이 호걸은 바로 양 정령이었기 때문에 '양羊'과 발음이 비슷한 성을 썼던 것이다. 그 또한 매산의 요괴 가운데 하나였으므로 원홍과 한패거리였는데 주변 사람들이 간파할까 싶어서 차례로 찾아와서 거짓으로 성명을 지어 이목을 속였다. 원홍은 그를 중군 막사에 머물게 하고 술상을 차려주었다. 양현과 주자진은 서로 자신의 능력과 전투력을 자랑하면서 주절주절 떠들어댔다. 그 모습을 보고 은파패가 생각했다.

'이 작자도 원홍과 마찬가지로 요괴에 지나지 않는구나!'

그러면서 그는 말없이 뇌개에게 눈짓만 보낼 뿐이었다.

주자진은 여러 장수들과 어울려 마음껏 술을 마셨다. 그런데 이경 무렵이 되자 갑자기 배 속에서 사람의 목소리가 들려오는 것이었다.

"주 도사, 내가 누구인 줄 알겠느냐?"

혼비백산 놀란 주자진이 다급히 물었다.

"누, 누구요? 지금 어디에 있는 것이오?"

"나는 바로 옥천산 금하동에 계신 옥정진인의 제자 양전으로 지금 네 배 속에 있다. 너는 그저 피와 고기만 먹으려 드는구나! 매산에서 얼마나 많은 중생을 잡아먹었는지 모르지만 오늘은 네 죄가 차고 넘쳤으니 내가 네 오장육부를 뒤집어놓겠다!"

양전은 그의 심장과 간을 손으로 잡아 비틀었다. 그러자 주자진이 비명을 질렀다.

"아이고, 나 죽네! 신선님, 이 불쌍한 짐승을 살려주시옵소서!"

"살고 싶냐, 죽고 싶냐?"

"위대하신 신선님, 제발 자비를 베풀어주소서! 제가 매산에서 갖은 고생을 다 하며 천지의 신령한 기운을 채취하고 해와 달의 정화를 흡수하여 겨우 사람의 모습을 이룰 수 있었사옵니다. 지금 분수를 모르고 하늘같은 위세를 거슬렀사오니 부디 용서해주시옵소서! 그러면 다시 태어나게 해주신 것과 같은 은혜를 베푸신 것으로 여기겠나이다!"

"살고 싶다면 어서 원래 모습을 드러내고 주나라 진영 앞에 가서 무릎을 꿇어라! 시키는 대로 하지 않으면 네 심장과 간, 허파를 비롯한 오장육부를 모조리 떼어버릴 것이야!"

이렇게 되자 주자진은 술법을 가지고 있어도 부릴 수가 없었으니 그저 간곡히 애원할 따름이었다. 이에 양전이 호통쳤다.

"계속 머뭇거린다면 당장 손을 쓰겠다!"

주자진은 어쩔 수 없이 본색을 드러냈는데 바로 커다란 돼지였다. 원홍은 그가 비틀비틀 원문을 나가는 모습을 보고 화가 치밀어 제 귀를 잡아당기며 볼을 긁어댔다. 양현도 하늘에 닿을 정도로 화가 치밀었다. 하지만 그들은 아무 대책이 없었기 때문에 그저 바라볼 수밖에 없었다.

한편 돼지 정령이 주나라 영채의 원문 앞에 와서 무릎을 꿇었을 때는 이미 사경 무렵이 되어 있었다. 당시 순찰을 돌고 있던 남궁괄은 원문에 이르러 그 돼지를 발견하고 중얼거렸다.

"민가에서 키우는 돼지가 어떻게 여기까지 도망쳤지? 날이 밝으면 주인더러 찾아가라고 해야겠구나."

그러자 돼지의 배 속에서 양전이 소리쳤다.

"남 장군, 대원수께 보고해주시오. 이놈은 매산의 돼지 정령인데 오늘 아침에 교전하다가 내가 이놈의 배 속으로 들어가서 여기로 끌고 온 것이오. 그러니 어서 대원수께 보고하여 어찌 처리할지 분부를 내려달라고 하십시오!"

그제야 상황을 깨달은 남궁괄은 뛸 듯이 기뻐하며 황급히 안으로 들어가서 운판을 울려 강상에게 막사로 나올 것을 요청했다. 강상이 중군 막사로 나오자 그가 즉시 보고했다.

"양전이 매산의 돼지 정령을 굴복시켜서 원문 앞으로 끌고 왔는데 어찌 처리할지 분부를 내려주시옵소서!"

강상은 장수들에게 말했다.

"횃불을 밝혀라, 영채 밖으로 나가보겠다."

잠시 후 강상이 남북의 제후들과 함께 원문 밖으로 나가 살펴보니 과연 커다란 돼지 한 마리가 땅바닥에 엎드려 있었다. 강상이 물었다.

"이 못된 짐승! 아무 이유도 없이 왜 굳이 죽음을 자초하느냐!"

그러자 그 배 속에서 양전이 대답했다.

"대원수, 이 요괴의 목을 베어 후환을 없애버리시옵소서!"

"남궁괄, 형을 집행하라!"

명령이 떨어지자 남궁괄은 단칼에 돼지의 목을 쳐버렸다. 그 순간 양전이 핏물을 빌려 밖으로 나와서 본래 모습을 드러냈다. 그 모습을 지켜본 제후들은 모두 감탄했고 강상은 곧 돼지의 머리를 원문에 효수하라고 분부했다. 그런 다음 모두들 영채 안으로 돌아갔다.

그 무렵 원홍이 양현에게 말했다.

"이렇게 본색이 드러나면 우리 체면이 뭐가 되겠는가! 우리가 매산에서 천 년 동안 도술을 익혀 영웅의 명성을 날리고자 했던 것이 모두 허사가 되고 말았으니 이 얼마나 부끄러운 일인가! 내 맹세코 강상과 끝장을 보고야 말겠네!"

"양전이 변신술을 믿고 거들먹거리는데 주자진이 실수로 간계에 빠졌군요. 이 원한을 갚지 않으면 어찌 다시 인간 세상에서 살 수 있겠습니까!"

둘은 그렇게 통한을 곱씹었다. 그때 갑자기 문지기로부터 보고가 들어왔다.

"천자께서 파견하신 사신이 도착했사옵니다."

원홍은 황급히 원문 밖으로 나가서 사신을 영접했다. 그러자 사신이 말했다.

"폐하의 칙령에 따라 훌륭한 분을 모시고 왔으니 대장군께서 적절한 곳에 활용하십시오."

원홍은 어명을 받고 사신을 돌려보낸 후 다시 중군 막사로 들어와서 분부했다.

"오신 분을 이리로 모셔라!"

잠시 후 장수 하나가 찾아와서 인사를 올리자 원홍이 물었다.

“성함이 어떻게 되시오?”

“저는 매산에서 온 대례戴禮입니다. 폐하께서 인재를 초빙하신다기에 대장군 휘하에서 미력하나마 최선을 다하기 위해 천 리를 멀다 않고 찾아왔습니다.”

이 또한 매산에 살던 개의 정령으로 남들이 알아채지 못하도록 차례로 찾아왔던 것이다. 원홍은 서로 모르는 사이인 척하며 장수들에게 말했다.

“오늘 또 한 분의 훌륭한 인재가 오셨으니 반드시 저들과 자웅을 한판 겨뤄야겠소! 여봐라, 포를 울리고 함성을 지르도록 하라!”

이에 그는 전군의 대오를 갖추게 하고 주나라 진영으로 가서 강상에게 나오라고 요구했다. 보고를 받은 강상은 곧 장수들을 이끌고 영채 밖으로 나갔다. 잠시 후 원홍이 말을 몰고 앞으로 나서자 강상이 말했다.

“원홍, 너는 정말 시세를 모르는구나! 군대가 괴멸되고 장수들이 죽어나가는 것을 직접 보았으니 하늘의 뜻을 알 만하지 않더냐? 지금 주왕은 죄가 차고 넘쳐서 사람과 신이 함께 진노하고 있는 상황이니 네가 이래 봐야 기껏 사마귀가 수레를 막아서려는 것처럼 무모한 짓일 뿐이다. 너 혼자의 힘으로 어찌 천하 제후에게 대항할 수 있겠느냐!”

“흥! 우연히 작은 승리를 거두었다고 너무 자만하는구나! 오늘 너는 절대 살아 돌아가지 못할 것이다! 여봐라, 누가 나가서 저 역적을 잡아 오겠느냐?”

그러자 그의 왼쪽에서 양현이 소리쳤다.

"제가 다녀오겠습니다!"

강상이 보니 그는 하얀 얼굴에 긴 수염을 기르고 머리에는 두 개의 뿔이 나 있었다.

머리 위의 금관에서 살기가 피어나고
버들잎 같은 갑옷의 비늘은 용 비늘처럼 쌓였구나.
머리에 두 개의 뿔이 나서 기세도 등등하고
하얀 얼굴에 긴 수염 기르고 목소리는 더욱 가냘프구나.
양의 정령이라 불리는 매산의 요괴
그 또한 죽으려고 맹진을 찾아왔구나.
예로부터 사악함과 정의는 나뉘어 있었거늘
왜 굳이 천라지망 속으로 몸을 던졌단 말인가!

頂上金冠生殺氣　柳葉甲掛龍鱗砌
頭生雙角氣崢嶸　白面長鬚聲更細
梅山妖孽號羊精　也至孟津將身斃
從來邪正到頭分　何苦身投羅網地

양현은 말을 몰고 달려 나가며 창을 휘둘렀다. 그때 기문 아래에 있던 양전이 조요감으로 비춰보니 그는 바로 양 정령이었다. 이에 양전은 거울을 거둬들이고 말을 몰고 달려 나가 다짜고짜 삼첨도를 휘두르며 격전을 벌였다. 두 장수가 각기 창과 삼첨도를 휘두르며 무시무시한 격전을 벌이자 상나라 진영에서 또 한 명의 장수가 쌍칼을 휘두르며 나는 듯이 달려 나와 소리쳤다.

"동생, 내가 거들어주겠네!"

그러자 강상의 옆에 있던 나타도 풍화륜을 타고 나가서 화첨창을 휘두르며 가로막았다. 그 요괴의 모습을 묘사한 시가 있다.

뾰족한 주둥이에 커다란 귀는 너무나 괴상하고
온몸에서 피어난 요사한 기운은 하늘을 찔렀지.
일곱 요괴 가운데 우두머리
천 년 동안 수련하여 득도한 신령한 개라네!

嘴尖耳大最蹊蹺　遍體妖光透九霄
七怪之中他是首　千年得道一神獒

나타가 요괴를 막아서며 소리쳤다.

"멈춰라, 가소로운 놈! 내 공적을 기록하도록 네놈 이름이나 밝혀라!"

"나는 대장군 원홍의 부장 대례다."

이에 나타는 그의 가슴을 향해 화첨창을 내질렀고 대례도 재빨리 쌍칼을 들어 막으면서 둘은 엄청난 격전을 벌였다.

그사이 양전과 싸우던 양현이 이삼십 판쯤 맞붙고 나서 고삐를 돌려 달아나자 양전도 즉시 그를 뒤쫓았다. 그런데 말에 탄 양현이 한 줄기 하얀 빛을 토해내서 자신은 물론이고 타고 있던 말까지 모조리 덮어버리더니 곧 본색을 드러내고 양전을 공격했다. 이에 양전은 이마에 하얀 반점이 찍힌 사나운 호랑이로 변해서 대응했는데 그 모습을 본 양현은 당해낼 수 없다고 생각하고 재빨리 도망치려

양전과 나타, 매산칠괴를 거둬들이다.

고 했다. 하지만 그는 어느새 양전이 내리친 칼에 두 동강 나고 말았고 양전은 곧 양의 대가리를 베어 들고 고함쳤다.

"대원수, 제가 매산의 요괴 하나를 또 처리했사옵니다!"

그때 대례는 입에서 주발만 한 크기의 붉은 구슬을 하나 토해내더니 나타의 정수리를 향해 내던졌다. 나타는 그 기세가 만만치 않다고 생각하고 재빨리 몸을 움직여 공격을 피한 다음 창을 내지르는 척하더니 그대로 퇴각해버렸다. 그 모습을 본 양전은 말을 몰아 대례에게 달려들며 호통쳤다.

"설치지 마라, 못된 것! 내가 간다!"

양전이 삼첨도를 휘둘러 공격하자 둘 사이에 격전이 벌어졌다. 그런데 스무 판 남짓 맞붙고 나서 대례가 고삐를 돌려 달아나자 양전이 즉시 추격했는데 대례는 붉은 구슬을 토해내 양전을 공격했고 양전은 즉시 효천견을 공중에 풀어놓았다. 이 신선 세계의 개는 흉험하게 날아오는 붉은 구슬을 슬쩍 피하더니 그대로 대례에게 달려들어 공격했다. 그러자 대례는 황급히 피하려고 했지만 어느새 효천견에게 덥석 물려서 꼼짝도 못할 상황이 되어버렸다. 그 순간 양전이 달려들어 단칼에 대례를 두 동강 내어 낙마시켜버렸으니 이를 묘사한 시가 있다.

매산의 개 정령이 멋대로 날뛰는데
보물 단련하여 사람 해치니 그 기세를 감당하기 어려웠지.
뜻밖에 신선 세계의 개가 요괴를 굴복시키니
흙먼지 붉게 물들이고 목숨이 날아가버렸지.

梅山狗怪逞猖狂　煉實傷人勢莫當
豈意仙犬能伏怪　紅塵血染命空亡

양전은 개 정령을 죽이고 나서 승전고를 울리며 영채로 돌아갔다. 그러자 강상이 연달아 요괴를 물리친 그의 공적을 축하해주며 기뻐했다.

한편 영채로 돌아온 원홍은 대례까지 죽어 본색이 드러나자 기분이 몹시 울적했다. 게다가 여러 장수들이 서로 귓속말로 쑤군거리며 이런저런 말이 많은지라 더욱 씁쓸했다. 그때 갑자기 수문장이 들어와서 보고했다.

"원문 밖에 웬 장수가 찾아왔사옵니다."

"안으로 데려와라!"

잠시 후 신장이 한 길 여섯 자요 머리에는 두 개의 뿔이 나 있고 말려 올라간 입술에 뾰족한 귀를 가진 이가 붉은 전포 위에 황금 갑옷을 두르고 자금관紫金冠을 쓴 채 중군 막사로 찾아왔다. 기개도 헌앙한 그가 다가와서 절을 올리자 원홍이 물었다.

"장군, 성함이 어찌 되시오?"

"저는 매산 출신의 김대승金大升입니다."

사실 이자는 매산칠괴의 일원인 소의 정령으로 삼첨도를 무기로 쓰는데 힘이 엄청나게 세서 무궁무진했다. 원홍은 남들의 이목을 속이기 위해 일부러 성명을 물은 다음 술상을 차리게 하여 접대했다.

이튿날 김대승은 독각수獨角獸에 올라 삼첨도를 들고 주나라 진영으로 찾아가서 싸움을 걸었다. 정찰병의 보고를 받은 강상은 주위의 장수들에게 물었다.

"누가 나가시겠소?"

그 말이 끝나기도 전에 정륜이 자원하고 나서자 강상이 허락했다. 정륜은 화안금정수를 타고 항마저를 든 채 영채를 나가보니 상대편에 괴이하고 몸집이 엄청나게 큰 장수가 보였다.

"그대는 누구인가?"

"원홍 대장군 휘하의 부장 김대승이다. 그러는 너는 누구냐? 어서 이름을 밝혀라!"

"나는 총독오군상장군總督五軍上將軍 정륜이오. 보아하니 그대도 예사로운 인물은 아닌 것 같은데 어찌 감히 목마른 백성에게 단비를 내리려는 하늘의 군대를 막아 천명을 거스르려 하시오? 일찌감치 주나라에 귀의하여 저 무도한 독불장군 주왕을 격파하는 데 힘을 보태도록 하시오! 시세의 변화를 모른다면 모욕을 자초할 뿐이지 않겠소?"

그러자 김대승이 버럭 화를 내며 독각수를 몰고 달려들어 삼첨도를 휘둘렀다. 이에 정륜도 항마저로 맞섰는데 두 마리 탈것이 교차하며 몇 차례 격전이 벌어지고 나서 소 정령이 배 속에서 단련한 사발만 한 우황牛黃을 입으로 내뱉었다. 그것은 그대로 불벼락처럼 날아가서 미처 방비하지 못하고 있던 정륜의 얼굴을 맞혔고 정륜은 코가 주저앉고 볼이 찢어져 입술이 터진 채 낙마했다. 이어서 김대승이 칼을 휘둘러 그를 두 동강 냈으니 가련하게도 이런 격이었다.

가슴속에 기이한 술법을 가진들 무슨 소용이랴?

그저 역사책에 이름만 남기고 말았구나!

胸中奇術成何用　只落名垂在史篇

김대승은 정륜의 수급을 베어 들고 승전고를 울리며 돌아갔다. 한편 비보를 들은 강상은 탄식을 금치 못했다.

"정륜은 여러 차례 큰 공을 세웠지. 소후가 주나라에 귀의한 뒤로 줄곧 군량을 조달하는 등 왕실에 많은 공을 세웠거늘 여기서 이름도 없는 장수에게 목숨을 잃을 줄이야! 참으로 애석하고 가슴 아픈 일이로구나!"

강상은 하염없이 눈물을 흘렸다. 후세에 정륜을 애도한 시가 있다.

가슴속의 오묘한 술법은 비할 데 없었거늘

뜻밖에 이곳에서 죽음을 당했구나.

그저 맑은 바람만 언제나 벗이 되어주나니

충성스러운 영혼은 예전처럼 고향으로 돌아갔구나!

胸中妙術孰能班　豈意遭逢喪此間

惟有清風常作伴　忠魂依舊返家山

이튿날 강상이 장수들에게 물었다.

"누가 나가서 정륜의 복수를 해주겠는가?"

양전이 자원하고 나서자 강상이 허락했다. 양전은 즉시 말에 올라 삼첨도를 들고 상나라 진영 앞으로 가서 김대승에게 나오라고 요구했다. 잠시 후 상나라 진영에서 포성이 울리면서 독각수를 탄 김대승이 앞으로 나와서 소리쳤다.

"너는 누구냐?"

"내가 바로 양전이다. 네가 김대승이라는 자이더냐?"

"그렇다."

그 말이 끝나기 무섭게 양전이 칼을 들고 달려드니 양쪽 모두 삼첨도를 휘두르며 서른 판 남짓 격전을 벌였다. 그러다가 양전이 조요감으로 상대를 비춰보려 하자 김대승이 내뿜은 우황이 불덩이처럼 빠르게 날아왔다. 다급해진 양전은 한 줄기 금빛으로 변해서 남쪽으로 달아났고 김대승은 독각수를 타고 빠른 속도로 뒤쫓았다. 김대승이 다가오는 것을 본 양전은 황급히 조요감을 꺼내 비춰보고 비로소 그가 소 정령임을 알 수 있었다.

이에 양전이 돌아서서 변신술로 그 물소를 잡으려고 하는데 갑자기 앞쪽에 한 줄기 향기로운 바람이 표연히 일더니 곧 사방에 가득 퍼지는 것이었다. 상서로운 오색구름 속에서 은은히 펄럭이는 한 쌍의 노란 깃발이 보이고 그 중간에 푸른 난새를 탄 여도사가 있었다. 여도사 주위에서 서너 쌍의 여동이 한목소리로 말했다.

"양전, 어서 선녀님께 인사 올리셔요!"

양전은 곧 앞으로 나아가 두 손을 가슴 앞쪽에 엇갈려 붙이고 공손히 허리를 숙였다.

"선녀님, 안녕하시옵니까?"

"양전, 나는 다름 아니라 여와일세. 지금 보아하니 상나라의 운수가 다하여 주나라가 흥성해야 할 때인지라 자네가 매산의 요괴를 굴복시키는 것을 도와주러 왔네."

여와는 양전에게 한쪽에 서 있으라고 하고는 청운여동靑雲女童에게 분부했다.

"이 보물을 가져가서 저 못된 놈을 잡아 오너라!"

이에 청운여동이 보물을 받아 들자 마침 김대승이 음산한 구름을 타고 칼을 들고 쫓아왔다.

"너 이 못된 놈! 선녀님께서 오셨으니 무례하게 굴지 마라! 이제 선녀님의 분부에 따라 너를 잡으러 왔다!"

하지만 김대승이 격노하여 칼을 치켜들고 청운여동의 머리를 내리치려 하자 요괴를 굴복시키는 오랏줄인 복요삭伏妖索이 공중에 던져졌다. 그 순간 황건역사가 나타나서 김대승의 코를 꿰고 구리 방울로 그의 등을 서너 번 두드렸다. 그러자 우렛소리와 함께 김대승이 본색을 드러냈으니 바로 한 마리 물소였다. 이에 양전은 여와를 향해 엎드려 절을 올렸다.

"선녀님, 만수무강하시옵소서!"

"이 물소 정령을 끌고 주나라 영채로 가서 처리하도록 하게. 그리고 하얀 원숭이 정령을 잡는 것도 도와주겠네."

양전은 여와에게 작별 인사를 하고 나서 물소를 끌고 영채로 돌아갔다.

한편 중군 막사에 있던 강상은 수하로부터 보고를 받았다.

"양전이 금빛으로 변해서 남쪽으로 도망치자 그 장수가 쫓아갔는데 어찌 되었는지 모르겠사옵니다."

강상이 놀라서 갈피를 잡지 못하자 나타가 말했다.

"그 사람에게 나름대로 방법이 있을 테니 걱정하실 필요가 있겠사옵니까?"

"지금 동백후의 병력이 아직 도착하지 않았고 매산칠괴가 길을 막고 있으니 내 마음이 편할 리 있겠는가?"

그 말이 끝나기도 전에 전령의 보고가 올라왔다.

"대원수, 양전이 돌아왔사옵니다."

강상은 곧 그를 중군 막사로 불러들여 어찌 된 일인지 물었다. 그러자 양전이 여와의 도움으로 물소 정령을 잡은 이야기를 들려주었다.

"지금 원문 앞에 끌어다 놓았는데 어찌 처리할지 분부를 내려주시옵소서."

"제후들에게 모두 원문 앞으로 나오시라고 전하게. 내가 그들이 보는 앞에서 그놈의 목을 베어 효수하겠네."

잠시 후 제후들이 모두 원문 앞에 모이자 강상은 물소 정령을 끌고 오게 한 다음 박요삭縛妖索으로 묶어서 땅바닥에 두고 남궁괄로 하여금 처형하게 했다. 남궁괄은 단칼에 정령의 목을 벴고 맹진에 모여 있던 팔십만 병력은 모두 탄성을 질렀다. 강상은 그 소의 머리를 깃대 위에 효수하게 하고 북을 울리며 영채로 돌아갔다. 그 무렵 원홍은 매산의 형제들이 모두 강상에 의해 죽었다는 소식을 듣고 진퇴양난에 빠져서 아무 대책도 없이 깊은 시름에 잠겨 있었다.

잠시 후 중군 막사로 돌아온 강상이 양전에게 물었다.

"매산의 요괴 가운데 몇 놈을 제거했던가?"

양전이 손가락을 꼽아 헤아려보고 말했다.

"벌써 여섯 놈을 해치웠사옵니다."

"여봐라, 모든 제후들에게 전하라. 오늘 밤 이경 무렵에 일제히 상나라 진영을 공격할 것이다. 그리고 양전, 자네는 원홍을 맡아주게. 이 요괴를 잡을 수만 있다면 만사가 잘 해결될 걸세."

"제가 나타와 함께 가면 일이 더 쉬워질 것이옵니다."

"그렇게 하게."

그런 다음 강상은 장수들에게 각기 임무를 할당했다.

그 무렵 원홍은 참모 은파패, 뇌개와 함께 일을 논의하고 있었다.

"폐하께서 이곳에서 방어하라고 분부하셨는데 여기 주나라 병력이 수는 많지만 능력이 뛰어난 자는 극소수에 지나지 않소. 그런데 조가에서는 구원병이 오지 않고 있고 며칠 동안 승전보를 전하지 못했으니 폐하께서 걱정하시지 않겠소? 이거 정말 곤란하구려."

원홍은 곧 중군의 장교에게 속히 구원병을 파견해달라는 내용의 상소문을 작성하게 하여 조가로 보냈다.

한편 강상은 이경이 되자 직접 사불상을 타고 포성을 울리게 했다. 뒤이어 주나라 병사들이 함성을 지르며 일제히 상나라 진영으로 쳐들어갔으니 그야말로 이런 격이었다.

한밤중에 영채를 습격하니 준비가 되어 있지 않아

전군이 이유 없이 재앙을 당했구나!

黑夜沖營無準備　三軍無故受災殃

남백후 악순은 이백 명의 제후를 이끌고 용감하게 선봉에 섰고 북백후 숭응란은 상나라 진영의 좌측을 공격했다. 이정과 위호, 뇌진자는 우측을 맡았고 양전과 나타는 중앙의 영채로 돌격하여 원홍을 찾으러 중군 막사로 향했다. 적의 습격 소식을 들은 원홍은 다급히 말에 올라 빈철곤을 들고 중군에서 나오다가 공교롭게도 양전과 맞닥뜨렸으니 둘은 여러 말 할 것 없이 즉시 맞붙어 엄청난 격전을 벌였다.

밤중에 상나라 영채를 습격하니 귀신도 놀라고
일제히 함성이 일어날 때 북과 징도 울렸지.
용맹한 병사들 누가 감히 대적하랴?
장수들 위세 떨치니 누가 감히 다가서랴?
은파패는 전의를 상실했고
뇌개는 도주할 생각만 했지.
매산칠괴가 이제 없어지니
요사한 기운을 쓸어버려 천하가 맑아졌지.

夜劫湯營神鬼驚　喊聲齊發鼓鑼鳴
軍兵奮勇誰堪敵　將士施威孰敢攖
破敗無心貪戀戰　雷開有意奔途程
梅山七怪從今滅　掃蕩妖氛宇宙清

이렇게 제후들이 상나라 진영으로 쳐들어가니 온 들에 시체가 쌓이고 핏물이 도랑을 이루었으며 애절한 비명 소리가 차마 들을 수 없을 정도였다.

원홍은 본색을 드러내고 공중으로 날아올라 양전의 머리를 향해 빈철곤을 내리쳤다. 하지만 양전은 일흔두 가지 술법에 통달했기 때문에 한 줄기 금빛으로 변해서 공중으로 날아올라 원홍의 머리를 향해 칼을 내리찍었다. 원홍도 일흔두 가지 술법을 익히고 있어서 칼날이 날아오자 하안 기운으로 몸을 감싸 보호했다. 이에 양전이 고함을 질렀다.

"매산의 원숭이 놈, 감히 내 앞에서 수작을 부리다니! 기필코 네 놈을 잡아서 가죽을 벗기고 힘줄을 뽑아버리리라!"

"뭣이! 네놈의 재간이 얼마나 대단하기에 감히 내 형제를 모두 죽였느냐? 도저히 한 하늘을 이고 살 수 없는 원수 놈이로다! 기어이 네놈 시체를 만 조각으로 잘라서 이 한을 풀고 말리라!"

이에 둘은 각자 신통력을 부리니 변화가 무궁하고 상생상극하며 온갖 기예를 자랑했다. 그들은 인간 세상의 모든 물건이며 들짐승, 날짐승을 가리지 않고 무엇이든 변신하여 겨루었으나 도무지 승부가 나지 않았다. 그렇게 되자 원홍이 생각을 달리했다.

'이제 영채도 이미 무너져서 더 이상 버티기 어렵게 됐으니 일단 이놈을 매산으로 유인해 내 소굴로 들어오게 해야겠다. 그러면 마음대로 재간을 펼치지 못할 테니 쉽게 잡을 수 있겠지.'

원홍은 곧 영채를 버리고 매산을 향해 도주했다. 그동안 제후들은 상나라의 패잔병을 추격하여 날이 밝을 때까지 도륙했다. 이후 강상은 징을 울려 병력을 거둬들였고 제후들도 각기 자신의 영채로 돌아갔다.

제후들은 채찍으로 등자를 두드렸고

강상은 대승을 거두고 원문으로 들어갔지.

諸侯鞭敲金鐙響　子牙全勝進轅門

한편 원홍이 상서로운 구름을 타고 달아나자 양전도 말을 버리고 흙의 장막을 이용해 바짝 쫓아갔다. 잠시 후 원홍이 바위로 변신해 길가에 서 있는데 한참 뒤쫓던 양전이 갑자기 그의 모습이 사라지자 즉시 신령한 눈으로 주변을 살펴 원홍의 변신술을 알아채고 석공으로 변신해 정과 망치를 들고 바위를 내리쳤다. 정체가 들통 난 원홍은 다시 맑은 바람으로 변신해 앞으로 달아났다. 이렇게 둘이 신통력을 부리며 쫓고 쫓기다 보니 어느새 매산에 도착했는데 그 순간 원홍의 모습이 사라져버리자 양전은 일단 그를 쫓아 매산으로 올라갔다. 그곳의 풍경은 과연 아름다웠다.

매산의 형세는 길이 구불구불하고

오래된 측백나무 아름드리 소나무 양쪽에 늘어서 있었지.

휭휭 음산한 바람 속에 구름과 안개 자욱하니

이것을 빌려 요괴가 모습을 감추었지.

梅山形勢路羊腸　古柏喬松兩岸傍

颯颯陰風雲霧長　妖魔假此匿行藏

양전이 산 위에서 사방을 둘러보는데 벼랑 아래에서 무슨 소리가 들리는가 싶더니 수천 마리의 작은 원숭이들이 뛰쳐나오는 것이었다. 그놈들은 모두 양전에게 달려들어 손에 든 몽둥이를 마구 휘두르기 시작했다. 그렇게 되자 양전은 상황이 여의치 않다고 생각하고 일단 밖으로 나가려고 했다. 그가 막 금빛으로 변해 산비탈을 돌아가자 갑자기 신선의 음악이 울리더니 온 땅에 상서로운 구름이 덮이면서 여와가 강림했다. 양전은 얼른 땅바닥에 엎드려 고개를 조아렸다.

"선녀님, 오시는 줄 몰라서 미리 길을 피해드리지 못했사옵니다. 용서하시옵소서!"

"자네가 옥천산 금하동 옥정진인의 제자라서 일흔두 가지 변신술에 뛰어나다고 해도 저 요괴를 굴복시킬 수는 없네. 이 보물을 줄 테니 이것이면 저놈을 굴복시킬 수 있을 걸세."

양전은 고개를 조아려 감사했다. 여와가 거처로 돌아간 후 그는 보물을 펼쳐보고 무척 기뻐했으니 그것은 바로 산하사직도山河社稷圖였다. 그는 일일이 법술에 따라 시행하여 그것을 커다란 나무 위에 걸어두고 다시 매산으로 올라가서 원래 갔던 길로 찾아갔다.

그때 원홍이 매산으로 올라오는 양전을 보고 고함을 질렀다.

"양전, 죽을 곳을 제 발로 찾아오는구나!"

"하하! 네놈은 오늘 살 길이 없을 것이다!"

양전이 삼첨도를 들고 공격하자 원홍도 몽둥이로 맞섰다. 한참 격전을 벌이고 나서 양전이 재빨리 몸을 돌려 달아나자 원홍도 바짝 뒤쫓았는데 산을 내려와 달려가니 앞쪽에 또 높은 산이 하나 나타나는 것이었다. 양전이 그곳으로 올라가자 원홍도 쫓아 올라갔으나 그는 그곳이 여와가 전해준 산하사직도인 줄은 꿈에도 몰랐다.

그 바람에 그가 올라서자마자 그만 산에서 내려올 길이 끊어져버리고 말았다. 양전은 몸을 휙 솟구쳐 산에서 내려왔지만 원홍은 여전히 산 위에서 이리저리 내달렸으니 이제 그의 목숨이 어찌 되는지는 다음 회를 보시라.

제93회

금타, 지혜로 유혼관을 점령하다

金吒智取游魂關

북두칠성의 자루 조만간 또 동쪽을 향하는데
두융은 부질없이 영웅의 기개를 자랑했지.
금타가 지모를 써서 주나라 왕업을 열었으니
온 땅에 수많은 계책으로 미녀를 농락했지.
이 모두 떠도는 구름이 새벽 해를 가렸기에
살기가 공동산을 뒤덮게 만들었던 것!
왕업은 결국 제대로 된 주인에게 돌아가는 법이거늘
부질없이 백성들로 하여금 막다른 길에서 통곡하게 했구나!

斗柄看看又向東　竇融枉自逞英雄
金吒設智開周業　徹地多謀弄女紅
總爲浮雲遮曉日　故教殺氣鎖崆峒
須知王霸終歸主　枉使生靈泣路窮

그러니까 원홍이 올라간 산하사직도는 사상四象의 변화처럼 한없는 오묘함을 담고 있었다. 산을 생각하면 산이 나타나고 물을 생각하면 물이 나타나고 앞으로 나아갈 생각을 하면 앞으로 나아가고 뒤로 물러나고 싶으면 뒤로 물러나게 되는 것이었다. 그러는 사이에 원홍은 자기도 모르게 본색을 드러냈는데 그때 갑자기 어디선가 무척 달콤한 향기가 코를 찔렀다. 이 원숭이가 나무 위로 올라가 둘러보니 푸른 잎이 무성한 복숭아나무가 이리저리 흔들리며 빨갛게 익어 과즙이 뚝뚝 떨어질 것 같은 신선 세계의 복숭아 하나가 떨어지는 것이었다. 그 복숭아는 싱그럽고 매끄러운 빛깔에 보들보들한 과육이 너무나 먹음직스러웠다. 하얀 원숭이는 그것을 보자 자기도 모르게 먹고 싶어져서 곧 가지를 건너가 복숭아를 따서 그 향기를 맡아보고 기분 좋게 한입에 덥석 삼켜버렸다. 그리고 그가 소나무 아래 바위에 기대앉아 있는데 잠시 후 양전이 칼을 들고 달려왔다. 하얀 원숭이는 자리에서 일어나려 했지만 도무지 꼼짝도 할 수 없었다. 그 복숭아를 먹으면 허리에 맥이 빠지게 되는 줄 몰랐던 것이다. 그사이에 양전이 달려들어 그의 머리털을 움켜쥐고 박요삭으로 단단히 묶은 다음 산하사직도를 거둬들였다. 그리고 여와가 있는 동남쪽을 향해 감사의 절을 올리고 그 하얀 원숭이를 거두어 주나라 영채로 돌아갔으니 당시 여와가 양전에게 보물을 주어 매산칠괴를 제압하게 해준 일을 칭송한 시가 있다.

도를 깨달으려 옥천산의 스승을 찾아가
은밀히 구전의 현묘함 속으로 들어갔지.

음양으로 남북을 나누고

지호와 천문 앞뒤로 늘어세웠지.

무궁한 변화 속에 또 변화를 부리고

천지를 뒤집어 천지와 합치되었지.

여와가 비밀리에 전수한 보물은 참으로 기이하니

제아무리 정령이라 한들 이미 뼈가 꿰이고 말리라!

悟道投師在玉泉　秘投九轉妙玄中

離龍坎虎分南北　地户天門列後先

變化無端還變化　乾坤顚倒合乾坤

女媧秘授眞奇異　任你精靈骨已穿

양전이 하얀 원숭이를 잡아 원문에 도착하자 문지기가 중군 막사에 보고했다.

"대원수, 양전이 대령했사옵니다."

"안으로 들여보내라!"

잠시 후 양전이 중군 막사에 들어와서 보고했다.

"하얀 원숭이를 쫓아 매산까지 갔다가 여와 선녀님께서 전수해 주신 오묘한 술법 덕분에 그놈을 사로잡아 원문 앞에 끌어다 놓았사옵니다. 어찌 처리할지 분부를 내려주시옵소서."

강상은 무척 기뻐하며 즉시 군령을 내렸다.

"그놈을 이리로 끌고 와라!"

잠시 후 양전이 하얀 원숭이를 끌고 오자 강상이 살펴보고 말했다.

"이 못된 요괴는 가증스럽게도 무수한 사람을 해쳤으니 당장 끌고 나가서 목을 쳐라!"

장수들이 하얀 원숭이를 원문 밖으로 끌어내자 양전이 칼을 내리쳤다. 그 순간 하얀 원숭이의 머리가 땅으로 떨어졌는데 목에서 피가 나지 않고 한 줄기 맑은 기운이 치솟더니 그 자리에 하얀 연꽃이 한 송이 피어났다. 그리고 그 연꽃은 피어났다가 다시 시드는가 싶더니 곧 원숭이 머리로 변했다. 양전이 몇 번이나 칼을 내리쳤지만 매번 결과가 마찬가지인지라 황급히 강상에게 보고했다. 강상 또한 직접 나와 살펴보니 과연 그러했다.

"이 원숭이가 천지의 신령한 기운을 채취하고 해와 달의 정화를 모아 단련했기 때문에 이런 변화를 부릴 수 있게 되었구먼. 하지만 어렵지 않게 처리할 수 있지."

강상은 곧 수하에게 제사상을 준비하게 하고 붉은 호리병을 꺼내 상 위에 올려놓았다. 그리고 마개를 열고 그 안에서 세 길 남짓한 하얀 빛이 치솟자 허리를 숙여 예를 표하며 말했다.

"보물이시여, 모습을 드러내소서!"

그 순간 하얀 빛 위에 길이 일곱 치 다섯 푼에 눈썹과 눈동자를 갖춘 형상이 나타나더니 눈동자에서 두 줄기 하얀 빛을 쏟아내 하얀 원숭이의 원신을 붙들었다. 그러자 강상이 다시 허리를 숙여 말했다.

"보배여, 회전하시라!"

이에 그 보물이 공중에서 두세 바퀴 회전하니 곧 피범벅이 된 원숭이 머리가 땅바닥에 떨어졌다. 그 모습을 지켜본 모든 이들이 깜짝 놀랐으니 이를 칭송한 시가 있다.

이 보물은 곤륜산의 육압이 전수해준 것
선천의 기운에 합치되는 현묘한 이치가 은밀히 담겨 있지.
요괴를 처단하는 데 무궁한 오묘함이 있어
주나라 팔백 년 왕업에 도움을 주었지.

此寶崑崙陸壓傳　秘藏玄理合先天
誅妖殺怪無窮妙　一助周朝八百年

강상은 하얀 원숭이의 목을 베고 보물을 거둬들였다. 그러자 제자들이 물었다.

"이 보물이 어찌 그런 엄청난 요괴를 처치할 수 있었사옵니까?"

"이것은 만선진을 격파할 때 육압도인께서 내게 전수해주신 것일세. 훗날 쓸 데가 있을 것이라고 하시더니 과연 그렇구먼. 이 보물은 바로 빈철로 단련해서 해와 달의 정화를 채취하고 천지의 빼어난 기운을 탈취하여 오행의 기운을 뒤집었는데 수련이 완성되면서 마치 진정한 음과 양처럼 결합하여 보물이 되었으니 이름은 비도飛刀라고 하지. 이 보물에는 눈썹과 눈동자가 있고 눈동자에서 두 줄기 하얀 빛이 나와서 사람과 신선, 요괴의 니환궁에 있는 원신을 붙들 수 있으니 설사 변신술을 부릴 줄 안다고 해도 도망치지 못하네. 그 하얀 빛은 머리 위에서 풍차처럼 돌 수 있는데 한두 바퀴만 돌아도 그 머리가 자연히 땅에 떨어지게 되지. 저번에 여원의 목을 벨 때 쓴 것이 바로 이 보물이네."

그 말을 들은 제자들은 모두 놀라서 감탄했다.

"무왕께 크나큰 복이 있어서 이런 보물로 그 요괴를 다스릴 수 있었던 것이로구나!"

한편 패주하여 조가로 돌아간 은파패와 뇌개는 주왕을 알현하고 모든 경과를 자세히 보고했다.

"매산칠괴가 사람의 모습으로 변해서 주나라 군대와 여러 차례 전투를 벌였으나 모두 연달아 죽어 본색을 드러냄으로써 조정의 체면을 크게 손상시키고 전군이 몰살당하게 만드는 바람에 저희는 어쩔 수 없이 도피해야 했사옵니다. 지금 천하 제후들이 모두 맹진에 모여 군대의 깃발이 해를 가리고 살기가 수백 리를 뒤덮고 있사옵니다. 폐하, 사직이 조속히 안정되도록 성심을 기울여주시옵소서. 제후들이 조가성 아래로 몰려오게 되는 날에는 후회해도 때가 늦을 것이옵니다!"

다급해진 주왕은 즉시 조회를 열어 문무백관들에게 물었다.

"지금 주나라 군대가 횡포를 부리고 있는데 어찌해야 이를 해결할 수 있겠소?"

하지만 모든 신하들은 입을 다문 채 아무 말이 없었다. 그때 중대부 비렴이 반열에서 나와서 아뢰었다.

"폐하, 속히 어명을 내리시어 조가성의 사대문에 주나라 군대를 격파하거나 적장을 베고 깃발을 탈취하는 이에게 일품의 벼슬을 내리겠노라는 방을 내거시옵소서. '후한 상을 내리면 반드시 용맹한 이가 나오기 마련'이라는 말도 있지 않사옵니까? 게다가 노인걸은 문무를 겸비한 인재이오니 그로 하여금 일단의 병력을 맡아 정예병으로 훈련시켜 적군을 상대하고 성을 수비할 채비를 엄밀히 갖추되 수비에만 치중하고 나가서 전투를 벌이지는 못하게 하시옵소서. 그렇게 되면 먼 길을 왔기 때문에 속전속결이 유리한 저 제후들의 병력은 저절로 피로해질 것이옵니다. 일체 전투를 하지 않고 저들의 군량이 바닥날 때까지 기다리면 저들은 전투도 하지 못한 채 알아서 물러날 것이옵니다. 그 틈에 공격하면 비록 저들의 수가 많다 하더라도 틀림없이 격파할 수 있을 것이옵니다. 이것이 최상의 방도인 줄로 아옵나이다."

"아주 좋은 생각이오."

주왕은 곧 사대문에 방문을 내걸게 하는 한편 노인걸에게 군사를 훈련시키고 성을 수비할 도구를 정비하게 했다.

그 무렵 강상의 영채를 떠나 유혼관을 향해 진군하던 금타와 목타는 행군하는 도중에 상의했다. 먼저 금타가 말을 꺼냈다.

"대원수의 군령에 따라 동백후 강문환을 구하러 가는데 두융과 격전을 벌이면 아무래도 불리한 면이 있을지 모르겠네. 그러니 우리 둘이 도사로 변장해서 유혼관으로 들어가 오히려 두융을 도와주는 척하다가 기회를 봐서 대처하는 것이 좋겠네. 그자가 의심하지 않도록 적당히 처신해야겠지. 그런 다음 안팎에서 호응하면 단번에 성공할 수 있지 않겠는가?"

"그거 아주 좋은 생각이십니다!"

이에 둘은 곧 전령을 파견했다.

"병력을 이끌고 먼저 동백후에게 가서 알려라, 우리 형제는 조금 뒤에 따라가겠다고 말이다."

전령이 병력을 이끌고 떠나자 금타와 목타는 흙의 장막을 이용해 유혼관 안으로 들어가서 곧장 사령부를 찾아갔다. 금타가 수문장에게 말했다.

"해외에서 수련한 도사들이 사령관을 뵈러 찾아왔다고 전해주시구려."

수문장의 보고를 받은 두융은 즉시 그들을 안으로 데려오라고 분부했다. 잠시 후 두 사람은 처마 아래로 가서 머리를 조아려 절을 올렸다.

"장군님, 안녕하십니까?"

"어서 오십시오. 그런데 무슨 가르침을 주시려고 오셨는지요?"

이에 금타가 대답했다.

"저희 둘은 동해 봉래도에서 수련한 재야의 신선인 손덕孫德과 서인徐仁입니다. 강호를 유람하다가 우연히 이곳을 지나게 되었는데 마침 강문환이 이 관문을 진입하여 맹진에서 천하 제후들과 회합해 현재의 천자를 공격하려 한다는 것을 알게 되었습니다. 이것은 바로 대역무도한 강상이 천하 제후를 미혹하여 도발함으로써 민생을 도탄에 빠지게 하고 천하가 어지럽게 들끓도록 만들었기 때문이 아닙니까? 이런 천하의 역적은 누구라도 처벌할 수 있는 일이지요. 어제 우리 형제가 천문을 살펴보니 상나라의 기운이 아직 왕성했으니 강상의 무리는 괜히 백성만 괴롭히고 있음을 알게 되었습니다. 이에 우리 형제도 장군께서 강문환을 사로잡고 조가를 구원하러 가시는 데 미력하나마 힘을 보태고자 합니다. 그런 다음 승세를 탄 군대로 제후들의 뒤를 급습한다면 저들은 전혀 예상하지 못한 상태에서 앞뒤로 적을 상대해야 하니 단번에 결판이 나고 말 것입니다. 이야말로 '번개처럼 몰아치면 귀를 막을 틈도 없게 되는' 격이 아니겠습니까? 그렇게만 되면 장군께서도 불세출의 큰 공을 세우게 될 것입니다. 다만 저희는 출가한 몸이라 본래 전쟁 같은 일에 관여해서는 안 되지만 우연히 불공평한 일을 목도하게 되었기에 이렇게 장군께 말씀드리는 것입니다. 그러니 하찮은 도사의 말이라고 너무 나무라지 마시고 잘 생각해보시기 바랍니다."

그 말을 들은 두융은 한참 동안 말없이 생각에 잠겼다. 그때 옆에 있던 부장 요충姚忠이 사나운 목소리로 소리쳤다.

"사령관, 이런 도사들의 말 따위는 절대 믿어서는 안 됩니다! 강상의 문하에 도사들이 무척 많은데 그 가운데 옳고 그름을 어찌 구별할 수 있겠습니까? 저번에 올라온 보고에 따르면 맹진에 육백 명의 제후들이 희발을 도우려고 모여들었다고 합니다. 그런데 지금 사령관께서 강문환의 군대를 막아 맹진의 회합에 동참하지 못하게 하고 있으니 강상이 이 둘을 떠돌이 도사로 변장시켜서 거짓으로 우리에게 투신하게 하여 안팎으로 호응하는 계책을 쓰려 하고 있는 것입니다. 그러니 함부로 믿어서 저들의 계책에 넘어가지 않도록 부디 잘 헤아리셔야 합니다!"

그 말을 들은 금타가 껄껄 웃으며 목타를 돌아보고 말했다.

"도우, 자네가 예상한 대로구먼!"

그는 다시 두융에게 말했다.

금타, 지혜로 유혼관을 점령하다.

"저 장군께서 아주 제대로 말씀하셨습니다. 지금은 용과 뱀이 뒤섞여 진위를 구별할 수 없으니 우리가 강상의 하수인이 아니라는 것을 어찌 알 수 있겠습니까? 장군께서 의심하시는 것은 당연하지요. 다만 저희가 여기에 온 것은 비록 유람이라고는 했지만 사실 이유가 있습니다. 저희 사숙께서 만선진에서 강상의 손에 돌아가셨기 때문에 복수할 생각을 줄곧 해왔지만 혼자서는 어려운 일인지라 진행하기 어려웠습니다. 그래서 이번에 장군의 군대를 빌려 위로는 조정에 공을 세우고 아래로는 개인적으로 천륜의 원수를 갚으면서 그러는 와중에 장군께도 힘을 보태드리려고 한 것입니다. 그 외에 다른 뜻은 없습니다. 하지만 장군께서 의심하시는 마당에 저희가 여기서 이런저런 이야기를 늘어놓은들 무슨 소용이 있겠습니까! 우리의 진심은 밝혔으니 이제 작별을 고해야겠습니다."

그리고 그는 곧바로 돌아서서 손뼉을 치고 껄껄 웃으며 떠나버렸다. 금타의 말을 듣고 또 그런 모습을 본 두융은 생각이 달라졌다.

'세상에는 서기를 치려는 생각을 가진 도사들도 적지 않을 거야. 강상의 제자들이 많기는 하지만 해외에도 고명한 이들이 적지 않으니 이들 둘이 하필 강상의 제자여야 할 이유는 없지 않은가? 게다가 우리 관문에 장수와 병사들이 아주 많으니 겨우 이 둘만으로는 아무것도 할 수 없을 텐데 굳이 의심할 이유도 없지. 내가 보기에 제법 도술을 갖춘 도사들인 것 같으니 찾아온 성의를 봐서라도 그냥 보내는 실수를 하면 안 되지!'

이에 그는 황급히 군정사의 관리를 보내 두 도사를 다시 모셔 오게 했으니 그야말로 이런 격이었다.

무왕의 크나큰 복이 무도한 주왕을 꺾으려 하니
금타로 하여금 큰 공을 세우게 해주었구나!

武王洪福摧無道　故令金吒建大功

어쨌든 군정사의 관리는 다급히 금타와 목타를 쫓아가며 소리쳤다.

"두 분 도사님, 사령관께서 드릴 말씀이 있다고 하십니다!"

그러자 금타가 돌아보며 정색하고 말했다.

"천지신명이 내 마음을 꿰뚫어보고 계시오. 내가 천하 제후들의 목을 선물하려 했지만 그대들 사령관이 거절하며 편장의 말만 믿고 우리를 어리석은 자로 취급하여 모욕을 주지 않았소이까? 절대 돌아가지 않겠소!"

그러자 군정사의 관리가 간절히 애원했다.

"두 분께서 돌아가시지 않으시면 저도 사령관님을 뵐 면목이 없어집니다."

이에 목타가 말했다.

"도형, 두 장군이 기왕 우리에게 돌아와달라고 청했다니 일단 가서 어떻게 나오는지 보십시다. 우리를 중시해준다면 그를 도와주면 되고 그것이 아니라면 다시 떠나버리면 되지 않겠습니까?"

그러자 금타가 마지못하는 척 동의했다.

두 사람이 사령부 앞에 도착하자 군정사의 관리가 먼저 들어가서 보고했다.

"어서 안으로 모셔라!"

두 사람이 안으로 들어가니 두융이 황급히 계단에서 내려와 맞이했다.

"제가 도사님들과 일면식도 없었던 데다가 변경에 전쟁이 일어나 관문을 수비하는 데 여러 가지 곤란한 변수가 있으니 제 부장도 의심할 수밖에 없었을 것입니다. 제가 식견이 천박하여 당장 결정하지 못하고 두 분께 죄를 지었으니 부디 너무 나무라지 말아주십시오. 지금 강상이 맹진에서 병력을 모아 민심이 동요하고 있습니다. 강문환은 성 아래에서 밤낮을 가리지 않고 공격하고 있으니 이런 천하의 위기를 구하여 그 수괴들을 붙잡고 일당을 소탕함으로써 만백성이 편히 살 수 있게 해줄 해결책은 무엇일까요? 부디 가르침을 내려주십시오. 뭐든 분부하시는 대로 따르겠습니다."

이에 금타가 대답했다.

"제가 보기에 지금 강상이 맹진에서 저항하고 있는데 비록 제후의 수가 수백이라 할지라도 오합지졸에 지나지 않습니다. 다들 다른 마음을 품고 있으니 머지않아 분산되고 말 테지요. 다만 성 아래에 와 있는 강문환은 무력으로 싸우기보다는 계책으로 사로잡아야 합니다. 그렇게 되면 그를 따르는 제후들도 저절로 달아나버리겠지요. 그런 다음 승세를 탄 군대를 이끌고 맹진의 뒤를 급습하면 제아무리 뛰어난 능력을 가진 강상이라 할지라도 도저히 예측하지 못하지 않겠습니까! 그자가 믿는 것은 천하의 제후들인데 그들도 강문환이 사로잡혔다는 소식을 들으면 사기가 꺾여서 저절로 결속이 무너지고 말 것입니다. 그 틈을 이용해 공격한다면 승리는 따놓은 것이나 다름없지 않겠습니까?"

그 말을 들은 두융은 무척 기뻐하며 황급히 자리를 권하고 수하에게 술상을 차려 오라고 분부했다. 그러자 금타와 목타가 말했다.

"저희는 소식을 하기 때문에 절대 술 같은 것은 마시지 않습니다."

그러면서 앞쪽에 마련된 부들방석에 앉으니 두융도 감히 억지로 권하지 못했다. 그날 밤은 그렇게 지나갔다.

이튿날 두융이 사령부 청사에 나가서 장수들을 소집하여 회의를 하는데 갑자기 정찰병의 보고가 올라왔다.

"동백후가 장수를 보내서 싸움을 걸어오고 있사옵니다."

그러자 두융이 금타와 목타에게 말했다.

"동백후가 싸움을 걸어오고 있는데 어찌하면 좋겠습니까?"

이에 금타가 대답했다.

"기왕 왔으니 오늘은 우선 나가서 일전을 벌이며 정황을 살펴보고 사로잡을 계책을 세우도록 하겠습니다."

그런 다음 그는 서둘러 자리에서 일어나 칼을 들고 두융에게 말했다.

"오랏줄을 든 병사들에게 제 뒤를 지원하도록 해주십시오. 적장을 사로잡는 데 도움이 필요합니다."

두융은 무척 기뻐하며 즉시 군령을 내렸다.

"대오를 갖춰라, 내가 직접 뒤를 지원하겠다!"

잠시 후 관문 안에서 포성이 울리더니 전군이 함성을 지르며 대문을 열었다. 이어서 금타가 한 쌍의 깃발을 앞세운 채 칼을 들고 밖으로 나갔으니 바로 이런 격이었다.

두융이 삼산의 도사를 알아보지 못했으니

조만간 유혼관은 주나라에 넘어가겠구나!

竇融錯認三山客　咫尺游魂關屬周

금타가 나오자 동백후 진영의 기문 아래에서 황금 갑옷에 붉은 전포를 입은 장수가 말을 몰고 앞으로 나와서 소리쳤다.

"거기 오는 도사, 우선 내 칼이 얼마나 예리한지 시험해보자꾸나!"

이에 금타도 맞받았다.

"그대는 누구인가? 어서 이름부터 밝혀라!"

"나는 동백후 휘하의 총사령관 마조馬兆다. 그러는 도사는 누구인가?"

"나는 동해에서 온 재야의 신선 손덕이다. 상나라의 기운이 아직 왕성한데 천하의 제후들이 아무 이유 없이 반란을 일으켰더구나. 내가 동녘 땅을 유람하다가 강문환이 여러 해 동안 전쟁을 일으켜 백성을 도탄에 빠뜨리는 것을 보고 차마 두고 볼 수 없어서 특별히 자비심을 발휘해 그 괴수를 사로잡고 일당을 모조리 섬멸하여 백성을 구제하고자 하노라! 천명을 알거든 일찌감치 무기를 버리고 투항하라, 그러면 목숨은 보전할 수 있을 것이다. 조금이라도 머뭇거리면 당장 네놈을 고기 반죽으로 만들어버리겠다!"

그러면서 그가 성큼성큼 달려가서 칼을 휘둘러 공격하자 마조도 황급히 칼을 들어 맞섰다.

수많은 군대가 다투어 황궁을 향하는데

강문환의 군대는 아직 관문을 점령하지 못했구나.
금타가 오묘한 계책을 쓰지 않았더라면
동백후의 군대가 어찌 유혼관을 지날 수 있었으랴?

紛紛戈甲向金城　文煥專征正未平
不是金吒施妙策　游魂安得渡東兵

마조와 서른 판 가까이 격전을 벌인 금타는 곧 둔룡장을 던져서 '척!' 하고 마조를 사로잡았다. 그 순간 두융이 병사들을 이끌고 일제히 공격하자 동백후의 병사들은 더 이상 견뎌내지 못하고 퇴각했다. 금타는 수하들에게 마조를 끌고 오라고 분부하고 두융과 함께 승전고를 울리며 관문으로 돌아갔다. 두융이 대전에 오르자 금타도 옆에 앉았다. 잠시 후 두융이 수하에게 분부했다.

"마조를 끌고 오너라!"

병사들이 마조를 끌고 대전으로 들어오자 마조는 무릎을 꿇지 않고 빳빳이 서 있었다. 그러자 두융이 호통쳤다.

"비천한 놈! 포로가 되어서도 아직 예를 지키지 않는 것이냐?"

"뭐라고! 내 비록 요사한 술법에 의해 포로가 되었지만 어찌 이름도 없는 쥐새끼 같은 네놈 앞에서 무릎을 꿇겠느냐? 죽는 것쯤이야 아깝지 않으니 여러 말 말고 어서 형을 집행해라!"

"그래? 여봐라, 당장 끌고 나가서 목을 쳐라!"

그러자 금타가 저지했다.

"안 됩니다, 제가 강문환까지 사로잡으면 한꺼번에 조가로 압송하여 폐하께서 처분하시도록 해야 합니다. 그래야 장군의 뛰어난 공적이 허사가 되지 않지 않겠습니까?"

두융은 금타의 능력을 목격했고 또 하는 말도 이치에 맞는지라 즉시 자신의 심복으로 간주하고 다시 군령을 내렸다.

"마조를 사령부 안의 옥에 가둬두도록 해라!"

한편 동백후 강문환은 금타가 마조를 사로잡았다는 소식을 듣고 무척 기뻐했다.

"조만간 관문으로 진입할 수 있겠구나!"

이튿날 그는 전 병력을 포진하고 우레와 같은 북소리와 하늘을 가득 채우는 살기를 풍기며 관문 아래로 가서 싸움을 걸었다. 정찰병의 보고를 받은 두융은 다급히 금타와 목타에게 물었다.

"도사님들, 강문환이 직접 전투에 나섰는데 어떤 계책으로 사로잡으실 생각이십니까? 성공만 한다면 그 공적이 아주 클 것입니다."

그러자 두 사람이 결연히 대답했다.

"우리는 장군을 위해 동백후의 군대를 평정하러 온 것이니 하산한 보람이 있어야 하지 않겠습니까?"

그리고 그들은 즉시 칼을 들고 관문 밖으로 나갔다. 잠시 후 동백후 강문환이 홀로 말을 몰고 앞으로 나왔다. 좌우로 여러 장수들이 줄을 나누어 늘어서 있었다.

머리에 쓴 투구는
여섯 꽃잎 모았고
황금 갑옷은

사슬로 엮었구나.
붉은 전포에는
얽힌 용무늬 수놓았고
호심경은
눈부시게 빛난다.
백옥 허리띠에는
영롱한 꽃무늬 조각되었고
갑옷 묶은 끈은
붉은 불꽃처럼 휘날린다.
호안편虎眼鞭° 은
반쪽이 용의 꼬리 같고
네모난 쇠몽둥이는
빈철을 두드려 만들었구나.
연지마는
털이 표범 같고
참장도는
번개처럼 빠르지.
천전천승의 동백후
강문환의 명성은 영원히 칭송받으리라!

頂上盔　攢六瓣
黃金甲　鎖子絆
大紅袍　團龍貫
護心鏡　精光焕

白玉帶　玲花獻

勒甲絲　飄紅焰

虎眼鞭　龍尾半

方楞鐧　鑌鐵煆

胭脂馬　毛如彪

斬將刀　如飛電

千戰千贏東伯侯　文煥姓姜千古讚

어쨌든 그것을 본 금타와 목타가 고함을 질렀다.

"역적, 멈춰라!"

"요사한 도사 놈들, 이름을 밝혀라!"

이에 금타가 대답했다.

"우리는 동해에서 온 재야의 신선 손덕과 서인이다. 너희가 신하의 도리를 지키지 않고 망령되게 문제를 일으켜 군주를 저버리고 반란을 일으켜 백성을 해쳤으니 이는 종족의 멸망을 자초한 짓이 아니더냐? 당장 무기를 버리고 투항하라, 그렇지 않으면 후회하게 될 것이다!"

"무엄하고 무지한 도사 놈들! 요사한 술법으로 내 장수를 사로잡고 교묘한 언변으로 대중을 현혹하다니. 이번에 너희를 사로잡으면 반드시 시체를 가루로 만들어 마조의 원한을 풀어주고 말겠다!"

강문환은 말을 몰고 달려들어 칼을 휘둘렀고 금타도 들고 있던 칼로 맞섰다. 예닐곱 판쯤 맞붙고 나서 강문환이 고삐를 돌려 달아나자 금타와 목타도 즉시 뒤쫓았다. 화살 하나가 날아갈 정도의 거리까지 달려가서 금타가 강문환에게 말했다.

"오늘 밤 이경에 관문을 공격하십시오. 저희가 기회를 봐서 관문을 바치도록 하겠습니다."

"고맙구려!"

이에 강문환은 칼을 안장에 걸고 고삐를 돌려 화살을 내쏘았다. 그러자 금타와 목타는 재빨리 칼을 휘저어 화살을 쳐서 땅에 떨어뜨려버렸다. 그러고 나서 금타가 소리쳤다.

"비겁한 놈! 감히 속임수를 써서 활을 쏘다니! 오늘은 일단 돌아가지만 내일은 반드시 너를 사로잡아 이 화살을 쏜 수작을 응징하고야 말겠다!"

금타와 목타가 관문으로 돌아오자 두융이 물었다.

"오늘은 왜 보물을 써서 그자를 굴복시키지 않았습니까?"

이에 금타가 둘러댔다.

"막 보물을 쓰려던 차에 그 작자가 고삐를 돌려 달아나버렸습니다. 잡으려고 쫓아가니 활을 쏘는 바람에 놓쳐버렸으니 내일은 술법을 써서 사로잡을 생각입니다."

세 사람이 이야기를 나누는 동안 갑자기 뒤쪽에서 보고가 올라왔다.

"부인께서 나오셨사옵니다."

금타와 목타는 그녀가 나오자 얼른 다가가 고개를 숙여 인사했다. 그러자 부인이 두융에게 물었다.

"이 두 분은 무슨 일로 오셨답니까?"

"이분들은 바로 동해에서 수련하신 손덕과 서인이신데 내가 강문환을 격파하는 것을 도와주러 오셨소이다. 저번에는 전투에 나가셔서 마조를 사로잡았고 내일은 보물을 써서 강문환을 사로잡을 예정이오. 그런 다음 승리의 여세를 몰아 강상의 배후를 급습할 테니 이야말로 저들로서는 감당할 수 없는 파죽지세의 전술이 아니겠소. 이제 곧 역사에 길이 남을 공적을 세울 수 있을 것이오."

"호호! 장군, 일이란 심사숙고해야 하고 계책은 주도면밀해야지 하루아침에 남의 말을 가볍게 믿으시면 아니 됩니다. 혹시 무슨 대처하기 어려울 정도로 시급한 불상사라도 생기게 되면 그 여파가 간단하지 않을 것입니다. 부디 신중하십시오. '무언가를 얻으려면 반드시 먼저 무언가를 주어야 한다°'라는 옛말도 있지 않습니까? 부디 잘 살피시기 바랍니다."

그러자 금타와 목타가 말했다.

"두 장군, 부인께서 의심하는 것도 아주 지당합니다. 그러니 우리 둘이 여기서 일을 번잡하게 만들 필요가 있겠습니까? 이만 작별을 고할까 합니다."

그렇게 말하고 두 사람이 돌아서 나가려 하자 두융이 다급히 만류했다.

"도사님들, 고정하십시오. 제 안사람은 여자이기는 해도 용병술에 뛰어나고 병법에 대해서도 많이 알고 있습니다. 다만 두 분께서 진심으로 폐하를 위하신다는 것을 모르고 그저 잔재주나 지닌 도사들이 무슨 속임수를 쓰는 것은 아닐까 걱정한 것뿐입니다. 부디 진노를 거두시고 제 사죄를 받아주십시오. 적을 격파하게 되면 제가 성대히 보답하겠습니다."

그러자 금타가 정색하고 말했다.

"주왕을 위한 제 진심은 오직 천지신명만이 아실 것입니다. 지금 부인께서 의심하신다고 해서 저희가 훌훌 떠나버린다면 장군께서 정성으로 저희를 대해주신 은혜를 저버리는 것이겠지요. 어쨌든 내일 강문환을 사로잡으면 우리의 정성 어린 마음을 알게 되겠지요. 다만 부인께서 우리를 보고 싶어 하시지 않을까 염려스럽습니다."

이에 부인은 부끄러워 사죄하며 물러갔다. 이어서 두융이 금타에게 상의했다.

"내일은 무슨 술법으로 그 역적을 사로잡아 많은 이들의 의혹을 풀어줄 생각이십니까?"

"내일 전투를 벌이게 되면 당연히 보물을 써서 강문환을 산 채로 사로잡을 것입니다. 그자만 잡히면 그 일당은 자연히 와해되겠지요. 그런 뒤에 맹진으로 가서 강상을 사로잡으면 제후들의 군대를 무너뜨릴 수 있을 것입니다."

그 말에 두융은 무척 기뻐하며 안채로 들어가서 잠자리에 들었다. 금타와 목타는 대전에 차분히 앉아 있었는데 이경 무렵이 되자 갑자기 관문 밖에서 엄청난 함성이 진동하고 포성과 징 소리, 북소리가 하늘을 울리더니 동백후의 병사들이 관문 아래로 쇄도하여 포를 설치하고 공격을 퍼부었다. 유혼관의 중군 장교는 재빨리 운판을 울려 두융에게 보고했고 두융은 황급히 나와서 장수들과 함께 관문 위로 올라갔다. 그의 아내인 철지부인徹地夫人 또한 갑옷을 입고 칼을 들고 나왔다. 이에 금타가 두융에게 말했다.

"강문환이 무력을 믿고 우리가 예상치 못한 야습을 감행했습니다. 하지만 적의 계책을 역이용해 장군께서 병력을 이끌고 일제히 치고 나가십시오. 그때 우리 둘이 보물로 그자를 사로잡으면 단번에 성공하여 일찌감치 승전보를 알릴 수 있을 것입니다. 부인께서 제 아우와 함께 성을 단단히 지키시면 다른 문제가 없을 것입니다."

그 말을 들은 두융의 부인도 적극 찬성했다.

"도사님 말씀이 아주 지당하십니다. 제가 이분과 함께 관문을 지킬 테니 장군께서는 저분과 함께 나가서 대적하십시오. 성 위의 일은 제가 알아서 처리하겠습니다. 한밤의 어둠을 이용하면 성공할 수 있을 것입니다."

그야말로 이런 격이었다.

강문환이 유혼관을 공격하여 강상에게 귀의하려 하니
금타가 계책 써서 상나라를 멸망시켰지!

文煥攻關歸呂望　金吒設計滅成湯

어쨌든 두융이 금타의 말에 따라 장수와 병력을 점검하여 관문 밖으로 나가려 할 때 부인이 말했다.

"야간전투이니 신중하셔야 합니다. 너무 전투에만 열중하지 마시고 기미를 잘 살피셔서 저들의 함정에 빠지지 않도록 하십시오. 명심하셔야 합니다, 꼭 명심하셔야 합니다!"

여러분, 이것은 철지부인이 두 도사가 변심할까 염려하여 일부러 당부한 것이었지요. 어쨌든 금타는 그녀가 이렇게 간곡하게 이야기하는 모습을 보고 목타에게 눈짓했다. 목타도 그 뜻을 알아챘으나 임기응변으로 눈짓을 보내고 나서 부인을 따라 관문으로 올라가 방어에 가담했다.

잠시 후 두융은 관문을 열고 병력을 출격시켰다. 그때 강문환이 말을 몰고 앞으로 나서는 것을 보고 그가 기문 아래에서 고함을 질렀다.

"역적! 오늘은 살아남지 못할 것이다!"

이에 강문환이 대답도 하지 않고 대뜸 달려들어 칼을 휘두르자 두융도 칼로 맞섰으니 둘은 서로 말을 엇갈려 몰며 격전을 벌였다.

무럭무럭 치솟은 살기가 하늘을 밝히나니
장군들은 혈전을 벌이며 한사코 속을 태웠지.
천자를 모시다 죽어 한 맺힌 피가 천고에 드리우고
나라를 위한 일편단심은 영원히 남으리라!
강문환은 주나라에 귀의하여 천자의 기반을 보좌하고
두융은 절개를 지켜 목숨이 황천으로 떠났지.
뉘라서 알랴, 천운이 바뀔 때 풍운이 모였으니
팔백 년의 번창한 기약이 이미 징조를 보였음을!

殺氣騰騰燭九天　將軍血戰苦相煎
扶王碧血垂千古　爲國丹心勒萬年
文煥歸周扶帝業　竇融盡節喪黃泉
誰知運際風雲會　八百昌期兆已先

두융은 장수들을 지휘하며 혼전을 벌였다. 양측의 격전으로 천지가 암담해지고 귀신이 통곡할 지경이었다. 창과 칼, 도끼와 칼이 일제히 맞부딪쳤고 함성 소리는 대지를 뒤흔들었다. 등롱과 횃불은 사방을 대낮처럼 밝혔으며 인마는 흉맹하게 날뛰어 마치 바다가 뒤집어지고 강물이 들끓는 듯했다.

한편 금타는 채찍을 휘두르며 병사들과 뒤섞여 혼전을 벌였는데 그때 강문환이 이백 명의 제후를 이끌고 포위해 들어오자 그도 황급히 둔룡장을 공중에 던졌다. 그 순간 '척!' 하는 소리와 함께 둔룡장이 두융을 붙들어버렸으니 이제 이 늙은 장수의 목숨이 어찌 되는지는 다음 회를 보시라.

제94회

강문환, 격분하여 은파패의 목을 베다

文煥怒斬殷破敗

군대가 성에 이르렀으나 화친이 무산되니

제후들이 어찌 전쟁을 끝내려 했겠는가?

상나라의 덕은 온 세상에 다 없어지고

주나라 무왕의 어진 인품은 천하가 칭송했지.

큰 건물이 무너지려 하는데 누가 지탱할 수 있으랴?

고름 쏟는 종창이 이미 터졌거늘 누가 감당할 수 있으랴?

황음무도하니 결국 무슨 일을 이룰 수 있었겠는가?

모조리 강에 쓸려 동해의 파도 속으로 흘러 들어가는 것을!

兵馬臨城却講和　諸侯豈肯罷干戈

成湯德業八荒盡　周武仁風四海歌

大廈將傾誰可負　潰癰已破孰能荷

荒淫到底成何事　盡付東流入海波

그러니까 금타가 둔룡장을 던져 두융을 붙들어놓자 어느새 강문환이 달려들어 그를 단칼에 두 동강 내버렸다. 가련하게도 이십 년 동안 관문을 지키며 수백 번의 전투를 패배 없이 견더내며 유혼관을 잘 지켜낸 그가 오늘 금타의 계책에 걸려 목숨을 잃고 말았던 것이다.

명성을 다투며 세운 업적은 강물 따라 흘러가고
나라 위한 외로운 충정은 부평초 신세가 되었구나!

爭名樹業隨流水　爲國孤忠若浪萍

강문환이 두융의 목을 베자 전군이 함성을 질렀다. 그때 관문 위에 있던 목타는 동백후가 제후를 이끌고 격전을 벌이며 기세를 크게 떨치는 것을 보고 은밀히 오구검을 공중에 던져놓고 속으로 중얼거렸다.

'보배여, 회전하시라!'

그 순간 오구검이 마치 풍차처럼 두세 바퀴 돌았고 가련하게도 철지부인은 이런 신세가 되고 말았다.

매끈한 머리와 분 바른 얼굴 허사가 되었고
드넓은 지모도 하루아침에 끝나고 말았구나!

油頭粉面成虛話　廣智多謀一旦休

목타는 철지부인의 목을 베고 관문 위에서 고함을 질렀다.

"나는 강상 대원수의 군령을 받고 이 관문을 점령하러 온 목타다. 이제 너희 사령관은 죽었으니 항복하는 자는 죽음을 면하겠지만 거역하는 자는 살아날 길이 없을 것이다!"

그 말을 들은 병사들은 모두 땅바닥에 엎드렸다. 금타는 목타가 관문을 점령한 것을 보고 곧 강문환과 함께 달려왔고 목타는 병사들에게 관문을 열어 맞이하라고 분부했다. 병력이 관문 안으로 들어오자 강문환은 창고의 재물을 조사하고 백성들을 안심시킨 다음 갇혀 있던 마조를 석방했다. 그가 금타와 목타에게 감사하자 금타가 말했다.

"전하, 어서 출발하시옵소서. 저희는 먼저 맹진으로 가서 대원수께 보고하겠나이다. 무오戊午의 기한에 늦어지면 하늘이 드리운 징조에 제대로 부응하지 못하는 것이니 절대 늦어서는 아니 되옵니다."

"명심하겠소이다."

금타와 목타는 즉시 강문환에게 작별 인사를 하고 흙의 장막을 이용해 맹진으로 갔다.

그 무렵 맹진의 영채에 있던 강상은 남북의 제후들과 의논하고 있었다.

"3월 9일이 무오의 기한인데 얼마 남지 않았습니다. 동백후께서 어찌 아직 오시지 않는 것일까요? 이거 참 큰일입니다, 이를 어쩌지요?"

그때 갑자기 보고가 올라왔다.

"금타와 목타가 원문에 대령했사옵니다."

"들여보내라!"

잠시 후 금타와 목타가 중군 막사로 들어와서 절을 올리고 말했다.

"분부하신 대로 유혼관으로 가서 떠돌이 도사로 변장하여 기회를 엿보다가 마침내 관문을 점령할 수 있었사옵니다."

그들은 그간의 경과를 자세히 설명하고 나서 이렇게 덧붙였다.

"그래서 저희가 먼저 와서 보고를 올리고 동백후께서는 병력을 이끌고 뒤따라오시기로 했사옵니다."

강상은 무척 기뻐하며 두 사람의 계책을 칭찬했다.

"하늘의 뜻이 그러하니 무오의 기한이 되기 전까지 천하의 제후들이 다 모이지 못할 수밖에 없는 게로구먼!"

얼마 후 동백후의 병력이 맹진에 도착하여 강문환은 이백 명의 제후들을 인솔해서 중군 막사로 강상을 찾아갔다. 그러자 강상이 황급히 내려와서 맞이하며 인사를 나누었다. 강문환이 말했다.

"대원수, 무왕을 뵐 수 있도록 안내해주실 수 있겠소이까?"

이에 강상은 강문환과 함께 뒤쪽 영채로 가서 무왕을 알현했다.

당시 각처의 작은 제후들을 제외한 천하의 제후는 모두 팔백 명이었으며 맹진에 모인 병력은 백육십만 명이었다. 강상은 맹진에서 꿩 깃털이 장식된 보독번에 제사를 올린 다음 포성을 울리며 모든 병력을 이끌고 조가로 향했다.

전장의 구름이 먼 골짝에 자욱하고

살기가 먼 지방을 진동했지.

창칼은 쌓인 눈 같고
칼과 방천극은 서리 무더기 같았지.
깃발은 푸른 들판을 가리고
징과 북 소리는 빈 뽕밭을 울렸지.
조두刁斗가 울리며 새로운 군령이 전해지고
때맞춰 내리는 비와 같은 군대에 백성들은 환호했지.
병사들은 소낙비처럼 행진하고
말은 늑대처럼 치달렸지.

征雲迷遠谷　殺氣振遐方
刀槍如積雪　劍戟似堆霜
旌旗遮綠野　金鼓震空桑
刁斗傳新令　時雨慶壺漿
軍行如驟雨　馬走似奔狼

그야말로 이런 격이었다.

백성을 위로하고 죄인을 정벌하여 전투에서 승리함으로써
흉악한 무리를 짓눌러 분쇄하니 나라의 복이 영원하리라!

弔民伐罪兵戈勝　壓碎群兇福祚長

그렇게 천하의 제후들이 병력을 이끌고 행군을 계속하는데 어느 날 정찰병이 중군 막사로 들어와서 보고했다.

“대원수, 병력이 조가에 도착했사오니 군령을 내려주시옵소서!”

"영채를 세워라!"

잠시 후 전 병력은 함성을 지르며 영채를 세우고 대포를 쏘아 알렸다.

그 무렵 조가성을 지키던 병사가 오문으로 들어가서 보고하자 내관이 주왕에게 아뢰었다.

"천하 제후들의 병력이 성 아래에 도착하여 영채를 세웠는데 모두 백육십만 명이나 되어 그 기세를 감당하기 어렵나이다. 폐하, 어찌해야 할지 분부를 내려주시옵소서!"

주왕은 깜짝 놀라서 즉시 행차를 준비하게 하여 성 위로 올라가 천하 제후들의 병력을 살펴보았다. 이를 묘사한 노래가 있다.

단정히 세워진 영채
온 땅에 무기의 산이 가득하구나.
조두 울리며 군령 전하니
군기도 엄격하고 질서정연하다.
창은 수천 개 버들가지처럼 늘어서 있고
칼은 만 조각 빙어처럼 줄을 맞추었다.
상서로운 광채가 표연히 흔들리니
깃발은 아침노을처럼 빛난다.
싸늘한 빛 반짝이니
칼과 도끼가 번개처럼 햇빛을 반사한다.
죽절편竹節鞭°에는 표미가 달려 있고
방릉간에는 용 깃발이 걸려 있다.

활과 쇠뇌가 가을 달처럼 두 줄로 늘어서 있고
갈퀴와 추는 차가운 별처럼 무리 지어 서 있다.
북을 울리면 진격하고 징을 울리면 물러나며
무기를 겨누는 병사들은 신처럼 위세 드높다.
계호경응癸呼庚應°
군량은 마치 귀신이 날라다준 것처럼 운송된다.
은은히 울리는 뿔피리 소리
사람의 목소리는 들리지 않는다.
그야말로 정정당당한 군대
백성 위로하여 죄인 정벌하러 나섰도다!

行營方正　遍地兵山
刁斗傳呼　威嚴整肅
長槍列千條柳葉　短劍排萬片冰魚
瑞彩飄搖　旗幡色映似朝霞
寒光閃灼　刀斧影射如飛電
竹節鞭懸豹尾　方楞鐧掛龍梢
弓弩排兩行秋月　抓錘列數隊寒星
鼓進金退　交鋒士卒若神威
癸呼庚應　遞傳糧餉如鬼運
畫角幽幽　人聲寂寂
正是　堂堂正正之師　弔民伐罪之旅

주왕은 강상의 영채를 보더니 황급히 성을 내려와 대전으로 가서 문무백관들에게 물었다.

"지금 천하 제후들이 군대를 이끌고 이곳에 모였는데 이 위기를 해결할 방책이 있소?"

그러자 노인걸이 나서서 아뢰었다.

"듣자 하니 '큰 건물이 무너지려 하면 나무 하나로는 지탱하기 어렵다'라고 했사옵니다. 지금은 창고도 비어 있고 백성들이 날마다 원망하며 병사들은 떠나버려서 설사 훌륭한 장수가 있다 한들 민심이 따르지 않으니 어쩔 도리가 없사옵니다! 비록 전투를 한다 해도 승리할 수 없다는 것은 자명한 사실이옵니다. 차라리 언변 좋은 사람을 보내서 군주와 신하 사이의 도리와 순응하고 따르는 이치에 대해 설명하여 저들로 하여금 스스로 군대를 해산하게 하는 것이 그나마 이 위기를 해결할 가망이 있는 유일한 방책이 아닐까 하옵니다."

그 말을 들은 주왕은 말없이 생각에 잠겼다. 그때 중대부 비렴이 반열에서 나와 아뢰었다.

"폐하, '후한 보상이 걸리면 용감한 이가 나오기 마련'이라고 하지 않사옵니까? 게다가 도성은 사방 백 리에 걸쳐 성으로 둘러싸여 있는데 그 가운데 행적을 숨기고 지내는 호걸이 없을 수 있겠사옵니까? 그러니 속히 그런 이들을 구하여 높은 벼슬과 후한 봉록으로 영예를 부여하면 기필코 죽을힘을 다해 이 위기를 해결하고자 할 것이옵니다. 또한 성 안에는 십만 명이 넘는 무장한 병사들이 있고 군량도 상당히 넉넉하옵니다. 그것도 아니라면 장군 노인걸로 하여금 군사들을 지휘하여 성을 등지고 일전을 벌이게 하시옵소서. 승패야 하늘에 달린 것이 아니겠사옵니까? 대뜸 화친을 제의하여 약한 모습을 보일 수는 없지 않겠사옵니까!"

"아주 합리적인 말씀이구려."

이에 주왕은 방문을 써서 내걸게 하고 병력을 정비하도록 했다.

한편 조가성 밖으로 삼십 리쯤 떨어진 곳에 뛰어난 은자인 정책丁策이라는 이가 있었다. 마침 집에서 한가하게 지내던 그는 갑자기 주나라 병사들이 조가를 포위했다는 소식을 듣고 탄식했다.

"주왕이 덕을 잃고 황음무도하게 지내며 충신을 죽이고 간신의 말만 믿어 백성을 해치니 하늘이 근심하고 백성들이 원망하는지라 현명한 이는 자리에서 물러나고 간사한 자만 조정에 가득하구나. 이제 천하 제후들의 군대가 이곳에 이르렀으니 조만간 나라가 망하게 될 지경이거늘 누구도 천자를 위해 힘쓰려 하지 않고 속수무책으로 망하기만을 기다리고 있구나. 평소 군주의 녹을 얻어먹으면서 군주의 우환을 나누어 가지겠다고 하던 이들은 어디에 있는가? 나도 예전에 고명한 이들에게서 병법을 전수받아 전투와 수비의 방법을 잘 알고 있으니 벼슬길에 나아가 평생의 포부를 펼쳐서 군주의 은혜에 보답하고 싶은 것은 사실이다. 하지만 천명이 돌아서고 백성들의 마음이 떠나 큰 건물이 무너지려 하는 마당에 나무 하나로 어찌 지탱할 수 있겠는가? 가련하도다, 상나라여! 지난날 그 덕망 높던 왕업은 어디로 갔는가? 이윤을 재상으로 모시고 걸왕을 남소로 추방하여 육백 년을 이어오면서 현명하고 성스러운 군주가 예닐곱 명이나 나왔지. 그런데 이제 주왕에 이르러 하루아침에 망하게 되었으니 이런 시대의 위난을 내 눈으로 목도하자니 탄식을 금치 못하겠구나!"

이에 그는 시를 지어 한탄했다.

이윤이 이룬 상나라의 덕망 높은 왕업
걸왕을 남소로 추방하고 제후의 우두머리가 되었지.
뜻밖에 말년에 제신帝辛 주왕을 만나
통일된 천하가 모조리 주나라에게 돌아가고 말았구나!

伊尹成湯德業優　南巢放桀冠諸侯
誰知三九逢辛紂　一統華夷盡屬周

정책이 막 시를 읊고 났을 때 갑자기 문 밖에서 누군가 들어왔다. 그는 다름 아니라 그의 의동생인 곽신郭宸이었다. 정책은 그와 인사를 나누고 물었다.

"아우, 무슨 일로 오셨는가?"

"한 가지 상의드릴 일이 있습니다."

"무슨 일인가? 말씀해보시게."

"지금 천하의 제후가 모두 여기에 모여서 조가성을 포위했는데 폐하께서 인재를 초빙한다는 방문을 내거셨습니다. 그래서 형님께서도 저와 함께 가서 왕실을 보좌해주셨으면 합니다. 형님께서는 세상을 경영할 능력과 전쟁의 기술을 통달하고 계시니 조정에 나아가 벼슬을 받으시면 위로 천자의 은혜에 보답하고 아래로는 가슴에 품고 계신 학문을 헛되이 하지 않는 길이 아니겠습니까?"

"하하! 일리 있는 말이기는 하나 주왕은 정치를 그르치고 황음무도한 일을 일삼아서 천하의 인심이 그를 떠났고 제후들이 반란을 일으킨 것이 이미 하루 이틀의 일이 아닐세. 커다란 종기가 터지면 목숨도 그에 따르기 마련이니 선한 사람이 있다 하더라도 어찌할 바를 모르지. 자네나 나나 가진 학문이 얼마나 되겠는가? 겨우 한 잔의 물로 수레 가득 실린 장작에 붙은 불을 끌 수 있겠는가? 게다가 강상은 곤륜산에서 도를 수련한 인물이고 또 삼산오악의 제자들을 거느리고 있네. 이런 마당에 부질없이 목숨을 버린다면 애석한 일이 아니겠는가!"

"그것은 아니지요! 우리는 주왕의 자식과 같은 백성으로 그분의 땅에서 나는 것을 먹고 그분의 땅에서 자라는 풀을 밟고 있으니 그 은혜를 입지 않은 이가 어디 있습니까? 우리는 나라와 더불어 죽고 사는 운명을 함께할 수밖에 없는데 지금은 바로 그 은혜에 보답해야 할 때입니다. 설령 그러다가 죽는다 해도 아까울 것이 없는데 왜 그렇게 지혜롭지 못한 말씀을 하십니까? 게다가 당당한 대장부인 우리가 가슴 가득한 열정을 이곳에 쏟지 않고 또 무엇을 기다린다는 말씀이십니까! 우리 형제가 가지고 있는 학문이 있으니 제아무리 곤륜산에서 도를 수련한 이가 있다 해도 당연히 벼슬길에 나아가 폐하의 근심을 풀어드려야 하지 않겠습니까?"

"아우, 이것은 목숨과 관련된 중요한 일이니 함부로 결정할 수 없지 않은가? 다시 잘 생각해보세."

두 사람이 그런 논의를 하고 있을 때 갑자기 대문 밖에서 말방울 소리가 울리더니 몸집이 장대한 사내 하나가 들어왔다. 동충董忠이라는 이 사내가 다급히 안으로 들어오자 정책이 물었다.

"아우, 무슨 일로 왔는가?"

"주왕을 도와서 주나라 군대를 물리치는 일에 형님도 함께해주십사 청하러 왔습니다. 어제 조가성에서 인재를 초빙하는 방문을 보고 제가 감히 형님 성함뿐만 아니라 곽형과 저까지 포함해서 세 명의 이름을 적어 한꺼번에 비렴의 저택에 제출했습니다. 이에 비렴이 폐하께 상주해서 내일 아침에 입조하여 알현하라는 어명이 내려왔습니다. '문무의 기예를 배우고 나면 제왕의 가문에 팔아라[學成文武藝 貨與帝王家]'라는 말도 있지 않습니까? 게다가 군주가 곤란에 처했으니 신하와 백성으로서 차마 어찌 좌시만 하고 있을 수 있겠습니까!"

"아우, 나에게 물어보지도 않고 내 이름을 써서 제출했다는 말인가? 이처럼 중요한 일을 어찌 그리 가벼이 처리했는가?"

"형님이라면 반드시 벼슬길에 나아가 나라의 은혜에 보답하시리라 생각했기 때문이지요. 형님은 절대 그루터기를 지키며 토끼가 와서 부딪혀 죽기만을 기다리는 그런 어리석은 인물이 아니지 않습니까?"

그때 곽신이 기꺼운 듯 껄껄 웃음을 터뜨렸다.

"아우! 잘못된 일을 한 것이 아닐세. 나도 지금 형님을 설득하는 중인데 뜻밖에 자네가 먼저 이름을 제출했구먼!"

정책은 어쩔 수 없이 술상을 차려 그들을 접대했다. 그들은 밤새 술을 마시고 나서 이튿날 아침 조가로 향했으니 바로 이런 격이었다.

어리석은 마음에 나라의 동량이 되고 싶었지만
하늘의 뜻이 주나라를 도왔으니 어쩌랴?

癡心要想成梁棟　天意扶周怎奈何

정책 등이 오문에 이르자 담당 관리가 대전에 있는 주왕에게 보고했다.

"세 현인이 오문에 대령했사옵니다."

"들라 하라!"

잠시 후 세 사람은 대전으로 들어가서 절을 올렸다. 그러자 주왕이 말했다.

"어제 비렴이 그대들의 재능이 뛰어나다고 추천했소이다. 그러니 세 분께서 틀림없이 주나라 군대를 물리치고 사직을 보필하여 짐의 근심을 없애줄 훌륭한 방책을 가지고 계시리라 믿소이다. 그렇게만 된다면 짐은 당연히 봉토를 나누어주고 높은 벼슬을 내리겠소이다. 이것은 절대 허언이 아니외다!"

이에 정책이 아뢰었다.

"제가 알기로 '전쟁은 위험한 일이라서 성스러운 군주는 어쩔 수 없는 때에만 쓴다'라고 했사옵니다. 지금 주나라 병력이 이곳에 이르러 사직이 쌓아놓은 달걀처럼 위태로운 상황이니 저희가 비록 어려서부터 병법을 익혀서 공격과 수비의 방법을 잘 알고 있다 할지라도 그저 전심전력으로 폐하의 은혜에 보답할 뿐 그 성패 여부는 예측할 수 있는 것이 아닌 줄로 아옵니다. 어쨌든 각 부서에 칙령을 내리시어 저희가 필요한 것들을 지원해주시고 방해하지 않도록 해주시옵소서. 황공하옵니다!"

주왕은 무척 기뻐하며 정책을 신책상장군神策上將軍에, 곽신과 동충을 위무상장군威武上將軍에 봉하고 전포와 허리띠를 하사하여 바로 대전에서 관복으로 갈아입고 편전에 마련된 연회에 참석하게 했다. 이에 세 장수는 성은에 감사했다.

이튿날 아침에 그들이 노인걸을 찾아가자 노인걸이 병력을 선발하여 조가성을 나섰으니 이를 묘사한 노래가 있다.

어림군이 조가를 나서니
장사들이 다투어 북을 울렸지.
천 리에 걸친 시름겨운 구름이 해를 가리고
겹겹의 살기가 산골짝을 막았지.

御林軍卒出朝歌　壯士紛紛擊鼓鼉
千里愁雲遮日色　數重殺氣障山窩

갑옷 입고 무기 드니
모두들 치닫는 파도처럼 용감하게 뛰었지.
팔백 명의 제후가 주왕을 등졌거늘
부질없이 젊은 병사들만 함정에 빠지게 했구나!

被鎧甲胄荷干戈　人人踴躍似奔波
諸侯八百皆離紂　枉使兒郎陷網羅

노인걸이 성 밖으로 나가서 영채를 차리자 잠시 후 주나라의 정찰병이 중군 막사로 들어와서 강상에게 보고했다.

"대원수, 상나라 군대가 성 밖에 영채를 세웠으니 어찌할지 분부를 내려주시옵소서."

"장수들은 출전하여 저들의 진영으로 가서 싸움을 걸도록 하라!"

정찰병의 보고를 받은 노인걸은 직접 병력을 이끌고 원문 밖으로 나가서 살펴보았다. 그곳에는 기이한 짐승을 탄 강상이 삼산오악의 제자들을 양편에 거느리고 서 있었는데 나타는 풍화륜에 올라 화첨창을 들고 강상의 왼편에 있고 노란 도포를 입은 양전은 삼첨도를 들고 백마에 탄 채 오른편을 지키고 있었다. 뇌진자와 위호, 금타, 목타, 이정, 남궁괄, 무길 등도 무리를 이루어 줄지어 서 있었으며 제후들도 가지런히 포진해 있어서 그 위세가 예사롭지 않았다.

주나라를 도와 주왕을 멸하려는 강상 대원수와
삼산오악의 득도한 제자들이로구나!

扶周滅紂姜元帥　五嶽三山得道人

잠시 후 노인걸이 홀로 말을 몰고 앞으로 나와서 소리쳤다.

"강상, 안녕하시오!"

강상도 사불상 위에서 허리를 숙여 예를 표하며 물었다.

"그대는 누구시오?"

"나는 주왕 휘하의 총독병마대장군總督兵馬大將軍 노인걸이오. 강상, 그대는 곤륜산에서 도를 닦은 분인데 왜 천자의 교화를 따르지 않고 제후를 규합하여 횡포를 부리면서 신하의 몸으로 군주를 공격하고 마을을 유린하며 천자가 파견한 장수를 죽이고 게다가 도성까지 핍박하는 것이오? 대체 어쩌자는 것이오? 이것은 결국 만고의 역사에 역적이라는 오명을 남기고 군주를 능멸한 씻지 못할 죄를 저지르는 행위가 아니겠소? 지금 폐하께서는 그대의 지난 과오를 용서하고 더 이상 추궁하지 않겠다고 하시었소. 그러니 어서 무기를 버리고 병력을 철수하여 각자의 봉토를 지키며 조정에 공물을 착실히 바치도록 하시오. 그렇게 되면 폐하께서도 그대들에게 예의를 갖추어 대해주실 것이오. 하지만 계속해서 잘못된 생각에서 헤어나지 못한다면 폐하께서 진노하셔서 대군을 이끌고 정벌하여 그대들의 소굴을 짓밟아 즉시 고기 반죽으로 만들어버리실 테니 그때는 후회해도 소용없을 것이오!"

"하하! 그대는 주왕의 대신으로 어찌 시세와 흥망성쇠를 모르시오? 지금 주왕의 죄가 차고 넘쳐서 사람과 신이 모두 진노하고 천하 제후들이 병력을 이끌고 여기에 모여서 나라의 운명이 바람 앞의 등불과 같소이다. 그런데도 아직 억지스러운 말로 사람들을 미혹하려 하는구려. 옛날에 탕 임금의 덕이 나날이 융성하는데 하나라 걸왕이 폭정을 일삼다가 탕 임금에 의해 남소로 쫓겨나지 않았소? 이에 상나라가 하나라를 정벌하고 천하를 다스린 지 벌써 육백 년이 되었소. 주왕의 죄악은 걸왕보다 심한지라 이제 내가 하늘의 뜻을 받들어 저 독불장군을 처벌하고자 정벌을 감행하게 되었소이다. 그런데 그대는 어찌 이처럼 잘못된 생각을 고집하며 천운을 거역하려는 것이오? 지금 천하 제후들이 병력을 이끌고 여기에 모였으니 겨우 탄환 하나만 한 조가성은 달걀을 쌓아놓은 것과 마찬가지로 위태로운 지경이 되었소이다. 이런 상황인데도 아직 말로 어찌해보려 하다니 그리 무지할 수 있는 것이오!"

"뭣이! 주둥이만 살아 있는 비천한 놈 같으니! 내 그래도 네놈이 제법 덕망을 갖춘 자라고 생각해서 이치를 따져 깨우쳐주려 했거늘 오히려 무력을 믿고 잘난 체 떠들어대는구나! 신하로서 군주를 공격하는 짓을 하면 만세의 웃음거리가 되는 것을 모른다는 말이냐! 여봐라, 누가 가서 저 역적을 잡아 오겠느냐?"

그러자 뒤쪽에서 한 장수가 "제게 맡기십시오!" 하고 소리치며 말을 몰고 달려 나와 강상에게 칼을 휘둘렀다. 이에 강상의 곁에 있던 남궁괄이 달려 나가 곽신과 격전을 벌였으니 양측에서 그 모습을 보고 북을 울리고 함성을 질러 응원했다. 이때 정책이 말을 몰고 달려 나가 창을 휘두르며 가세하자 주나라 진영에서도 무길이 말을 몰고 달려 나와 가로막았다. 그들이 스무 판쯤 맞붙었을 때 남백후 악순이 말을 몰고 달려 나가자 상나라 진영에서 동충이 나서서 그를 상대했다. 강상의 좌측에 진영을 갖추고 있던 동백후 강문환 역시 그 모습을 보고 자화류를 몰고 달려 나가 동충을 향해 칼을 내리쳤다. 이에 흉험한 혼전이 벌어졌으니 당시 강문환의 모습을 묘사한 시가 있다.

분노하여 모자를 뚫고 나온 머리카락 하늘로 치솟고
번쩍이는 강철칼은 바람처럼 빨랐지.
깃발을 펼치고 승리를 거둔 강문환
격노하여 거침없이 달려들어 동충을 내리쳤지.

怒髮沖冠射碧空　鋼刀閃灼快如風
旗開得勝姜文煥　一怒橫行劈董忠

강문환은 동충을 향해 달려들어 상나라 진영 앞에서 맹호와 승냥이처럼 사납고 흉힘한 기세를 뿌렸다. 그때 강상의 곁에 있던 나타가 고함을 질렀다.

"다섯 관문을 들어온 이래로 큰 공을 세우지 못했는데 이제 도성에 이르러 격전이 벌어진 마당에 팔짱 끼고 구경만 할 수는 없지!"

그가 말을 마치기 무섭게 풍화륜을 타고 화첨창을 휘두르며 달려나가자 양전도 말을 몰고 달려 나가 칼을 휘두르며 상나라 진영으로 돌진했다. 상나라 진영에서는 노인걸이 말을 몰고 달려 나와 창을 휘두르며 막아섰고 양측이 엄청난 혼전을 벌이니 천지가 어둑해지고 귀신이 통곡할 지경이었다. 곽신은 나타와 격전을 벌이는 정책을 도우려고 달려갔는데 북소리가 천지를 울리고 깃발이 하늘을 가리는 가운데 나타가 건곤권을 던지니 그것은 정확히 정책을 맞혀버렸다. 가련하게도 그는 이런 꼴이 되어버렸다.

어리석은 군주가 나라를 망하게 하는 줄 빤히 알았거늘
저승에서 원한을 품고 동충을 원망하겠구나!

明知昏主傾邦國　冥下含冤怨董忠

정책이 나타의 손에 죽자 도망치던 곽신은 양전이 휘두른 칼에 맞아 그대로 두 동강 나서 낙마했다. 이에 노인걸은 전세가 불리하게 돌아가는 것을 보고 퇴각하여 자기 영채로 돌아가버렸고 강상도 징을 울려 병력을 거둬들였다.

주왕은 노인걸이 세 명의 장수를 잃고 대패했다는 보고를 받고 가슴이 답답하여 신하들과 논의했다.

"지금 주나라 군대가 성 밖에 주둔하고 있는데 군대가 패전하고 장수가 죽었다고 하오. 이렇게 승전을 거두지 못하는 상황에 나라 안에 인재가 없으니 이를 어찌면 좋겠소?"

그러자 은파패가 아뢰었다.

"사직이 위태롭고 백성이 고생하는 지금 조야에 모두 인재가 없으니 당장 내일이 어찌 될지 염려스럽사옵니다. 제가 강상과 조금이나마 면식이 있으니 목숨을 걸고 주나라 진영으로 가서 군주와 신하 사이의 대의를 들어 군대를 물리라고 권하면 혹시 천하 제후들을 해산하여 각자 자기 봉토에서 안주하도록 해줄 수도 있을 것이옵니다. 그자가 거절한다면 저는 그를 꾸짖고 죽음을 맞겠사옵니다."

주왕은 그 말에 따라 그를 주나라 영채로 보내서 설득하도록 했다. 이에 은파패는 주나라 영채에 이르러 수문장에게 안에 통보해 달라고 했고 보고를 받은 강상은 그를 중군 막사로 불러들였다. 은파패가 영채 안으로 들어가서 보니 모든 것이 너무나 질서정연했다. 잠시 후 중군 막사에 도착하자 좌우로 천하 제후들이 늘어서 있고 상석에는 강상이 앉아 있었다. 이에 은파패가 앞으로 다가가서 말했다.

"대원수, 이 은파패는 갑옷을 입은 상태라서 온전히 예를 갖추지 못하니 양해해주시기 바랍니다."

강상도 황급히 허리를 숙여 예를 표했다.

"은 장군, 무슨 가르침을 주시러 오셨는지요?"

"대원수와 작별한 지 이미 오래되었는데 뜻밖에 이런 대군을 이끄는 대원수가 되어 제후들을 이끌고 계시니 참으로 놀랍도록 출세하여 영예로운 지위에 오르셨소이다. 오늘 이렇게 찾아온 것은 한 가지 드릴 말씀이 있어서인데 들어주실지 모르겠습니다."

"무슨 말씀을 하시려는 것인지요? 들어드릴 만한 말씀이라면 모두 따르겠지만 그런 것이 아니라면 굳이 말씀하실 필요가 없을 것입니다. 부디 잘 헤아려주십시오."

강상이 자리를 권하자 은파패는 몇 번 겸양하다가 자리에 앉아서 말을 꺼냈다.

"제가 알기로 '천자는 하늘처럼 존엄하다'라고 했습니다. 그런데 하늘을 없앨 수 있겠습니까? 또 법전에도 기록되어 있지 않습니까? '천자의 통제를 거스르고 함부로 정벌을 감행하는 자는 나라를 어지럽히는 신하인지라 사형을 면치 못한다. 무리를 지어 법도에 맞지 않은 일을 획책하며 군주를 무시하는 자는 역적이다. 역적은 일족을 모두 주살한다. 그런 자는 세상 사람 누구라도 토벌할 수 있다.' 이렇게 말입니다. 옛날 탕 임금께서는 지극한 덕을 베풀며 온갖 고생 끝에 하나라를 정벌하고 천하를 다스림으로써 지금까지 육백 년 동안 이어왔습니다. 그러니 천하의 제후와 백성들이 모두 나라의 은혜를 입었으며 주왕의 신하이자 백성이 아닌 이가 어디 있습니까? 그런데 그 은혜에 보답할 생각은 하지 않고 오히려 반란의 수괴가 되어 천하 제후들을 이끌고 전쟁을 일으켜 백성들을 해치고 천자의 강역을 침범하여 장수와 병사들을 죽이면서 천자의 도성을 위협하니 이런 자들의 우두머리는 그 죄를 결코 용서받을 수 없습니다. 그리고 오랜 세월이 흐른 뒤에 군주를 시해하고 왕위를 찬탈하려 했다는 오명에서 어찌 벗어날 수 있겠습니까? 대원수를 위해서라도 그렇게 해서는 아니 될 것입니다! 그러니 저는 대원수께서 마땅히 제후들을 각자의 봉토로 물러나게 하여 각기 덕을 쌓으면서 백성을 도탄에 빠지지 않도록 하셔야 옳다고 생각합니다. 그렇게 되면 폐하께서도 그대들의 죄를 추궁하지 않으실 테니 그저 정치에 힘쓰며 천수를 누리시면 온 천하에 무한한 복이 내려오지 않겠습니까? 제 말씀을 어찌 생각하시는지요?"

"하하! 그것은 잘못된 말씀이십니다! 제가 알기로 '천하는 한 사람의 것이 아니라 천하 사람들 모두의 것'이라고 했소이다. 그러므로 천명은 늘 변함이 없는 것이 아니라 덕이 있는 이를 보살피는 것입니다. 옛날 요 임금은 순 임금에게 천하를 물려주었고 순 임금은 다시 우 임금에게 그것을 물려주었는데 우 임금의 후대로 왕위가 이어지다가 걸왕에 이르러 정사를 돌보지 않고 덕을 쌓지 않아 하나라의 왕통이 끊어졌습니다. 이에 탕 임금은 크나큰 덕으로 천명을 계승하여 걸왕을 내쫓고 천하를 다스려 지금까지 왕통이 이어졌습니다. 그런데 뜻밖에 주왕이 걸왕보다 더 큰 죄를 지어 황음무도한 짓을 일삼으면서 처자식을 죽이고 현인의 배를 갈라 심장을 꺼내고 올바른 간언을 하는 신하에게 포락형을 가하고 궁녀들을 채분에 던져 죽이고 올곧은 선비를 노예로 부리고 대신을 죽여 그 살로 젓갈을 담갔으며 멀쩡히 개울을 건넌 백성의 정강이를 자르고 임신부의 배를 갈랐습니다. 이러니 삼강오륜이 모두 무너져 하늘이 노하고 백성이 원망하게 된 것이지요. 예로부터 지금까지 죄악이 드러난 이들 가운데 이보다 심한 이가 어디 있소이까! '어짊[仁]을 해치는 자를 일컬어 도적[賊]이라 하고 의로움[義]을 해치는 자를 일컬어 잔혹하다[殘]고 하며 잔혹하게 남을 해치는[殘賊] 이를 일컬어 독불장군[一夫]이라고 한다'°라고 했소이다. 이런 자는 천하가 모두 버리는 법이니 어찌 그런 자를 군주라 할 수 있겠소이까? 지금 천하 제후들이 함께 무도한 자를 정벌하는 것은 바로 천하를 위하여 이 흉악하고 잔혹한 자를 없애서 백성을 재앙에서 구하려는 것이니 이것은 사실 상나라에 영광스러운 일이외다. 그러므로 하늘의 뜻을 받들어 죄인을 처벌하는 이를 일컬어 '하늘의 사자[天使]'라고 하는 것이외다. 그러니 어찌 제가 신하로서 군주를 정벌한다는 오명을 쓸까 두려워하겠소이까?"

조목조목 조리가 깊은 강상의 말을 들은 은파패는 그를 설득하기 틀렸다는 것을 알았다.

'차라리 대놓고 통쾌하게 호통쳐서 신하의 절개를 지키고 죽는 것이 낫겠구나.'

이에 그는 큰 소리로 말했다.

"대원수, 그것은 너무 한쪽으로 치우친 말씀이니 공정하다고 할 수 없소! 내가 알기로 군주에게 잘못이 있으면 신하는 반드시 완곡하게 간언하여 올바른 길로 돌아오게 만들도록 힘써야 하고 어쩔 수 없을 때에도 진심으로 간곡히 간언해야 한다고 했소. 그러다가 혹시 군주의 노여움을 사거나 죽거나 모욕당하거나 심지어 침묵한 채 떠나더라도 항상 충신이요 효자라는 아름다운 명성을 잃어서는 안 되는 것이오. 하지만 군주의 잘못을 폭로하고 아비의 죄악을 널리 알리고도 충신이요 효자라고 칭송받는 경우가 있다는 것은 들어보지 못했소. 대원수께서는 지극한 덕을 주나라에 돌리고 지극한 악은 군주에게 돌리시는데 그러고도 어찌 지극한 덕을 갖추었다고 하실 수 있소? 옛날 그대들의 선왕은 칠 년 동안 유리에 구금되어 있다가 사면받아 고국으로 돌아갔지만 스스로 더욱 덕을 닦아 자신을 알아주신 군주의 은혜에 보답하려 하셨지 한마디 원망을 했다는 이야기는 들어보지 못했소. 그래서 지금까지 천하가 모두 그분이 크나큰 덕을 갖추었다고 칭송하고 있소. 그런데 뜻밖에 그대의 군주에게 왕위가 전해지자 천하 제후들을 모아 아비와도 같은 군주의 잘못을 함부로 드러내면서 방자하기 그지없는 횡포를 부리고 마을과 도시를 유린하고 장수와 병졸을 해쳐서 백골이 들판을 채우고 핏물이 강을 이루게 했소. 그 바람에 백성은 생업을 폐하고 천하가 황폐해져서 부자지간의 정도 유지하지 못하고 부부가 생이별해야 했소. 이것이 모두 그대들이 이런 죄악을 저질러 선왕에게 수치를 남기고 천하 후세에 죄를 지었기 때문이니 제아무리 효성스럽고 자애로운 자손이 있다 해도 어찌 군주를 시해하고 왕위를 찬탈했다는 오명을 덮을 수 있겠소? 게다가 우리 도성에는 아직 십만 명이 넘는 무장병이 있고 장수의 수도 수백 명이 넘으니 만약 그들이 성을 등진 채 목숨을 걸고 일전을 불사하면 승부가 어찌 될지 모르는 일이오. 그런데도 그대들은 어찌 천자를 무시하고 함부로 무력만 내세우는 것이오?"

그 말을 들은 좌우의 제후들은 모두 격분했다. 그때 강상이 미처 대답하기도 전에 동백후 강문환이 칼을 들고 나와서 은파패에게 손가락질하며 소리쳤다.

"나라의 대신이라는 자가 군주의 잘못을 바로잡아주지 못하여 죽음의 구덩이에 빠뜨리고도 부끄러운 줄 모르고 오히려 감히 여러 제후들 앞에서 그따위로 주둥이를 놀리다니! 정말 개돼지보다 못하고 죽어도 죄를 다 씻지 못할 놈이로구나! 뒈지고 싶지 않다면 당장 물러가라!"

그러자 강상이 급히 만류했다.

"전쟁 상황이라 할지라도 사신을 보내는 것을 금하지는 않습니다. 게다가 자기 군주를 위해 한 말인데 어찌 그것을 두고 뭐라고 할 수 있겠습니까?"

하지만 강문환은 여전히 분이 풀리지 않은 표정이었다. 은파패는 강문환의 말에 격노하여 자리에서 벌떡 일어나 호통쳤다.

"네 아비는 황후와 내통하여 천자에게 반역을 획책했으니 처형당한 것은 당연하다. 그런데도 너는 아직도 덕을 닦아 아비의 잘못을 덮으려 하지 않고 오히려 무력을 내세우며 무리를 믿고 함부로 반란을 일으켰구나. 참으로 어쩔 수 없는 역적의 씨앗이로구나! 내 비록 군주를 위해 역적을 토벌하지는 못하지만 죽어 원귀가 되어서라도 네놈들을 모조리 죽이고 말겠다!"

그 말에 강문환은 울화가 치밀어 얼굴이 시뻘겋게 되어 칼자루를 잡고 호통쳤다.

"비천한 늙은이! 내 부친이 죽어 젓갈로 담가지고 국모가 재앙을

강문환, 격분하여 은파패의 목을 베다.

당한 것은 모두 이런 못된 것들이 나라의 정치를 농단하고 군주를 기만하여 그 빌미를 제공했기 때문이 아니겠는가! 이런 못된 늙은 이를 죽이지 않으면 저승에 계신 내 부친의 한을 언제 씻겠느냐?"

그는 말을 마치자마자 단칼에 은파패를 두 동강으로 만들어버렸다. 강상이 황급히 저지하려고 했지만 이미 늦은 뒤였다. 그때 여러 제후들이 말했다.

"동백후께서 이 주둥이만 살아 있는 필부를 처형한 것은 참으로 통쾌한 일입니다!"

이에 강상이 말했다.

"그렇지 않습니다. 은파패는 천자의 대신이고 예를 갖춰서 와서 할 말을 다 한 것뿐인데 함부로 죽여서야 되겠습니까? 오히려 상나라 측에 명분만 제공한 셈이 아니겠습니까?"

그러자 강문환이 말했다.

"이 작자가 감히 제후들 앞에서 헛소리를 늘어놓으며 따지고 들었고 또 제게 모욕을 주기까지 했으니 너무나 가증스러웠습니다. 그러니 이 작자를 죽이지 않으면 도저히 울분을 풀 길이 없었습니다."

"일이 이미 이렇게 되었으니 후회해봐야 소용없지요."

강상은 곧 수하에게 은파패의 시신을 밖으로 들고 나가서 예의를 갖추어 장례를 치러주게 하고 병사들을 점검하여 진격을 준비했으니 이제 뒷일이 어찌 되는지는 다음 회를 보시라.

제95회

강상, 주왕의 열 가지 죄상을 폭로하다

子牙暴紂王十罪

주왕의 무도함은 그 짝을 찾을 수 없어
열 가지 죄상이 전해져 만고에 알려졌지.
뼈를 쪼개고 태를 갈라 백성이 참변을 당했고
채분과 포락형에 귀신도 슬퍼했지.
서풍은 밤에 울부짖어 현조玄鳥가 울어대고
저녁 비는 아침에 내려 두견새를 울렸지.
한없이 가슴 아파하며 지난날을 기록하나니
지금도 역사에서는 사심을 용납하지 않지.

紂王無道類窮奇　十罪傳聞萬世知
敲骨剖胎黎庶慘　蠆盆炮烙鬼神悲
西風夜吼啼玄鳥　暮雨朝垂泣子規
無限傷心題往事　至今青史不容私

그러니까 강상은 수하에게 은파패의 시신을 영채 밖으로 들고 나가서 높다란 언덕에 예의를 갖추어 안장하게 했다. 그리고 장수들에게 성을 공격하도록 군령을 내렸다. 당시 주왕은 대전에서 문무백관들과 나랏일을 의논하고 있었는데 갑자기 오문의 수문장이 들어와서 아뢰었다.

"은파패가 강상의 기분을 거스르는 말을 했다가 살해당했사온데 어찌해야 할지 처분을 내려주시옵소서."

그 말에 주왕은 깜짝 놀랐다. 그러자 곁에 있던 은파패의 아들이 통곡하며 아뢰었다.

"전쟁지간이라 하더라도 사신을 죽이지는 않는 법이 아니옵니까? 천자의 사신을 죽이다니 이보다 더 천자를 무시하고 반역하는 행위가 어디 있겠사옵니까? 바라옵건대 제가 목숨을 걸고 부친의 복수를 하겠나이다!"

"그대의 충정은 가상하나 조심해야 할 것이오."

이에 은성수殷成秀는 병력을 이끌고 성을 나와 주나라 영채로 가서 싸움을 걸었다. 강상은 성을 공략할 방책을 의논하고 있다가 정찰병의 보고를 받고 물었다.

"누가 출전하시겠소?"

동백후 강문환이 반열에서 나와 자원하니 강상이 허락했다. 강문환은 자신의 병력을 이끌고 원문 밖으로 나가서 은성수를 보고 말했다.

"너는 바로 은성수가 아니냐? 네 아비는 시세를 모르고 함부로 허튼소리를 늘어놓아 대원수의 심기를 거슬렀기 때문에 내가 처형했다. 그런데 이제 너도 죽을 곳을 찾아왔구나!"

"비열한 놈, 간덩이가 부었구나! '전쟁지간이라 하더라도 사신을 죽이지는 않는 법'이 아니더냐? 내 부친께서는 천자의 어명을 받고 양국의 우호 관계를 이루려고 사신으로 가셨는데 네놈에게 해를 당하셨다. 부친을 죽인 원수와는 한 하늘을 이고 살 수 없으니 내 기필코 네놈을 죽여 시체를 만 조각으로 만들어 이 한을 풀어야겠다!"

그러면서 은성수는 말을 몰고 달려들어 칼을 휘둘렀고 강문환도 들고 있던 칼로 맞서서 격전이 벌어졌으니 이를 묘사한 노래가 있다.

두 장수 무기 맞부딪치니 그 기세를 감당하기 어려워
전장의 구름이 무럭무럭 노을빛 일으켰지.
이쪽은 진정한 천명을 받은 군주를 보위하려 하고
저쪽은 협기에 찬 열사를 따르려 했지.
이쪽에서 휘두르는 칼은 흡사 삼동의 눈 같고
저쪽의 예리한 칼날은 밭두렁의 서리 같았지.
한쪽은 일편단심으로 주나라 군주를 보좌하려 했고
다른 한쪽은 변함없는 충정으로 주왕을 도우려 했지.
예로부터 치열한 전투는 모두 이러했지만
어찌 만고에 이름을 드날릴 이 장수들과 같았으랴?

二將交鋒勢莫當　征雲片片起霞光
這一個生心要保眞命主　那一個立志還從俠烈士
這一個刀來恍似三冬雪　那一個利刃猶如九陌霜
這一個丹心碧血扶周主　那一個赤膽忠肝助紂王

둘은 그렇게 서른 판 남짓 맞붙었는데 은성수가 어찌 동방의 명사에게 적수가 되었겠는가? 그는 이내 강문환의 칼에 맞아 낙마하고 말았으니 가련하게도 부자가 모두 나라에 충성을 다하고 죽은 것이었다. 강문환은 말에서 내려 은성수의 수급을 베어 들고 돌아와 강상에게 자세히 보고했다. 그러자 강상이 무척 기뻐했다.

한편 보고를 받은 오문의 수문장은 곧 대전으로 가서 아뢰었다.

"은성수가 강문환에게 수급이 잘려 원문에 효수되었사옵니다. 어찌할지 분부를 내려주시옵소서."

그 말에 혼비백산 놀란 주왕은 좌우의 신하들에게 물었다.

"일이 위급하게 되었으니 이를 어쩌면 좋겠소?"

그때 또 수하가 들어와서 보고했다.

"주나라 군대가 사대문을 공격하고 있사옵니다. 운제를 세우고 화포를 쏘아대니 상황이 아주 위급하여 견뎌내기 어려울 듯하옵니다. 속히 성을 지킬 방책을 내려주시옵소서!"

주왕이 입을 열기도 전에 노인걸이 반열에서 나와 아뢰었다.

"제가 직접 성에 올라가 방어 대책을 세워 일단 급한 불을 끈 다음에 다시 상의해야 할 듯하옵니다."

주왕이 허락하자 노인걸이 조정에서 나와 성 위로 올라갔다. 이렇게 되자 성의 수비가 그나마 체계를 갖추게 되어 금방 함락하기 어려워졌다. 이에 강상은 징을 울려 병사를 물리고 장수들과 상의했다.

"노인걸은 충정이 깊은 사람이라 전심전력으로 성을 수비하기 때문에 당장 함락하기는 어려울 것 같소이다. 게다가 성곽이 견고하니 무리하게 공격해본들 힘만 낭비하게 될 뿐이오. 마땅히 계책을 써서 함락해야 할 것이오."

이에 제자들이 일제히 말했다.

"저희가 오행의 술법으로 성에 잠입하여 안팎으로 호응하면 단숨에 성공할 수 있을 테니 굳이 저들과 성 아래에서 승부를 결판낼 필요가 없지 않겠사옵니까?"

"그렇지 않네, 자네들이 성에 잠입하면 살상을 피할 수 없을 텐데 백성들이 그런 살육을 어찌 감당하겠는가? 게다가 도성의 백성들은 황실 가까이 살고 있어서 주왕의 잔학한 행위로 이미 많은 고초를 겪었을 터인데 이제 거기에 다시 살육의 재앙을 안긴다면 그것은 백성을 구제하는 것이 아니라 해치는 결과가 되고 말 걸세."

"지당하신 말씀이옵니다."

"지금 백성들은 주왕에 의해 뼈가 쪼개지고 태가 갈라지는 고통을 겪었고 또 토목공사에 시달려 원한이 골수에 맺혀 있는지라 주왕의 살을 씹고 가죽을 벗겨 이불로 삼아도 시원치 않을 상황일세. 그러니 먼저 포고문을 써서 화살에 매달아 성 안으로 쏘아 백성들을 깨우쳐서 그들로 하여금 스스로 분열하여 인심이 떠나게 만들어야 하네. 그러면 머지않아 성은 자연히 우리에게 넘어오게 될 것일세."

"그야말로 만전을 기하는 방법인 듯하옵니다."

이에 강상은 붓을 들고 포고문을 썼으니 후세 사람들이 그의 이런 묘책을 칭송한 시가 있다.

포고문으로 선전하여 전쟁을 면하게 해도
병사와 백성들은 밤낮으로 시달림을 당했지.
오묘한 계책으로 측근이 떠나게 하지 않았더라면
어찌 병사와 백성들이 개선가를 부를 수 있었으랴?

告示傳宣免甲戈　軍民日夜受煎磨
若非妙計離心膂　安得軍民唱凱歌

강상은 글을 쓰고 나서 중군의 장교에게 그것을 수십 장 베껴 써서 화살에 묶어 성 안과 성 위, 민가, 도로를 향해 쏘도록 했다. 성 안의 병사와 백성들은 보는 눈이 달라졌으니 그 내용은 다음과 같이 아주 분명했다.

소탕성탕 천보대원수가 조가의 만백성에게 고함.
하늘이 백성을 사랑하여 성스러운 군주를 태어나게 함으로써 백성의 부모 노릇을 하게 하시니 이로써 천지를 보호하여 양육하고 만국을 통어統禦하고자 하셨노라. 그런데 뜻밖에 주왕은 황음무도하게 백성을 괴롭히고 학대하며 자식을 돌보지 않고 기강을 멸절시켰노라. 충신을 죽여 올바른 간언을 막고 포락형과 채분을 자행하였으며 도를 넘어서 참혹하기 그지없는 형벌을 시행함으로써 사람과 신이 함께 분노하게 하였노라. 그런데도 그는 악독한 마음을 고치지 못하고 오히려 습성이 되어서 뼈를 쪼개고 임신부의 배를 갈랐으며 어린 사내의 불알을 잘라 정력제를 만들었으니 그 일을 이야기하자면 너무나 가슴 아프고 원한이 뼈에 사무치지 아니한가!

이제 나는 하늘의 뜻을 받들어 죄인을 토벌하고자 제후들을 회합하여 이 독불장군을 처벌함으로써 만백성의 재난을 없애고 그들의 목숨을 구해주고자 하노라. 게다가 우리 주나라 무왕은 평소 인덕이 높기로 명성이 사해에 자자한 분이라 본래 성을 공격하고자 하셨으나 오랫동안 재난에 시달리면서 애타게 구원을 기다려온 그대들 만백성을 염려하셨노라. 즉 당장 성을 공격하여 함락하면 옥석을 가리지 않고 모두 재가 되어버릴 것이니 우리가 백성을 위로하여 죄인을 정벌하려는 취지에 어긋나게 된다고 하셨노라. 그러니 그대들은 마땅히 이 점을 헤아려 속히 성을 바쳐서 무고한 살육이 벌어지지 않게 하고 하루빨리 도탄의 고통에서 벗어나도록 하라. 속히 의논하여 시행해야만 후회하는 일이 없을 것이다.

이와 같이 고하노라!

이 포고문을 본 조가성 안의 병사와 백성들은 의논이 분분했다.

"주나라 무왕의 어진 덕은 천하에 널리 알려져 있지. 강상 대원수가 백성을 위로하여 죄인을 정벌한 것은 정말 지극히 공정한 처사가 아닌가? 우리가 어리석은 군주를 만나 학대를 당하고 원한이 골수에 파고들었는데 성을 바치지 않으면 그야말로 하늘의 이치를 거스르는 것이 아니겠어?"

이렇게 온 성 안이 시끌벅적해지니 그야말로 '백성의 마음이 변하면 어찌하기 어렵다'는 격으로 성 안의 모든 병사와 백성들이 이런 생각이었다. 그렇게 삼경 무렵이 되자 갑자기 함성이 일제히 일어나고 조가성의 사대문이 활짝 열리면서 원로와 병사, 백성들이 몰려나와서 소리쳤다.

"우리는 모두 병사와 백성이옵니다. 조가성을 바쳐서 진정한 군주를 맞이하고 싶사옵니다!"

그들의 함성은 천지를 뒤흔들었다.

한편 강상은 막사의 침실에 앉아 있었는데 갑자기 밖에서 운판이 울리는 것이었다. 급히 나가서 무슨 일인지 알아보라고 하자 잠시 후 수하들이 돌아와서 보고했다.

"병사와 백성들이 조가성을 바치려 하고 있으니 처분을 내려주시옵소서!"

강상은 무척 기뻐하며 황급히 군령을 내렸다.

"사대문에 각기 오만 명의 병력만 진입시키고 나머지는 모두 성 밖에 주둔하라. 성 안에 들어가서 혼란을 일으켜서는 안 된다. 성에 들어가는 자는 함부로 살육을 벌이지 말고 백성의 물건에 손대서도 안 된다. 이를 어긴 자는 군법에 따라 참수하리라!"

강상은 야음을 이용하여 병력을 성 안으로 진주시키되 모두 말에 재갈을 물려서 각자 맡은 방위에 따라 동서남북으로 나누어 서도록 했다. 그러므로 비록 천지를 뒤흔들 듯한 함성이 일어났음에도 백성들은 모두 예전처럼 평안할 수 있었다. 강상은 병력을 오문 앞에 주둔시켰고 제후들도 각기 서열에 따라 영채를 차렸다.

한편 궁중에서 달기와 함께 연회를 즐기고 있던 주왕은 갑자기 천지를 뒤흔드는 함성이 들려오자 깜짝 놀라서 내관에게 물었다.

"이것이 어디서 나는 함성이냐? 놀라서 간이 떨어질 뻔했구나!"

잠시 후 내관이 들어와서 보고했다.

"폐하, 조가성의 병사와 백성들이 성을 바쳐서 천하 제후의 병력이 모두 오문 밖에 영채를 차렸사옵니다!"

주왕은 황망히 의관을 차려입고 대전으로 나가서 문무백관들을 소집하여 대사를 의논했다.

"뜻밖에 병사와 백성들이 이처럼 반역을 저질러 조가성을 적들에게 헌납해버렸으니 이를 어쩌면 좋겠소이까?"

이에 노인걸 등이 일제히 아뢰었다.

"도성이 무너져 적병이 황궁 앞에 이르렀으니 사실상 버티기 어렵게 되었사옵니다. 차라리 성을 등지고 죽음을 불사한 일전을 벌이는 것이 나을 듯하옵니다. 승부야 아직 알 수 없는 일이 아니옵니까? 그렇지 않고 속수무책으로 죽음을 기다리는 것은 아무 소용이 없사옵니다."

"짐의 생각도 그러하오!"

주왕은 즉시 어림군 병력을 점검하라고 분부했다.

그 무렵 강상은 중군 막사에서 제후들과 상의하고 있었다.

"이제 대군이 성으로 진입하였으니 반드시 주왕과 일전을 벌여 대사를 마무리 지어야 할 것입니다. 여러 제후와 장수들, 더욱 힘써 주시기 바랍니다!"

이에 제후들이 일제히 말했다.

"당연히 온 힘을 다하여 저 무도하고 어리석은 군주를 처벌해야 하지 않겠습니까! 저희는 오로지 대원수의 분부만 따르겠으니 설사 죽음의 위험이 있다 하더라도 마다하지 않겠습니다."

강상이 군령을 내렸다.

"장수들은 차례를 맞추어 출전하여 질서를 어지럽히지 말도록 하라. 이를 어긴 자는 군법에 따라 처리할 것이다!"

잠시 후 주나라 진영에서 포성과 함께 엄청난 함성이 일어나더니 징과 북이 일제히 울리면서 천지를 뒤집을 듯한 기세가 피어났다. 아홉 칸 대전에서 그 소리를 들은 주왕이 다급히 수하에게 묻자 잠시 후 오문의 수문장이 들어와서 아뢰었다.

"제후들이 폐하와 면담을 요구하고 있사옵니다."

주왕은 급히 어명을 내린 다음 직접 갑옷을 입고 의장을 갖춘 채 어림군을 통솔했다. 노인걸은 천자를 호위했고 뇌곤과 뇌붕은 좌우의 날개를 맡았다. 주왕은 소요마에 올라 금배도金背刀°를 들고 일월용봉기日月龍鳳旗를 펼친 채 창과 방천극 부대를 좌우로 삼엄하게 세우고 질서정연하게 호위를 받으며 오문을 나갔다. 잠시 후 주나라 영채에서 포성이 울리면서 두 개의 커다란 붉은 깃발이 펼쳐지더니 병사들이 쌍쌍이 대오를 갖추어 차례대로 나왔는데 그 모습이 대단히 질서정연하고 엄숙했다. 다섯 방위의 대오가 삼엄히 갖춰져 있고 무기도 엄정하게 갖춘 채 좌우로 줄을 나누었는데 크고 작은 나라의 제후들은 그 수가 천 명이 넘어 보였다. 잠시 후 삼산오악의 제자들과 장수들이 짝을 맞추어 강상의 좌우로 시립했다. 그들은 모두 위풍당당하고 기개가 헌앙했다. 또 강상의 좌우에는 스물네 쌍의 군정사 장교들이 붉은 전포를 입고 기러기 날개 모양으로 포진해 있었다. 그 한가운데 놓인 붉은 양산 아래에는 강상이 사불상을 타고 있었으니 그 모습을 칭송한 노래가 있다.

마흔여덟 살에 도를 깨달아
몸과 성정을 수련했지.
신선의 도를 이루기 어려워
인간 세상에서 복을 누리게 되었지.
사부의 분부를 받들어 하산하여
재상이 되어 나라의 정치를 보좌했지.
팔 년 동안 어렵게 지내면서
의로운 운명 속에 편히 지냈지.
요괴를 잡아 공을 세우고
주왕 밑에서 벼슬을 살기도 했지만
달기가 참소하는 바람에
벼슬을 버리고 고요히 심성을 수양했지.
위수에 낚싯대를 드리우고
반계에 은거했지.
여든 살 무렵에
나는 곰이 되어 문왕의 꿈속에 들어가

용과 호랑이가 기꺼이 만나니

주나라에 성스러운 군주가 나타날 징조를 드리웠지.

먼저 상보가 되어

문왕의 유언에 따라 무왕을 보좌하니

주왕의 죄악은 날로 차고 넘쳤지만

주나라의 덕은 융성했지.

서른여섯 방향에서 공격을 받아

어지러이 싸워야 했지.

아흔세 살에 대원수에 임명되어

금대에서 맹서했지.

무왕이 수레를 밀어준 일은

고금에 짝을 찾기 어려웠지.

제후를 회합하니

하늘과 사람의 뜻이 상응했고

동쪽으로 다섯 관문을 들어가니

길흉이 서로 바로잡아졌지.

세 번의 죽음과 일곱 번의 재앙을 거치니

인연의 기약이 정말 증명되었지.

밤중에 조가성에 진입하여

군주와 신하가 승부를 겨루게 되었으니

주왕을 멸하고 주나라 왕업을 완성하여

무공이 길이 칭송받게 되었지.

그야말로 육도의 병법을 남겨 제왕의 기업을 이루고

강상, 주왕의 열 가지 죄상을 폭로하다.

현묘한 책략은 다함이 없었지.

왕실 안팎에서 장수와 재상으로 길이 남을 업적을 세우고

죄인을 정벌하여 백성을 위로하고 만고의 공적을 세웠지.

막사 안에서 계책을 세우니 풍후를 능가했고

음양의 조화를 이루어 팽조彭祖°를 압도했지.

고금의 군대 수장 중 제일로

그 명성은 태산과 나란히 크고 높았지!

四八悟道　修身鍊性

仙道難成　人間福慶

奉旨下山　輔相國政

窘迫八年　安於義命

擒怪有功　仕紂爲令

妲己獻讒　棄官習靜

渭水持竿　磻溪隱性

八十時來　飛熊入夢

龍虎欣逢　西岐兆聖

先爲相父　託孤事定

紂惡日盈　周德隆盛

三十六路　紛紛相競

九三拜將　金臺盟正

捧轂推輪　古今難并

會合諸侯　天人相應

東進五關　吉凶互訂

三死七災　緣期果證

夜進朝歌　君臣賭勝

滅紂成周　武功永詠

正是　六韜留下成王業　妙算玄機不可窮

出將入相千秋業　伐罪弔民萬古功

運籌幃幄欺風后　燮理陰陽壓老彭

亘古軍師爲第一　聲名直並泰山隆

주왕은 새하얀 머리에 늙수그레한 얼굴로 온몸에 갑옷을 두른 채 보검을 들고 있는 강상의 모습이 무척 빼어나다고 생각했다. 동백후 강문환과 남백후 악순, 북백후 숭응란 그리고 무왕 희발까지 모두 네 명이 다른 제후들을 지휘하며 붉은 양산을 펼친 채 질서정연하게 강상의 뒤쪽에 서 있었다.

한편 강상의 눈에 비친 주왕은 봉황의 날개가 장식된 충천봉시회衝天鳳翅盔라는 투구를 쓰고 불그스레한 빛이 도는 황금으로 엮은 갑옷을 입은 모습이 무척 용맹해 보였으니 그 모습을 칭송한 노래가 있다.

충천봉시회에는 꼬리를 엇갈린 용이 똬리 틀고 있고
양 어깨에 입을 쩍 벌린 짐승의 머리 장식하고
비늘 엮은 갑옷 입었다.
핏빛으로 물들인 곤룡포는 비린내가 진동할 듯하고
쪽빛 가죽 허리띠를 허리에 단단히 묶었다.

타장편打將鞭은 철탑처럼 걸려 있고

참장창斬將槍은 노을 같은 빛을 토한다.

타고 있는 말은 해치처럼 사나워 보이고

금배도는 가슴 서늘하게 번쩍인다.

제후를 만나면 깃발 펼치고 두 손 모아 인사하고

장수를 만나면 힘껏 교전한 일이 아주 많았지.

완력은 들보 받치고 기둥 뽑아 바꿀 정도고

언변은 여러 명과 설전 벌여도 지지 않을 정도였지.

예로부터 군주 된 자들은 대부분 경솔하고 방탕했으니

가련하게도 늘 흉악하고 완고하게 변해버렸지.

沖天盔盤龍交結　呑獸頭鎖子連環

滾龍袍猩猩血染　藍鞓帶緊束腰間

打將鞭懸如鐵塔　斬將槍光吐霞斑

坐下馬如同獬豸　金背刀閃爍心寒

會諸侯旗開拱手　逢衆將力戰多般

論膂力託樑換柱　講辯難舌戰群談

自古爲君多孟浪　可憐總賴化兇頑

강상은 주왕을 보고 황급히 허리를 숙여 예를 표하며 말했다.

"폐하, 이 몸 강상은 무장한 상태라 온전히 예를 갖추지 못하오니 양해해주시옵소서."

"그대가 강상인가?"

"그러하옵니다."

"그대는 짐의 신하였거늘 왜 주나라로 도망가서 악당을 도와 반역을 일으켜 누차 천자의 군대를 능욕했는가? 또 지금은 천하 제후를 회합하여 짐의 강역을 침범해 횡포를 부리면서 국법을 무시하는 대역무도한 짓을 저지르고 있으니 이보다 더 심한 경우가 어디 있는가! 또 천자의 사자를 함부로 죽였으니 그 죄는 결코 용서받을 수 없다! 이제 짐이 친히 전장에 나섰는데도 무기를 버리고 참회하지 않고 오히려 이치를 거슬러 저항하고 있으니 참으로 가증스럽도다! 오늘 짐은 너희 역적들을 모조리 주살하기 전에는 결코 돌아가지 않겠노라!"

"폐하께서는 존엄한 천자의 자리에 앉아 계시고 제후들이 사방을 지키며 만백성이 노역을 제공하여 비단으로 몸을 감싸고 진귀한 음식을 잡수시며 산해와 같은 조공을 받으시니 천하 어디에 폐하의 것이 아닌 것이 있사옵니까? '온 천하의 백성 가운데 천자의 신하가 아닌 자가 없다'라는 옛말도 있으니 누가 감히 폐하께 항거하겠사옵니까? 그런데 지금 폐하께서는 하늘을 공경하지 않고 무도한 짓을 자행하며 백성을 학대하고 대신을 죽이면서 오로지 아낙의 말만 듣고 음란한 쾌락에 빠져 계시고 신하들도 그에 동화되는 바람에 벗을 원수로 대하고 있으니 폐하께서 군주의 도리를 지키지 못하시는 것이 이미 오래되었사옵니다. 그러니 제후와 신하, 백성이 어찌 폐하를 군주로서 대할 수 있겠사옵니까? 폐하의 악행은 이미 온 우주에 차고 넘쳐서 하늘도 근심하고 백성이 원망하여 결국 천하가 등을 돌리게 되었사옵니다. 그래서 이제 제가 하늘의 뜻을 받들어 천벌을 시행하고자 하오니 부디 저를 반역자로 여기지 말아주시옵소서!"

"짐이 무슨 죄를 지었기에 그리 엄청난 악당이라고 하는 게냐?"

"천하 제후들이시여, 제가 주왕의 죄악을 천하에 공표할 테니 귀 기울여 들어주소서!"

이에 제후들이 일제히 앞으로 나와서 조용히 귀를 기울이는 가운데 강상이 주왕의 열 가지 큰 죄에 대해 설명하기 시작했다.

"폐하의 열 가지 큰 죄는 다음과 같사옵니다.

천자의 몸으로 하늘을 대신하여 지극히 지고한 지위를 계승하여 총명함을 발휘하고 원후元后°로서 백성의 부모 노릇을 해야 하옵니다. 그런데 지금 폐하께서는 주색에 빠져 하늘에 불경을 저지르고 종묘에 대한 제사도 지내지 않고 사직을 지킬 생각도 하지 않으며 걸핏하면 '나는 백성을 거느리고 있으니 내 명령에 따르라!'라는 말씀만 하십니다. 군자를 멀리하고 소인을 가까이하여 윤리와 도덕을 망치면서 고금에 없던 악행을 극한으로 저지르고 계시니 이것이 첫 번째 죄악이옵니다.

황후께서는 온 나라의 어머니로서 역할을 충분히 다하셨고 부덕婦德을 지키지 못했다는 이야기를 들어보지 못했사옵니다. 하지만 폐하께서는 달기의 참언을 믿으시고 은총과 사랑을 끊으시어 그분의 눈을 도려내고 손목을 불로 지져 비명에 돌아가시게 하셨고 정실 황후를 폐하고 함부로 요사한 비빈을 황후로 앉혀 음란한 짓을 자행하여 법도를 망치고 윤리를 무너뜨리셨으니 이것이 두 번째 죄악이옵니다.

태자는 나라의 계승자요 사직을 이을 분으로서 만백성이 우러렀던 분이십니다. 그런데 경솔히 참소를 믿고 조뢰와 조전을 시켜 즉시 사약을 내리라고 하심으로써 나라의 근본을 가벼이 버리시고 후사를 생각하지 않음으로써 조상의 대를 끊어 사직에 죄를 지으셨으니 이것이 세 번째 죄악이옵니다.

원로대신은 나라의 기둥입니다. 그런데 폐하께서는 그들을 내치고 해치시며 포락형 등으로 살육하시고 노예로 부려 치욕을 주셨으니 두원선이나 매백, 상용, 교력, 미자, 기자, 비간이 바로 그런 경우이옵니다. 그분들은 그저 군주의 잘못을 바로잡아 올바른 길로 인도하고자 하였을 뿐인데 그런 참혹한 해를 당하셨사옵니다. 이처럼 군주의 수족이 될 훌륭한 신하를 버리고 죄인을 가까이하심으로써 군주와 신하 사이의 도리를 끊어버리셨으니 이것이 네 번째 죄악이옵니다.

믿음이란 사람의 크나큰 근본이요 천자가 천하를 다스리는 중요한 수단이니 한 번 뱉은 말은 한마디도 더하거나 빼서는 안 되는 법이옵니다. 그런데 폐하께서는 달기의 음모와 소인배의 간교한 계략에 넘어가 제후를 속여 조정에 들어오게 한 뒤 다짜고짜 동백후 강환초와 남백후 악숭우를 죽여 그 살로 젓갈을 담그고 몸뚱이와 머리를 따로 떼어버리심으로써 천하 제후들에게 믿음을 잃고 예절[禮]과 의리[義], 청렴[廉], 수치[恥]의 사유四維가 제대로 시행되지 못하게 하였사오니 이것이 다섯 번째 죄악이옵니다.

법이라는 것은 개인이 마음대로 할 수 있는 것이 아니고 형

벌이란 공평하게 적용해야 하는지라 지금껏 그것을 지나치게 사용한 이는 없었사옵니다. 그런데 폐하께서는 오로지 달기의 참혹하고 악독한 말만 들으시고 포락형을 만들어 충성스러운 간언의 길을 막고 채분을 만들어 궁녀들의 살을 독충에게 먹히게 만드셨사옵니다. 이에 원한 맺힌 영혼이 대낮에도 통곡하고 독을 품은 불꽃이 하늘을 가리는지라 천지가 가슴 아파하고 사람과 신이 함께 분노하고 있으니 이것이 여섯 번째 죄악이옵니다.

천하의 재물이란 한정된 것인지라 함부로 쓰고 사치를 부려서는 안 되는 법입니다. 그런데 모든 재물을 끌어 모아 혼자 가지면서 백성의 생계를 고갈시켜서야 되겠사옵니까? 그런데 폐하께서는 그저 추한 연못이나 누대, 정자만을 숭상하여 주지육림을 만들어 궁녀의 목숨을 잔혹하게 해치고 엄청난 토목공사를 일으켜 녹대를 지음으로써 천하의 모든 재물을 거기에 쏟아부어 백성의 재물을 고갈시켰사옵니다. 또 숭후호로 하여금 가난한 백성을 착취하도록 종용하여 돈 있는 집안은 온 집안의 남자들이 노역에서 면제되고 가난한 집안에서는 혼자 집안을 지키는 남자마저 노역에 끌려가 백성의 삶이 나날이 고단해져서 호적戶籍의 명부名簿를 속이는 일이 다반사가 되었으니 이는 모두 폐하께서 탐욕을 부림으로써 그런 사태가 일어나도록 조장하셨기 때문입니다. 이것이 일곱 번째 죄악이옵니다.

염치라는 것은 완고하고 우둔한 마음이 일어나지 않도록 방비하는 수단이니 하물며 만백성의 주인인 군주로서 당연히 가져야 하는 것임은 두말할 나위도 없습니다. 그런데 폐하께서는 달기의 달콤한 말에 넘어가 가씨를 속여 적성루로 올라오게 하여 신하의 아내를 능멸함으로써 그 부인이 절개를 지켜 죽게 만드셨사옵니다. 또 서궁의 황 귀비께서 바른말로 간언하셨음에도 오히려 적성루 아래로 내던져 비명에 죽도록 하셨습니다. 이렇게 삼강이 무너지고 염치가 전혀 없으셨으니 이것이 여덟 번째 죄악이옵니다.

행동거지는 군주가 지켜야 하는 중요한 예법이니 함부로 해서는 아니 되는 것입니다. 그런데 폐하께서는 그저 재미로 목숨들을 잔혹하게 해치셨사옵니다. 개울을 건넌 이의 정강이뼈를 쪼개고 임신부의 배를 갈라서 잘못된 음양의 이치를 시험하셨사옵니다. 백성이 무슨 죄가 있어서 그런 지독한 재앙을 당해야 하는 것이옵니까? 이것이 아홉 번째 죄악이옵니다.

군주의 연회에는 법도가 있어야지 하루도 쉬지 않고 계속하면서 본래의 일상으로 돌아가는 것을 잊은 예는 들어본 적이 없사옵니다. 그런데 폐하께서는 밤낮으로 요사한 아낙의 아양을 받아들여 달기와 함께 녹대에서 음란하게 음주가무를 거침없이 즐기셨사옵니다. 또 달기의 말을 듣고 어린 사내의 불알을 잘라 국을 끓여 먹게 함으로써 백성의 후사를 끊었사옵니다. 그 잔인하고 참혹한 행위는 고금의 원한을 극에 이르게 하였으니 이것이 열 번째 죄악이옵니다.

제가 비록 이런 죄들을 밝힐 수는 있다 하더라도 폐하께서는 절대 개과천선하려 하시지 않고 악독한 행위를 자행하고 계십니다. 그 결과 수많은 병사와 백성이 죽어서 백골을 하늘에 드러내놓고 있으니 이 세상에 태어난 신하와 백성이 왜 그렇게 폐하의 손에 무고하게 살육당해야 하는 것이옵니까! 이제 저는 천명을 받들어 주나라 무왕을 보좌하여 하늘을 대신한 처벌을 감행하고자 하오니 폐하께서는 절대 저를 역적으로 내몰아 멸시하셔서는 아니 될 것이옵니다!"

주왕은 그 말을 듣고 너무 화가 치밀어 눈을 부릅뜬 채 입을 딱 벌렸다. 그때 팔백 명의 제후들은 일제히 함성을 질렀다.

"이 무도하고 어리석은 군주를 처단합시다!"

이에 제후들이 막 달려 나가려 할 때 동백후 강문환이 고함을 질렀다.

"은수殷受, 너는 돌아가지 못한다. 내가 간다!"

주왕이 보니 황금 갑옷에 붉은 전포를 입은 장수가 백마를 타고 큰 칼을 휘두르며 달려들고 있었다. 그 모습을 묘사한 노래가 있다.

머리의 투구에서는
붉은 끈이 찬란하고
거북 등 같은 갑옷에서는
금빛이 눈부시게 빛난다.
붉은 전포에는 뒤얽힌 용을 수놓았고
호심경에는 찬란한 빛이 보인다.
허리띠는 짐승 모양으로 매듭 묶었고

안장 옆의 살통에는 화살이 기러기처럼 꽂혀 있다.

타장편과 오구검은

무심결에 풀을 베듯 사람을 죽일 기세!

말 위에 참장도 비스듬히 메고

타고 있는 명마는 번개도 쫓을 듯하다.

무쇠처럼 결심 굳고 대범한 동백후

주나라 보좌하여 주왕을 멸하려는 강문환이지!

頂上盔　珠纓燦
龜背甲　金光爛
大紅袍上繡團龍　護心寶鏡光華現
腰間寶帶扣絲鑾　鞍旁箭插如雲雁
打將鞭　吳鉤劍　殺人如草心無間
馬上橫擔斬將刀　坐下龍駒追紫電
銅心鐵膽東伯侯　保周滅紂姜文煥

강문환은 말을 몰고 앞으로 나서서 고함을 질렀다.

"내 부왕 강환초는 네게 살해당해 젓갈로 담가졌고 내 누이 강 황후는 네게 눈이 도려지고 손이 지져져서 모두 비명에 돌아가셨다. 이제 무왕이 이끄는 어진 군대와 강상 대원수의 힘을 빌려 저 무도한 자를 주살하여 나의 이 한없는 원한을 씻고자 하노라!"

그때 남백후 악순이 푸른 갈기의 청종마를 몰고 달려 나와서 매섭게 소리쳤다.

"어리석고 무도한 군주! 내 부친을 죽인 불구대천의 원수! 형님,

이 일은 제게 맡겨주십시오!"

악순은 진영 앞에 이르러 호통쳤다.

"네놈은 무도하게도 아무 죄도 짓지 않은 조정 대신인 내 부친을 죽였으니 도저히 용서할 수 없다!"

그리고 즉시 창을 휘둘러 주왕의 가슴을 향해 내지르자 주왕도 들고 있던 칼로 맞섰다. 그때 강문환도 칼을 휘두르며 달려들었고 이렇게 해서 두 제후와 주왕은 오문 앞에서 격전을 벌였다.

용과 호랑이가 맞붙어 전쟁이 벌어지니
전군이 북을 울리며 창칼을 들고 늘어섰다.
붉은 깃발은 불꽃처럼 펼쳐지고
하얀 띠는 눈서리처럼 표연히 휘날렸다.
주왕의 강산은 바람 앞의 촛불 신세가 되었고
주나라의 복은 바다와 하늘처럼 드넓었다.
이제 일전을 벌여 자웅을 결판내니
만고 역사에 이름 드날릴 수 있으리라!

龍虎相爭起戰場　三軍擂鼓列刀槍
紅旗招展如赤燄　素帶飄颻似雪霜
紂王江山風燭短　周家福祚海天長
從今一戰雌雄定　留得聲名萬古揚

두 제후가 주왕과 교전하는 모습을 본 북백후 숭응란도 말을 몰고 달려 나가서 싸움에 가세했다. 한 명의 제후가 또다시 가세한 것을 본 주왕은 더욱 힘을 내어 칼 한 자루로 세 개의 무기를 막아내니 천지가 어둑해지고 중천의 태양마저 빛을 잃을 정도로 격전이 벌어졌다.

무왕은 소요마 위에서 그 모습을 보고 탄식했다.

"천자가 무도하여 천하 제후들이 여기에 모여 군주와 신하의 신분도 가리지 않고 다급히 전쟁을 벌이게 되었으니 이래서야 무슨 체통이 서겠는가! 참으로 천지가 뒤집어지는 상황이로구나!"

그러더니 다급히 말을 몰고 앞으로 나가서 강상에게 말했다.

"세 제후들은 그래도 천자를 개과천선하도록 해야 마땅하거늘 어찌 천자에 대한 예의를 무시하는 것인지 모르겠습니다. 이래서야 어디 군주와 신하 사이의 체면이 서겠습니까?"

"조금 전에 제가 밝힌 주왕의 열 가지 죄악을 전하께서도 듣지 않으셨사옵니까? 천지신명과 사람, 신에게 죄를 지은 자는 천하 사람 누구라도 응징할 수 있는 것이옵니다. 이것은 바로 천명을 받들어 무도한 자를 멸하는 일이거늘 제가 어찌 감히 천명을 거스를 수 있겠사옵니까!"

"천자가 비록 정치를 그르쳤다 하더라도 우리는 모두 그의 신하가 아닙니까? 그런데 어찌 군주와 신하가 서로 적이 되어 싸울 수 있겠습니까? 대원수께서는 이런 위태로운 상황을 해결해주실 수 있지 않습니까?"

"전하의 뜻이 그러하시다면 병사들에게 북을 울리도록 군령을 내리겠사옵니다."

그리고 그는 곧 군령을 내렸다.

"북을 울려라!"

북소리를 들은 천하 제후들은 좌우에서 각기 서른다섯 명씩 말을 몰고 달려 나가서 주왕을 단단히 포위해버렸다. 이제 주왕의 목숨이 어찌 되는지는 다음 회를 보시라.

제 96 회

강상, 밀령을 내려 달기를 사로잡다
子牙發柬擒妲己

예로부터 간교한 웃음이 나라를 망친다 했거늘
군왕을 유혹하여 지나친 사랑 기울이게 했지.
나긋나긋한 허리와 팔다리는 목숨을 재촉하는 칼이요
날씬한 몸뚱이는 혼을 끌어당기는 무기라네.
꿩도 생각이 있어 달을 보고 노래할 수 있고
무심한 옥석도 북소리 알아들었지.
상나라 운명을 끝장낸들 무엇하랴?
여전히 모두들 핏자국 지닌 채 죽어가는 것을!

從來巧笑號傾城　狐媚君王浪用情
嬝娜腰肢催命劍　輕盈體態引魂兵
雉雞有意能歌月　玉石無心解鼓聲
斷送殷湯成個事　依然都帶血痕薨

하지만 무왕은 어질고 덕망 있는 군주라서 순간적으로 '북을 울리면 진격하고 징을 울리면 멈추어 물러나는' 병법의 원리를 떠올리지 못했다. 그 순간 북소리를 들은 장수들이 다투어 창칼과 채찍, 갈고리, 추, 도끼 등의 무기를 들고 유성처럼 일제히 앞으로 달려들어 주왕을 포위해버렸다. 그러자 노인걸이 뇌곤과 뇌붕에게 말했다.

"군주는 신하의 치욕을 걱정한다고 했으니 이제야말로 우리가 충심을 다해 나라에 보답할 때가 되었네. 그러니 목숨을 걸고 승부를 결판내세. 역적들이 위세를 자랑하게 내버려둘 수 없지 않은가!"

이에 뇌곤이 대답했다.

"형님, 맞습니다. 당연히 목숨을 걸고 선왕의 은혜에 보답해야지요!"

세 장수는 곧 겹겹의 포위망 속으로 돌진하여 주왕과 함께 천하 제후들과 일대 격전을 벌였으니 그 모습을 묘사한 노래가 있다.

살기는 공중에 자욱하여 대지를 덮고
연기와 먼지는 고개를 가리고 산에 자욱하다.
팔백 명의 제후가 늘어서니
순식간에 천지가 들끓어 뒤집힌다.
요란한 북소리 우레처럼 진동하고
어림군은 깃발을 펼쳐 흔든다.
삼산오악의 제자들 맹호와 같아
주왕은 점점 맥이 빠진다.
이 또한 천하가 살육의 운명을 만났기 때문이니

오문 밖에서 하늘 관문 뒤흔드는 격전이 벌어졌다.
제후들이 각자 방위를 나누어 맡으니
공중 가득 창칼이 빽빽이 모였다.
동백후 강문환은 용맹한 위세를 떨치고
남백후 악순은 표범처럼 기세를 높인다.
북백후 숭응란은 눈 같은 칼날을 거침없이 휘두르고
무왕 휘하의 남궁괄은 먹이를 다투는 호랑이 같다.
동쪽 푸른 깃발 아래에는
제후들이 서슬 퍼렇게 물들인 얼굴로 자리하고
서쪽 하얀 깃발 아래에는
날랜 장수들 흡사 얼어붙은 바위처럼 버티고 있다.
남쪽 붉은 깃발 아래에는
삼산오악의 제자들 불덩이처럼 이글거리고
북쪽 검은 깃발 아래에는
아문의 장수들 새 떼처럼 모여 있다.
주왕은 타고난 신위를 마음껏 펼치고
노인걸은 일편단심으로 보위했지.
뇌곤은 이리저리 공격을 막고
뇌붕은 여기저기 내달리며 호위했지.
제후들이 상하를 가리지 않고 일제히 공격하니
주왕과 세 장수는 앞뒤를 마구 공격했지.
머리를 내리치니
이 무기는 흡사 쌩쌩 날아오는 얼음 덩어리 같고

옆구리 찔러오니

그 창칼은 이무기와 용이 일제히 꿈틀거리는 듯

들리는 소리는 오직 챙챙 땅땅

퉁탕퉁탕 번갈아 돌고

채찍 후려치고

쇠몽둥이 내리치고

도끼로 쪼개고

칼로 베어

좌우로 온통 혼을 빨아들였고

채찍 피하고

쇠몽둥이 막아내고

도끼 비껴내고

칼을 막아

위아래 곳곳에서 심장이 떨릴 지경.

주왕의 완력은 삼춘의 무성한 풀과 같아서

싸울수록 더욱 힘이 솟았고

제후들 격노하니

흡사 우레가 몰아치는 듯

살기 어린 함성이 북두칠성까지 이르렀지.

처음에는 주왕도 힘이 넘쳤지만

나중에는 버틸 기력이 없어졌지.

사직을 위해서라면 목숨에 연연할까?

공명을 세우는 데 어찌 목숨을 아까워하랴?

존망은 오로지 오늘 아침에 달렸고
생사가 바로 눈앞에서 결정된다.
주왕은 끝까지 용맹했으니
제후들은 끝내 어쩌지 못했지.
"받아라!" 하는 외침에 장수가 낙마하고
"먹어라!" 하는 고함에 안장에서 굴러 떨어진다.
주왕의 칼은 나는 용처럼 휘둘러져서
장수 베고 병사 부상 입히기를 눈송이 날리듯 했지.
제후를 베는 것은 아이들과 장난하는 듯했고
장수의 목을 베니 귀신도 놀라서 통곡했지.
이렇게 되자 나타는 화를 냈고
양전의 분노는 하늘을 찌를 듯하여
벼락같이 호통치는구나.
"주왕, 도망치지 마라!
내 너와 자웅을 결판내겠다!"
보라, 이 얼마나 가련한가?
경천동지하는 통곡 소리 구슬프고
산과 고개 울리며 병사들 모두 눈물 흘렸지.
영웅은 나라 위해 모두 죽어가고
철철 흐르는 핏물은 온 대지를 붉게 물들였지.
말에 부딪혀 죽은 이는 비명조차 지르지 못하고
장수가 휘두르는 칼에 병사들은 도망칠 곳조차 없다.
엄청난 격전에

애절한 비명 지르며 장교들은 어지러이 내달리고

찢어진 북 부러진 창 여기저기 내던져졌다.

얼마나 많은 인재들이 피에 젖어 돌아가고

얼마나 많은 병사들이 부상 입고 떠났던가?

주왕의 대담한 격전에 장수들 놀라고

뇌곤과 뇌붕은 어쩔 줄 몰라 했지.

그야말로 군주가 무도하여 나라 잃으니

신하는 부질없이 수많은 계책을 마련했구나.

이 전투는 이렇듯 처절했으니

눈 녹아 흐르는 봄물 같은 기세 세상에 짝이 없고

바람에 말려온 석양처럼 대지에 붉은 빛이 온통 깔렸구나!

殺氣迷空鎖地　煙塵障嶺漫山

擺列諸侯八百　一時地沸天翻

花腔鼓擂如雷震　御林軍展動旗幡

衆門人猶如猛虎　殷紂王漸漸摧殘

這也是天下遭逢殺運　午門外撼動天關

衆諸侯各分方位　滿空中劍戟如攢

東伯侯姜文煥施威仗勇　南伯侯鄂順抖擻如彪

北伯侯崇應鸞橫施雪刃　武王下南宮适似猛虎爭餐

正東上青幡下　衆諸侯猶如靛染

正西上白幡下　驍勇將恍若冰岩

正南上紅幡下　衆門徒渾如火塊

正北上皂幡下　牙門將恰似烏漫

這紂王神威天縱　魯仁傑一點心丹

雷鵾右遮左架　雷鵬左護右攔

眾諸侯齊動手那分上下　殷紂王共三員將前後胡戡

頂上砍　這兵器似颼颼冰塊

脅下刺　那槍劍如蟒龍齊翻

只聽得叮叮噹噹響喨　乒乒乓乓循環

鞭來打　鐧來敲

斧來劈　劍來剁

左左右右吸人魂

勾開鞭　撥去鐧

逼去斧　架開劍

上上下下心驚顫

正是那紂王力如三春茂草　越戰越有精神

眾諸侯怒發　恍似轟雷　喊殺聲聞斗柄

紂王初時節精神足備　次後來氣力難撐

爲社稷何必貪生　好功名焉能惜命

存亡只在今朝　死生就此目下

殷紂王畢竟勇猛　眾諸侯終欠調停

喝聲着將官落馬　叫聲中翻下鞍韉

紂王刀擺似飛龍　砍將傷軍如雪片

劈諸侯如同兒戲　斬大將鬼哭神驚

當此時惱了哪吒殿下　那楊戩怒氣沖沖　大喝道

紂王不要逃走　等我來與你見個雌雄　可憐見

驚天動地哭聲悲　嚎山泣嶺三軍淚
英雄爲國盡亡軀　血水滔滔紅滿地
馬撞人死口難開　將劈三軍無躲避
只殺得　哀聲小校亂奔馳　破鼓折槍多拋棄
多少良才帶血回　無數軍兵拖傷去
紂王膽戰將心驚　雷鵾雷鵬無主意
這是　君王無道喪家邦　謀臣枉用千條計
這一陣只殺得　雪消春水世無雙　風捲夕紅鋪滿地

주왕은 제후들에게 포위된 상태에서도 전혀 두려워하지 않고 칼을 휘둘렀으니 '휙!' 하는 소리와 함께 남백후 악순이 낙마해버렸다. 노인걸은 임선林善을 찔렀고 그것을 본 나타는 풍화륜을 몰고 달려들며 고함을 질렀다.

"함부로 날뛰지 마라, 내가 간다!"

곁에 있던 뇌진자와 양전, 위호, 금타, 목타도 일제히 소리쳤다.

"오늘 천하의 제후가 다 모였는데 설마 우리가 저들보다 못할까!"

그러면서 그들은 일제히 달려들어 상대를 포위했다. 양전이 뇌곤을 칼로 베자 나타가 건곤권을 던져 노인걸의 목숨을 끊어버렸고 뇌진자도 쇠몽둥이로 단방에 뇌붕을 처치해버렸다. 동백후 강문환은 삼산오악의 제자들이 공을 세우는 것을 보고 칼을 내려놓고 채찍을 들어 주왕을 공격했다. 주왕이 고개를 돌렸을 때는 이미 채찍이 코앞에 닥쳐와 있었는데 그는 미처 피하지 못하고 그대로 등짝을 얻어맞고 간신히 낙마를 면하여 오문 안으로 후퇴했다. 이에 제

세 요괴가 밤중에 주나라 진영을 습격하다.

후들도 함성을 지르며 오문을 향해 쫓아갔다. 하지만 대문이 단단히 닫혀 있어서 어쩔 수 없이 돌아와야 했다. 강상도 징을 울려 병력을 거둬들였다.

강상과 제후들은 중군 막사로 돌아와서 장수들을 점검해보았다. 이번 전투에서 모두 스물여섯 명이나 목숨을 잃었고 남백후 악순이 주왕에게 죽어버렸다. 이에 강문환 등 제후들은 무척 슬퍼하며 애도했다. 그때 무왕이 말했다.

"오늘의 험악한 전투로 인해 군주와 신하 사이의 명분을 크게 잃었습니다. 동백후께서는 또 폐하께 부상을 입혔으니 저는 너무나 안타깝습니다."

그러자 강문환이 말했다.

"전하, 그것은 아닌 듯합니다! 주왕의 잔학함은 사람과 신이 모두 분노할 정도이니 처형하여 시신을 저자에 전시하더라도 그 죄를 다 씻기에 부족합니다. 그런데 그자를 안타깝게 여길 필요가 어디 있습니까!"

한편 주왕은 강문환의 채찍에 등짝을 얻어맞고 부상당해 패주하여 아홉 칸 대전에 앉아 묵묵히 고개를 숙이고 홀로 생각에 잠겨 있었다.

'충신의 간언을 듣지 않아 결국 오늘과 같은 치욕을 당하고 말았구나! 안타깝게도 노인걸과 뇌곤 형제도 그런 불행을 당하고 말았어!'

그때 중대부 비렴과 악래가 와서 아뢰었다.

"폐하께서 신위를 떨치시어 수많은 적들 속에서도 몇 명의 역적을 처단하셨사옵니다. 다만 실수로 강문환의 채찍에 맞아 용체에 부상을 당하셨으니 며칠 동안 요양하고 나서 다시 전투를 벌이시면 틀림없이 그 역적을 물리치실 수 있을 것이옵니다. '복 많은 사람은 하늘이 돕는다'라는 말도 있고 승부는 병가지상사인데 무얼 그리 근심하시나이까?"

"충성스럽고 어진 신하는 이미 다 죽고 문무백관들의 분위기도 침체한 마당에 어찌 다시 군사를 일으킬 수 있을 것이며 또 무슨 면목으로 저들과 승부를 겨룬다는 말인가?"

주왕은 그렇게 말하고 갑옷을 벗고 내궁으로 들어가버렸다.

그러자 비렴이 악래에게 말했다.

"병력은 오문 안에 갇혀 있는데 안쪽에 응원군도 없고 밖으로 구원병도 없으니 조만간 끝장이 나겠구먼. 우리는 이제 어쩌면 좋겠는가? 반군이 황궁에 들어오면 '형산에 불이 나면 옥석을 가리지 않고 모조리 타버린다'라고 했듯이 애석하게도 백만금의 재산이 결국 남의 손에 들어가고 말겠구먼!"

"허허! 그것은 시세를 모르고 하시는 말씀이외다! 대장부는 마땅히 기회를 봐서 처신해야 하는 법입니다. 보아하니 주왕은 왕위를 유지하지 못하고 제후들을 물리치지도 못하여 조만간 망할 것이 빤합니다. 우리가 이 기회에 주왕을 버리고 주나라에 귀순하면 부귀영화를 잃지 않을 것입니다. 게다가 무왕은 어질고 덕망이 높고 강상은 영명한 사람이니 우리가 귀순하면 절대 죄를 묻지 않을 것입니다. 이것이 최선의 방법입니다."

그러자 비렴이 기뻐하며 말했다.

"아우, 그야말로 나를 꿈에서 깨어나게 해주는 말이로구먼! 다만 한 가지 문제가 있으니 내 생각에는 저들이 황궁을 공격할 때 우리가 내궁으로 들어가서 전국옥새傳國玉璽를 훔쳐 집에 숨겨놓는 것이 좋을 듯하네. 제후들이 논의를 마치면 틀림없이 주나라 무왕을 천자로 세울 테니 무왕이 내궁으로 들어오면 우리가 조회에 들어가서 그 옥새를 바치도록 하세. 그러면 무왕은 틀림없이 우리가 충심으로 나라를 위한다고 생각하고 기뻐하며 의심하지 않고 벼슬을 내려줄 걸세. 이야말로 일거양득이 아닌가?"

"그러면 후세 사람들도 우리가 때를 알아서 '훌륭한 새는 나무를 가려서 둥지를 틀고 현명한 신하는 군주를 가려서 섬긴다'라는 격언에 맞추어 지혜롭게 처신했다고 할 것입니다."

둘은 곧 껄껄 웃으며 좋은 계책이라고 자찬했으니 바로 이런 격이었다.

주나라 왕실에서 벼슬살이하려고 어리석은 생각 품었지만
기산에서 참수되어 대장군의 지휘대를 떠나게 되었지!

癡心妄想居周室　斬首西岐謝將臺

그 무렵 주왕은 내궁으로 들어갔다. 그러자 달기와 호희미, 왕 귀인이 나와서 영접했다. 주왕은 그들을 보자 자기도 모르게 가슴이 쓰려서 슬픔을 삼키며 말했다.

"짐이 늘 희발과 강상을 우습게 여기고 신경 쓰지 않았거늘 뜻밖에 저들이 천하 제후를 규합하여 이곳으로 쳐들어왔소이다. 오늘 짐이 직접 강상과 교전을 벌여보았으나 고립된 처지라 대적하기 어려웠소. 역적 몇 놈의 목을 베기는 했지만 강문환 그놈의 채찍에 맞아 등에 부상을 당하고 노인걸과 뇌곤 형제마저 전사하고 말았구려. 아무리 생각해봐도 이곳을 오래 지킬 수 없을 것 같소이다. 망할 날이 얼마 남지 않았구려. 상나라의 왕위가 28대를 이어왔는데 이제 하루아침에 끊어지게 되었으니 짐이 무슨 면목으로 하늘에 계신 선왕들을 뵐 수 있겠소! 이제 와서 후회해봐야 늦었지만 오랫동안 함께한 그대들 셋과 하루아침에 이별해야 하니 안타깝기 그지없구려. 이를 어쩌면 좋겠소? 무왕의 군대가 내궁으로 들어오면 짐은 포로가 되기 전에 차라리 자결하고 말 것이오. 하지만 짐이 죽은 뒤에 그대들은 결국 희발의 희첩이 되고 말겠구려. 그대들과 나눈 사랑이 결국 이렇게 끝나게 되다니 이 말을 하는 짐의 마음이 너무 아프구려!"

그는 그렇게 말하고 하염없이 눈물을 흘렸다. 그러자 세 요녀가 일제히 무릎을 꿇고 눈물을 흘리며 말했다.

"저희가 폐하께 입은 사랑은 뼛속에 새기고 죽도록 잊지 않겠사옵니다. 이제 불행히도 이런 난리를 당했는데 폐하께서는 저희를 두고 어디로 가실 생각이시옵니까?"

주왕은 울며 말했다.

"강상에게 포로가 되면 천자의 몸으로 모욕을 당하지 않겠소이까? 이제 그대들과 작별하고 나면 알아서 갈 곳이 있소이다."

달기가 주왕의 무릎에 엎드려 울며 말했다.

"그 말씀을 들으니 가슴을 칼로 도려내는 듯하옵니다. 폐하, 왜 갑자기 저희를 버리고 다른 곳으로 가시려 하시옵니까?"

그러면서 주왕의 곤룡포를 붙들고 눈물로 범벅이 되어 나긋나긋한 목소리로 애절하게 통곡하며 차마 헤어지지 않으려 했다. 주왕도 어쩔 수 없어서 곧 수하에게 술상을 차리라고 해서 세 여자들과 작별 잔치를 열었으니 주왕은 술잔을 들고 시를 지어 읊으며 술을 권했다.

지난날 녹대에서 가무를 즐길 때는
강상이 병력을 모아 쳐들어올 줄 어찌 알았으랴?
난새 봉황과 헤어지는 날 오늘이지만
원앙과 다시 만나기에는 이미 장벽이 너무 높구나.
열사들은 모두 연기와 불꽃 따라 스러지고
어진 신하들은 비로소 운수가 트이겠구나.
한 잔 작별주에 마음이 취한 듯한데
깨고 나면 세상은 또 얼마나 변했을까!

憶昔歌舞在鹿臺　孰知姜尚會兵來
分開鸞鳳惟今日　再會鴛鴦已隔垓
烈士盡隨煙燄滅　賢臣方際運弘開
一杯別酒心如醉　醒後滄桑變幾回

주왕은 시를 읊고 나서 연달아 몇 잔을 마셨다. 그러자 달기가 또 한 잔을 올리며 장수를 기원했다. 이에 주왕이 말했다.

"이 술은 정말 마시기 어렵구려. 그야말로 목에서 넘어가지 않는다는 말이오!"

"폐하, 잠시나마 시름을 잊으시옵소서. 저도 장수의 가문에서 태어났기 때문에 예전에 무술과 승마를 배운 적이 있어서 제법 전투를 할 줄 아옵니다. 게다가 동생 희미와 왕 귀인은 도술을 잘 알고 모두 병법에 능합니다. 폐하, 걱정 마시옵소서. 오늘 밤 저희 셋이 일전을 벌여 승리하여서 폐하의 근심을 풀어드리겠나이다."

그 말을 들은 주왕은 무척 기뻐했다.

"황후가 정말 적을 격파할 수 있다면 그야말로 백 대에 길이 남을 큰 공을 세우는 것이니 짐이 무얼 걱정하겠소이까!"

달기는 다시 몇 잔을 올리고 나서 호희미, 왕 귀인과 함께 채비를 하고 그날 밤 주나라 영채를 급습하기로 했다. 세 여자가 갑옷을 차려입은 모습을 본 주왕은 무척 기뻐하며 그저 그날 밤의 공격이 성공하기만을 바랐다.

한편 영채에 있던 강상은 점을 쳐보았다.

'갑자의 때가 맞았으니 주왕은 반드시 멸망하겠구나!'

그는 무척 기뻐하며 세 요녀가 영채를 급습하리라고는 전혀 생각하지 못했다. 이경 무렵이 되자 공중에서 바람 소리가 일었으니 그것을 묘사한 부가 있다.

쌀쌀하게 쌩쌩 불어
사람들 놀라서 당황했지.

횡횡 휘스스

모래와 먼지가 날아 앞을 가렸지.

벽과 창을 파고들고

파도를 몰아 일으켰지.

요괴 무리 그 속에 몸을 숨기고

마귀와 도깨비 발흥했지.

호랑이가 위세 떨치는 것을 돕기도 하고

용을 따라 오르내리기도 했지.

처음 일어날 때는

모두 약간 느긋하게 소슬한 소리만 들리더니

나중에는

모조리 횡횡 쌩쌩 울부짖는 울림으로 변했지.

달 속의 바리수 꺾어버리는 것은 말할 것도 없고

인간 세상의 풀숲도 모조리 쓸어 넘어뜨려버렸지.

짙은 안개와 구름도 밀어 치워버리고

아름다운 나무도 불어 부러뜨려버렸지.

푸른 소나무며 대나무 모조리 재앙을 당하고

화려하고 큰 집들 죄다 쓸려가버렸지.

이 바람은 귀신이 통곡하고 신도 놀랄 지경이라

팔백 명의 제후들 모두 간이 떨어질 뻔했지!

冷冷颼颼　驚人淸況

颯颯蕭蕭　沙揚塵障

透壁穿窓　尋波逐浪

聚怪藏妖　興魔伏魎

也會去助虎張威　也會去從龍俯仰

起初時　都是些悠悠蕩蕩浙零聲

次後來　却盡是滂滂湃湃呼吼響

且休言摧殘月裏婆羅　盡道是刮倒人間叢莽

推開了積霧重雲　吹折了蘭橈畫槳

蒼松翠竹盡遭殃　朱門丹墀俱掃蕩

這一陣風只吹得鬼哭與神驚　八百諸侯俱膽喪

달기와 호희미, 왕 귀인은 갑옷을 단단히 차려입은 채 달기는 쌍칼을, 호희미는 두 자루 보검을, 왕 귀인은 한 자루 수란도繡鸞刀를 들고 모두 복사꽃 무늬의 털이 난 도화마에 올라 '찻!' 하는 외침과 함께 주나라 진영으로 돌진했다. 그들이 각기 요사한 바람을 일으켜 흙먼지를 날리고 모래와 바위를 굴리며 주나라 진영 안으로 치고 들어가자 주나라 진영의 병사들은 순식간에 방향조차 분간하지 못했다. 영채를 지키고 있던 장교들은 바삐 도망쳤고 순찰을 돌던 장수와 병사들은 모두 속수무책이었다. 겹겹이 둘러쳐진 목책은 이리저리 쓰러졌고 기갑을 채운 말과 수레도 한꺼번에 휩쓸려 쓰러져 버렸다. 깜짝 놀란 장수들의 다급한 보고를 받은 강상은 서둘러 중군 막사로 나와보니 요사한 바람과 괴이한 안개가 몰려들기에 다급히 군령을 내렸다.

"제자들은 모두 나와서 요괴들을 잡아라!"

이에 나타가 황급히 풍화륜에 올라 화첨창을 들었고 양전은 말을 몰아 삼첨도를, 뇌진자는 황금 몽둥이를, 위호는 항마저를, 이정은 방천극을 들었다. 금타와 목타는 네 자루 보검을 들고 일제히 중군 막사에서 뛰쳐나와 세 요괴와 맞섰다. 잠시 후 갑옷으로 온몸을 감싼 세 요녀가 거침없이 쳐들어와서 좌우로 공격하자 양전이 고함을 질렀다.

"못된 것들! 함부로 날뛰지 마라. 감히 제 발로 죽을 곳을 찾아오다니!"

나타가 풍화륜을 몰아 용감히 선봉으로 나섰고 일곱 명의 제자들이 곧 세 요괴를 포위했다. 중군 막사에 있던 강상은 오뢰정법五雷正法으로 사악한 기운을 진압하며 한 손을 내밀어 허공에 벼락을 울려 세 요녀의 간담을 서늘하게 만들었다. 그녀들은 사태가 심상치 않게 돌아가자 도술을 부리는 이들을 상대로 이기기 어렵다고 판단했다. 그러더니 이내 싸울 생각이 사라져서 괴이한 바람을 빌려 자신들이 타고 있던 말까지 한꺼번에 주나라 진영에서 빠져나와 그대로 오문을 향해 달아났다. 이경 무렵에 주나라 진영에 쳐들어갔다가 사경 무렵에야 도망쳤으니 그사이에 적지 않은 병사들이 부상을 당했다.

주왕은 오문 앞에 나가서 세 요녀가 주나라 영채 습격에 성공하고 돌아오기를 바라며 눈을 씻고 기다리고 있었다. 그때 갑자기 세 요녀가 오자 그가 물었다.

"어찌 되었소?"

달기가 대답했다.

"강상이 미리 준비하고 있어서 성공하지 못했사옵니다. 그 제자들에게 포위되는 바람에 하마터면 폐하를 뵙지도 못할 뻔했사옵니다."

이에 주왕은 깜짝 놀라서 묵묵히 고개를 숙이고 오문 안으로 들어갔다. 대전으로 간 그는 자기도 모르게 눈물을 흘리며 말했다.

"뜻밖에 하늘이 나를 죽이려 하니 구할 도리가 없겠구려."

달기도 눈물을 흘리며 말했다.

"저도 오늘 성공해서 역적을 평정하고 사직을 안정시키기를 바랐지만 뜻밖에 하늘의 마음이 따라주지 않아 역부족이었사옵니다. 이를 어찌할까요!"

"하늘의 뜻은 돌리기 어려워서 사람의 힘으로는 어쩔 수 없음을 짐도 이미 알고 있소이다. 이제 그대들 세 사람과 작별하고 각자 살길을 찾아보도록 합시다. 저들에게 포로로 잡히는 일은 피해야 하지 않겠소이까?"

그렇게 말하고 그는 도포 자락을 떨치더니 그대로 적성루로 갔다. 세 요녀가 아무리 붙들려고 해도 어쩔 수 없었으니 후세 사람이 시를 지어 이를 한탄했다.

큰 건물이 무너지려고 하는데 작은 기둥 하나만 있어
아직도 주나라 군대를 급습하여 격파하려 했지.
뜻밖에 하늘의 뜻은 진정한 군주에게 돌아가 있거늘
여전히 세 요녀에게 석별의 정을 하소연했지.

大廈將傾止一莖　尙思劫寨破周兵
孰知天意歸眞主　猶向三妖訴別情

주왕이 혼자 적성루로 떠나자 달기가 두 요녀에게 말했다.

"오늘 주왕은 저대로 가서 틀림없이 자결할 거야. 우리가 상나라를 말끔히 망하게 하느라 몇 년 동안 고생했지. 그런데 이제 우리는 어디로 가야 하지?"

그러자 머리가 아홉 개 달린 꿩 정령이 말했다.

"우리는 그저 주왕을 미혹하기만 하면 그만이고 다른 것은 모두 상관할 필요 없어요. 이제 살 곳이 없어졌으니 차라리 다시 헌원묘로 돌아가서 예전처럼 각자의 소굴에서 편안히 지내며 다시 방도를 마련해보는 것이 좋겠어요."

그러자 옥비파 정령이 말했다.

"언니 말씀이 맞아요."

그렇게 해서 세 요괴는 옛 소굴로 돌아갈 궁리를 했다.

한편 강상은 요괴들이 술법을 써서 달아나버리자 병력을 거둬들이고 중군 막사로 돌아왔다. 잠시 후 제후들이 와서 인사하자 그가 말했다.

"한순간 요괴들을 방비하지 못해서 습격을 당했는데 다행히 제자들의 도술로 위기를 모면했습니다. 하마터면 저들의 암수에 걸려 사기가 꺾일 뻔했지요. 그 요괴들을 하루빨리 없애지 않으면 반드시 후환이 될 것입니다."

그렇게 말하고 그는 제사상을 준비하게 했다. 수하들이 즉시 제사상을 차리자 그가 기도하고 나서 동전으로 점을 쳐보더니 깜짝 놀랐다.

"알고 보니 이렇게 된 것이었구나! 조금만 늦었더라면 그것들이 도망쳐버렸을 게야. 양전, 이 문서를 가지고 가서 머리가 아홉 개 달린 꿩 정령을 잡아 오게. 놓쳐버리면 군령으로 다스릴 걸세!"

"예!"

양전이 떠나자 강상은 다시 뇌진자에게 군령을 내렸다.

"이 문서를 가지고 가서 구미호 정령을 잡아 오게. 놓쳐버리면 군령으로 다스릴 걸세! 그리고 위호, 자네도 이 문서를 가지고 가서 옥비파 정령을 잡아 오게. 역시 놓쳐버리면 군령으로 다스릴 걸세!"

이렇게 해서 원문을 나온 세 제자는 서로 상의했다.

"세 요괴를 잡아 오라고 하셨는데 어디서부터 시작하지? 대체 어디로 가서 찾으라는 말씀이신지 원!"

그때 양전이 말했다.

"세 요괴는 지금쯤 주왕이 이미 틀렸다는 것을 알고 궁중에서 빠져나와서 도망치려고 할 걸세. 일단 우리는 흙의 장막을 이용해 공중에서 기다리고 있다가 그것들이 어디로 도망치는지 지켜보도록 하세. 신중해야 하네, 자칫 실수해서 놓쳐버리면 곤란해질 테니 말일세."

이에 뇌진자가 말했다.

"좋은 생각이시오."

그들은 곧 흙의 장막을 이용해 공중에 몸을 숨기고 세 요괴가 나타나기를 기다렸다.

한 줄기 빛에 몸을 숨기니

수련을 완성하여 환화幻化함으로써 하늘의 진리에 부합되었지.
용을 쫓고 호랑이를 굴복시키는 것쯤이야 타고난 오묘함이니
오늘 세 요괴가 어찌 벗어날 수 있으랴!

一道光華隱法身　修成幻化合天眞
驅龍伏虎生來妙　今日三妖怎脫神

그 무렵 달기와 호희미, 왕 귀인은 궁중에서 궁녀 몇 명을 잡아먹고 길을 나섰다. 한 줄기 바람 소리와 함께 그들은 공중으로 날아올라 달려가려 했는데 그때 그들의 바람 소리를 눈치 챈 양전이 뇌진자와 위호에게 말했다.

"요괴들이 오네, 조심하게!"

그런 다음 그는 보검을 들고 고함을 질렀다.

"요괴, 꼼짝 마라! 내가 왔다!"

아홉 개의 머리가 달린 꿩 정령은 들고 있던 칼로 맞서며 욕을 퍼부었다.

"우리 자매는 상나라를 망하게 해서 너희에게 공을 세우게 해주었는데 오히려 우리를 해치려 하다니 하늘의 이치를 전혀 무시하는구나!"

"못된 짐승, 잔말 말고 당장 오랏줄을 받아라! 대원수의 군령을 받들어 너를 잡으러 왔으니 꼼짝 말고 내 칼을 받아라!"

이에 꿩 정령도 다시 칼을 들어 맞섰다. 그사이에 뇌진자가 황금 몽둥이를 휘두르니 구미호 정령이 쌍칼을 들고 맞섰다. 또 위호가 항마저로 공격하자 옥비파 정령이 수란도로 맞받아쳤다. 이렇게 여

섯이서 각기 짝을 맞추어 싸우는데 서른 판도 채 지나지 않아서 세 요괴는 요사한 빛을 타고 도망쳐버렸다. 이에 양전 등도 놓칠세라 바짝 뒤쫓았으니 그 상황을 묘사한 노래가 있다.

요사한 빛 넘실넘실
냉기는 풀풀
요사한 빛 넘실거려
아침 해도 빛을 잃고
냉기가 풀풀 날려
천지가 깜깜해졌지.
황하에는 아득히 괴이한 먼지가 날리고
먹구름 자욱하여 요사한 기운 참담했지.
꿩 정령과 구미호, 비파 정령이 도망치니
흡사 번개가 번쩍이는 듯했고
뇌진자와 양전, 위호가 바짝 뒤쫓으니
마치 거센 바람에 소낙비 쏟아지는 듯했지.
세 요괴는 살기 위해
시위를 떠난 쇠뇌 화살처럼
동서남북을 가리지 않고 내달렸고
세 성인은 공을 다투며
바람 따라 떨어지는 낙엽처럼
구덩이며 물길도 가리지 않고 뒤쫓았지.
뇌진자는 화가 치밀어

구미호 정령이 소굴조차 찾지 못하게 뒤쫓았고
양전은 다급히
꿩 정령이 하늘로 달아날 길이 없게 추격했으며
교활한 비파 정령이 은근슬쩍 내빼려 하자
영리한 위호가 당장 잡아 누르려 했지.
이 또한 세 요괴의 죄업이 많았기 때문이니
그들 목숨을 빼앗는 현묘한 공부 닦은 세 성인을 만나고 말았지.

妖光蕩蕩　冷氣颼颼
妖光蕩蕩　旭日無光
冷氣颼颼　乾坤黑暗
黃河漠漠怪塵飛　黑霧漫漫妖氣慘
雉雞精狐狸精琵琶精往前逃　似電光飛閃
雷震子與楊戩並韋護緊追隨　如驟雨狂風
三妖要命　恍如弩箭離弦　那顧東西南北
三聖爭功　恰似葉落隨風　豈知流行坎止
雷震性起　追得狐狸有穴難尋
楊戩心忙　趕得雉雞上天無路
琵琶性巧欲騰挪　韋護英明欲壓定
這也是三妖作過罪業多　故遇着三聖玄功能取命

양전은 칼을 들고 아홉 개의 머리가 달린 꿩 정령을 뒤쫓아 거의 따라잡게 되자 효천견을 풀어놓았다. 그 개는 바로 하늘에서 신령한 성품을 수련한 놈이었기 때문에 요괴를 보자마자 발을 휘두르며 송곳니를 드러내고 쫓아가 단숨에 꿩 정령의 목을 물어 머리 하나를 떨어뜨려버렸다. 그러자 정령은 고통을 참으며 피범벅이 되어 계속 도주했는데 그렇게 머리 하나를 잃고도 계속 도망치는 것을 본 양전은 다급해져서 재빨리 흙의 장막을 이용해 바짝 뒤쫓았다. 뇌진자와 위호도 각각 구미호 정령과 비파 정령을 놓치지 않으려고 바짝 뒤쫓았다. 그때 갑자기 앞쪽에서 노란 깃발이 공중에서 펄럭이면서 향 연기가 자욱이 온 대지를 덮었으니 대체 누가 왔는지는 다음 회를 보시라.

제97회

주왕, 적성루의 불길에 몸을 던지다

摘星樓紂王自焚

잔인하고 포악한 주왕이 백성을 해쳐

어지러운 나랏일 밤낮으로 심해졌지.

방탕하게 술 마시며 백성의 고혈 소진된 줄도 몰랐고

황음무도한 짓 일삼으며 귀신이 슬퍼하는 것도 아랑곳하지 않았지.

채분에 궁녀 빠뜨리니 참으로 잔인했고

충신을 태워 죽였으니 흉맹한 짐승 같았지.

인과응보는 뚜렷하여 늘 틀림이 없으니

태백기 높이 걸려 고금의 시제詩題가 되었지.

紂王暴虐害黔黎　國事紛紛日夜迷

浪飮不知民血盡　荒淫那顧鬼神凄

蠆盆宮女眞殘賊　焚炙忠良類虎鯢

報應昭昭須不爽　旗懸太白古今題

그러니까 양전이 펑 정령을 뒤쫓는데 갑자기 앞쪽에 노란 깃발이 은은히 펄럭이며 보배로운 양산 아래 여러 명의 여동이 쌍쌍이 짝을 맞추어 좌우로 늘어서 있었다. 그 중앙에서 선녀 하나가 푸른 난새를 타고 내려왔으니 바로 여와였다.

온 하늘에 상서로운 광채가 자줏빛 노을처럼 떠 있고
자욱한 향 연기는 봉황이 끄는 수레 덮었지.
날개 펼친 봉황은 모두 얌전히 길들었고
표연히 떠 있는 여동은 느긋하기 그지없었지.
깃발이 에워싸며 황금빛 양산 맞이하고
날리는 영락은 면류관을 덮었지.
단지 번창한 운세가 도래했기에
성스러운 신선이 중국 땅에 강림했지.

一天瑞彩紫霞浮　香藹氤氳擁鳳軥
展翅鸞凰皆雅馴　飄搖童女自優游
幡幢繚繞迎黃蓋　瓔珞飛揚罩冕旒
止爲昌期逢泰運　故敎仙聖至中州

여와가 푸른 난새를 타고 길을 막자 세 요괴는 감히 나아가지 못하고 요사한 광채를 내린 채 땅바닥에 엎드렸다.

"선녀님, 오시는 줄을 몰라서 미처 영접하지 못하였사오니 양해해주시옵소서. 저희가 양전 등에게 다급히 쫓기고 있사오니 부디 목숨을 구해주시옵소서!"

이에 여와가 백운동자에게 분부했다.

“박요삭으로 이 못된 것들을 묶어서 양전에게 넘겨주도록 해라. 그리고 주나라 영채로 끌고 가서 강상으로 하여금 처분하게 해라.”

백운동자는 곧 그들을 박요삭으로 묶었다. 그러자 세 요괴가 눈물을 흘리며 하소연했다.

“선녀님, 예전에 선녀님께서 초요번으로 저희를 불러 조가의 궁궐에 잠입하여 주왕을 미혹하고 올바른 도리를 행하지 못하게 함으로써 그의 천하를 끝장내라고 분부하시지 않으셨사옵니까? 저희는 그 분부를 받들어 모든 일을 준비하고 주왕의 측근을 제거함으로써 그가 나라를 망치게 했사옵니다. 이제 상나라가 망하게 되어 저희는 선녀님께 보고하려고 했사온데 뜻밖에 양전 등이 저희를 쫓아왔사옵니다. 하지만 도중에 선녀님을 뵙게 되어 이제 구해주시리라 믿고 안심했사온데 오히려 저희를 잡아 강상에서 처분을 맡기시다니요. 이것은 말씀하신 것을 스스로 뒤집는 처사가 아니옵니까? 부디 통촉하여주시옵소서!”

“내가 너희에게 주왕의 천하를 끝장내라고 시킨 것은 본래 하늘이 정한 운수에 부합되는 일이었다. 그런데 뜻밖에 너희가 무단히 죄악을 저질러 백성을 잔혹하게 해치고 충신을 죽였으니 그 죄악이 너무 지나쳐서 생명을 아끼는 하늘의 어진 덕을 크게 거슬렀다. 이제 너희의 죄가 차고 넘쳤으니 정당한 처벌을 받아야 마땅하다!”

이렇게 되자 세 요괴는 아무 말도 못하고 그저 엎드려 있을 수밖에 없었다.

한편 양전은 뇌진자, 위호와 함께 세 요괴를 쫓다가 멀리서 상서로운 빛을 보고 황급히 두 사람에게 말했다.

"여와 선녀님께서 강림하셨으니 어서 가서 인사를 올리세."

세 사람은 즉시 앞으로 나아가 엎드려 절을 올렸다.

"선녀님, 오시는 줄을 몰라서 미처 영접하지 못하였사옵니다. 용서하시옵소서!"

"양전, 이 세 요괴를 넘겨줄 테니 영채로 끌고 가서 강상에게 법대로 처분하도록 하게. 이제 주나라가 흥성하게 되었으니 천하는 다시 태평성대가 되었네. 이만 가보게!"

양전 등은 여와에게 감사 인사를 하고 세 요괴를 주나라 영채로 끌고 갔으니 후세 사람이 시를 지어 이 일을 탄식했다.

세 요괴가 죄를 지어 만백성이 재앙을 당하고
상나라 천하를 망하게 만들었지.
이제 하늘의 인과응보를 피할 수 없게 되었으니
부질없이 헌원묘의 소굴로 돌아갈 꿈을 꾸었구나!

三妖造惡萬民殃　斷送殷商至喪亡
今日難逃天鑒報　軒轅巢穴枉思量

양전 등은 세 요괴를 구름에서 끌어내려 곧 흙의 장막을 이용해 주나라 원문 앞으로 갔다. 병사들은 공중에서 세 여자가 떨어지고 뒤이어 양전 등이 나타나자 황급히 중군 막사에 보고했다.

"대원수, 양전 등이 대령했사옵니다."

"들여보내라!"

잠시 후 양전이 들어와서 절을 올리자 강상이 물었다.

"갔던 일은 어찌 되었는가?"

"군령을 받들어 세 요괴를 뒤쫓았는데 다행히 도중에 여와 선녀님께서 인자하신 마음을 베풀어 박요삭을 하사해주신 덕분에 붙잡을 수 있었사옵니다. 지금 원문 앞에 대령했사오니 처분을 내려주시옵소서!"

"여봐라, 그것들을 끌고 와라!"

그러자 여러 제후들도 요괴들이 어떻게 생겼는지 구경하러 찾아왔다. 잠시 후 양전이 아홉 개의 머리가 달린 꿩 정령을, 뇌진자가 구미호 정령을, 위호가 옥비파 정령을 끌고 막사 안으로 들어왔다. 세 요괴가 무릎을 꿇자 강상이 말했다.

"너희 셋은 무단히 죄악을 저질러 백성을 해치고 수많은 사람을 잡아먹어 상나라 천하를 완전히 끝장내버렸다! 그것이 비록 하늘이 정한 운수라고는 하나 너희들이 어찌 감히 함부로 살인을 일삼았던 것이냐? 주왕에게 포락형을 만들어 충성스러운 간언을 한 이들을 참혹하게 죽이고 채분을 만들어 궁녀들을 해치고 녹대를 지어 천하의 재물을 갈취하고 주지육림으로 내관들의 목숨을 해쳤으며 심지어 정강이뼈를 갈라 골수를 살펴보고 임신부의 배를 갈라 태를 살펴보기도 했다. 이처럼 참혹한 죄는 도저히 용서받을 수 없는 것이라서 천지신명과 만백성이 모두 분노했다. 설령 너희의 살을 씹고 가죽을 이불 삼아 잔다고 해도 그 죄는 다 씻을 수 없을 지경이 아니더냐!"

이에 달기가 엎드려 애절하게 울며 하소연했다.

"저는 기주후 소호의 딸로 어려서부터 규방에만 있었기 때문에 세상사를 잘 몰랐사옵니다. 그런데 천자께서 잘못된 어명으로 저를 후비로 삼으셨고 뜻밖에 황후께서 서거하시자 천자께서 억지로 저를 황후로 앉히셨사옵니다. 그러니 모든 일은 천자께서 주관하셨고 정치는 모두 조정의 대신들이 장악하고 있었사옵니다. 한낱 아녀자에 지나지 않는 저는 그저 천자를 접대하고 내궁을 치장하며 아낙의 도리를 다했을 뿐 그 외의 일을 어찌 마음대로 할 수 있었겠사옵니까? 주왕이 정치를 그르쳤다 하더라도 그 많은 문무백관들도 바로잡지 못했지 않았사옵니까? 하물며 일개 여자가 어찌 그분의 결정을 좌우할 수 있었겠사옵니까? 지금 대원수의 어진 덕이 천하에 퍼져서 주왕은 조만간 목숨을 바칠 터인데 저희 같은 아녀자를 죽여본들 대원수께 아무런 도움도 되지 않을 것이옵니다. 게다가 예로부터 죄를 짓더라도 처자식까지 문책하지는 않는 법이라고 하지 않았사옵니까? 대원수, 부디 자비를 베푸시어 무고한 저희를 불쌍히 여겨주시옵소서. 저희를 사면하여 고향으로 돌아가 여생을 살게 해주시면 그야말로 천지와 같은 크나큰 인덕으로 다시 태어나게 해주시는 것과 같은 은혜를 베푸시는 일이 아니옵니까? 대원수, 부디 통촉해주시옵소서!"

제후들은 달기의 일장 연설이 상당히 일리가 있다고 보고 모두들 가련하다는 생각을 했다. 그러자 강상이 코웃음을 치며 말했다.

"흥! 네가 소후의 딸이라고 자처하며 교묘한 말로 사람들을 미혹하는구나. 제후들께서야 네가 구미호의 정령인 줄 어찌 아시겠느냐? 은주에서 진짜 소달기를 죽이고 그 모습으로 변신해 천자를 유혹하여 정신을 어지럽힌 줄 내가 모를 줄 아느냐? 주왕이 까닭 없이 악독한 짓을 저지른 것은 모두 네가 조장한 것이 아니더냐! 이제 붙잡혔으니 죽어도 그 죄를 다 씻지 못할 지경이거늘 아직도 그런 교묘한 말로 빠져나가려고 수작을 부리다니! 여봐라, 당장 원문 밖으로 끌고 나가서 참수하여 수급을 효수하라!"

이렇게 되자 달기를 비롯한 세 요녀는 고개를 숙이고 아무 말도 하지 못했다. 잠시 후 좌우의 기패관들이 세 요녀를 에워싸고 원문 밖으로 나가자 뒤이어 뇌진자와 양전, 위호가 형 집행을 감독하러 갔다. 형장으로 끌려 나온 꿩 정령은 맥이 빠져서 고개를 숙이고 있었고 비파 정령은 묵묵히 말이 없었다. 오직 구미호 정령 즉 달기만이 온갖 교태를 부리며 몇몇 병사들을 유혹했는데 오랏줄에 묶여서 원문 밖 흙바닥에 무릎을 꿇은 그녀의 모습은 티 없이 고운 옥이나 무슨 말을 하려는 듯한 꽃송이 같아서 아침노을처럼 발그레한 얼굴에 옥 같은 이를 머금은 붉은 입술, 푸른 쑥대나 솔잎처럼 헝클어진 머리카락으로 추파를 흘리며 한없는 매력을 발산했다. 그녀는 노래를 부르는 듯한 아리따운 목소리로 칼을 든 병사에게 말했다.

"저는 무고하게 억울한 죽음을 당하게 되었으니 장군님, 제발 잠시만 처형을 미뤄주세요. 목숨 하나 살리는 것은 칠층탑을 쌓는 것보다 더 큰 공덕을 쌓는 일이잖아요?"

그렇지 않아도 미색에 현혹된 병사들은 그녀를 몹시 불쌍히 여겼는데 다시금 교태가 철철 넘치는 목소리로 '장군님' 어쩌고 하니 그만 온몸에 맥이 풀려서 그저 입을 딱 벌리고 눈을 휘둥그레 뜬 채 그 자리에 멍하니 무리를 짓고 서서 발걸음조차 움직일 수 없었다. 그때 형을 집행하라는 명령이 내려오자 아홉 개의 머리가 달린 꿩 정령과 옥비파 정령, 구미호 정령의 처형을 감독한 양전과 위호, 뇌진자가 병사들에게 호령했다.

"시행하라!"

양전과 위호는 꿩 정령과 비파 정령의 원신이 도망치지 못하게 붙들고 있었고 그사이에 병사들이 "이얍!" 하는 함성과 함께 칼을 내리쳐 두 요괴의 수급을 베어버렸다. 당시 비파 정령이 죽음을 피하지 못한 것을 설명한 시가 있다.

지난날 강상을 만났을 때 떠올려보니
벼루로 정수리 쳐서 비파를 단련시켰지.
뜻밖에 오랜 시간이 지나 다시 만나는 날
만 번 죽어도 살아날 길 없어 부질없이 혼자 탄식했지.

憶昔當年遇子牙　硯臺擊頂煉琵琶
誰知三九重逢日　萬死無生空自嗟

군사들이 칼을 휘둘러 꿩 정령과 비파 정령의 수급을 베자 양전과 위호가 중군 막사로 들어가서 결과를 보고했다. 그런데 뇌진자가 감독하고 있던 구미호 정령의 처형장에서는 병사들이 달기에게 미혹되어 모두들 눈을 휘둥그레 뜬 채 입을 딱 벌리고 손에 맥이 풀려서 칼을 들어 올릴 힘도 없었다. 뇌진자는 버럭 화를 내며 호통쳤지만 모든 병사들이 그런 상태이니 아무리 화를 내본들 어쩔 도리가 없었다. 이에 그는 중군 막사로 들어가서 상황을 보고하고 대책을 마련해달라고 요청했다.

한편 강상은 양전과 위호로부터 보고를 받자 즉시 군령을 내렸다.

"원문 밖에 수급을 효수하라!"

그런데 뇌진자가 빈손으로 오자 강상이 물었다.

"자네는 달기의 처형을 감독하라고 했는데 왜 빈손으로 온 겐가? 설마 그 구미호가 도망쳐버린 것은 아닐 테지?"

"제가 형 집행을 감독하고 있는데 뜻밖에 병사들이 그 요사한 구미호에게 미혹되어 모두 눈을 멀뚱멀뚱 뜨고 입을 헤벌린 채 꼼짝 못하고 있사옵니다."

"뭐라고! 그런 감독조차 제대로 못하다니 자네 정말 쓸모없구먼! 물러가게!"

뇌진자는 반면에 부끄러운 표정을 지으며 한쪽에 시립했다. 그러자 강상이 군령을 내렸다.

"형 집행을 담당한 병사들을 잡아다가 목을 베어 효수하라! 양전과 위호, 자네 둘이 가서 형 집행을 감독하게!"

"예!"

두 사람은 밖으로 나가서 형 집행을 담당하는 병사들을 바꾸어 다시 원문 밖으로 갔다. 하지만 그 요녀는 이전과 마찬가지로 아양을 부렸고 새로 온 병사들도 모두 미혹되어 마치 술에 취한 듯 이리저리 비틀거리며 정신을 차리지 못했다. 그 모습을 본 양전이 위호와 상의했다.

"저것이 오래 묵은 여우인지라 틀림없이 사람을 홀리는 데 이골이 난 모양일세. 그러니 주왕도 유혹에 빠져 헤어나지 못했겠지. 하물며 이 어리석은 병사들이야 말할 필요도 없지! 어서 대원수께 보고하세, 괜히 무고한 병사들만 비명에 죽게 할 수는 없지 않은가?"

그들은 곧 중군 막사로 가서 상황을 자세히 설명했다. 그러자 그 말을 들은 제후들도 모두 놀랐다. 이에 강상이 말했다.

"그 요괴는 천 년 묵은 여우로 해와 달의 정화를 받고 천지의 신령한 기운을 몰래 채집하여 사람을 잘 홀리는 것입니다. 제가 직접 가서 그것의 목을 치겠습니다."

강상은 제후와 제자들을 거느리고 원문 밖으로 나가서 살펴보았다. 과연 형장에 묶인 달기는 온갖 교태를 부리며 백옥 같고 꽃 같은 자태를 풍기고 있어서 병사들이 그저 나무로 조각한 인형처럼 멍하니 서 있었다.

"저런! 모두들 물러가라!"

그는 곧 수하에게 제사상을 차리고 향로에 향을 사르게 했다. 그런 다음 육압이 준 호리병을 꺼내 제사상 위에 올려놓고 마개를 열었다. 그 순간 한 줄기 하얀 빛이 치솟더니 눈썹과 눈, 날개와 발을 갖춘 이상한 것이 나타나 그 빛 위에서 빙빙 돌았다. 이에 강상은 그것을 향해 허리를 숙여 예를 표하며 말했다.

"보배여, 회전하시라!"

그 보물이 두세 번 회전하자 달기의 머리가 땅바닥에 떨어져 주위가 피에 흥건해졌다. 제후들 가운데는 아직도 그녀를 불쌍히 여기는 이들이 있었다.

달기의 요사한 아름다움에 많은 이들이 연민을 일으켜
형장의 병사들도 정에 끌려버렸지.
복사꽃으로 온유한 자태를 묘사하기 어렵고
작약으로 그 아리따움을 비교할 만했지.
지난날 은주에서 달기의 형체를 빌렸을 때는
관문 안에서 주도면밀히 해낼 수 있으리라 생각했겠지.
이제 그 아리따운 자태는 어디로 돌아갔는가?
한바탕 백일몽이 되어 피에 젖어 잠들었구나!

妲己妖嬌起衆憐　臨刑軍士也情牽
桃花難寫溫柔態　芍藥堪方窈窕姸
憶昔恩州能借竅　應知關內善周旋
從今嬌媚歸何處　化作南柯帶血眠

강상이 달기의 목을 베어 수급을 원문 밖에 효수하게 하자 제후들은 모두들 찬탄을 금치 못했다.

한편 주왕은 현경전에서 혼자 시무룩하게 앉아 있었다. 그때 갑자기 궁녀들이 당황한 개미 떼처럼 어지럽게 몰려왔다.

"무슨 일인데 이리 다급한가? 황궁의 수비가 뚫렸느냐?"

환관 하나가 무릎을 꿇고 눈물을 흘리며 아뢰었다.

"지난밤 이경 무렵에 세 분 마마님들이 갑자기 어디론가 사라지셔서 육궁에 주인이 없어져버렸기 때문인 줄 아옵니다."

"어디로 갔단 말이냐? 당장 찾아서 보고하라!"

이에 환관 하나가 이리저리 알아보고 나서 보고했다.

"폐하, 세 분 마님은 이미 주나라 진영의 원문 앞에 효수되었사옵니다."

주왕은 깜짝 놀라서 환관들을 거느리고 오봉루五鳳樓에 올라 살펴보았다. 그런데 과연 세 비빈의 수급이 걸려 있자 그는 자기도 모르게 가슴이 쓰려서 눈물을 비 오듯이 흘리며 시를 지어 애도했다.

옥은 부서지고 향기 사라졌으니 참으로 가련하구나!
고운 얼굴 구름머리 모두 높이 매달려버렸도다!
빼어난 노래와 오묘한 춤 솜씨 지금은 어디에 있는가?
온갖 재주를 익혔건만 결국 부질없이 변했구나.
봉황 수놓은 베개는 이미 옥을 숨길 날이 없어졌고
원앙 수놓은 이불은 더 이상 잠든 꽃을 비빌 수 없게 되었구나.
기나긴 이 원한은 참으로 끝이 없어
해 지고 천지가 격변하는 동안 또 만 년이 지나겠지!

玉碎香消實可憐　嬌容雲鬢盡高懸
奇歌妙舞今何在　覆雨翻雲竟枉然
鳳枕已無藏玉日　鴛衾難再拂花眠
悠悠此恨情無極　日落滄桑又萬年

주왕은 시를 읊고 나서 한없이 탄식하며 슬픔을 이기지 못했다. 그때 주나라 진영에서 포성이 울리더니 병사들이 함성을 지르며 일제히 성을 공격하기 시작했다. 그 바람에 깜짝 놀란 주왕은 이미 대세가 기울어 인력으로는 돌이킬 수 없다는 것을 알고 고개를 몇 번 끄덕이고는 긴 한숨을 내쉬었다. 그리고 오봉루를 내려가 아홉 칸 대전을 지나 현경전에 이르렀고 다시 분궁루를 지나 적성루로 향했다. 그때 갑자기 한바탕 회오리바람이 불어와 그를 덮쳤으니 간담을 서늘하게 한 그 바람을 묘사한 시가 있다.

휭휭 쌩쌩 영혼을 붙들어 육신에서 벗어나게 할 듯
뼛속까지 파고드니 마치 삼킬 듯한 기세로다.
깊이 가라앉은 원한을 쓸어 올려 지난날 슬퍼하고
억울한 죽음이 따라잡아 원숭이를 새롭게 울게 하지.
꽃을 꺾으려면 불어대는 힘을 빌려야 하고
비를 도와 떨어진 꽃잎을 치는 것은 그다음 일이지.
다름 아니라 주왕의 잔혹한 악행이 너무 심하여
억울한 귀신들이 은혜를 저버린 일을 하소연하게 했지.

蕭蕭颯颯攝離魂　透骨浸軀氣若呑
撮起沈寃悲往事　追隨枉死泣新猿
催花須借吹嘘力　助雨敲殘次第先
正爲紂王慘毒甚　故教屈鬼訴辜恩

그 괴이한 바람이 땅속에서 일면서 채분 안에서 흑흑 끅끅 흐느끼는 소리와 함께 머리카락을 풀어 헤친 알몸의 귀신들이 수없이 많이 나타났다. 그들은 피비린내와 참을 수 없는 악취를 풍기며 일제히 달려들어 주왕을 붙들고 소리쳤다.

"내 목숨을 돌려다오!"

조계와 매백이 벌거벗은 몸으로 고함을 질렀다.

"어리석은 군주, 너도 오늘처럼 패망할 때가 오고 말았구나!"

그때 주왕이 갑자기 두 눈을 부릅뜨고 양기를 쏟아내자 저승의 귀신들이 놀라서 흩어졌다. 그들이 모습을 감추자 주왕은 도포 자락을 떨치고 적성루의 한 층을 올라갔는데 갑자기 강 황후가 나타나서 그를 붙들고 호통쳤다.

"무도하고 어리석은 군주여, 처자식을 죽이고 윤리를 멸절시키더니 이제 사직을 끝장내버렸구나. 그러고도 무슨 면목으로 저승에 계신 선왕을 뵐 수 있겠느냐!"

그렇게 강 황후가 그를 붙들고 놓아주지 않자 또 온몸이 피에 젖어 고약한 냄새를 풍기는 황 귀비가 나타나 그를 붙잡고 고함을 질렀다.

"나를 누대 아래로 내던져 온몸이 바스러지게 하다니 차마 어찌 그런 짓을 할 수 있었느냐? 참으로 잔인하고 각박한 놈이로구나! 이제 네 죄가 차고 넘쳤으니 천지신명이 반드시 벌을 내리실 게다!"

두 원혼에게 붙들린 주왕은 취한 것처럼 멍하니 있었다. 그런데 이번에는 가 부인이 나타나서 호통쳤다.

"은수, 이 어리석은 군주! 네가 신하의 아내를 능멸하는 바람에 내가 정절을 지키려고 누대에서 떨어져 죽었는데 이 깊은 원한을 씻을 길이 없었다. 하지만 오늘에야 비로소 씻을 수 있게 되었구나!"

그러면서 그녀는 주왕의 따귀를 갈기려 했다. 그 순간 주왕이 퍼뜩 정신이 들어서 두 눈을 부릅뜨고 양기를 쏟아내자 저승의 귀신들이 감히 접근하지 못하고 모습을 감춰버렸다. 적성루로 올라간 주왕은 말없이 아홉 굽이 난간에 이르러 심사가 너무 불편했다. 그는 난간에 기대어 물었다.

"여봐라, 봉궁관封宮官°은 어디에 있느냐?"

그 소리를 들은 봉궁관 주승朱昇이 황망히 적성루로 올라와서 난간 옆에 엎드렸다.

"폐하, 대령했사옵니다."

"짐이 충신의 간언을 듣지 않고 간신의 참소에 넘어가 이제 전쟁이 연이어지고 엄청난 재앙이 닥쳤지만 해결할 방도가 없구나. 이제 와서 후회한들 무슨 소용이 있겠느냐? 만약 성이 무너져 저 하찮은 것들에게 포로가 된다면 지고한 천자의 몸으로 말할 수 없는 모욕을 당할 것이다. 자결하고 싶지만 이 육신을 인간 세상에 남기면 저들이 다른 생각을 하게 될 테니 차라리 스스로 깔끔하게 분신焚身하여 아녀자들의 입방아에 오르내리지 않게 하는 것이 좋지 않겠느냐? 그러니 너는 적성루 아래에 장작을 쌓아놓도록 해라. 짐은 이 누대와 함께 불길에 몸을 맡기겠노라. 어서 시행하라!"

그러자 주승이 만면이 눈물로 범벅되어 흐느끼며 아뢰었다.

"제가 여러 해 동안 폐하를 모시면서 가족처럼 돌봐주신 은혜를 입었사오니 이는 이 몸이 가루가 되더라도 잊지 못할 것이옵니다. 불행히도 하늘이 우리 상나라를 보살피지 않아 나라의 운명이 경각에 달린 이 마당에 제가 죽음으로 보은하지 못하는 것이 한스러울 뿐이온데 어찌 감히 주군에게 불을 지를 수 있겠사옵니까!"

그렇게 말하고 그가 목이 메어 아무 소리조차 내지 못하자 주왕이 말했다.

“이것은 하늘이 내 상나라를 망하게 한 것이니 네게는 죄가 없다. 이제 짐의 명령을 듣지 않으면 오히려 반역죄를 저지르는 것이 아니더냐? 예전에 짐이 비중과 우혼을 시켜 희창에게 짐의 운수를 점쳐보라고 했을 때 스스로 분신하는 재앙을 당할 것이라고 했다. 그러니 오늘 일은 바로 하늘이 정해놓은 것이거늘 사람이 어찌 그것을 피할 수 있겠느냐? 어서 명대로 시행해라!”

이때 주왕이 분신함에 이르러 문왕의 주역점이 영험하게 들어맞은 데에 대하여 후세 사람이 다음과 같은 시를 써서 찬탄했다.

지난날 문왕은 유리에 구금되었으니
주왕이 무도하게 서백을 곤경에 빠뜨렸기 때문이지.
비중과 우혼이 선천의 운수를 물었을 때
타오르는 불꽃과 날리는 연기가 궁중 누각을 덮을 것이라고 했지!

昔日文王羑里囚　紂王無道困西侯
費尤曾問先天數　烈燄飛煙鎖玉樓

주승은 재삼 통곡하며 아뢰었다.

“폐하, 잠시 고정하시고 이 포위를 풀 수 있는 다른 방책을 강구해보시옵소서!”

그러자 주왕이 진노했다.

“상황이 이미 다급해지지 않았느냐! 짐의 생각은 진즉 정해졌다. 만약 제후들이 오문을 뚫고 내궁으로 쳐들어와서 짐이 사로잡히게 되면 네 죄는 태산보다 더 무거워질 게야!"

이에 주승은 대성통곡하며 적성루를 내려가 장작을 가져다가 아래에 쌓았다. 그가 내려가는 모습을 본 주왕은 스스로 곤룡포를 입고 면류관을 쓰더니 벽규碧圭를 손에 들고 온몸에 진주와 옥 장식을 찬 다음 누대 한가운데에 단정히 앉았다. 주승은 장작을 쌓은 후 눈물을 뿌리며 절을 올리고 나서 대성통곡하며 장작에 불을 붙였으니 후세 사람이 시를 지어 이 상황을 묘사했다.

적성루 아래에 처음 불길이 붉게 타오르니
연기가 먹구름처럼 휘몰아 사방에 바람이 불었지.
오늘 상나라 사직이 기울게 되었으니
주승은 원래 외로운 충정 다 바쳤다네!

摘星樓下火初紅　煙捲烏雲四面風
今日成湯傾社稷　朱昇原是盡孤忠

이처럼 주승이 장작에 불을 붙이자 연기가 하늘로 치솟고 불길이 거센 바람에 맹렬히 타올랐다. 내궁의 궁녀들은 모두 비명을 질러댔고 순식간에 천지가 캄캄해지더니 우주가 무너지는 듯 귀신이 통곡하는 듯 굉음 속에서 제왕은 지위를 잃었다. 적성루가 험악하기 그지없는 불길에 휩싸이는 것을 본 주승은 옷자락을 부여잡고 한참 동안 통곡하며 절규했다.

"폐하, 저도 죽음으로 성은에 보답하겠나이다!"

그런 다음 그도 불길에 몸을 던졌으니 가련하게도 환관의 몸으로 충절을 지키며 목숨을 버렸던 것이다.

한편 삼층 누대에 있던 주왕은 아래에서 불길이 일어나 하늘로 치솟자 자기도 모르게 가슴을 쓸며 긴 한숨을 내쉬었다.

"충신의 간언을 듣지 않아 오늘 스스로 분신하는 지경에 이르렀구나! 죽는 것쯤이야 애석하지 않지만 무슨 면목으로 저승에서 선왕을 뵙는다는 말인가!"

이윽고 불길이 바람을 타고 일어나 순식간에 사방이 온통 시뻘겋게 변하고 연기가 하늘을 가렸으니 그 모습을 묘사한 부가 있다.

연기 자욱하고 안개 휘말리며
눈부신 금빛이 하늘을 난다.
불길을 토하고 구름이 따르니
휭휭 거센 바람이 소낙비처럼 몰아친다.
줄줄이 타오르는 불길
부채질당한 듯 재앙처럼 닥친다.
순식간에 만물이 모두 재로 변하니
하늘 높이 치솟은 기둥이야 말할 필요가 있으랴?
경각간에 천 리가 붉은 먼지로 변하니
소낙비 몰아치고 구름 덮인들 무슨 상관이랴?
오행 가운데 가장 무정하고
음양 가운데 홀로 왕성하지.
화려한 들보며 기둥
얼마나 많은 공을 들여 지었던가?

하지만 그 불길을 만나니 모조리 가루로 부서져버렸지.

보석으로 장식한 난간과 섬돌

얼마나 많은 돈을 들여 지었던가?

하지만 그 불길을 만나니 모조리 무너져버렸지.

적성루 아래 세찬 불길이 다오르니

육궁 삼전에도 불이 붙어 기둥이 쓰러지고 담도 무너졌지.

천자의 목숨은 순식간에 스러지고

그 바람에 비빈들도 머리가 타고 이마가 문드러졌지.

무고한 궁녀들은 모두 재앙을 당하고

못된 짓 저지르던 내관들도 죄다 재앙을 당했지.

주왕은

속세를 버렸으니

친하의 공물이며

비단옷과 진귀한 음식

황금 기와 없은 사직

금수강산 할 것 없이

모조리 거센 물길 되어 동해로 흘러가버렸지.

욕망의 바다에서 헤어났으니

곱게 치장한 미녀들이며

향기롭고 따스한 옥체

다정히 펄럭이던 푸른 소매

맑은 노래 부르던 새하얀 이도

죄다 팔랑팔랑 날아 꿈속을 맴돌았지.

주왕, 적성루의 불길에 몸을 던지다.

그야말로 예전의 넘치는 불꽃 위세를 자랑하니

재앙 일으키고 스스로 돌려받았구나.

상나라 기업은 재가 되어 날아가고

주나라 강산이 비로소 붉게 타오르는구나!

煙迷霧捲　金光灼灼掣天飛

燄吐雲從　烈風呼呼如雨驟

排炕烈炬　似煽如災

須臾萬物盡成灰　說甚麼棟連霄漢

頃刻千里化紅塵　那管他雨聚雲屯

五行之內最無情　二氣之中爲獨盛

雕樑畵棟　不知費幾許工夫

遭着他盡成齏粉

珠欄玉砌　不知用多少金錢

逢着你皆爲瓦解

摘星樓下勢如焚　六宮三殿延燒得柱倒牆崩

天子命喪在須臾　八妃九嬪牽連得頭焦額爛

無辜宮女盡遭殃　作惡內臣皆在劫

這紂天子呵　抛却塵寰

講不起貢衣航海　錦衣玉食

金甌社稷　錦繡乾坤

都化滔滔洪水向東流

離脫慾海　休誇那粉黛蛾眉

溫香暖玉　翠袖慇懃

清謳皓齒　盡赴於栩栩羽化隨夢繞

這正是　從前餘燄逞雄威　作過災殃還自受

成湯事業化飛灰　周室江山方赤熾

그 무렵 강상은 제후들과 함께 황성皇城을 공격하는 일에 대해 의논하고 있었다. 그때 갑자기 수하가 들어와서 보고했다.

"대원수, 적성루에 불이 났사옵니다!"

강상은 황급히 장수들을 이끌고 무왕과 동백후, 북백후를 비롯한 천하 제후들과 함께 일제히 말에 올라 원문 밖으로 나가서 불구경을 했다. 무왕이 살펴보니 연기에 가린 한 사람이 있었는데 노란 곤룡포에 면류관을 쓰고 두 손으로 벽규를 든 채 연기 속에 단정히 앉아 있는 듯했다. 하지만 짙은 연기 때문에 그 모습이 뚜렷이 보이지 않아서 주위 사람들에게 물었다.

"저 연기 속에 있는 사람이 설마 주왕인 것이오?"

이에 제후들이 이구동성으로 대답했다.

"틀림없이 그 무도하고 어리석은 군주이옵니다. 오늘 이 지경이 된 것을 보니 그야말로 자업자득이 아니겠사옵니까?"

그 말을 들은 무왕은 차마 그 모습을 볼 수 없어서 얼굴을 가린 채 고삐를 돌려 영채로 돌아갔다. 그러자 강상이 얼른 다가가서 여쭈었다.

"전하, 왜 얼굴을 가리고 돌아가시는 것이옵니까?"

"주왕이 무도하여 천지신명과 귀신에게 죄를 지었으니 이제 스스로 분신한 것은 마땅한 업보라고 할 수 있습니다. 하지만 우리는 신하로서 저분을 섬긴 적이 있는데 차마 어찌 죽음을 구경하며 군주를 죽음으로 내모는 죄를 지을 수 있겠습니까? 그러니 차라리 영채로 돌아가는 것이 낫지 않겠습니까?"

"주왕이 악행을 저질러 백성을 잔인하게 해쳐서 하늘이 근심하고 백성이 원망하게 했으니 설사 태백기에 높이 효수되더라도 지나치다 할 수 없사옵니다. 이제 스스로 분신한 것은 마땅히 그 죗값을 치른 것이옵니다. 전하께서 차마 보시지 못하는 것은 바로 전하께서 지극히 어질고 영명하시며 충심과 자애로운 마음을 지니셨기 때문이옵니다. 하지만 달리 생각하실 수도 있사옵니다. 옛날에 탕 임금께서 지극히 어지셔서 걸왕을 남소로 추방하고 백성을 재앙에서 구제하셨는데 천하에서 누구도 그분을 비난하지 않았사옵니다. 이제 전하께서 천하 제후를 회합하여 하늘을 대신해 죄인을 토벌함으로써 백성을 구제하셨으니 이는 실로 탕 임금보다 빛나는 업적이옵니다. 그러니 절대 마음에 걸리는 일이라고 여기지 마시옵소서."

잠시 후 제후들은 무왕과 함께 영채로 돌아왔다. 한편 강상은 장수와 제자들을 이끌고 불구경을 하면서 성을 점령할 기회를 엿보았다. 그때 불길이 점점 거세져 적성루 지붕까지 뒤덮더니 아래쪽 기둥이 불에 타서 쓰러졌다. 이어서 '쿵!' 하는 소리와 함께 적성루가 무너지며 마치 천지가 무너지듯 주왕을 불길 속에 묻어버렸다. 그의 육신은 순식간에 재가 되어 영혼이 이미 봉신대로 떠났으니 후세 사람이 시를 지어 이를 탄식했다.

걸왕을 남소로 추방한 그 옛날에

깊은 인덕과 두터운 은택으로 나라의 기틀 세웠지.
뜻밖에 주왕이 잔혹한 짓을 많이 저지르다가
뜨거운 불길에 몸 살랐지만 후회해도 이미 늦었지!

放桀南巢憶昔時　深仁厚澤立根基
誰知般受多殘害　烈燄焚身悔已遲

또 어느 역사가는 주왕의 정치적 실패를 다음과 같은 시로 읊었다.

여와 신전에서 감로수를 기원하다가
갑자기 음란한 마음 일었지.
어찌 다정한 마음에 멋진 구절을 지었을까?
무도하면 영원한 이별을 야기함을 알았어야지.
아낙의 말을 듣고 원로를 해치고
충신의 간언을 듣지 않고 음란한 짓을 일삼았지.
포락형으로 억울한 영혼들이 모두 원한을 품고 죽었으니
예로부터 참혹하고 극악한 짓은 유독 그대만 심했도다!

女媧宮軒祈甘霖　忽動擕雲握雨心
豈爲有情聯好句　應知無道起商參
婦言是用殘黃耇　忠諫難聽縱浪淫
炮烙寃魂皆屈死　古來慘惡獨君深

또 주왕이 문무를 겸한 인재였음을 설명한 시가 있다.

호랑이를 때려잡는 위용으로 기세가 더욱 용맹했고
천 근을 드는 완력은 신하들보다 뛰어났지.
들보 받치고 기둥 갈아치워 고금의 장사들을 넘어섰고
맨손으로 나는 새를 잡아 매나 독수리보다 뛰어났지.
간언을 막고 부질없이 절대의 재능을 자랑하고
비리를 꾸미고 도리를 어기면서 교묘한 언변을 발휘했지.
단지 세 요괴가 진정한 성정을 미혹하는 바람에
적성루 앞에서 육신이 불타는 사태를 초래했을 뿐!

打虎雄威氣更驍　千斤膂力冠群僚
托梁換柱超今古　赤手擒飛過鷙鵰
拒諫空稱才絕代　飾非枉道巧多饒
只因三怪迷眞性　贏得樓前血肉焦

적성루와 함께 주왕이 불타버리자 제후들은 모두 오문 밖에 진을 쳤다. 잠시 후 오문이 열리더니 궁녀와 시위장군, 어림군 병졸들이 물을 떠서 꽃을 바치고 향을 살라 절을 올리면서 무왕의 행차를 영접했다. 이에 무왕은 제후들과 함께 아홉 칸 대전으로 갔고 강상은 서둘러 군령을 내렸다.

"일단 궁중의 불길부터 진압하도록 하라!"

이제 뒷일이 어찌 되는지는 다음 회를 보시라.

제98회

무왕, 녹대의 재물을 백성에게 나눠주다

周武王鹿臺散財

주왕은 착취하여 백성의 고혈 빨아먹으며
그 옛날 걸왕이 쫓겨난 때를 믿지 않았지.
곡식을 쌓아놓은들 이미 천 년의 안배 없었고
재물이 넘친들 어찌 백년의 기약 있었으랴?
세상의 운행에 진정한 주인은 없거늘
우습도다, 탐욕과 음란함에 빠진 어리석은 자여!
오늘 백성에게 사직을 돌려주게 되었나니
예로부터 하늘의 뜻이 어찌 사심을 용납했던가!

紂王聚斂吸民脂　不信當年放桀時
積粟已無千載計　盈財豈有百年期
須知世運無眞主　却笑貪淫有阿癡
今日還歸民社去　從來天意豈容私

그러니까 제후들이 모두 아홉 칸 대전으로 들어가자 잠시 후 붉은 섬돌 아래에 여러 장수와 우두머리들이 우르르 몰려와서 양쪽으로 에워쌌다. 이때 강상이 군령을 내렸다.

"병사들은 우선 궁중의 불길을 진압하라!"

그러자 무왕이 강상에게 말했다.

"주왕은 무도하여 백성을 잔인하게 해쳤는데 내궁은 바로 가까이 있어서 궁녀와 환관들이 더욱 큰 피해를 입었습니다. 이제 병사들이 불을 끄면서 혹시 무고한 이들에게 피해가 갈지 모르니 상보께서는 우선 그것부터 엄금하여 저들이 다시 재앙을 당하지 않도록 해주십시오."

이에 강상은 급히 군령을 내렸다.

"병사들은 오직 화재만 진압할 뿐 함부로 횡포를 부려서는 안 된다. 명을 어기고 궁중의 물건을 하나라도 함부로 챙기거나 사람을 함부로 죽인 자는 결코 용서하지 않고 참수하여 수급을 효수할 것이니 명심하도록 하라!"

그러자 궁녀와 환관, 시위, 어림군이 일제히 "만세!" 하고 외쳤다.

무왕은 아홉 칸 대전에서 제후들과 함께 병사들이 화재를 진압하는 모습을 지켜보다가 문득 고개를 들어보니 대전 동쪽에 누렇게 번쩍이는 스무 개의 구리 기둥이 줄지어 세워진 것이 보였다.

"저 구리 기둥은 무엇이오?"

강상이 대답했다.

"저것이 바로 주왕이 만들어낸 포락형에 쓰이는 도구이옵니다."

"세상에! 형벌을 당한 사람도 너무나 참혹했겠지만 오늘 과인은 보기만 해도 가슴이 찢어지는 듯합니다. 주왕은 참으로 잔인했습니다그려!"

강상은 무왕을 안내하여 후궁으로 들어가서 적성루 아래에 이르렀다. 그곳에 있는 채분에는 뱀과 전갈이 들끓었고 그 아래에는 허연 해골이 어지럽게 뒹굴고 있었다. 또 술을 채운 연못 안에서는 음산한 바람이 휭휭 불었고 고기를 걸어놓은 숲 아래에는 차가운 이슬이 처량하게 맺혀 있었다. 그 모습을 본 무왕이 물었다.

"이것은 어찌 된 일입니까?"

"이것은 주왕이 만든 채분이라는 것으로 궁녀를 살해하는 데 쓰였사옵니다. 그리고 저기 좌우에 있는 것이 주지육림이옵니다."

"어허! 주왕은 어찌 이리도 어진 마음이라고는 전혀 없었다는 말인가!"

무왕은 상심을 견디지 못하여 시를 지어 남겼다.

탕 임금은 어진 정치로 덕망이 높아
걸왕을 남소로 추방하고 기강을 정립했지.
그로부터 육백 년이 지나 기풍이 쇠하여
뜻밖에 참혹한 죄악으로 나라를 잃었구나!

成湯祝網德聲揚　放桀南巢正大綱
六百年來風氣薄　誰知慘惡喪疆場

또 포락형에 대해서 시를 지어 남겼다.

충신을 해치니 그 성정이 유독 편벽했고
포락형을 자행하여 미녀의 환심을 샀지.
죽은 영혼은 늘 황금 기둥 옆을 헤매나니
누대 아래에서 불타 죽어 업보를 받았구나!

苦陷忠良性獨偏　肆行炮烙悅嬋娟
遺魂常傍黃金柱　樓下焚燒業報牽

무왕이 적성루에 이르러보니 아직 불씨가 남아서 연기와 불꽃이 꺼지지 않고 있었다. 처참하게 무너진 잔해 속에는 무고하게 해를 당한 궁녀들의 시신이 타고 남아서 참을 수 없는 악취를 풍겼다. 그 모습을 본 무왕은 더욱 마음이 안쓰러워 황급히 병사들에게 분부했다.

"어서 이 유해들을 수습해서 잘 묻어주도록 하라!"

그런 다음 강상에게 말했다.

"그런데 주왕의 유해가 어디에 있는지 모르겠습니다. 마땅히 따로 수습하여 안장해줘야지 노천에 드러내놓아서는 안 되지 않겠습니까? 그렇지 않으면 신하 된 몸으로 우리 마음이 어찌 편안할 수 있겠습니까!"

"주왕은 무도하여 사람과 신이 함께 분노했는데 이제 스스로 분신하였으니 사실상 그에 대한 보응을 받은 것이옵니다. 그런데도 전하께서 예의를 갖추어 안장해주겠다고 하시니 참으로 어진 마음이시옵니다."

그렇게 말하고 강상은 수하에게 분부했다.

"유해를 다른 것과 섞이지 않게 잘 수습하도록 하라. 그리고 주왕의 유해를 찾아 수의를 갖추어 관에 안치하고 천자에 대한 예의에 맞추어 장례를 치르도록 하라."

후세 사람이 상나라의 왕업이 그렇게 끝난 것을 두고 이런 시를 지어 탄식했다.

하늘이 상나라 왕업을 버리시니
적을 막을 병사들 모두 무기를 거꾸로 들었지.
산처럼 쌓인 시체는 들판에 가득하고
핏물은 강이 되어 절구가 떠다녔지.
번잡하고 가혹한 법령을 모두 없애니
비로소 때맞춰 내리는 비 같은 은택을 칭송했지.
오늘 태평성대가 이루어지니
자리에 편히 누워 하늘이 내린 평화를 즐겨야지!

天喪成湯業　敵兵盡倒戈
積山尸遍野　漂杵血流河
盡去煩苛法　方興時雨歌
太平今日定　衽席樂天和

한편 제후들은 무왕과 함께 녹대로 갔다. 누대에 올라가 살펴보니 누각은 구름에 닿을 듯 높이 솟아 있고 높은 정자와 건물이 첩첩이 늘어서 있었는데 화려한 난간에는 옥을 장식했고 기둥과 들보에는 금을 치장해놓았다. 또 야명주며 기이한 보물, 산호수 등을 박아 장식한 실내는 신선 세계의 궁궐을 방불케 했으며 수시로 수많은 노을빛이 피어나고 상서로운 빛을 발산하여 그야말로 눈이 현란하고 가슴이 두근거려 넋이 나갈 정도였다. 그것을 보고 무왕이 고개를 주억거리며 탄식했다.

"이렇게 사치를 부려 천하의 재물을 모조리 긁어모아 자기 욕심을 채웠으니 주왕이 목숨을 잃고 나라를 망하게 하지 않을 도리가 있었겠는가!"

그러자 강상이 말했다.

"예나 지금이나 나라를 잃고 목숨을 잃은 자는 모두 사치 때문이 아니옵니까? 그래서 성스러운 왕들께서는 '자신의 덕을 보배로 여기고 진주나 옥을 귀히 여기지 말라'라고 재삼 경계하셨던 것이옵니다."

"주왕이 망했으니 그에게 착취당해서 지독한 고생을 하고 날마다 홍수나 화재와 같은 재앙에 시달리며 앉으나 서나 불안하기만 했던 민간의 백성과 천하 제후들 모두 다시 활기를 찾을 수 있을 것입니다. 이제 녹대에 쌓인 재물을 제후와 백성들에게 나누어주고 거교鉅橋에 쌓인 양곡을 굶주린 백성들에게 나누어주어 모든 이들이 생기를 회복하고 날마다 평안한 나날을 보낼 수 있도록 해주어야 하지 않겠습니까?"

"그런 점까지 말씀해주시니 참으로 사직과 백성의 홍복이라 하지 않을 수 없사옵니다."

무왕은 곧 백성에게 재물을 나누어주고 양곡을 날라 구휼하게 했다.

그때 후궁에서 주왕의 아들 무경武庚을 사로잡았다는 보고가 올라왔다. 강상이 그를 끌고 오라고 하자 제후들이 모두 이를 갈았다. 잠시 후 장수들이 무경을 대전으로 끌고 와서 무릎을 꿇리자 제후들이 말했다.

"무도한 은수의 죄가 차고 넘쳐서 사람과 신이 함께 분노했으니 마땅히 이놈을 참수하여 천지의 한을 씻어야 합니다!"

이에 강상이 말했다.

"지당하신 말씀이십니다."

그때 무왕이 다급히 저지하고 나섰다.

"아니 되오이다! 주왕이 무도하게 횡포를 부린 것은 모두 간신 무리와 요사한 아낙에 의해 미혹되어 심령이 어지러워졌기 때문인데 그것이 무경과 무슨 상관이 있겠습니까? 또한 주왕은 대신을 포락형에 처해서 비간이나 미자와 같은 현자들도 군주의 잘못을 바로잡지 못하였는데 하물며 일개 어린아이에 지나지 않는 무경이 무엇을 할 수 있었겠습니까? 이제 주왕은 이미 죽었고 그 자식과 무슨 원수 질 일이 있겠습니까? '죄를 지었더라도 처자식까지 연루시키지는 않는 법'이 아닙니까? 그러니 목숨을 아끼는 하늘의 덕을 생각해서 여러 제후들께서도 함부로 목숨을 죽이는 일은 하지 말아주시기 바랍니다. 새로운 천자가 오르게 되면 무경에게 봉토를 하사하여 남쪽 기杞 땅에 그 후손이 살 수 있게 해주어야 마땅합니다. 이것이야말로 상나라 선왕의 은혜에 보답하는 것이 아니겠습니까?"

그러자 동백후 강문환이 나서서 말했다.

"대원수, 이제 대사가 마무리되었으니 새로운 천자를 세워서 천하 제후들과 백성을 안심시켜야 하지 않겠습니까? 게다가 하늘에 해가 없어서는 안 되듯이 나라에도 군주가 없어서는 안 됩니다. 천명은 도리에 맞추어 행해지고 지극히 어진 이에게 돌아가기 마련입니다. 이제 무왕의 어진 덕이 천하에 널리 알려져 만백성의 마음이 그분께 돌아가 있으니 마땅히 그분을 천자로 옹립하여 민심을 안정시켜야 할 것입니다. 또한 우리 제후들이 관문을 들어와 무왕께 의지하여 무도한 자를 정벌하여 오늘의 대사를 이룰 수 있지 않았습니까? 대원수, 부디 이 일을 맡아 더 이상 늦추지 말고 처리하셔서 많은 이들의 마음을 저버리는 일이 없게 해주십시오."

그러자 모든 제후들이 일제히 말했다.

"동백후의 말씀은 이치에 맞기도 하고 저희들의 뜻이기도 합니다."

그러자 강상이 미처 대답하기도 전에 무왕이 황망히 나서서 사양했다.

"과인은 지위도 낮고 덕이 모자라며 명예가 높지 않아 하루하루 조심스럽게 살아가면서 그저 잘못이라도 조금 줄이기만을 바랄 뿐 선왕께서 남겨주신 기업을 이어가기에도 여력이 부족한 상황입니다. 그런데 어찌 감히 천자의 자리를 함부로 넘볼 수 있겠습니까! 천자의 자리는 지난한 것이라 오로지 어질고 덕망 높은 분만이 오를 자격이 있는 것입니다. 그러니 여러 제후들께서는 그런 분을 택하여 옹립하셔야지 자격도 안 되는 과인 같은 사람에게 그 자리를 맡겨서 천하에 부끄러움을 남겨서는 안 될 것입니다. 과인은 상보와 함께 얼른 고향으로 돌아가서 신하의 도리를 다하는 것으로 만족하겠습니다."

그러자 동백후가 버럭 소리쳤다.

"그것은 아니 될 말씀이십니다! 지금 천하에서 대왕보다 더 지극한 덕망을 갖춘 이가 어디 있사옵니까? 천하의 민심이 주나라로 돌아간 지 하루 이틀이 아닌지라 만백성이 조촐하나마 밥과 마실 것을 챙겨서 주나라 군대를 영접하는 실정이거늘 어찌 다른 사람을 내세울 수 있겠사옵니까? 만백성이 모두 대왕께서 자신들을 재앙에서 구해주실 유일한 분이라고 여기고 있사옵니다. 게다가 천하 제후들이 구름처럼 모여들어 전하를 따라 무도한 자를 정벌하였으니 당연히 전하를 경애하고 지지하고 있사옵니다. 그런데 왜 굳이 사양하시옵니까? 부디 많은 이들의 뜻을 따르셔서 저희를 실망시키지 말아주시옵소서!"

"과인이 무슨 덕이 있다고 그러십니까? 여러분, 제발 그렇게 단정하지 마시고 여러 후보를 찾아 심사숙고해주십시오. 그래야 천하 백성이 마음으로 순복할 수 있을 것입니다."

"옛날 요 임금의 지극한 덕은 하느님과 비견될 정도여서 천자의 자리에 앉으셨사옵니다. 하지만 그 후손인 단주가 불초하여 제위를 물려줄 사람을 구하자 많은 이들이 순 임금을 천거하였사옵니다. 순 임금은 중화重華의 덕으로 요 임금을 계승하여 천하를 다스리셨사오나 나중에 순 임금의 후손인 상균이 또한 불초하여 천하를 우 임금에게 물려주셨사옵니다. 그리고 우 임금의 후손은 현명하여 하나라의 기업을 계승할 자격이 되었기 때문에 17대를 이어왔는데 무도한 걸왕이 정치를 그르치는 바람에 지극한 덕을 갖춘 탕 임금께서 그를 남소로 추방하고 하나라를 대신하여 천하를 다스리셨사옵니다. 그런데 26대를 이어온 상나라의 제위가 주왕에 이르러 무도하기 그지없는 행위로 죄가 차고 넘쳐 대왕께서 지극한 덕으로 제후들을 이끌고 하늘을 대신하여 그를 토벌하셨사옵니다. 이제 대사가 마무리되었으니 대권을 계승할 사람이 대왕 외에 또 누가 있겠사옵니까? 그런데 왜 그리 고집을 피우시며 사양하시는 것이옵니까!"

"과인이 어찌 감히 우 임금이나 탕 임금 같은 현명한 철인哲人과 비견된다고 할 수 있겠습니까?"

"대왕께서는 전쟁보다 인의로 천하를 이끄시고 풍속을 아름답게 교화하시어 이미 천하의 삼분의 이를 다스리고 계시옵니다. 그렇기 때문에 기산에서 봉황이 울었고 만백성이 즐겁게 생업에 종사할 수 있었사옵니다. 하늘과 백성의 삶은 서로 호응하는 법이라 이치를 거스를 수 없는 일이옵니다. 그러니 대왕의 덕망 높은 다스림이 어찌 그 두 분 선왕에게 크게 뒤진다고 할 수 있겠사옵니까!"

"동백후께서는 재능과 덕망을 갖추고 계시니 천하의 주인이 되셔야 마땅합니다."

그러자 양편에 있던 제후들이 일제히 나서서 소리쳤다.

"천하의 민심이 오래전에 전하께 돌아갔는데 왜 그리 한사코 사양하시는 것이옵니까? 이것은 저희의 마음을 너무 무시하는 처사가 아니옵니까? 게다가 저희가 여기서 회합한 것이 어찌 하루아침의 힘으로 가능했겠사옵니까? 대왕을 천자로 추대하는 것은 천하의 태평성대를 다시 보고 싶은 바람 때문이옵니다. 그런데도 이렇게 계속 사양하시면 천하 제후들이 와해되어 혼란이 초래될 것이니 그렇게 되면 천하는 결국 평안할 날이 없어지게 될 것이옵니다."

그때 강상이 나서서 황급히 만류했다.

"여러분, 그러실 필요가 없습니다. 제가 명분에 맞추어 잘 설명하도록 하겠습니다."

강상의 계책으로 제왕의 기업을 이루어
제후들로 하여금 성스러운 군주를 모시게 했지.

子牙一計成王業　致使諸侯拜聖君

그렇게 무왕이 한사코 사양하는 가운데 제후들 사이에 의논이 분분하게 일어나자 강상이 나서서 중지시키고 나서 무왕에게 말했다.

"주왕이 천하를 재앙으로 어지럽혀서 대왕께서 제후들을 이끌고 그 죄를 밝히자 천하 모두가 기뻐 승복하였으니 대왕께서는 마땅히 보위에 오르셔서 천하를 다스리셔야 하옵니다. 게다가 지난날 기산에서 봉황이 울어서 주나라에 상서로운 조짐이 드리웠으니 이는 하늘이 뜻을 보여준 것이라 할 것이옵니다. 그것이 어찌 우연이겠사옵니까! 지금 천하의 인심이 기꺼이 주나라에 귀의하고 있으니 이야말로 하늘과 인간이 호응하는 것이므로 때를 놓쳐서는 아니되옵니다. 대왕께서 오늘 한사코 사양하시면 제후들의 마음이 식어서 각기 자기 나라로 돌아가게 되어 통솔할 사람이 없어질 것이옵니다. 그 상태로 각자의 지역에서 할거하게 되면 나날이 분란이 생기게 될 테니 이는 대왕께서 백성을 위로하여 죄인을 토벌한 의의에도 크게 어그러지는 일이옵니다. 그렇게 백성을 크게 실망시키는 것은 그들을 아끼는 것이 아니라 사실상 그들을 해치는 것이 아니겠사옵니까? 부디 통촉하시옵소서!"

"모두들 과인을 좋게 봐주시지만 과인은 덕망도 보잘것없어서 이런 자리를 감당하기에 부족하니 선왕께 부끄러운 결과만 남기게 될까 염려스럽습니다."

그러자 동백후 강문환이 말했다.

"대왕, 굳이 그렇게 사양하실 필요 없습니다. 대원수께서 알아서 처리하실 것입니다. 대원수, 어서 진행하십시오. 너무 지체하다가 인심이 흩어지게 될지도 모르지 않습니까?"

이에 강상이 급히 군령을 내렸다.

"이 그림대로 누대를 만들고 축문을 지어 천지신명과 사직에 고하도록 하라! 혹시 나중에 아주 현명한 분이 나타나신다면 대왕께서 그때 그분에게 제위를 물려드려도 늦지 않을 것이다."

강상의 의도를 잘 아는 제후들은 일제히 "알겠습니다!" 하고 대답했다. 주공 단은 직접 누대를 짓는 일을 감독하러 갔으니 후세 사람이 이를 칭송한 시가 있다.

조가성 안에 선대禪臺°를 쌓으니

만백성의 환호가 천지를 뒤흔들었지.

재앙의 기운은 이미 남은 불꽃에 다 타버렸고

따스한 바람은 비로소 태양을 향해 불어왔지.

기산에 봉황이 울어 상서로운 조짐 있었으니

대전 섬돌에서 줄줄이 송가를 부르며 축수의 잔 올렸지.
천하가 평화롭게 이제부터 번성하니
주나라의 길한 운수가 다시 열렸구나!

朝歌城內築禪臺　萬姓歡呼動八垓
沴氣已隨餘燄盡　和風方向太陽來
岐山鳴鳳纏禎瑞　殿陛賡歌進壽杯
四海雍熙從此盛　周家泰運又重開

주공 단은 설계도를 그려서 천지단天地壇 앞에 대를 하나 지었으니 높이는 삼 층이요 형상은 삼재에 따른 것이었고 또 팔괘에 따라 방위를 나누었다. 대의 중앙에는 '황천후토皇天后土'의 위패를 설치하고 그 옆에 '산천과 사직의 신'을 세웠으며 좌우에는 '12원신十二元神'을 나타내는 깃발을 세웠으니 자子, 축丑, 인寅, 묘卯, 진辰, 사巳, 오午, 미未, 신申, 유酉, 술戌, 해亥의 12간지에 맞춘 것이었다. 또 앞뒤에는 사계절의 신을 방위에 따라 안배했으니 봄의 신 태호太昊와 여름의 신 염제炎帝, 가을의 신 소호少昊, 겨울의 신 전욱顓頊이 그것이었다. 그 중앙에는 황제헌원黃帝軒轅이 있었다. 단상에는 변籩, 두豆, 보簠, 궤簋를 비롯한 제기와 금과 옥으로 만든 술잔 등을 제단 앞에 진열하고 몇 개의 상에 거르지 않은 술[生醞]과 익힌 육포를 차려놓았다. 또 신선한 장과 생선, 고기 등 모든 것을 제사상에 진설했다. 잠시 후 보배로운 화로에 향을 사르고 황금 물병에 꽃을 꽂은 다음 강상이 무왕을 모시고 단 위로 올라가니 무왕은 재삼 사양하고 나서 제단으로 올랐다. 팔백 명의 제후들이 양쪽으로 늘어선 가운데 주공 단이 축문을 받들고 대 위로 올라가서 펼쳐 읽었다.

위대한 주나라 원년인 임진년壬辰年, 새로운 해가 시작되고 사흘째에 서백후인 기주의 무왕 희발이 감히 황천후토의 신들께 고하나이다.

아! 오직 하늘만이 백성에게 은혜를 베푸나니 군주를 세워 하늘의 뜻을 받들게 하셨나이다.° 은수가 하늘을 공경하지 않아 스스로 상나라의 운명을 끊었나이다. 저 희발은 어진 덕으로 다스린 조상의 유풍과 여러 성인들의 품행을 본받고자 하오니 제가 어찌 감히 그 뜻을 넘어설 수 있겠나이까? 오로지 천명을 공경하며 받들어 저 상나라의 죄를 크게 바로잡았나이다. 오로지 천지신명만이 그 공을 이루게 해주셨기에 위대한 천명을 삼가 받들게 되었나이다. 저는 밤낮으로 삼가고 두려운 마음으로 전대의 공을 실추시킬까 두려워하며 공손히 몸을 닦느라 겨를이 없나이다. 제후와 군인, 백성, 원로들이 재삼 청하니 많은 이들의 뜻을 참으로 어기기 어려웠나이다. 이에 많은 이들의 논의를 따라 옛 법전을 살피고 길일을 택하여 천지신명과 종묘, 사직 그리고 돌아가신 우리 문왕께 고하나이다. 오늘 저는 전책典冊과 보물을 받고 천자의 자리를 잇게 되었나이다. 우러러 중국와 안팎의 태평스러운 노래와 하늘과 인간이 상응하는 상서로운 부명符命을 받들어 해와 달의 밝은 비춤을 받아 위대하신 하늘의 영원한 명령을 가슴으로 받겠나이다. 바라옵건대 제게 유신維新의 복을 내리시어 영원히 바뀌지 않도록 하심으로써 억조창생이 저를 추대해준 정을 위로하시어 왕업이 대대로 끊이지 않을 단서를 내려주시옵소서.

신들이시여, 보살펴주시옵소서!

이에 엎드려 제사 올리나니 강림하시어 이 음식들을 잡수시옵소서!

주공 단이 축문을 읽고 나서 불살라 천지신명에게 고하자 향 연기가 공중을 덮으면서 상서로운 아지랑이가 온 대지에 가득했다. 그날은 날씨도 청명하고 은혜로운 바람과 경사로운 구름이 일어났으니 그야말로 번창할 운세에 부응하여 태평스러운 풍경이 평소와 확연히 달랐다. 조가의 백성들도 일제히 모여들어 온 천지에 환호성이 가득했다.

무왕은 전책과 보물을 받고 천자의 자리에 올라 남쪽을 향해 두 손을 모으고 단정히 앉았다. 세 번의 음악이 연주되자 제후들이 모두 홀을 들고 만세삼창을 했다. 축하 인사가 끝나고 무왕은 천하에 대대적으로 사면령을 내렸다. 사람들은 무왕을 부축하여 제단에서 내려와 조정으로 들어가서 다시 축하 인사를 올렸다. 무왕은 곧 성대한 연회를 베풀어 팔백 명의 제후들과 함께 잔치를 즐겼다. 후세 사람이 역사책을 읽다가 무왕이 단 한 번의 출정으로 천하를 다스리게 되고 군주와 신하 사이의 관계가 화목했다는 것을 보고 시를 지어 칭송했다.

제단 아래에 향기로운 바람이 일어 성스러운 군왕을 에워싸고 병사와 백성은 공손히 축하하며 예상무霓裳舞°를 추었지.
강산은 여전히 제사°를 지내게 되었고
사직에는 다시 무장하지 않은 장수가 있게 되어 즐거웠지.
황궁에 새벽이면 이슬 받는 쟁반 움직이고
옥으로 쌓은 계단에는 패옥 소리 바삐 들렸지.
찬란하고 상서롭도다, 청명한 세상이여!
만백성이 칭송하며 천자의 즉위를 축하했지!

壇下香風繞聖王　軍民嵩祝舞霓裳
江山依舊承柴望　社稷重新樂裸將
金闕曉臨仙掌動　玉階時聽珮環忙
熙熙皞皞清明世　萬姓謳歌慶未央

이튿날 무왕이 조회를 열자 제후들이 절을 올렸다. 무왕이 강상에게 말했다.

"주왕은 엄청난 토목공사로 천하의 재물을 탕진하고 황음무도하게 지내다가 정치를 그르쳐서 이렇게 망하게 되었소이다. 짐은 여러 제후들의 추대로 군주의 자리에 올랐으니 녹대에 쌓인 재물을 천하 제후들에게 나누어주고 각 지역의 왕들에게도 의관을 차려입을 비용을 하사하겠소이다. 벼슬의 작록은 다섯으로 나누고 영토는 셋으로 나누되 관리는 오로지 현명하고 유능한 사람만을 임용하겠소이다. 백성에게는 오륜을 중시하되 특히 먹고[食], 장례 치르고[喪], 제사하는[祭] 것에 신경 쓰면서 신의를 돈독히 밝히고 공덕을 숭상하여 마땅한 보상을 받을 수 있게 해주시구려. 제후들은 각기

무왕, 녹대의 재물을 백성에게 나눠주다.

병력을 이끌고 본국으로 돌아가서 맡은 땅을 평안히 다스리라고 하시구려."

무왕은 또 적성루의 건물을 완전히 허물고 녹대의 재물과 거교의 양곡을 나눠주게 했으며 옥에 갇혀 있던 기자를 석방하고 비간의 무덤에 시호諡號를 내려주었다. 그리고 상용의 집을 지장하여 격조를 높이고 궁궐 안 사람들을 풀어주고 천하에 두루 큰 은덕을 베풀어주어 만백성이 기뻐하며 순복했다. 그리고 무왕은 전쟁을 중지하고 문치文治를 숭상하여 말은 화산華山의 남쪽으로 돌려보내고 소는 도림桃林의 들판에 풀어주어 천하가 모두 주나라 왕실에 복종했음을 과시했다. 무왕이 조가에 머문 열 달 정도의 기간 동안 백성은 즐거이 생업에 종사하여 사람은 평안하고 물산은 풍부해졌다. 이에 따라 상서로운 풀이 나고 봉황이 나타났으며 예천醴泉°의 물이 넘치고 감로甘露가 내리는 등 여러 가지 상서로운 징조가 나타났다. 이렇게 찬란하기 그지없는, 그야말로 태평성대의 풍경이 펼쳐졌으니 이를 묘사한 시가 있다.

여든 살 노인이 지팡이를 짚고 가다가
만나면 기꺼이 웃으며 평생을 이야기하는데
눈으로는 전쟁을 목격한 일이 없고
귀로는 전장의 북소리를 들어본 적 드물다고 했지.
언제나 기린과 난새, 봉황이 나타나고
늘 풍악 소리가 귀에 울렸지.
지금도 세상에서는 평안한 천하를 칭송하니

잠조차 편히 자지 못하던 옛날과는 다르지.

八十公公杖策行　相逢欣笑話生平
眼中不識干戈事　耳內稀聞戰鼓聲
每見麒麟鸞鳳現　常聽絲竹管絃鳴
而今世上稱寧宇　不似當年枕席驚

무왕이 천자가 되자 하늘과 인간이 감응하여 백성은 평안하고 물산이 풍부하며 하늘에서는 상서로운 징조가 나타나니 만백성은 누구나 기뻐하며 순복했다. 얼마 후 천하 제후들도 모두 조정에 작별 인사를 하고 본국으로 돌아갔다. 그러자 강상이 내궁으로 들어와서 무왕을 알현했다.

"상보, 무슨 상주하실 일이 있소이까?"

"이제 천하가 안정되었으니 조가를 지키고 다스릴 관리를 임명하시옵소서."

"상보의 말씀이라면 무슨 일이든 따르겠소이다. 그런데 누가 적당하겠소이까?"

"지금 무경을 죽이지 않고 봉토를 지키며 상나라의 제사를 유지하게 해주셨사온데 반드시 누구를 시켜서 감독하게 해야 하지 않겠사옵니까?"

"내일 조회에서 상의하도록 하십시다."

이에 강상은 조정에서 물러나 자신의 거처로 갔다.

이튿날 무왕은 조회를 열고 신하들의 인사가 끝나자 이렇게 물었다.

"짐이 무경으로 하여금 대대로 고향을 지키면서 상나라 제사를 유지하게 해주었는데 아무래도 누군가 감독할 사람이 있어야 하지 않겠소이까? 누구에게 그 일을 맡기는 것이 좋겠소이까?"

이에 신하들이 함께 논의했다.

"아무래도 친왕親王이 아니면 안 되겠지요."

이에 그들은 논의 끝에 무왕의 아우인 관숙선管叔鮮과 채숙도蔡叔度에게 그 일을 맡기는 것이 좋겠다고 결론을 내렸다. 무왕도 그 의견을 윤허하고 곧 두 아우에게 조가를 지키도록 분부한 뒤 다시 분부를 내렸다.

"내일은 본국으로 돌아가야겠소이다."

어명이 내려오자 조가의 병사와 백성, 원로들이 모두 무왕을 붙들어둘 방책을 논의했다.

이튿날 무왕이 행차를 시작하자 갑자기 백성들이 남녀노소를 막론하고 길거리로 몰려나와 길을 막고 절을 올리며 소리쳤다.

"폐하, 저희를 재난에서 구제해주셨는데 이렇게 하루아침에 본국으로 귀국해버리시다니요. 이것은 만백성을 부모 없는 신세로 만드는 일이옵니다! 저희도 똑같은 백성이오니 부디 여기에 머물러 주시옵소서. 그러면 저희는 더할 나위 없는 복으로 여기겠나이다!"

이에 무왕이 그들을 위로했다.

"조가는 이미 짐의 두 아우에게 지키라고 했으니 짐이 있는 것과 마찬가지일세. 그러니 그대들이 머물 곳이 없게 만들지는 않을 것일세. 그대들은 그저 법을 지키기만 하면 자연히 평안하게 생업에 종사할 수 있을 터인데 굳이 짐이 여기에 있을 필요가 어디 있겠는가?"

백성들은 어쩔 수 없이 대성통곡하며 길을 열어주었는데 그 소리가 천지를 뒤흔들어 무왕도 처연한 기분이 들었다. 이에 그가 다시 관숙선과 채숙도에게 말했다.

"백성은 바로 나라의 근본일세. 그러니 자네들은 백성을 가벼이 여겨 학대하지 말고 자식처럼 돌봐야 하네. 만약 짐의 마음을 헤아려 실행하지 않고 백성을 학대한다면 아무리 친형제라 할지라도 국법으로 다스릴 걸세! 그러니 그런 일이 생기지 않도록 자네들도 최선을 다하게!"

"명심하겠사옵니다!"

무왕은 그날로 행차를 출발하여 기주를 향해 서쪽으로 나아갔다. 그러자 백성들이 통곡하며 먼 곳까지 전송하고 조가로 돌아갔다. 무왕의 행렬은 여러 날이 지나서야 맹진에 도착했는데 지난날 맹진을 건널 때 하얀 물고기가 배로 뛰어들고 전쟁으로 소란스러웠던 데 비해 이날의 풍경은 또 달랐는지라 무왕은 치미는 감회를 이기지 못했다. 후세 사람이 이에 대해 시를 지어 칭송했다.

기주로 행차 돌려 용이 바다로 들어가니
백성과 더불어 기뻐하며 태평성대를 즐겼지.
도림에 소를 풀어 새로운 운세를 열고
화산으로 말 돌려보내 묵은 피비린내를 씻었지.
옥에 갇힌 기자부터 먼저 풀어주고
비간의 무덤에 벼슬을 봉해주었지.
지난날 맹진의 강에는 핏물이 흘렀으니

무왕이 옛날의 현자들 그리워한 것도 당연한 일이지.

駕返西岐龍入海　與民歡忭樂堯年
放牛桃林開新運　歸馬華山洗舊膻
箕子囚中先解釋　比干墓上有封箋
孟津昔日曾流血　無怪周王念往賢

어쨌든 무왕은 강상과 함께 황하를 건너 민지를 거쳐 다섯 관문을 나갔다. 길을 가는 동안 강상은 함께 정벌에 나섰다가 전사한 장수들이 떠올라 가슴이 너무 아팠다.

어느 날 행렬은 금계령에 이르러 수양산을 지나게 되었는데 대열이 들어서려는 순간 앞쪽에서 두 명의 도사가 길을 막으며 기문을 책임지는 장수에게 말했다.

"강상 대원수께 드릴 말씀이 있소이다."

보고를 받은 강상이 황급히 원문 밖으로 나와보니 그들은 다름 아닌 백이와 숙제였다. 강상은 얼른 허리를 숙여 예를 표하며 물었다.

"두 분께서는 무슨 가르침을 주시러 오셨는지요?"

이에 백이가 말했다.

"대원수, 오늘 회군하시는 것을 보니 주왕이 어찌 되었는지 궁금합니다."

"주왕은 무도하여 천하가 모두 그를 버렸습니다. 병력이 다섯 관문을 들어가보니 이미 천하 제후들이 맹진에 모여 있었습니다. 갑자일이 되어 그 엄청난 대군을 이끌고 나아가니 아무도 대적하지 못했고 우리에게 맞서려고 나왔던 이들도 무기를 거꾸로 들고 주왕의 군대를 공격했습니다. 그 바람에 핏물에 절구가 떠다닐 정도로 격전이 벌어졌는데 주왕이 스스로 불길에 몸을 던지면서 천하가 안정을 되찾았습니다. 우리 주군께서는 녹대와 거교에 쌓인 재물과 양곡을 풀어 나누어주시고 비간의 무덤에 벼슬을 내리셨으며 상용의 거처를 꾸며서 품위 있게 해주셨으니 모든 제후들이 기꺼이 순복하여 그분을 천자로 옹립해드렸습니다. 이제 이 천하는 주왕의 천하가 아닙니다."

그 말을 들은 백이와 숙제는 만면에 눈물을 흘리며 소리쳤다.

"아아, 가슴 아프구나! 폭력으로 폭력을 맞바꾸었으니 우리는 무얼 하겠는가!"

그들은 그렇게 노래하더니 소매를 떨치고 돌아서서 결국 수양산으로 들어가 「채미采薇」라는 노래를 짓고 이레 동안 주나라 곡식을 먹지 않다가 그곳에서 굶어 죽었다. 후세 사람이 그들을 애도하여 다음과 같은 시를 지었다.

지난날 수양산에서 주나라 병사를 막으며
한 점 충심으로 상나라를 위했지.
천하의 분열이 끝났지만 여전히 피눈물을 흘리며
만 번의 죽음도 불사하며 큰 기강을 세우려 했지.
물과 땅은 새로운 세상이 열렸음을 몰라
강산은 아직도 옛 군주를 그리워했지.
가련하구나, 주나라 곡식을 먹기 수치스러워 기꺼이 명예와

절개 지켰으니

만고 역사에 일월과 같은 밝은 빛이 늘 남아 있으리라!

昔阻周兵在首陽　忠心一點爲成湯

三分已去猶啼血　萬死無辭立大綱

水上不知新世界　江山還念舊君王

可憐恥食甘名節　萬古常存日月光

어쨌든 강상의 군대는 수양산을 지나 연산에 이르렀는데 가는 도중에 주나라 백성들이 밥과 마실 것을 준비하여 무왕을 영접했다. 그러던 어느 날 행차가 기산에 이르자 상대부 산의생과 황곤이 나와서 영접하고 문무백관들이 모두 길가에 엎드려 절을 올렸다. 수레에 타고 있던 무왕은 여러 아우들과 황천작을 데리고 있는 노장 황곤을 보고 말했다.

"짐이 오 년 동안 동쪽을 정벌하고 이제 경들을 보게 되니 나도 모르게 슬픔이 치밀어 마음이 무겁구려."

이에 산의생이 아뢰었다.

"폐하께서는 이제 천자에 오르셨고 천하가 태평하니 더할 나위 없이 기쁜 일이 아니옵니까? 저희가 용안을 다시 뵙게 되었으니 그야말로 용과 호랑이가 다시 만나 군주와 신하로서 기껍고 화목하게 정사를 논할 수 있게 되었사옵니다. 폐하께서는 만백성과 태평성대를 함께 누릴 터인데 어째서 이렇게 슬퍼하시옵니까!"

"짐이 제후를 회합하여 주왕을 토벌하기 위해 동쪽으로 다섯 관문을 들어가는 동안 수많은 충신과 현량한 인재를 잃어 그들도 함께 태평성대를 누리지 못하고 먼저 황천으로 떠났구려. 오늘 그대들을 보니 늙은이나 젊은이, 살아 있는 이나 죽은 이까지 모두 옛 모습이 아닌지라 세월에 대한 감회를 누르지 못해 기분이 울적한 것이오."

"신하는 죽음으로 충절을 지키고 자식은 죽음으로 효도를 다하니 둘 다 군주와 부모의 크나큰 은혜에 보답하여 역사에 아름다운 이름을 남기는 아름다운 일이 아니옵니까? 폐하께서 그 자손에게 벼슬을 내리시어 대대로 나라의 은혜를 입게 하시면 그것이 바로 그들의 충정에 보답하는 것이옵니다. 그런데 굳이 그렇게 울적해하실 필요가 있겠사옵니까?"

무왕은 여러 신하들과 나란히 행차를 계속했다. 기산에서 서기성까지는 칠십 리밖에 떨어지지 않았지만 가는 도중에 내내 만백성이 다투어 나와서 구경하며 너나없이 기뻐했다. 무왕의 행차가 인파에 둘러싸여 서기성에 도착하자 풍악 소리가 맑게 울리면서 향 연기가 자욱이 퍼졌다. 무왕은 앞쪽 대전에 도착하자 수레에서 내려 내궁으로 들어가 태강에게 인사하고 태임과 태사를 만난 후 현경전에 연회를 열어 문무백관들에게 베풀었다.

태평성대의 천자가 아름다운 연회를 여니
용과 호랑이가 풍운 속에서 만나는 때로구나!

太平天子排佳宴　龍虎風雲聚會時

어쨌든 무왕은 문무백관들과 잔치를 즐기며 상을 내리고 즐겁게 마시다가 모두 취하여 자리를 파했다.

이튿날 아침 조회에서 문무백관들의 인사가 끝나자 무왕이 말했다.

"상주할 일이 있으면 반열에서 나와서 짐에게 이야기하고 별일 없으면 해산하도록 하시오."

그 말이 끝나기도 전에 강상이 나와서 아뢰었다.

"제가 하늘의 뜻을 받들어 죄인을 토벌하여 주왕을 멸하고 주나라를 흥성하게 함으로써 폐하의 대사를 이미 마무리 지었사옵니다. 다만 여러 해에 걸친 전쟁에서 전사한 사람과 신선에게 아직 벼슬을 봉해주지 못하고 있사옵니다. 그래서 저는 조만간 폐하를 떠나 곤륜산의 교주님을 뵙고 옥첩玉牒과 금부金符를 받아 와서 그들에게 적당한 벼슬을 내림으로써 각자의 자리를 편히 지키면서 의지할 곳 없이 슬픔에 잠겨 있는 일이 없도록 해줄까 하옵니다."

"당연히 그렇게 하셔야지요."

그 말이 끝나기도 전에 오문의 수문장이 들어와서 아뢰었다.

"상나라의 신하 비렴과 악래가 오문 밖에 대령했사옵니다."

이에 무왕이 강상에게 물었다.

"저들이 무엇 때문에 짐을 찾아왔을까요?"

"비렴과 악래는 주왕을 망친 간신들이옵니다. 저번에 조가성을 함락할 때 저 둘은 몸을 숨겼다가 이제 천하가 태평해지자 폐하를 현혹하여 벼슬을 얻어볼 속셈으로 찾아왔을 것이옵니다. 저런 간신들을 어찌 하루라도 천지간에 살 수 있게 해줄 수 있겠사옵니까! 다만 제가 저들을 쓸 곳이 있사오니 일단 저들을 안으로 불러주시옵소서. 제 나름대로 처리할 방법이 있사옵니다."

이에 무왕은 그들을 대전으로 불러들였다. 잠시 후 수하들의 안내로 대전에 들어온 그들은 엎드려 절을 올리고 만세삼창을 하고 나서 공손히 아뢰었다.

"망국의 신하 비렴과 악래가 폐하의 만수무강을 기원하나이다!"

"두 분께서는 무슨 일로 오셨소이까?"

이에 비렴이 대답했다.

"주왕은 충신의 간언을 듣지 않고 황음무도하게 주색에만 빠져 지내다가 사직을 무너뜨리고 말았사옵니다. 저희가 듣자하니 폐하의 인덕이 천하에 널리 알려져 천하 민심이 폐하께 돌아가서 그야말로 요·순의 전철을 따르고 있다고 하기에 천 리를 멀다 여기지 않고 달려와서 모자라나마 최선을 다하여 폐하를 위해 일하고자 청하옵니다. 저희가 모실 수 있도록 받아들여주신다면 저희로서는 정말 천운이라 하겠사옵니다. 삼가 옥부玉符와 금책金冊을 바치오니 부디 받아주시옵소서!"

그러자 강상이 말했다.

"두 대부께서는 모두 주왕에게 충성을 다하셨는데도 주왕이 통찰하지 못하여 패망의 재앙을 초래했으니 참으로 안타깝구려. 이제 주나라에 귀의하셨으니 어둠을 버리고 광명으로 나온 셈입니다. 폐하, 사이비 옥돌은 버리되 좋은 옥은 써야 하듯이 두 분을 등용해주시기 바라옵나이다."

이에 무왕은 그 둘에게 중대부의 벼슬을 내렸다. 그러자 둘이 성은에 감사하였으니 후세 사람이 이를 탄식하며 시를 지었다.

높은 벼슬을 탐내어 일부러 찾아와
조정에서 옥부와 금책을 바쳤지.
강상이 간신을 막을 계책을 미리 세워두었으니
봉신의 칼날 아래 재앙을 피하지 못하겠구나!

貪望高官特地來　玉符金節獻金階
子牙早定防奸計　難免封神劍下災

어쨌든 무왕은 비렴과 악래에게 벼슬을 내렸고 강상은 조정에서 나와 자신의 저택으로 돌아갔다.

한편 예전에 강상의 아내였던 마씨는 강상에게 장래가 없다고 비웃으며 그를 버리고 다른 곳으로 재가한 일이 있었다. 그런데 지금에 이르러 무왕이 천자의 자리를 이어받고 천하가 주나라에게 돌아가 우주가 태평해지니 깊은 산골의 오두막을 막론하고 사람이 사는 마을이라면 그 소식을 모르는 곳이 없었고 그 모두가 상보 강상의 공적임이 알려졌다. 이제 천하를 통일하고 강상이 다시 조정으로 들어와 재상이 되어 인간 세상의 지극한 부귀영화를 누리면서 신하들 가운데 가장 높은 자리에서 군주에 버금가는 권력을 쥐는 고금에 드문 일이 벌어지자 천하의 모든 이들이 감탄을 금치 못했다.

“옛날 강상이 반계에 은거하여 곤궁히 지낼 때는 어부나 나무꾼으로 늙어갈 줄 알았는데 뜻밖에 여든 살에 문왕의 초빙을 받아 주나라에 귀의하여 오늘날 이렇게 하늘처럼 큰 업적을 이루었구먼!”

이렇게 이야기들을 해대니 결국 그 말이 마씨의 귀에까지 들어가게 되었다. 당시 마씨는 어느 시골 농부의 아내로 살고 있었는데 어느 날 이웃집 노파가 마씨에게 말했다.

"옛날에 자네가 시집갔던 그 강 아무개라는 이가 지금 엄청나게 큰 업적을 이루었다는구먼."

그러면서 여차여차 자세한 이야기를 들려주자 마씨는 화가 치밀어 온 얼굴이 시뻘겋게 달아올라 한참 동안 아무 말도 하지 못했다. 그 노파는 다시 마씨의 속을 긁었다.

"아무래도 그때 자네가 실수한 것 같구먼. 강씨를 따라갔더라면 지금쯤 그 무한한 부귀영화를 누릴 수 있었을 테니 여기서 궁핍하게 사는 것보다 나았을 테지. 아무래도 자네 팔자에는 복이 없나 보구먼!"

그 말에 마씨는 기름을 끼얹은 횃불처럼 속이 끓었지만 후회해도 이미 늦었는지라 더욱 화가 치밀었다. 그녀는 노파와 작별하고 집으로 돌아와서 방 안에 앉아 그 일을 떠올렸다. 그러자 생각할수록 더욱 한스러웠다.

'애초에 왜 그 사람을 그리 멸시했단 말인가! 이런 눈을 가지고도 아직 세상을 살고 있다니 백 년을 살아봐야 이 모양일 뿐일 테지. 세상에 그렇게 엄청난 귀인을 어찌 몰라볼 수 있었단 말인가! 그러고도 무슨 좋은 일이 있겠어! 조금 전에 그 할멈이 나더러 복이 없다고 했을 때 나도 모르게 부끄러웠지. 앞으로 무슨 낯짝으로 이 세상을 살아간단 말인가? 차라리 자살하는 게 낫겠어!'

이에 그녀는 한바탕 통곡하고 나서 다시 생각했다.

'아마 그 사람이 아닐 거야, 잘못 들었겠지. 세상에 동명이인이 있을 수도 있는데 무턱대고 자살하면 헛된 죽음이 아니겠어? 일단 저녁에 남편이 돌아오면 자세히 물어보고 결정해도 늦지 않겠지.'

그날 저녁 농부 장삼張三이 성 안에 가서 채소를 팔고 돌아오자 마씨가 맞이하여 저녁상을 차려주고 물었다.

"지금 강상이라는 이가 장수로 나갔다가 조정에 들어와서 재상이 되어 온갖 부귀영화를 누리고 있다는데 그게 사실이랍디까?"

그러자 장삼이 황급히 웃는 얼굴로 대답했다.

"당신이 묻지 않았더라면 나도 말하기 곤란했겠지만 정말 사실이랍디다. 저번에 강 승상이 조가에 있을 때 얼마나 위세가 대단했는지 모르오! 천하 제후들이 모두 그 사람의 명령을 따랐다 이 말이오. 당시 나도 당신더러 그 사람을 한번 찾아가서 자그마한 부귀라도 얻어보라고 말할까 했는데 그 사람의 지위가 워낙에 높아서 무슨 사달이 생기지나 않을까 싶어 줄곧 그 이야기를 꺼내지 않고 있었소. 하지만 이제 당신이 물으니 어쩔 수 없이 말해준 거요. 헌데 이제는 이미 늦어버렸소. 강 승상은 오래전에 본국으로 돌아가버렸으니 말이오. 애초에 여기에 있을 때가 좋았는데……."

그 말을 들은 마씨는 한참 동안 아무 말이 없었다. 그러자 장삼이 아내가 심란해할까 봐 잠시 위로해주었다. 마씨는 남편에게 자라고 한 뒤 깨끗이 씻고 옷차림을 단정히 하더니 몇 번 통곡하고 나서 대들보에 스스로 목을 매어버렸다. 그녀의 영혼은 그대로 봉신대로 떠났고 장삼이 그 사실을 알았을 때는 이미 날이 밝아 마씨의 숨이 끊어진 상태였다. 그는 어쩔 수 없이 관을 사서 상을 치렀는데 후세 사람이 시를 지어 그 일을 탄식했다.

어리석은 마음에 아직도 부귀영화를 바랐으니
당시 한순간 잘못 생각한 일을 후회했겠지.
아무리 생각해도 뾰족한 수가 없어
대들보에 목을 매니 죽어도 저승에서 부끄럽겠지.

癡心尚望享榮華　應悔當年一念差
三復垂思無計策　懸梁雖死愧黃沙

한편 이튿날 강상은 조정에 들어가서 무왕을 알현했다.

"예전에 제가 사부님의 분부를 받들어 하산하여 폐하를 도와 백성을 위로하고 죄인을 토벌하였는데 그것은 원래 하늘이 정한 운수에 부응하기 위한 것이었사옵니다. 그런데 그 바람에 사람과 신선이 모두 살생의 액운을 당했고 이미 봉신대 위에 봉신방을 세워두었사온데 이제 대사가 마무리되었으나 사람과 신선의 혼백이 의지할 데가 없사오니 제가 곤륜산으로 가서 사부님을 뵙고 옥부와 금책을 받아 와서 여러 신들에게 벼슬을 내려 하루속히 그 자리에서 평안히 지낼 수 있도록 해줄까 하옵니다. 폐하, 그렇게 하도록 윤허해주시옵소서!"

"상보께서 여러 해 동안 노고가 많으셨으니 당연히 태평성대의 복을 누리셔야지요. 하지만 이 일 또한 마무리가 되지 않은 상태이니 속히 처리하시고 신선 세계에 너무 오래 머물러 계셔서 짐이 애타게 기다리게 하지는 마십시오."

"제가 어찌 감히 성은을 저버리고 산림에서 노닐 수 있겠사옵니까!"

강상은 곧 무왕에게 작별 인사를 하고 저택으로 돌아가 목욕을 한 뒤 흙의 장막을 이용해 곤륜산으로 향했으니 이제 뒷일이 어찌 되는지는 다음 회를 보시라.

제99회

강상, 귀국하여 신들에게 벼슬을 봉하다

姜子牙歸國封神

자욱한 향 연기에 오색구름이 피어나고
길거리 가득 태평성대의 노래 울렸지.
북극의 상서로운 빛이 태지를 덮었고
남쪽에서 온 자줏빛 기운이 황궁을 감쌌지.
여러 신선들은 이날 모두 보상을 받았고
많은 성현들도 내일이면 바른 자리로 돌아가겠지.
만고에 숭배되며 길이 제사 받으리니
이제부터 나라 지키며 영원히 맑게 지내리라!

濛濛香靄彩雲生　滿道謳歌賀太平
北極祥光籠兑地　南來紫氣繞金城
群仙此日皆登果　列聖明朝盡返貞
萬古嵩呼禋祀遠　從今護國永澄清

그러니까 강상이 흙의 장막을 이용해 옥허궁 앞까지 가서 감히 함부로 들어가지 못하고 있는데 잠시 후 백학동자가 밖으로 나와서 그를 발견하고 다급히 물었다.

"사숙, 무슨 일로 오셨습니까?"

"사부님께 뵈러 왔다고 좀 전해주시게."

백학동자가 급히 들어가서 보고하자 원시천존이 말했다.

"데리고 들어오너라."

백학동자는 다시 밖으로 나와서 분부를 전했다. 그러자 강상은 옥허궁 안으로 들어가 벽유상 앞으로 가서 엎드려 절을 올렸다.

"사부님, 만수무강하시옵소서! 오늘 제가 온 것은 옥부와 칙명을 받아 전쟁 중에 전사한 충신과 효자, 재앙을 당한 신선들에게 적당한 지위를 내려주어 기댈 곳 없이 떠도는 그들의 영혼이 늘 고대하던 일을 이루어주기 위해서입니다. 사부님, 부디 자비를 베푸시어 속히 시행하게 해주시옵소서. 그렇게 되면 모든 신들뿐만 아니라 제게도 크나큰 복이 될 것이옵니다!"

"나도 이미 알고 있다. 너는 일단 먼저 돌아가라, 며칠 후에 옥부와 칙명을 봉신대로 보내겠다. 어서 돌아가라!"

강상은 고개를 조아려 절을 올리고 물러나서 다시 서기성으로 돌아갔다. 그리고 이튿날 조정으로 들어가 무왕을 알현하고 신에게 벼슬을 봉하는 일에 대해 자세히 아뢰었다.

"제 사부님께서 곧 사람을 보내실 것이옵니다."

며칠이 지나고 난 어느 날, 공중에 생황 소리가 맑게 울리면서 향기가 자욱이 퍼지더니 깃발과 깃털 양산을 든 황건역사들이 무리를 지어 내려왔다. 백학동자가 직접 옥부와 칙명을 전하러 강상의 저택을 찾아온 것이었다.

신선 세계의 금부가 옥대에 내려오니
깃발과 깃털 양산이 세 대에 스치는구나.
뇌부와 온부, 화부가 앞뒤로 나뉘고
여러 별자리가 차례로 열렸도다.
사사로움 없이 잘 살피어 지극한 덕을 칭송받으니
만물을 생육하여 스스로 빼어난 재능을 펼쳤도다!
신선과 귀신이 이로부터 정해져서
아침마다 황량한 들에 떨어지지 않게 해주었지.

紫府金符降玉臺　旌幢羽蓋拂三臺
雷瘟火斗分先後　列宿群星次第開
糾察無私稱至德　滋生有自序長才
仙神人鬼從今定　不使朝朝墮草萊

강상이 옥부와 금책을 받아 제사상 위에 놓고 옥허궁을 향해 감사의 절을 올리자 황건역사와 백학동자가 작별 인사를 하고 옥허궁으로 돌아갔다. 강상은 직접 옥부와 금책을 받들고 흙의 장막을 이용해 기산을 향해 나아가서 한 줄기 바람처럼 순식간에 봉신대에 도착했다. 이때 청복신 백감이 나와서 그를 영접했다. 강상은 봉신대로 들어가서 옥부와 칙명을 한가운데에 놓고 무길과 남궁괄에게 팔괘의 방위에 종이로 만든 깃발을 세우고 12간지의 깃발을 방향에 맞추어 세우도록 분부했다. 그리고 다시 그들에게 삼천 명의 병력을 인솔하여 다섯 방위에 맞추어 도열하게 했다. 강상은 분부를 마치고 나서 바로 목욕하고 옷을 갈아입은 다음 황금 향로에 향을 사르고 술을 따라 꽃을 바치고 대 주위를 세 바퀴 돌았다. 이어서 옥부와 칙명을 향해 절을 올린 다음 우선 청복신 백감에게 대 아래에서 분부를 기다리도록 했다. 그리고 그는 옥허궁 원시천존의 칙서를 펼쳐 읽었다.

태상무극혼원교주 원시천존이 칙명을 내리노라.

아아! 신선과 인간의 길은 지극히 멀리 떨어져 있나니 수행을 돈독히 하지 않으면 어찌 통할 수 있으랴? 신선과 귀신의 길은 다르니 어찌 간사하게 아첨하는 자들이 엿볼 수 있겠는가? 설령 섬에서 정기를 마시고 형체를 단련했다 할지라도 삼시신을 처단하지 못했다면 결국 오백 년 뒤의 재앙을 당할 수밖에 없노라. 현관玄關°에 진정한 하나로서 도道를 품고 지킨다 하더라도 양신을 초탈하지 못하면 삼천 년마다 요지에서 열리는 신선들의 모임에 가기 어렵도다. 그러므로 너희는 지극한 도리를 들었다 하더라도 보리의 지혜로운 깨달음을 징험하지 못했노라. 마음을 굳건히 닦아도 탐욕과 어리석음에서 벗어나지 못하고 육신은 성인의 경지에 들어섰다 하더라도 분노를 없애기 어렵도다. 그리하여 결국 지난날의 허물이 계속 쌓여 재난의 운수를 당하게 되는 것이다. 평범한 인간의 몸으로 충절을 다하여 나라에 보답하기도 하고 분노로 인해 스스로 재앙과 근심을 초래하기도 한다. 생사의 윤회는 한없이 순환하며 업보와 원한은 끝없이 돌아가며 보복한다. 너무나 가엾도다! 가엾게도 너희는 칼날을 좇아다니며 날마다 고해에 빠져 지내면서 마음으로는 충정을 다했지만 늘 의지할 곳 없이 떠돌고 있구나.

이에 특별히 강상으로 하여금 겁운劫運의 경중과 품격의 고하에 따라 너희를 팔부八部의 정신正神에 임명하여 각기 부서를 관장하면서 하늘에 두루 자리를 안배함으로써 인간 세계의 선악을 살피고 삼계三界의 공덕을 조사하여 천거하도록 하노라. 재앙과 복이 너희를 통하여 시행될 것이니 이제부터 생사를 초탈하리라. 공을 세우게 되면 서열에 따라 승진하게 될 것이니 너희는 규범을 잘 지키고 사사로이 망령된 행위를 자행하지 말라. 스스로 허물을 일으켜 큰 근심을 끼치는 일을 삼가고 영원히 부록符籙을 가슴에 품고 언제나 나의 명령을 잘 파악하도록 하라.

이에 너희에게 칙명을 내리나니 삼가 받들어 시행하도록 하라!

강상은 칙명을 읽고 나서 부록을 제사상에 올려놓았다. 그리고 갑옷과 투구를 갖추어 입고 왼손에는 행황무기기를, 오른손에는 타신편을 들고 중앙에 서서 소리쳤다.

"백감, 봉신방을 대 아래에 펼쳐 걸어라! 여러 신들은 서열에 따라 들어오되 서열을 어겨서 죄를 자초하는 일이 없도록 하라!"

백감이 봉신방을 걸자 여러 신들이 몰려들어 살펴보았다. 그 방

강상, 귀국하여 신들에게 벼슬을 봉하다.

의 맨 첫머리에는 백감이 있었다. 그는 봉신방을 보더니 인혼번引魂幡을 들고 황급히 단으로 들어가서 무릎을 꿇고 원시천존의 칙명을 받았다. 이에 강상이 말했다.

"이제 태상원시천존의 칙명을 받들어 전하노라. 그대 백감은 예전에 헌원황제 휘하의 사령관으로 치우를 정벌하는 데 공을 세웠으나 불행히도 북해에서 죽음으로써 나라를 위해 몸을 바쳤으니 그 충절이 가상하도다! 하지만 계속 북해에 빠져 있으면서 원한과 근심에 시달렸으니 참으로 가엾도다! 다행히 강상을 만나 봉신대를 지키며 많은 공을 세웠으니 특별히 보록寶籙을 하사하여 그대의 충혼을 위로하고자 하노라. 이제 그대를 삼계의 수령으로서 8부의 365명의 신을 거느리는 청복정신淸福正神에 봉하노니 삼가 받들어 직무를 수행하도록 하라!"

백감은 단 아래의 음산한 바람의 그림자 속에서 백령번百靈幡을 손에 들고 원시천존의 칙명을 향해 머리를 조아려 감사했다. 그 순간 단 아래에 바람과 구름이 자욱이 일어나면서 향 연기가 감돌았다. 백감은 단 밖으로 나가서 백령번을 들고 분부를 기다렸다. 이에 강상이 그에게 분부했다.

"황천화를 대로 올려 보내라!"

잠시 후 청복신이 깃발로 황천화를 인도하여 단 아래로 데려와서 무릎을 꿇게 하고 강상이 낭독하는 칙명을 받게 했다.

"이제 태상원시천존의 칙명을 받들어 전하노라. 그대 황천화는 젊은 나이에 충정을 다해 나라에 보답했노라. 하산하여 맨 먼저 큰 공을 세웠고 아비를 근심에서 구하여 효성으로 봉양했으나 영예로운 벼슬도 얻지 못하고 전사했으니 참으로 애통하도다! 공적에 따라 상을 받는다면 마땅히 높은 벼슬을 받아야 할 것인지라 이에 특별히 그대를 삼산三山을 감독하는 정신正神인 병령공丙靈公에 봉하노니 삼가 받들어 직무를 수행하도록 하라!"

황천화는 단 아래에서 머리를 조아려 은혜에 감사하고 밖으로 나갔다. 이에 강상이 백감에게 분부했다.

"오악五嶽의 정신들을 데려와라!"

잠시 후 백감이 황비호 등을 대 아래로 인도하여 무릎을 꿇고 강상이 낭독하는 칙명을 받들게 했다.

"이제 태상원시천존의 칙명을 받들어 전하노라. 그대 황비호는 포악한 군주를 만나 참혹한 일을 겪고 다른 나라로 망명하며 이리저리 떠돌다가 혈육을 잃는 슬픔을 당했으나 분연히 뜻을 떨쳐 자신을 알아준 이에게 보답하려 하다가 갑자기 태양금침의 재앙을 만나 결국 흉험한 일을 당했으니 참으로 비통하도다! 그대 숭흑호는 백성을 구제하려는 뜻을 지녔으나 하필 재앙의 운세를 만났고 문빙을 비롯한 세 명은 돈독한 우정으로 한마음이 되어 협력하여 굳건한 충의를 품고 신하로서 충절을 다하고자 했으나 뜻밖에 이승의 운명이 다하여 이루지 못한 뜻을 품고 죽었도다. 그대들 다섯 명은 똑같이 외로운 충정을 지녔지만 공적에는 차이가 있으니 이 때문에 벼슬에도 차등이 있노라. 그대 황비호는 오악의 우두머리로서 또한 저승 세계의 18층 지옥을 관장하도록 하나니 생사의 윤회에 따라 인신人神이나 선귀仙鬼가 된 자는 모두 동악東嶽의 심사에 따라 시행해야 할 것이다. 이에 그대를 동악 태산의 천제인성대제天齊仁聖大帝

에 봉하여 천지와 인간 세계의 길흉화복을 관장하게 하노니 법도를 어기지 말고 삼가 받들어 직무를 수행하도록 하라!"

황비호가 대 아래에서 머리를 조아려 은혜에 감사하자 강상이 나머지 네 명에 대한 칙명을 낭독했다.

"그대 숭흑호는 남악 형산衡山의 사천소성대제司天昭聖大帝에, 그대 문빙은 중악 숭산嵩山의 중천숭성대제中天崇聖大帝에, 그대 최영은 북악 항산恒山의 안천현성대제安天玄聖大帝에, 그대 장웅은 서악 화산華山의 금천순성대제金天順聖大帝에 봉하노니 삼가 받들어 직무를 수행하도록 하라!"

숭흑호 등은 모두 머리를 조아려 은혜에 감사하고 황비호와 함께 단을 나갔다. 이어서 강상이 백감에게 분부했다.

"뇌부雷部의 정신들을 데려와라!"

이에 청복신이 인혼번을 들고 단을 나와서 뇌부의 정신들을 인도하려 했다. 하지만 날카로운 영웅의 풍모를 지녀 남에게 지려 하지 않는 태사 문중은 백감을 따르려 하지 않았다. 강상이 대 위에서 내려다보니 향기로운 바람 속에 구름이 감도는 가운데 문중이 스물네 명의 정신들을 거느리고 대 아래로 불쑥 달려와서 무릎을 꿇지 않는 것이었다. 이에 강상은 타신편을 들고 호통쳤다.

"뇌부의 정신들은 무릎을 꿇고 옥허궁의 칙명을 받들라!"

그제야 문중은 여러 신들을 이끌고 무릎을 꿇고 강상이 낭독하는 칙명을 받들었다.

"이제 태상원시천존의 칙명을 받들어 전하노라. 그대 문중은 일찍이 명산에 들어가 위대한 도를 수련했으나 오기조원의 정과를 이루어 지극한 진리를 깨닫지 못함으로써 대라천大羅天에 오를 인연은 없었노라. 하지만 신하로서 최고의 자리에 올라 두 천자를 보좌하며 충절을 바쳤도다. 비록 재앙의 운명으로 인해 그렇게 되었지만 그 충절은 참으로 가련하도다! 이제 그대를 뇌부를 관장하게 하나니 구름을 일으키고 비를 내려서 만물이 자라도록 하고 천명을 거역하는 무리와 간사한 무리를 제거하고 선악에 따라 재앙과 복을 내리도록 하라. 그대에게 특별히 구천응원뇌신보화천존九天應元雷神普化天尊의 직위를 내리나니 구름을 몰고 비를 내리는 스물네 명의 호법천군護法天君들을 이끌고 그대의 뜻대로 시행하도록 하라. 삼가 받들어 직무를 수행하라!"

뇌부에 소속된 스물네 명의 천군은 다음과 같았다.

등충, 신환, 장절, 도영, 방홍, 유보, 구장, 필환, 진완, 조강, 동전, 원각, 이덕李德(만선진에서 사망), 손량, 백례, 왕변, 요빈, 장소, 황경黃庚(만선진에서 사망), 김소金素(만선진에서 사망), 길립, 여경, 섬전신閃電神(즉 금광성모), 조풍신助風神(즉 함지선)

이렇게 뇌조雷祖 문중은 스물네 명의 천군과 함께 칙명을 듣고 나서 모두 대를 향해 고개를 숙여 인사하고는 봉신대를 나갔다. 이때 상서로운 빛이 표홀히 일어나고 자줏빛 안개에 감싸인 채 번갯불이 번쩍이며 바람과 구름이 휘돌아 쳐서 그 모습이 예사롭지 않았으니 그 모습을 묘사한 시가 있다.

비 뿌리고 구름 일으켜 태평성대를 돕나니
만물에 자양분 북돋아 뭇 생명을 양육했지.
이때부터 뇌부는 하늘의 칙명을 받아
악을 벌하고 선량한 이를 보살펴 성명을 표달했지.

布雨興雲助太平　滋培萬物育群生
從今雷部承天赦　誅惡安良達聖明

그들이 떠나자 강상이 다시 백감에게 분부했다.

"화부火部의 정신들을 데려와라!"

잠시 후 청복신이 나선 등을 대 아래로 인도하여 무릎을 꿇고 강상이 낭독하는 칙명을 받들게 했다.

"이제 태상원시천존의 칙명을 받들어 전하노라. 그대 나선은 예전에 화룡도에서 더없이 높은 도를 닦았으나 푸른 난새를 타지 못하자 분노와 어리석은 마음 때문에 부질없이 육신을 버렸도다. 비록 잘못을 저지르기는 했지만 사실 그 모두가 과거의 잘못일 뿐이다. 이에 특별히 그대를 남방삼기화덕성군南方三炁火德星君이라는 정신의 직위에 봉하노니 화부의 다섯 정신들을 이끌고 그대의 뜻대로 인간 세상을 순찰하며 선악을 살피도록 하라. 삼가 받들어 직무를 수행하라!"

화부의 정신 다섯 명은 다음과 같다.

미화호尾火虎 주초朱招, 실화저室火豬 고진高震, 자화후觜火猴 방귀方貴, 익화사翼火蛇 왕교王蛟, 접화천군接火天君 유환이에 화성火星은 다섯 명의 정신들을 이끌고 고개를 조아려 감사 인사를 올리고 봉신대를 나갔다. 이어서 강상이 백감에게 분부했다.

"온부瘟部의 정신들을 데려와라!"

잠시 후 청복신이 여악 등을 대 아래로 인도하여 무릎을 꿇고 칙명을 받들게 했다. 이어서 처량한 안개 속에 음산한 바람이 휭휭 부는 가운데 강상이 칙명을 낭독했다.

"이제 태상원시천존의 칙명을 받들어 전하노라. 그대 여악은 섬에서 도를 닦아 신선이 될 수 있는 기회가 있었지만 간악한 자의 교묘한 언변에 넘어가 전장에 나가서 살육을 저질렀노라. 스스로 악의 구덩이에 빠졌으니 이 얼마나 슬픈 일인가! 이에 특별히 그대를 온황瘟瘽을 관장하는 호천대제昊天大帝에 봉하노니 온부의 여섯 정신들을 거느리고 그대의 뜻대로 돌림병을 시행하도록 하라. 삼가 받들어 직무를 수행하라!"

온부의 정신 여섯 명의 명단은 다음과 같다.

동방행온사자東方行瘟使者 주신, 남방행온사자南方行瘟使者 이기, 서방행온사자西方行瘟使者 주천린, 북방행온사자北方行瘟使者 양문휘, 권선대사勸善大士 진경, 화온도사和瘟道士 이평

여악 등은 고개를 조아려 은혜에 감사하고 단을 나갔다. 이어서 강상이 다시 백감에게 분부했다.

"두부斗部의 정신들을 데려와라!"

잠시 후 청복신이 금령성모 등을 대 아래로 인도하여 무릎을 꿇

고 강상이 낭독하는 칙명을 받들게 했다.

"이제 태상원시천존의 칙명을 받들어 전하노라. 그대 금령성모는 이미 도와 덕을 온전히 갖추고 수만 겁의 세월을 지내왔으나 분노의 마음을 물리치지 못하여 살육의 재앙을 일으켰노라. 이 모두 스스로 불구덩이로 들어간 격이니 어찌 하늘이 정한 윤회의 고통에서 벗어날 수 있겠는가? 하지만 후회해도 이미 늦었노라. 다만 그대가 수행한 점을 감안하여 특별히 집장금궐執掌金闕에 봉하여 두부를 관장하게 하나니 하늘의 모든 별신들의 우두머리로서 북극자기北極紫炁의 존엄한 자리에서 팔만 사천 별신들과 악살惡煞들을 모두 부리며 영원히 감궁두모坎宮斗母라는 정신의 직책을 수행하라. 삼가 받들어 직무를 수행하여 지난날의 과오를 모두 씻도록 하라!"

오두군성길요악살五斗群星吉耀惡煞의 명단은 다음과 같다.

동두성관東斗星官: 소호, 김규金奎, 희숙명, 조병

서두성관西斗星官: 황천록, 용환, 손자우, 호승, 호운붕

중두성관中斗星官: 노인걸, 조뢰, 희숙승

중천북극자미대제中天北極紫微大帝: 희백읍고

남두성관南斗星官: 주기, 호뢰, 고귀, 여성, 손보, 뇌곤

북두성관北斗星官: 황천상(천강天罡), 은비간殷比干(문곡文曲), 두융(무곡武曲), 한승(좌보左輔), 한변(우필右弼), 소전충(파군破軍), 악순(탐랑貪狼), 곽신(거문巨門), 동충(초요招搖)

별신의 명단은 다음과 같다.

청룡성靑龍星 등구공, 백호성白虎星 은성수, 주작성朱雀星 마방, 현무성玄武星 서곤, 구진성勾陳星 뇌붕, 등사성螣蛇星 장산, 태양성太陽星 서개, 태음성太陰星 강씨(주왕의 황후), 옥당성玉堂星 상용, 천귀성天貴星 희숙건, 용덕성龍德星 홍금, 홍란성紅鸞星 용길공주, 천희성天喜星 천사 주왕, 천덕성天德星 매백(주왕의 대부大夫), 월덕성月德星 하초(주왕의 대부), 천사성天赦星 조계(주왕의 대부), 모단성貌端星 가씨(황비호의 아내), 금부성金府星 소진, 목부성木府星 등화, 수부성水府星 여원, 화부성火府星 화령성모, 토부성土府星 토행손, 육합성六合星 등선옥, 박사성博士星 두원선, 역사성力士星 오문화, 주서성奏書星 교력, 하괴성河魁星 황비표, 월괴성月魁星 철지부인, 제거성帝車星 강환초, 천사성天嗣星 황비표, 제락성帝輅星 정책, 천마성天馬星 악승우, 황은성皇恩星 이금, 천의성天醫星 전보, 지후성地后星 황씨(주왕의 비), 택룡성宅龍星 희숙덕, 복룡성伏龍星 황명, 역마성驛馬星 뇌개, 황번성黃幡星 위분, 표미성豹尾星 오겸, 상문성喪門星 장계방, 조객성弔客星 풍림, 구교성勾絞星 비중, 권설성卷舌星 우혼, 나후성羅睺星 팽준, 계도성計都星 왕표, 비렴성飛廉星 희숙곤, 대모성大耗星 숭후호, 소모성小耗星 은파패, 관삭성貫索星 구인, 난간성欄杆星 용안길, 피두성披頭星 태란, 오귀성五鬼星 등수, 양인성羊刃星 조승, 혈광성血光星 손염홍, 관부성官符星 방의진, 고신성孤辰星 여화, 천구성天狗星 계강, 병부성病符星 왕좌, 찬골성鑽骨星 장봉, 사부성死符星 변금룡, 천패성天敗星 백현충, 부침성浮沉星 정춘, 천살성天殺星 변길, 세살성歲殺星 진경, 세형성歲刑星 서방(천운관 사령관),

세파성歲破星 조전, 독화성獨火星 희숙의姬叔義, 혈광성血光星 마충, 망신성忘神星 구양순(임동관 사령관), 월파성月破星 왕호, 월유성月游星 석기낭랑, 사기성死炁星 진계정, 함지성咸池星 서충, 월염성月厭星 요충, 월형성月刑星 진오, 흑살성黑殺星 고계능, 칠살성七煞星 장규, 오곡성五谷星 은홍, 제살성除殺星 여충余忠, 천형성天刑星 구양천록歐陽天祿, 천라성天羅星 진동, 지망성地網星 희숙길姬叔吉, 천공성天空星 매무, 화개성華蓋星 오병, 십악성十惡星 주신, 잠축성蠶畜星 황원제, 도화성桃花星 고난영, 소추성掃帚星 마씨(강상의 아내), 대화성大禍星 이간, 낭적성狼籍星 한영(사수관 사령관), 피마성披麻星 임선, 구추성九醜星 용수호, 삼시성三尸星 살견撒堅, 삼시성三尸星 살강撒強, 삼시성三尸星 살용撒勇, 음착성陰錯星 김성, 양차성陽差星 마성룡, 인살성忍殺星 공손탁, 사폐성四廢星 원홍, 오궁성五窮星 손합, 지공성地空星 매덕, 홍염성紅艶星 양씨(주왕의 비), 유하성流霞星 무영, 과숙성寡宿星 주승, 천온성天瘟星 김대승, 황무성荒蕪星 대례, 태신성胎神星 희숙례姬叔禮, 복단성伏斷星 주자진, 반음성反吟星 양현, 복음성伏吟星 요서량, 도침성刀砧星 상호, 멸몰성滅沒星 진계진陳繼眞, 세염성歲厭星 팽조수, 파쇄성破碎星 오룡

28수二十八宿의 명단은 다음과 같다.(이 가운데 여덟 명은 수부水部와 화부火部를 관장하며 모두 만선진에서 죽음.)

각목교角木蛟 백림柏林, 두목치斗木豸 양위楊偉°, 규목랑奎木狼 이

웅李雄, 정목안井木犴 심경沈庚, 우금우牛金牛 이홍李弘, 귀금양鬼金羊 조백고趙白高, 누금구婁金狗 장웅張雄, 항금룡亢金龍 이도통李道通, 여토복女土蝠 정원鄭元, 위토치胃土雉 송경宋庚, 유토장柳土獐 오곤吳坤, 저토학氐土貉 고병高丙, 성일마星日馬 여능呂能, 묘일계昴日鷄 황창黃倉, 허일서虛日鼠 주보周寶, 방일토房日兎 요공백姚公伯, 필월오畢月烏 김승양金繩陽, 위월연危月燕 후태을侯太乙, 심월호心月狐 소원蘇元, 장월록張月鹿 설정薛定

두부에 소속된 천강성天罡星 서른여섯 명의 명단은 다음과 같다.(모두 만선진에서 죽음.)

천괴성天魁星 고연高衍, 천강성天罡星 황진黃眞, 천기성天機星 노창蘆昌, 천한성天閑星 기병紀丙, 천용성天勇星 요공효姚公孝, 천웅성天雄星 시회施檜, 천맹성天猛星 손을孫乙, 천위성天威星 이표李豹, 천영성天英星 주의朱義, 천귀성天貴星 진감陳坎, 천부성天富星 여선黎仙, 천만성天滿星 방보方保, 천고성天孤星 첨수詹秀, 천상성天傷星 이홍인李洪仁, 천청성天晴星° 왕용무王龍茂, 천건성天健星 등옥鄧玉, 천암성天暗星 이신李新, 천우성天祐星 서정도徐正道, 천공성天空星 전통典通, 천속성天速星 오욱吳旭, 천이성天異星 여자성呂自成, 천살성天煞星 임내빙任來聘, 천미성天微星 공청龔淸, 천구성天究星 선백초單百招, 천퇴성天退星 고가高可, 천수성天壽星 척성戚成, 천검성天劍星 왕호王虎, 천평성天平星° 복동卜同, 천죄성天罪星 요공姚公, 천손성天損星 당천정唐天正, 천패성天敗星

신례申禮, 천뇌성天牢星 문걸聞傑, 천혜성天慧星 장지웅張智雄, 천폭성天暴星 필덕畢德, 천곡성天哭星 유달劉達, 천교성天巧星 정삼익程三益

두부에 소속된 지살성地煞星 일흔두 명의 명단은 다음과 같다.(모두 만선진에서 죽음.)

지괴성地魁星 진계진陳繼眞, 지살성地煞星 황원제, 지용성地勇星 가성賈成, 지걸성地傑星 호백안呼百顔, 지웅성地雄星 노수덕魯修德, 지위성地威星 수성須成, 지영성地英星 손상孫祥, 지기성地奇星 왕평王平, 지맹성地猛星 백유환柏有患, 지문성地文星 혁고革高, 지정성地正星 고력考鬲°, 지벽성地闢星 이수李燧, 지합성地闔星 유형劉衡, 지강성地強星 하상夏祥, 지암성地暗星 여혜余惠, 지보성地輔星 포룡鮑龍, 지회성地會星 노지魯芝, 지좌성地佐星 황병경黃丙慶, 지우성地祐星 장기張奇, 지령성地靈星 곽사郭巳, 지수성地獸星 김보도金甫道, 지미성地微星 진원陳元, 지혜성地慧星 차곤車坤, 지폭성地暴星 상성도桑成道, 지묵성地默星 주경周庚, 지창성地猖星 제공齊公, 지광성地狂星 곽지원霍之元, 지비성地飛星 섭중葉中, 지주성地走星 고종顧宗, 지교성地巧星 이창李昌, 지명성地明星 방길方吉, 지진성地進星 서길徐吉, 지퇴성地退星 번환樊煥, 지만성地滿星 탁공卓公, 지수성地遂星 공성孔成, 지주성地周星 요금수姚金秀, 지은성地隱星 영삼익寧三益, 지이성地異星 여지余知, 지리성地理星 동정童貞, 지준성地俊星 원정상袁鼎相, 지락성地樂星 왕상汪祥, 지첩성地捷星 경안耿顔, 지속성地速星 형삼란邢三鸞, 지진성地鎭星 강충姜忠, 지기성地羈星 공천조孔天兆, 지마성地魔星 이약李躍, 지요성地妖星 공천龔倩°, 지유성地幽星 단청段淸, 지복성地伏星 문도정門道正, 지벽성地僻星 조림祖林, 지공성地空星 소전蕭電, 지고성地孤星 오사옥吳四玉, 지전성地全星 광옥匡玉, 지단성地短星 채공蔡公, 지각성地角星 남호藍虎, 지수성地囚星 송록宋祿, 지장성地藏星 관빈關斌, 지평성地平星 용성龍成, 지손성地損星 황오黃烏, 지노성地奴星 공도령孔道靈, 지찰성地察星 장환張煥, 지악성地惡星 이신李信, 지혼성地魂星 서산徐山, 지수성地數星 갈방葛方, 지음성地陰星 초룡焦龍, 지형성地刑星 진상秦祥, 지장성地壯星 무연공武衍公, 지열성地劣星 범빈范斌, 지건성地健星 섭경창葉景昌, 지모성地耗星 요엽姚燁, 지적성地賊星 손길孫吉, 지구성地狗星 진몽경陳夢庚

두부에 소속된 구요성관九曜星官의 명단은 다음과 같다.(모두 만선진에서 죽음.)

숭응표, 고문평高紊平, 한붕韓鵬, 이제李濟, 왕봉王封, 유금劉禁, 왕저王儲, 팽구원彭九元, 이삼익李三益

북두오기수덕성군北斗五炁水德星君의 명단은 다음과 같다.

수덕성水德星 노웅(수부水部의 정신 네 명을 통솔), 기수표箕水豹 양진楊眞, 벽수유壁水貐 방길청方吉淸, 삼수원參水猿 손보孫寶, 진

수인軫水蚓 호도원胡道元

별신들은 봉호를 듣고 나서 고개를 숙여 감사 인사를 하고 분분히 단을 나갔다. 이어서 강상이 백감에게 분부했다.

"치년태세直年太歲를 데려와라!"

잠시 후 청복신이 깃발로 은교와 양임 등을 단 아래로 인도하여 무릎을 꿇게 하고 강상이 낭독하는 칙명을 받들게 했다.

"이제 태상원시천존의 칙명을 받들어 전하노라. 그대 은교는 예전에 주왕의 아들로서 모후의 죽음을 애통해하여 부왕을 거슬러 뜻밖의 재앙을 당할 뻔했노라. 나중에 명산에서 도를 닦았지만 사부의 분부를 저버리고 하늘을 거스를 마음을 품어 쟁기와 호미의 재앙을 초래했도다. 비록 신공표의 사주를 받기는 했지만 그대 또한 스스로 죄를 지었도다. 그대 양임은 주왕을 섬기면서 충심으로 올바른 간언을 했지만 먼저 눈이 도려내지는 고통을 당했고 주나라에 귀의한 뒤에 나라를 위해서 몸을 바치다가 비명횡사하는 재앙을 당했도다. 이 모두 재앙의 운수 때문에 그렇게 되었으니 하늘이 정한 운명은 피하기 어려운 법이니라. 이에 특별히 그대 은교를 집년세군태세신執年歲君太歲神에 봉하노니 주년週年을 지키며 해당 해의 길흉을 주관하도록 하라. 그대 양임은 갑자태세신甲子太歲神에 봉하노니 부하의 일치정신日值正神들을 이끌고 온 하늘의 별자리 도수度數에 따라 인간 세상의 지난 과오를 감찰하도록 하라. 그대들은 각자 직무를 수행하며 영원히 이 새로운 칙명을 성실히 받들어야 할 것이니라!"

태세부太歲部에 소속된 일치신들의 명단은 다음과 같다.

일유신日游神 온량, 야유신夜游神 교곤, 증복신增福神 한독룡, 손복신損福神° 설악호, 현도신顯道神 방필, 개로신開路神 방상, 치년신直年神 이병李丙(만선진에서 죽음), 치월신直月神 황승을黃承乙(만선진에서 죽음), 치일신直日神 주등周登(만선진에서 죽음), 치시신直時神 유홍劉洪(만선진에서 죽음)

은교 등은 봉호를 듣고 나서 고개를 숙여 감사 인사를 하고 단을 떠났다. 이어서 강상이 다시 백감에게 분부했다.

"왕마 등을 데려와라!"

잠시 후 청복신이 깃발로 왕마 등을 대 아래로 인도하여 무릎을 꿇게 하고 강상이 낭독하는 칙명을 받들게 했다.

"이제 태상원시천존의 칙명을 받들어 전하노라. 왕마를 비롯한 그대들은 구룡도에서 도를 닦았으나 수행이 깊지 않아서 간악한 말에 현혹되어 구전九轉의 공부를 버리고 오히려 피 묻은 칼날을 맞는 고통을 당했노라. 이 또한 스스로 지은 죄 때문이니 남을 원망하지 말라. 이에 특별히 그대들을 영소보전을 지키는 사성대원수四聖大元帥에 봉하노니 영원히 이 칙명을 받들어 성실히 수행함으로써 영혼을 위로하고자 하노라."

사성대원수의 명단은 다음과 같다.

왕마, 양삼, 고체건高體乾°, 이흥패

왕마 등은 봉호를 듣고 나서 고개를 숙여 감사 인사를 하고 단을 떠났다. 강상이 다시 백감에게 분부했다.

"조공명 등을 데려와라!"

잠시 후 청복신이 조공명 등을 깃발로 인도하여 대 아래에서 무릎을 꿇게 하고 강상이 낭독하는 칙명을 받들게 했다.

"이제 태상원시천존의 칙명을 받들어 전하노라. 그대 조공명은 예전에 도를 닦아 이미 삼승의 수행을 이루어 신선의 고을에 깊이 들어갔지만 마음속의 열화를 참지 못했노라. 덕업德業은 대단히 높고 청정했지만 결국 경솔한 상황에 엮여서 악의 구렁텅이에 빠짐으로써 진정한 도로 돌아올 길이 없어지고 말았도다. 살아서 대라천에 들어가지 못했으니 죽어서나마 마땅히 금고金誥°를 받아 벼슬에 봉해져야 할 것이다. 이에 특별히 그대를 금룡여의정일용호현단진군金龍如意正一龍虎玄壇眞君이라는 신에 봉하노니 부하의 네 정신들을 통솔하고 뒤늦게나마 놓쳐버렸던 상서로운 복을 되찾아 누리도록 하라. 삼가 칙명을 받들어 수행하라!"

초보천존招寶天尊 소승, 납진천존納珍天尊 조보, 초재사자招財使者 진구공, 이시선관利市仙官 요축익姚逐益°

조공명 등은 봉호를 듣고 나서 고개를 숙여 감사 인사를 하고 단을 떠났다. 강상이 다시 백감에게 분부했다.

"마씨 가문의 네 장수를 데려와라!"

잠시 후 청복신이 마예청 형제를 깃발로 인도하여 대 아래에서 무릎을 꿇게 하고 강상이 낭독하는 칙명을 받들게 했다.

"이제 태상원시천존의 칙명을 받들어 전하노라. 마예청을 비롯한 그대들은 비밀리에 전수받은 보물을 믿고 천명을 거스르면서 형제가 한 몸임을 과시하며 무고한 이들을 살육했노라. 충정을 다한 점은 가상하나 재난의 운명은 피할 수 없는 법이니라. 그대들은 동시에 죽어서 오랫동안 고통을 겪었으므로 이제 특별히 사대천왕四大天王에 봉하노니 서방의 종교를 보필하면서 지地, 수水, 화火, 풍風의 상相을 세워 나라를 지키고 백성을 평안히 하면서 비바람을 순조롭게 하여 풍년이 들게 해줄 수 있는 권한을 내리노라. 영원히 그 직무를 수행하면서 새로운 칙명에 누를 끼치지 않도록 하라!"

증장천왕增長天王 마예청(청광보검靑光寶劍을 쥐고 바람을 관장), 광목천왕廣目天王 마예홍(벽옥비파碧玉琵琶를 지니고 조화[調]를 관장), 다문천왕多文天王 마예해(혼원주산混元珠傘을 들고 비를 관장), 지국천왕持國天王 마예수(자금용화호초紫金龍花虎貂를 지니고 순조로움[順]을 관장)

마예청 등은 봉호를 듣고 나서 고개를 숙여 감사 인사를 하고 단을 떠났다. 강상이 다시 백감에게 분부했다.

"정륜 등을 데려와라!"

잠시 후 청복신이 정륜 등을 깃발로 인도하여 대 아래에서 무릎을 꿇게 하고 강상이 낭독하는 칙명을 받들게 했다.

"이제 태상원시천존의 칙명을 받들어 전하노라. 그대 정륜은 주왕을 버리고 주나라에 귀순하여 바야흐로 어진 신하로서 진정한 군주를 만나 갖은 고생을 다해 군량 운송을 감독하며 험한 길을 다녔지만 일생의 영예를 누려보지도 못하고 오히려 하늘이 내린 액운을 당하고 말았도다. 그대 진기는 백성을 위로하여 죄인을 토벌하는 군대를 막아 천명을 거슬렀으나 나라에 충절을 바쳤으니 이 점은 가상하도다. 이 모두 재난의 운수 탓이니 너무 한탄할 필요는 없노라. 이에 특별히 그대들의 뛰어난 재능을 감안하여 벼슬을 내리고자 하노라. 그대들은 서쪽 불가의 산문을 지키고 교화를 널리 펼치며 법보를 호위하는 형합이장哼哈二將의 신으로 봉하노니 각자 직무를 성실히 수행하며 영원히 이 칙명을 받들도록 하라!"

정륜과 진기는 봉호를 듣고 나서 고개를 숙여 감사 인사를 하고 단을 떠났다. 강상이 다시 백감에게 분부했다.

"여화룡 부자를 데려와라!"

잠시 후 청복신이 여화룡 등을 깃발로 인도하여 대 아래에서 무릎을 꿇게 하고 강상이 낭독하는 칙명을 받들게 했다.

"이제 태상원시천존의 칙명을 받들어 전하노라. 여화룡을 비롯한 그대들 부자는 외로운 성을 지키며 충정을 다 바치고 일가족이 죽음의 재난을 당했으므로 영화로운 벼슬을 받을 자격이 충분하도다! 이에 특별히 그대들에게 새로운 칙명을 내리나니 하늘의 이치가 잘 이루어지도록 도와라. 이에 그대들을 인간 세상의 전염병을 관장하고 수명의 장단을 주관하며 음양의 순행과 역행을 책임지고 조화의 원신을 세우는 주두벽하원군主痘碧霞元君의 신으로 봉하노니 오방의 두신痘神들을 통솔하여 그대들 뜻대로 시행하도록 하라.

그리고 그대 여화룡의 부인 김씨를 위방성모원군衛房聖母元君에 봉하노니 함께 새로운 칙명을 받고 영원히 그 직무를 성실히 수행하도록 하라!"

오방주신의 명단은 다음과 같다.

동방주두정신東方主痘正神 여달, 서방주두정신西方主痘正神 여조, 남방주두정신南方主痘正神 여광, 북방주두정신北方主痘正神 여선, 중앙주두정신中央主痘正神 여덕

여화룡 등은 봉호를 듣고 나서 고개를 숙여 감사 인사를 하고 단을 떠났다. 강상이 다시 백감에게 분부했다.

"삼선도의 운소와 경소, 벽소를 데려와라!"

잠시 후 청복신이 운소 등을 깃발로 인도하여 대 아래에서 무릎을 꿇게 하고 강상이 낭독하는 칙명을 받들게 했다.

"이제 태상원시천존의 칙명을 받들어 전하노라. 운소를 비롯한 그대들은 신선의 섬에서 수련하며 밤낮으로 공을 쌓았지만 천황天皇의 시절에 득도했음에도 대라천의 피안에 오르지 못했노라. 게다가 오라비의 말을 듣고 방자하게 황금 가위를 빌려주어 목숨을 해치게 했으며 또한 하늘이 정한 운명에 분노하여 황하진을 펼쳐 올바른 도인들을 사로잡음으로써 역대의 제자들이 금두金斗의 재앙을 당하게 하고 삼화의 원기를 없앴노라. 나중에는 속인으로 전생轉生하여 더 많은 사달을 일으켰으나 명백한 업보에 대해 마음으로 후회하지 않았노라. 하지만 이제 은혜를 베풀어 그대들에게 벼슬을

내리겠노라. 이제 그대들은 혼원금두를 지니고 선천先天과 후천後天을 전담하여 신선이며 보통 사람, 성현, 제후, 천자, 귀인, 천인, 현자, 어리석은 자를 막론하고 모두 그 조화에 따라 윤회전생輪回轉生하게 하고 그들이 이를 넘어서지 못하게 하라. 이에 그대들을 감응수세선고정신感應隨世仙姑正神에 봉하노니 이 칙명을 명심하고 직무를 성실히 수행하도록 하라!"

운소낭랑, 경소낭랑, 벽소낭랑(이상의 세 선녀가 바로 갱삼고낭[坑三姑娘]°의 신이다. 혼원금두는 바로 인간 세상의 변기[淨桶]이니 무릇 사람이 태어나 자라는 것은 모두 이것을 따라 화생化生하는 것이다.)

세 선녀는 봉호를 듣고 나서 고개를 숙여 감사 인사를 하고 단을 떠났다. 강상이 다시 백감에게 분부했다.

"신공표를 데려와라!"

잠시 후 청복신이 신공표를 깃발로 인도하여 대 아래에서 무릎을 꿇게 하고 강상이 낭독하는 칙명을 받들게 했다.

"이제 태상원시천존의 칙명을 받들어 전하노라. 그대 신공표는 천교에 귀의한 몸으로 오히려 천명을 거역하는 이들을 도와 올바른 이들을 가로막았으며 사로잡히고 나서는 또 거짓 맹서로 죄를 덮으려 했노라. 육신은 비록 북해를 막고 있지만 지난 과오를 풀기는 실로 어렵도다. 하지만 청명하게 수련한 고충을 감안하여 작으나마 벼슬을 내리겠노라. 그대는 동해를 관장하며 아침에는 일출을 보고 저녁에는 은하수를 운행시키며 여름에는 물이 풀어지고 겨울에는 얼어 응집하게 하되 주기가 되면 다시 시작하게 하는 분수장군分水將軍에 봉하노라. 그대는 영원히 이 칙명을 어김없이 성실하게 수행하라!"

신공표는 봉호를 듣고 나서 고개를 숙여 감사 인사를 하고 단을 떠났다.

이렇게 365명의 정신들에게 봉호를 내리고 나자 각 신들은 자신의 봉직을 수행하기 위해 떠났다. 잠시 후 봉신대 주변의 음산한 바람은 그치고 참담한 안개가 맑게 개어 하늘에 붉은 해가 나타나면서 온화한 바람이 불었다. 강상은 제단에서 내려와서 남궁괄에게 군령을 내렸다.

"조정의 모든 문무백관들을 모아 기산으로 와서 대령하라!"

"예!"

남궁괄은 급히 파발마를 보내고 조정으로 달려갔다.

이튿날 모든 문무백관들이 일제히 제단 아래로 줄지어 와서 대령하자 잠시 후 강상이 중군 막사에 올라 관료들의 인사를 받고 나서 군령을 내렸다.

"비렴과 악래를 끌고 와라!"

그러자 두 사람이 일제히 하소연했다.

"저희는 죄가 없사옵니다!"

"흥! 너희 두 역적은 군주를 미혹하여 정치를 어지럽히고 충성스럽고 어진 신하를 해쳐서 상나라 사직을 멸망시켰으니 그 죄가 차고 넘쳐 죽어도 다 씻지 못할 것이다! 이제 나라가 망하고 군주가 죽자 또 찾아와서 보물을 바치면서 일신의 안위를 꾀하여 주나라에서 벼슬을 살며 후한 봉록을 누리려고 했다. 새로운 천자께서는 삼가 아름다운 천명을 받들어 만국을 혁신하고자 하시는데 어찌 너희 같은 불충불의한 것들을 세상에 용납하여 새로운 정치에 수치를 끼칠 수 있겠느냐! 여봐라, 끌고 나가서 국법에 따라 참수하라!"

두 사람이 고개를 숙이고 아무 말도 하지 못하자 수하들이 곧 그들을 원문 밖으로 끌고 나갔으니 이제 그들의 목숨이 어찌 되는지는 다음 회를 보시라.

제100회

주나라 천자, 각 나라의 제후를 봉하다

周天子分封列國

주나라 왕실 기반 열어 제왕의 판도 세우니

토지를 나누어 봉하여 빼어난 공로에 보답했지.

농지를 획분하듯 대대로 봉록 받는 작위 세 등급으로 나누니

작위 받은 관료들 온 거리에 늘어섰지.

공적을 적은 철권鐵券과 금서金書는 석실에 보관하고

상아 깃대에 보독번 높이 세워 가문°을 옹위했지.

이제부터 번진藩鎭들이 별들처럼 깔리니

현명하고 사리에 맞게 교화 일으켜 만백성이 소생했지.

周室開基立帝圖　分茅列土報功殊

制田世祿惟三等　品爵官人樹五途

鐵券金書藏石室　高牙大纛擁銅符

從今藩鎭如星布　倡化宣猷萬姓蘇

그러니까 강상이 비렴과 악래를 참수하라고 군령을 내리자 좌우의 기문관들이 두 사람을 원문 밖으로 끌고 나가서 목을 베어 효수하고 결과를 보고했다. 이에 강상은 다시 봉신대로 들어가서 탁자를 '탕!' 치며 소리쳤다.

"청복신 백감은 어디 있느냐? 당장 비렴과 악래의 혼백을 제단 앞으로 인도하라!"

잠시 후 청복신이 비렴과 악래를 깃발로 인도하여 대 아래에서 무릎을 꿇게 하고 강상이 낭독하는 칙명을 받들게 했다.

"이제 태상원시천존의 칙명을 받들어 전하노라. 그대들 비렴과 악래는 생전에 간사하게 아첨하여 군주의 총명함을 현혹함으로써 나라를 망하게 하고 군주를 죽음에 이르게 하고도 구차한 목숨을 간신히 유지했노라. 그저 보물을 훔쳐서 일신의 영화를 추구하려고 했지만 뜻밖에 법망이 소홀하지 않았노라. 이미 정당한 법의 처벌을 받았으니 마땅히 저승의 명부에 기록되어야 하니라. 이는 모두 그대들이 스스로 지은 죄에 대한 대가이며 또한 운명적으로 정해진 재앙이기도 하다. 이에 특별히 그대들을 빙소와해신冰消瓦解神에 봉하노니 비록 악살이지만 그 직책을 성실히 수행하여 다시는 흉악한 칼날을 함부로 쓰지 말라. 삼가 받들어 시행하라!"

비렴과 악래는 봉호를 듣고 나서 고개를 숙여 감사 인사를 하고 단을 떠났다. 봉신을 마친 강상은 제단에서 내려와 문무백관들을 인솔하여 서기성으로 돌아갔으니 이를 묘사한 시가 있다.

천리의 순환은 돌고 도는 수레와 같아

성패를 나눔에 더욱 실수가 없도다.

오가며 스러지고 커지는 일 우습구나!

흥성과 쇠망이 반복하니 한탄할 만하도다!

하나라 걸왕은 남소로 내쫓겨 바람 앞의 촛불 신세가 되었고

상나라 주왕은 불타 죽어 풍랑 속의 꽃잎 신세가 되었구나.

예로부터 백성을 위로하여 죄인을 정벌함이 모두 이러했으니

오직 충신의 혼만이 저무는 햇빛을 받았도다!

天理循環若轉車　有成有敗更無差

往來消長應堪笑　反覆興衰若可嗟

夏桀南巢風裏燭　商辛焚死浪中花

古今弔伐皆如此　惟有忠魂傍日斜

서기성으로 돌아온 강상은 자신의 저택으로 가서 쉬었고 문무 백관들도 모두 각자의 거처로 돌아갔다. 그날 밤은 별일 없이 지나갔다.

이튿날 아침 조회가 열려서 무왕이 내전으로 올랐으니 진정 도를 갖춘 천자인지라 조정의 의례가 예사롭지 않았다. 향 연기가 허공에 자욱하고 상서로운 안개가 표연히 떠도는 가운데 떠오르는 해가 황도黃道를 따라갈 때 상서로운 구름이 오색으로 펼쳐졌다. 이어서 패옥 소리가 짤랑짤랑 울리면서 관료들의 소맷자락이 맑은 바람에 펄럭였고 뱀과 용의 꿈틀대는 그림자처럼 사방의 휘장이 아침 해를 맞이했다. 이어서 정편靜鞭이 세 번 울리자 문무백관들이 반열에 따라 늘어서서 웅장하게 "만세!" 하고 외쳤다. 그 아름다운 풍경을 당

나라 때의 시인이 이렇게 묘사했다.°

붉은 모자 쓴 계인鷄人°이 새벽 시간을 알리니
상의尙衣°는 막 구름무늬 장식된 초록색 갖옷을 바쳤지.
구중궁궐의 대문이 활짝 열리니
만국의 사신이 황제를 알현했지.
햇빛이 막 떠오르자 선장仙掌°이 흔들리고
향 연기는 곤룡포에 수놓은 용이 떠다니게 만들 듯했지.
조회가 끝나면 오색의 조서를 작성해야 하나니
패옥 소리가 봉지鳳池 옆으로 돌아갔지.

絳幘雞人報曉籌　尚衣方進翠雲裘
九天閶闔開宮殿　萬國衣冠拜冕旒
日色纔臨仙掌動　香煙欲傍袞龍浮
朝罷須裁五色詔　珮聲歸到鳳池頭

무왕이 대전에 오르자 시종이 어명을 전했다.

"상주할 일이 있으면 반열에서 나와 아뢰고 일이 없으면 주렴을 걷고 해산하라!"

그 말이 끝나기도 전에 강상이 반열에서 나와 대전에 올라가 엎드렸다.

"상보, 무슨 상주하실 일이 있소이까?"

"제가 어제 사부님의 분부를 받들어 재앙의 운수에 따라 해를 당한 모든 충신과 훌륭한 장수들 그리고 무도한 신선과 간신들을 옥허궁의 칙명에 따라 일일이 신의 자리에 봉해주었사옵니다. 이에 그들이 각기 직무를 관장하며 제사를 받고 나라를 지키며 백성을 보우하면서 비바람을 순조롭게 할 수 있는 권한을 지니고 선한 자에게 복을 내리고 악한 자에게 재앙을 내릴 수 있도록 해주었사오니 이제부터는 그들도 영원히 청정함을 지키며 다시는 폐하의 심려를 끼치지 않을 것이옵니다. 한편 천하 제후들과 정벌에 따라나선 공신, 명산 동부의 제자들도 모두 창칼을 무릅쓰고 피비린내 나는 전장에서 공을 세웠사옵니다. 이제 천하가 안정되었으니 마땅히 봉토를 나누어주고 작위와 봉록을 내리셔서 그 자손들이 대대로 그 봉토에서 나는 것으로 생계를 꾸리게 함으로써 덕 있는 이를 존중하고 공로에 보답하는 의의를 밝혀야 할 것이옵니다. 친왕의 자손들 또한 번국에 봉하여 왕실을 튼튼히 만들어야 하옵니다. 상고시대 삼황오제의 후예들에게도 봉토를 나누어주어 천자로서 세운 공로에 보답해야 하옵니다. 이것은 모두 폐하께서 우선적으로 하셔야 할 일이오니 한시도 늦추지 마시고 속히 시행하시옵소서!"

"짐도 오래전부터 그런 생각을 하고 있었소이다. 다만 상보께서 신들에게 벼슬을 봉하는 일이 아직 끝나지 않아서 잠시 기다리고 있었을 뿐이지요. 이제 상보께서 돌아오셨으니 모든 일을 상보의 말씀대로 따르겠습니다."

무왕이 말을 마치자 이정과 양전 등이 반열에서 나와서 아뢰었다.

"저희는 원래 산에 살던 야인들인데 사부님의 분부에 따라 재앙의 운세를 극복하고 전란을 잠재우는 데 힘을 보태기 위하여 하산했사옵니다. 이제 태평성대가 이루어졌으니 저희는 마땅히 산으로 돌아가서 사부님께 보고해야 하지 않겠사옵니까? 속세의 부귀영화와 공명, 벼슬살이 역시 저희가 달가워하는 바가 아니옵니다. 이제 오늘 폐하께 작별을 청하고자 하오니 부디 저희가 산으로 돌아갈 수 있도록 칙명을 내려주신다면 정말 더할 나위 없이 크나큰 은택으로 여기겠나이다."

"짐이 천지를 뒤바꾸는 그대들의 힘과 해를 목욕시키고 하늘을 보수한 것°과 같은 공로에 힘입어 전쟁을 말끔히 종식시키고 우주를 열어 다시 밝게 만들었으니 그대들이 사직과 백성에게 세운 공은 참으로 한이 없소이다. 그러니 집집마다 제사를 지내도 그 공로에 보답하기에는 부족하거늘 어찌 이리 갑자기 짐을 버리고 산으로 돌아가시겠다는 말씀이시오? 짐이 차마 어찌 보내드릴 수 있겠소이까?"

이에 이정이 아뢰었다.

"저희는 오래전부터 폐하의 인자하신 은혜와 두터운 은덕을 입었사옵니다. 다만 저희는 담백하게 사는 것이 습성이 되어서 평소 산야에서 살 뜻을 가지고 있었사옵니다. 게다가 사부님의 분부를 어기기는 어렵사오니 하늘의 마음을 어찌 감히 일부러 거역할 수 있겠사옵니까? 폐하, 부디 측은지심으로 저희를 보내주신다면 한없는 복으로 여기겠나이다!"

이들이 이렇게 고집을 부리며 잠시라도 더 머물러 있지 않겠다고 하자 무왕은 슬픔을 억누르지 못했다.

"예전에 짐을 따라 처음 정벌에 나섰을 때는 충신과 의로운 인사

주나라 천자, 각 나라의 제후를 봉하다.

들이 구름처럼 많았으나 뜻밖에 도중에 왕사王事를 수행하거나 전투 도중에 목숨을 잃은 이들이 몇이나 되는지 모르오. 지금 남아 있는 이들도 몹시 늙어서 짐은 세월의 감회를 억누르지 못하겠소이다. 이제 막 태평성대가 시작되는 무렵이니 경들도 마땅히 짐과 함께 강녕의 복을 누려야 하거늘 굳이 산으로 돌아가시겠다는 뜻을 굽히지 않는구려. 억지로 붙들자니 경들이 평소 품고 있던 뜻을 거스를까 염려스럽소이다. 그래서 이제 하는 수 없이 경들의 뜻을 따르겠지만 마음이 무척 서글프구려. 내일 짐이 문무백관들을 거느리고 친히 남쪽 교외에서 전별 잔치를 열어 여러 해 동안 수고하신 데에 대해 조금이나마 성의를 다하고 싶소이다."

이에 이정 등이 성은에 감사하고 일어서자 문부백관들이 모두 슬퍼했다. 강상 또한 그들 일곱 명이 산으로 돌아가겠다고 하자 슬픔을 억누르지 못했다. 어쨌든 잠시 후 조회가 끝나고 모두들 각자의 거처로 돌아갔다. 그날 밤은 별다른 일이 없이 지나갔다.

이튿날 광록시光祿寺의 음식을 담당하는 전선관典膳官이 미리 남쪽 교외로 나가서 온갖 산해진미가 두루 갖추어진 연회석을 차려놓자 잠시 후 문무백관들과 이정 등이 먼저 그곳에 도착하여 천자의 행차를 기다렸다. 강상은 무왕의 행차와 함께 가기 위해 조정에 들어가서 대기했고 잠시 후 무왕이 대전에 나와서 어명을 전했다.

"성을 나가도록 수레를 준비하라!"

무왕의 수레가 출발하자 강상이 뒤따랐다. 가는 도중에 향 연기가 길을 덮고 상서로운 빛깔이 자욱하여 백성들은 기뻐하며 몰려나와 천자와 여러 신선들이 전별 잔치를 벌이는 모습을 구경했다.

그야말로 온 성의 백성이 모두 교외로 몰려나온 듯했다. 잠시 후 무왕이 남쪽 교외에 도착하자 문무백관들이 영접했고 이정 등이 다시 나아가 고개를 조아리며 성은에 감사했다.

"저희에게 무슨 공덕과 재능이 있기에 감히 폐하께서 친히 오셔서 전별 잔치를 베풀어주시는지 모르겠사옵니다. 너무 감격스럽사옵니다!"

무왕은 그의 손을 잡으며 위로했다.

"오늘 경들이 산으로 돌아가시면 바로 속세를 떠난 신선이 되니 짐과는 이제 군신 관계가 아니게 되오. 그러니 과분하게 겸양하지 마시구려. 오늘은 마땅히 마음껏 마시고 모두 취하여 짐으로 하여금 경들이 떠나는 것도 모르게 해야 할 것이외다. 그렇지 않으면 짐이 어찌 정이 많은 사람이라고 할 수 있겠소이까!"

이에 이정 등은 한없이 머리를 조아리며 성은에 감사했다. 잠시 후 시종이 보고했다.

"술자리가 준비되었사옵니다."

무왕이 풍악을 울리라고 분부하자 문무백관들이 모두 서열에 따라 정해진 자리로 갔다. 무왕이 상석에 앉자 곧이어 풍악이 울리면서 군주와 신하들이 연신 잔을 돌리며 즐거운 분위기 속에서 마음껏 마셨다. 용이며 봉황 할 것 없이 온갖 산해진미가 끝없이 나왔다. 그렇게 한참을 마시고 나서 이정 등이 자리에서 나와 작별 인사를 하려 하자 무왕이 자리에서 일어나 그들의 손을 붙잡고 재삼 권유하여 몇 잔을 더 마셨다. 그러고 나서 이정 등이 한사코 작별 인사를 하자 무왕도 더 이상 붙들어놓을 수 없다는 것을 알고 자기도 모르게 눈물을 흘렸다. 그러자 이정 등이 위로했다.

"폐하께서 하늘이 내리신 평화를 잘 지키실 테니 저희는 더할 나위 없는 복으로 여기겠사옵니다. 훗날 다시 뵐 수 있는 기회가 있을 것이옵니다."

무왕은 어쩔 수 없이 그들을 보내주었다. 이정 등이 무왕과 문무 백관들에게 작별 인사를 하자 강상은 차마 그들과 헤어지기 아쉬워서 또 상당히 먼 곳까지 따라가서 전송하며 눈물을 머금고 작별했다. 훗날 이정과 금타, 목타, 나타, 양전, 위호, 뇌진자까지 일곱 명은 육신을 지닌 채 신선의 경지를 이루었으니 후세 사람이 시를 지어 이를 칭송했다.

천자와 작별하고 산으로 돌아가 속세의 소란을 피하니
한가로이 부뚜막에서 연단하며 몸소 불을 땠지.
수행으로 우화등선 이루어 삼계를 초월하고
음양을 단련하여 아홉 하늘을 넘어섰지.
두 귀로는 고관대작의 부귀를 들을까 무서워하고
일신은 시비로 얼룩진 조정을 버리고 떠났지.
느긋하게 노닐며 인간사 묻지 않고
세월에 따라 격변하는 세상을 지켜만 보았지.

別駕歸山避世囂　閑將丹竈自焚燒
修成羽翼超三界　煉就陰陽越九霄
兩耳怕聞金紫貴　一身離却是非朝
逍遙不問人間事　任爾滄桑化海潮

이정 등과 작별한 강상은 수하들을 인솔하여 다시 서기성으로 들어가 자신의 저택으로 갔다.

이튿날 아침 조회가 열리자 무왕이 대전에 올랐다. 그때 강상이 주공 단과 함께 반열에서 나와 아뢰었다.

"어제 폐하께서 이정 등이 산으로 돌아가서 수행하려는 바람을 이루도록 은전을 베푸셨으니 저희도 너무나 기뻤사옵니다. 하지만 공신들에게 봉토를 내리는 일을 속히 시행하셔서 신하들의 바람도 들어주시옵소서."

"어제 일곱 신하가 산으로 돌아가는 바람에 짐은 너무 안타까웠소이다. 이제 봉토를 나누어주는 의례와 제도는 모두 상보와 아우가 논의한 대로 시행하겠소이다."

강상과 주공 단은 성은에 감사하고 대전을 나와서 봉토를 나누어주는 제도와 서열을 논의하여 무왕에게 재가해줄 것을 청했다.

이튿날 보좌에 오른 무왕은 아우인 주공 단에게 대전에서 공신들을 호명하여 책봉하게 했다. 먼저 천자의 조상을 추모하여 태왕太王과 왕계王季, 문왕文王을 모두 천자로 추증追贈하고 나머지 공신들과 이전 왕조 제왕의 후예들을 모두 공公, 후侯, 백伯, 자子, 남男의 다섯 등급으로 나누어 작위를 내렸다. 그리고 등급에 미치지 못하는 이들은 각 등급의 제후들에게 소속된 속국으로 삼았다. 서열이 정해지고 나자 주공 단이 드디어 호명하기 시작했는데 이때 봉토를 나누어 받은 제후들의 국호와 성명은 다음과 같다.

노魯: 희성姬姓, 후작侯爵. 주나라 문왕의 넷째 아들 주공 단. 문왕과 무왕을 보좌하여 천하에 빛나는 큰 공훈을 세움. 훗날 성왕成王이 태재大宰로 삼고 부풍扶風 옹현雍縣 동북쪽의 주성周城을 식읍으로 하사하면서 주공이라고 부르고 천자 곁에서 보필하면서 섬陜의 동쪽 제후들을 관장하게 함. 그리고 그의 큰아들 백금伯禽을 사방 칠백 리의 곡부曲阜에 봉하고 보배로운 옥과 큰 활을 하사하여 노나라의 제후로서 주나라 왕실을 보필하게 함.

제齊: 강성姜姓, 후작. 염제의 후예 백익伯益이 사악四岳이 되어 우 임금을 도와 치수하는 데 공을 세워서 강씨 성을 하사하고 여후呂侯라고 부름. 그 나라는 남양南陽 완현宛縣의 서남쪽에 있음. 상나라 말엽에 태공太公 여망呂望이 위수에서 나서서 주나라 문왕과 무왕의 스승이 되어 사상보師尙父로 불렸으며 문왕과 무왕을 보좌하여 천하를 평정하는 데 큰 공을 세워 영구營邱에 봉해지고 제나라의 제후가 되었으며 오후구백五侯九伯 가운데 가장 높은 서열을 부여받음. 그 지역은 지금의 산동山東 청주부靑州府에 해당함.

연燕: 희성, 백작伯爵. 주나라 왕실과 같은 성의 공신인 군석君奭 즉 소공 석. 문왕과 무왕을 보좌하여 천하를 평정하는 데 큰 공을 세워서 주나라의 태보太保가 되고 소召 땅을 식읍으로 하사받았기 때문에 소강邵康이라고 불림. 천자 곁에서 보좌하며 섬의 서쪽 제후들을 관장하게 함. 그리고 그의 아들을 북연백北燕

伯에 봉했으니 그 지역은 지금의 유주幽州 계현薊縣에 해당함.

위魏: 희성, 백작. 주나라 왕실과 같은 성의 공신인 필공 고. 문왕과 무왕을 보좌하여 천하를 평정하는 데 큰 공을 세워서 위 땅에 봉해짐. 그 지역은 지금의 하남河南 개봉부開封府 고밀현高密縣에 해당함.

관管: 희성, 후작. 무왕의 아우인 희숙선姬叔鮮. 무경을 감독하기 위해 관 땅에 봉해짐. 그 지역은 지금의 하남 신양현信陽縣에 해당함.

채蔡: 희성, 후작. 무왕의 아우인 희숙도. 무경을 감독하기 위해 채 땅에 봉해짐. 그 지역은 지금의 하남 여녕부汝寧府 상채현上蔡縣에 해당함.

조曹: 희성, 백작. 무왕의 아우인 희숙진탁姬叔振鐸. 무왕이 상나라를 정벌하고 조 땅에 봉함. 그 지역은 지금의 제양濟陽 정도현定陶縣에 해당함.

성郕: 희성, 백작. 무왕의 아우인 희숙무姬叔武. 무왕이 상나라를 정벌하고 성 땅에 봉함. 그 지역은 지금의 산동 연주부兗州府 문상현汶上縣에 해당함.

곽霍: 희성, 백작. 무왕의 아우인 희숙처姬叔處. 무왕이 상나라를 정벌하고 곽 땅에 봉함. 그 지역은 지금의 산서山西 평양부平陽府에 해당함.

위衛: 희성, 후작. 무왕의 친어머니에게서 난 동생으로 대사구大司寇에 봉해지고 강康 땅을 식읍으로 했기 때문에 강숙康叔이라고 불림. 위 땅에 봉해짐. 그 지역은 지금의 북경北京 기주冀州에 해당함.

등滕: 희성, 후작. 무왕의 아우인 희숙수姬叔繡. 무왕이 상나라를 정벌하고 등 땅에 봉함. 그 지역은 지금의 산동 장구현章邱縣에 해당함.

진晉: 희성, 후작. 무왕의 막내아들인 당숙우唐叔虞. 당唐 땅에 봉해졌다가 나중에 진으로 고침. 그 지역은 지금의 산서 평양부 강현絳縣의 동쪽에 있는 익성翼城에 해당함.

오吳: 희성, 자작子爵. 태왕의 큰아들 태백泰伯의 후손으로 무왕이 상나라를 정벌하고 오군吳郡에 봉함. 그 지역은 지금의 오군에 해당함.

우虞: 희성, 공작公爵. 태왕의 아들 중옹仲雍의 후손. 무왕이 상나라를 정벌하고 태백과 중옹의 후손을 찾다가 장이章已를 발견하여 오군吳君으로 삼고 별도로 우 땅에 봉함. 그 지역은 지금의 하남下南 태양현太陽縣에 해당함.

괵虢 : 희성, 공작. 왕계의 아들이자 문왕의 아우인 괵중虢仲. 괵중과 괵숙虢叔은 문왕의 경사卿士로 왕실에 공을 세워 맹부[藏]에 그 기록이 보관되었음. 그리고 문왕은 두 아우를 아껴서 '이괵二虢'이라고 부름. 무왕이 상나라를 정벌하고 괵중을 홍농弘農에 봉함. 그 지역은 지금의 섬현陝縣 동남쪽의 괵성虢城에 해당함.

초楚 : 미성芈姓, 자작. 전욱의 후손인 육웅鬻熊. 주나라 문왕과 무왕의 스승이 되어 왕실에서 봉사했기 때문에 형만荊蠻에 봉해졌으며 자작과 남작 가운데 가장 높은 서열로 부여함. 그 지역은 지금의 단양丹陽 남군南郡 지강현枝江縣에 해당함.

허許 : 강성, 남작男爵. 요 임금 시대 사악四岳의 후예. 선조가 공을 세웠기 때문에 무왕이 상나라를 정벌하고 그 후예를 허 땅에 봉함. 그 지역은 지금의 허주許州에 해당함.

진秦 : 영성嬴姓, 백작. 전욱의 후예로 선조가 공을 세웠기 때문에 무왕이 상나라를 정벌하고 그 후예를 진 땅에 봉함. 그 지역은 지금의 섬서陝西 서안부西安府에 해당함.

거莒: 영성, 자작. 소호少昊의 후예로 선조가 공을 세웠기 때문에 무왕이 상나라를 정벌하고 그 후예 자여기玆與期를 거 땅에 봉함. 그 지역은 지금의 거현莒縣에 해당함.

기紀: 강성, 후작. 강상의 둘째 아들. 무왕이 강상의 공적을 고려하여 기 땅에 봉함. 그 지역은 지금의 동완東莞 극현劇縣에 해당함.

주邾: 조성曹姓, 자작. 육종陸終의 다섯째 아들 안안晏安의 후손. 무왕이 상나라를 정벌하고 그 후손인 조협曹挾을 주 땅에 봉함. 그 지역은 지금의 산동 추현鄒縣에 해당함.

설薛: 임성任姓, 후작. 황제黃帝의 후손. 선조가 공을 세웠기 때문에 무왕이 상나라를 정벌하고 그 후예 해중奚仲을 설 땅에 봉함. 그 지역은 지금의 산동 기주沂州에 해당함.

송宋: 자성子姓, 공작. 상나라 천자 제을帝乙의 장서자長庶子인 미자계. 상나라 주왕이 무도하여 미자가 제기祭器를 품에 안고 주나라로 귀순함. 무왕이 상나라를 정벌하고 그를 송 땅에 봉함. 그 지역은 지금의 수양현睢陽縣에 해당함.

기杞: 사성姒姓, 백작. 하나라 우 임금의 후손. 무왕이 상나라를 정벌하고 우 임금의 후손을 찾다가 동루공東樓公을 발견하고

기 땅에 봉하여 우 임금의 제사를 모시게 함. 그 지역은 지금의 개봉부 옹구현雍邱縣에 해당함.

진陳: 규성嬀姓, 후작. 순 임금의 후손. 그 후손 알보閼父가 무왕의 도정陶正이 되었는데 병기를 잘 다루어 무왕이 무척 신뢰했고 무왕의 큰딸 태희大姬를 그의 아들 만滿에게 시집보내면서 진 땅에 봉하여 우 임금의 제사를 지내게 함. 그 지역은 태호太皞의 언덕에 있었으니 지금의 진현陳縣에 해당함.

초焦: 이기성伊耆姓, 후작. 신농의 후손. 그 선조가 공을 세웠기 때문에 무왕이 상나라를 정벌하고 초 땅에 봉함. 그 지역은 지금의 홍농 섬현에 해당함.

계薊: 희성, 후작. 요 임금의 후손. 무왕이 상나라를 정벌하고 그 후손을 찾아 계 땅에 봉하여 요 임금의 제사를 지내게 함. 그 지역은 지금의 북경 순천부順天府에 해당함.

고려高麗: 자성子姓. 상나라 천자의 후손이자 은殷나라의 현량한 신하인 기자箕子가 주나라의 신하가 되려 하지 않았는데 무왕이 만나기를 청하자 「홍범구주洪範九疇」 한 편을 진술하고 요동遼東으로 떠나니 무왕이 그 지역에 봉함. 지금 그 자손이 세운 나라가 조선朝鮮임.

이렇게 봉해진 친왕과 공신, 제왕의 후손은 모두 72개 제후국이었으며 이상에 기록한 것들은 거기서 대표적인 것이다. 나머지 제후국의 경우는 월越은 회계會稽(지금의 저장성浙江省 일대)에, 상向은 초譙(지금의 산둥성山東省 쥐현莒縣 서남쪽)에, 범凡은 급군汲郡(지금의 허난성河南省 후이현輝縣 서남쪽)에, 숙宿은 동평東平(지금의 산둥성 핑인현平陰縣 서남쪽)에, 고郜는 제음濟陰(지금의 산둥성 청우현成武縣 동남쪽)에, 등鄧은 뇌천賴川(지금의 후베이성湖北省 샹판시襄樊市 북쪽, 일설에는 허난성 덩저우현鄧州市)에, 융戎은 진류陳留(지금의 산둥성 차오현曹縣 동남쪽)에, 예芮는 풍익馮翊(지금의 산시성陜西省 다리현大荔縣에 속함, 일설에는 산시성山西省 루이청현芮城縣이라고도 함)에, 극極은 속국에, 곡穀은 남양南陽(지금의 후베이성 구청현穀城縣 서북쪽)에, 모牟는 태산泰山(지금의 산둥성 라이우시萊蕪市에 속함)에, 갈葛은 양梁(지금의 허난성 시우우현修武縣)에, 예倪는 속국에, 담譚은 평릉平陵(지금의 산둥성 지난시濟南市 동남쪽)에, 수遂는 제북濟北(지금의 산둥성 닝양현寧陽縣 서북쪽)에, 활滑은 하남河南(지금의 허난성 예스시偃師市에 속함)에, 장鄣은 동평東平(지금의 산둥성 핑인현平陰縣)에, 형邢은 양국襄國(지금의 허베이성 싱타이시邢台市)에, 강江은 여남汝南(지금의 허난성 정양현正陽縣과 시현息縣 일대)에, 기冀는 피현皮縣(지금의 산시성山西省 허진시河津市에 속함)에, 서徐는 하비下邳(지금의 장쑤성江蘇省 피현邳縣)에, 서舒는 여강廬江(지금의 안훼이성 수청현舒城縣)에, 현弦은 익양弋陽에, 회鄶는 낭야琅琊(지금의 허난성 신미시新密市 동북쪽)에, 여厲는 의양義陽(지금의 후베이성 쑤이저우隨州 일대)에, 항項은 여음汝陰(지금의 허난성 샹청시項城市에 속함)에 봉하였다. 그리고 영英(지금의 안훼이성安徽省 루안시六安市에 속함)은 초楚에 부속시켰고 신申은 남양南陽(지금의 허난성 난양시南陽市에 속함)에, 공共은 급군汲郡(지금의 허난성 후이현輝縣 서북쪽)에, 이夷는 성양城陽(지금의 산둥성 칭다오시青島市에 속함)에 봉하였는데 자세한 내용은 기록하지 않겠다. 또 남궁괄과 산의생, 굉요 등에게도 각기 차등을 두어서 봉토를 나누어주었다. 그리고 그날 성대한 연회를 열어 공신과 친왕, 문무백관들에게 축하했다. 또한 창고를 열어 금은보화를 제후 등에게 나누어주니 모두들 마음껏 마시고 거나하게 취하여 자리를 파했다.

이튿날에 그들은 각자 성은에 감사하는 상소문을 올린 다음 천자에게 작별 인사를 하고 본국으로 돌아갔으니 후세 사람이 시를 지어 이것을 묘사했다.

한 번의 정벌로 위대한 주나라를 세우고
봉토를 나누어 제후들에게 하사했지.
삼왕三王°이 천하를 집으로 삼았다고 하지 말지니
모두가 번진에 의지하여 먼 장래를 계획한 것이로다!

一擧戎衣定大周　分茅列土賜諸侯
三王漫道家天下　全仗屏藩立遠謀

이렇게 모두들 칙명을 받고 본국에 부임하러 갔지만 무왕의 아우인 주공 단과 소공 석은 조정에 남아 왕실을 보좌했다. 이에 무왕이 주공에게 말했다.

"호경鎬京°은 천하의 한가운데 있으니 진정 제왕이 거처할 만한 곳이네."

그러면서 소공에게 호경으로 도읍을 옮기도록 했으니 바로 지금의 섬서陝西 서안부西安府 함양현咸陽縣에 해당하는 곳이다. 그리고 무왕이 강상에게 말했다.

"상보께서는 연로하시니 조정에 계시기 불편하시겠습니다."

그러면서 그는 강상에게 궁녀와 황금, 촉 지방에서 난 비단 등의 후한 하사품과 함께 나라의 위엄을 상징하는 황금 도끼[黃鉞]와 하얀 깃털 장식[白旄]을 하사하여 정벌의 권한을 가진 제후의 수장으로서 자신의 봉토를 다스리며 평안한 강녕의 복을 누리게 해주었다.

이튿날 강상은 조정에 들어가서 하사품을 받고 감사하며 작별 인사를 한 후 자신의 제후국으로 떠났다. 그러자 무왕은 문무백관들을 거느리고 남쪽 교외로 나가서 전별 잔치를 열어주었다. 이에 강상은 머리를 조아리며 성은에 감사했다.

"이제 저는 폐하께서 하사해주신 제후국으로 떠나게 되어 아침저녁으로 모실 수 없게 되었사옵니다. 오늘 작별하면 언제 또 용안을 뵈올 수 있을는지요!"

그렇게 말하고 강상이 슬픔을 억누르지 못하자 무왕이 위로했다.

"짐은 상보께서 연로하시고 왕실을 위해 노고가 많으셨기 때문에 상보의 제후국을 다스리시면서 평안한 강녕의 복을 누리도록 해드리려는 것이니 더 이상 이곳에서 아침저녁으로 고생하지 않으셔도 됩니다."

강상은 재삼 감사했다.

"폐하께서 이토록 염려해주시는데 저를 알아주신 성은에 장차 어찌 보답해야 할지 모르겠나이다!"

그날 강상은 무왕과 문무백관들이 성으로 들어가는 것을 전송하고 나서야 제齊나라를 향해 길을 떠났다. 그리고 제나라에 이르자 새삼 송이인이 생각났다.

"옛날 하산하여 조가에 갔을 때 송이인에게 너무나 많은 은혜를 입었는데 제왕의 일에 어려움이 많아 여태 보답할 겨를이 없었구나. 이제 천하가 평정되었으니 이 기회에 인사라도 드리지 않는다면 은의를 저버린 사람이 되지 않겠는가!"

이에 그는 사신을 통해 황금 천 근과 비단옷, 옥백玉帛 그리고 편지 한 통을 가지고 조가로 가서 송이인에게 문안 인사를 하게 했다. 사신은 제나라를 떠나 여러 날을 달려간 끝에 조가에 도착했다. 당시 송이인 부부는 모두 죽고 그 아들이 집안 살림을 맡고 있었는데 오히려 이전보다 재산이 몇 배나 불어 있었다. 아들은 그날 예물을 받고 답장을 써주었다. 그리고 사신은 그것을 가지고 돌아와서 강상에게 보고했다.

강상은 제나라에서 법도에 맞게 나라를 다스리고 때를 맞추어 백성을 부렸다. 그래서 다섯 달이 지나기도 전에 제나라는 대단히 잘 다스려져서 안정을 되찾았다. 훗날 강상이 죽자 공자公子 조竈가 제후의 지위를 계승했으며 소백小白°에 이르러서는 관중管仲을 재상으로 삼아 천하 제후를 영도했으니 그 사실이 『춘추春秋』에 기록되었다. 그리고 강공康公에 이르러서 제나라는 전씨田氏에게 멸망했는데 이것은 뒷날의 일이니 언급할 필요가 없겠다.

한편 무왕은 서쪽 장안長安에 도읍을 정하고 무위無爲의 정치를 행하여 천하가 평안하고 만백성이 즐겁게 생업에 임하면서 태평성대를 구가함으로써 제왕의 법도에 순응했다. 진정 그는 단 한 번의 정벌로 천하를 평정했으니 천하를 선양한 요·순에 비해 손색이 없었던 것이다. 훗날 무왕이 붕어하고 성왕成王이 제위에 오르니 주공은 그를 보좌하여 내란을 평정해서 천하가 다시 태평성대를 맞이하게 했다. 강상이 기틀을 열고 주공이 잘 보필함으로써 주나라 팔백년의 왕업이 이뤄질 수 있었으니 이들의 위대하고 빛나는 공훈은 천지를 가득 채웠던 것이다. 강상이 장수를 베고 신에게 벼슬을 봉하여 주나라의 훌륭한 왕업을 개척한 일을 찬미한 후세 사람의 시가 있다.

보부와 비록은 하늘에서 나왔으니
장수를 베고 신을 봉한 것은 지난 죄에 대한 합당한 응보였지.
곤륜에서 내린 칙명을 성실히 받들어
명부와 공적부에 공정하게 기록했지.
두부와 온부, 뇌부, 화부를 앞뒤로 나누고
신과 귀신, 사람, 신선을 마음대로 다루었지.
이로부터 수행하며 조물주의 뜻에 맡기니
주왕을 정벌하여 피비린내를 씻을 수 있었지!

寶符祕籙出天先　斬將封神合往愆
敕賜崑崙承旨渥　名班冊籍注銓編
斗瘟雷火分前後　神鬼人仙任倒顚
自是修持憑造化　故敎伐紂洗腥羶

또 주공이 성왕을 보필하여 내란을 평정함으로써 개국에 지대한 공을 세우고 열 명의 현명한 신하들°이 그를 보조한 것을 칭송한 시가 있다.

황실이 지파支派 나누면 후사를 이을 수 있나니
위대한 책략을 이어받아 더욱 풍성해지지.
어찌 높은 벼슬아치만 군주를 보좌할 능력이 있으랴?
전장에 나서서도 종묘의 혼란을 막을 수 있지.
만국이 화합하여 난리를 평정할 수 있었으니
전례에서는 모두 벼슬을 제대로 내렸다고 칭송했지.°
이 모두 주나라에 음복蔭福이 많았기 때문이니
하늘이 열 명의 현명한 신하를 태어나게 하여 비로소 협력하게
되었지.

天潢分派足承祧　繼述訏謨更自饒
豈獨簪纓資啟沃　還從劍履秩宗朝
和邦協佐能戡亂　典禮咸稱善補貂
總爲周家多福蔭　天生十亂始同調

| 주석 |

제*86*회

1) 팔릉추八楞錘는 팔각형의 구리로 만든 숙동추熟銅錘를 가리킨다.

2) 오조조五爪抓는 다섯 개의 날이 달린 갈퀴인 난은조爛銀抓를 가리킨다.

제*87*회

1) 은주銀朱는 간주硍朱, 영사靈砂, 심홍心紅, 수화주水華朱, 성홍猩紅, 자분상紫粉霜이라고도 불리는 유독성 인공 광물로 적색의 황화수은[HgS]을 가리킨다. 이것은 살균제나 습진 치료제, 종양이나 악창 치료제 등에 사용되는 약재이기도 하다.

2) 여기서 말하는 매산梅山은 지금의 푸젠성[福建省] 난안시[南安市] 동북부에 위치한 메이산진[梅山鎮] 일대를 가리킨다.

3) '장長'과 '상常'은 모두 중국어 발음이 [cháng]이다.

제*88*회

1) 인용된 시는『서유기』제48회에 수록된 부를 변형한 것이다.

2) 인용된 시는『서유기』제47회에 수록된 것을 거의 그대로 옮긴 것이다.

3) 문맥상으로는 육백 명이라고 해야 옳겠지만 원문에 따라 그대로 번역했다. 이러한 숫자의 착오는 다음 회에서도 마찬가지다.

제89회

1) 화노花奴는 당나라 현종玄宗 때 여남왕汝南王 이진李璡의 어릴 적 이름으로 현종은 거문고 소리를 무척 싫어해서 늘 연주자를 내쫓고 갈고羯鼓를 잘 연주하는 이진을 불러 기분을 풀었다고 한다. 또한 화노는 고양이의 별칭으로 쓰이기도 하지만 여기서는 그렇게 해석하면 뜻이 통하지 않는다.
2) 인용된 노래는『서유기』제48회에 수록된 부를 토대로 개작한 것이다.
3) 여기서 음부陰符는 기문둔갑奇門遁甲을 가리킨다.
4) 오관五官은 귀와 눈썹, 눈동자, 코, 입의 다섯 가지 기관을 가리킨다.
5) 공자의 이 말은『논어』「미자微子」에 있다.

제93회

1) 호안편虎眼鞭은 채찍의 끝을 호랑이 눈같이 타원형으로 만든 것이다.
2)『도덕경』제36장: "將欲取之 必固與之".

제94회

1) 죽절편竹節鞭은 대나무처럼 마디가 있는 철편鐵鞭을 가리킨다.
2) 계호경응癸呼庚應은 옛날 군대에서 군량을 가리키는 은어이다.

3) 『맹자』「양혜왕하梁惠王下」: "賊仁者謂之賊 賊義者謂之殘 殘賊之人 謂之一夫".

제96회

1) 금배도金背刀는 칼날 위쪽에 황금으로 장식한 비교적 큰 칼이다.
2) 팽조彭祖는 팽갱彭鏗이라고도 쓰며 제곡의 아우 오회吳回의 아들인 육종陸終의 여섯 아들 가운데 셋째이다. 『장자莊子』에 대한 성현영(成玄英:608~?)의 해설에 따르면 요 임금이 그를 팽성彭城에 봉했다고 한다. 전설에 그는 팔백 년을 살았다고 하나 한漢나라 때 위소韋昭가 『국어國語』「정어鄭語」에 붙인 주석에 따르면 그것은 한 개인이 아니라 대팽씨大彭氏라는 부족국가가 팔백 년 동안 지속되다가 상나라 무정武丁 43년(기원전 1207년?)에 상나라 군대에 의해 망한 사실을 가리킨다고 한다.
3) 원후元后는 곧 천자를 가리키기도 하고 제왕의 황후를 가리키기도 하는데 여기서는 전자의 의미로 쓰였다.

제97회

1) 봉궁관封宮官은 평생 궁궐 밖으로 나가지 못하고 안에서만 일해야 하는 내관內官이다.

제98회

1) 선대禪臺는 고대의 제왕이 천지신명과 산천에 제사를 지내기 위해 지은 제단이다.

2) 『상서』「태서중泰誓中」: "惟天惠民 惟辟奉天".

3) 「예상무의곡霓裳羽衣曲」 또는 「예상무의무霓裳羽衣舞」를 가리킨다. 이것은 당나라 현종玄宗이 만들어서 태청궁太淸宮에서 노자老子에게 제사를 바칠 때 음악을 연주하며 춤을 추게 했다고 한다. 이 음악의 일부는 지금도 남송南宋의 강기姜夔가 지은 『백석도인가곡白石道人歌曲』에 수록되어 전해진다.

4) 원문의 시柴는 장작을 사르며 하늘에 제사를 지내는 것을, 망望은 나라 안의 산천에 제사를 지내는 것을 가리킨다.

5) 『시자尸子』에 따르면 "단비가 때맞추어 내려 만물이 잘 자라고 높은 곳에서도 물이 부족하지 않고 낮은 곳에서도 너무 많지 않은 것을 일컬어 '예천'이라고 한다[甘雨時降 萬物以嘉 高者不少 下者不多 此之謂醴泉]"라고 했다.

제99회

1) 현관玄關은 도교의 특별한 개념으로 내단 수련에서 정식 수련을 위해 돌파해야 하는 하나의 관문을 가리킨다. 오늘날 건물의 입구를 현관이라고 하는 것도 여기서 비롯된 말이다.

2) 상해고적본에서는 '금천원성대제金天願聖大帝'라고 했으나 중화서국본에 따라 바꾸어 표기했다.

3) 별신의 이름은 판본에 따라 차이가 많다. 본서는 상해고적본을 따랐으나 중화서국본에는 다르게 표기되어 있으니 예를 들면 다음과 같다. 다음 표에서 중화서국본 부분에는 이름이나 칭호 가운데 다른 부분만 밝혔다.

상해고적본	중화서국본
구진성勾陳星 뇌붕雷鵬	손백孫伯
금부성金府星 소진蕭臻	진정陳定
목부성木府星 등화鄧華	노신蘆申
수부성水府星 여원余元	여찬余燦
화부성火府星 화령성모火靈聖母	왕진王眞
박사성博士星 두원선杜元銑	형삼익邢三益
역사성力士星 오문화鄔文化	대례戴禮
주서성奏書星 교력膠鬲	차방車方
하괴성河魁星 황비표黃飛彪	적원翟元
월괴성月魁星 철지부인徹地夫人	최사걸崔士傑
제거성帝車星 강환초姜桓楚	서진徐振
천사성天嗣星 황비표黃飛豹	석장石章
천마성天馬星 악숭우鄂崇禹	방호龐虎
표미성豹尾星 오겸嗚謙	정룡鄭龍
관삭성貫索星 구인邱引	진경秦庚
찬골성鑽骨星 장봉張鳳	최신崔信
천패성天敗星 백현충柏顯忠	팔패성八敗星 백충柏忠
부침성浮沉星 정춘鄭椿	정춘鄭春
천살성天殺星 변길卞吉	대살성大殺星 정책丁策
세살성歲殺星 진경陳庚	세살성歲殺星 이웅李雄
망신성忘神星 구양순(歐陽淳, 임동관 사령관)	구양평(歐陽平, 임동관 사령관)
월파성月破星 왕호王虎	왕빈王賓
월유성月游星 석기낭랑石磯娘娘	양종현梁宗顯
사기성死炁星 진계정陳季貞	진예량陳禮亮

함지성咸池星 서충徐忠	지충池忠
월염성月厭星 요충姚忠	손안孫安
월형성月刑星 진오陳梧	이덕李德
제살성除殺星 여충余忠	황정신黃鼎臣
천현성天刑星 구양천록歐陽天祿	양춘楊春
천라성天羅星 진동陳桐	주숙朱叔
천공성天空星 매무梅武	전경錢京
화개성華蓋星 오병敖丙	장정張定
십악성十惡星 주신周信	이덕무李德武
대화성大禍星 이간李艮	이맹李猛
피마성披麻星 임선林善	김경金庚
구추성九醜星 용수호龍鬚虎	요현姚玄
음착성陰錯星 김성金成	김해金海
양차성陽差星 마성룡馬成龍	왕보王保
사폐성四廢星 원홍袁洪	원곤袁坤
오궁성伍窮星 손합孫合	사사제史思齊
지공성地空星 매덕梅德	홍승수洪承秀
홍염성紅艶星 양씨(楊氏, 주왕의 비)	왕의王義
유하성流霞星 무영武榮	양상楊相
과숙성寡宿星 주승朱昇	장위張偉
천온성天瘟星 김대승金大升	정조용程朝用
황무성荒蕪星 대례戴禮	소국재召國才
복단성伏斷星 주자진朱子眞	이안李顔
반음성反吟星 양현楊顯	주백周柏
복음성伏吟星 요서량姚庶良	여지본呂知本

도침성刀砧星 상호常昊	호송胡松
세압성歲厭星 팽조수彭祖壽	양왕楊旺
파쇄성破碎星 오룡嗚龍	여종백余宗伯

4) 중화서국본에서는 양신楊信이라고 한다.

5) 중화서국본에서는 천립성天立星이라고 한다.

6) 중화서국본에서는 천경성天竟星이라고 한다.

7) 중화서국본에서는 노력老鬲이라고 한다.

8) 중화서국본에서는 공정龔情이라고 한다.

9) 중화서국본에서는 약복신掠福神이라고 한다.

10) 본문에 등장하는 인물은 고우건高友乾인데 상해고적본과 중화서국본 모두 이 부분에서는 고체건高體乾으로 되어 있으니 조판의 오류로 보인다.

11) 금고金誥는 원래 조정의 고명誥命을 가리키는데 여기서는 신선 세계의 지고한 존재인 원시천존의 명령을 가리킨다.

12) 본문에서는 조공명의 제자 이름을 요소사라고 했는데 상해고적본과 중화서국본 모두 이 부분에서는 이름을 '축익'이라고 했다. 이들은 분명 한 인물인데 '소사'와 '축익' 가운데 하나는 본명이고 하나는 자호字號에 해당하는 듯하다.

13) 갱삼고낭坑三姑娘은 측신厠神이라고도 부른다.

제*100*회

1) 본문의 동부銅符는 문을 닫을 때 쓰는 구리로 만든 판으로 대개 고

관대작의 저택 대문에 달았다. 또한 거기에는 호랑이나 물고기 문양이 장식되었다.

2) 인용된 시는 당나라 때 왕유(王維 : 701~761 또는 699~759)의 「가지 사인의 조조대명궁 시에 화답함[和賈至舍人早朝大明宮之作]」이다.

3) 계인鷄人은 고대 궁중에서 날이 밝을 때 붉은 두건을 쓰고 주작문朱雀門 밖에서 마치 닭이 울듯이 큰 소리를 외쳐서 문무백관을 깨우던 위사衛士를 가리킨다.

4) 상의尙衣는 황제의 의복을 관리하는 벼슬아치이다.

5) 선장仙掌은 궁중에서 햇빛과 바람을 가리는 데 쓰던 가림막[障扇]이다.

6) 『산해경』「대황남경大荒南經」에 따르면 옛날에 희화羲和가 해를 목욕시켰다는 전설이 있는데 이것은 훗날 크나큰 공훈을 비유하는 뜻으로 자주 쓰였다. 또 『열자列子』「탕문湯問」에 따르면 아주 옛날에 하늘이 무너지자 여와가 오색의 바위를 단련하여 보수했다고 하는데 훗날 이 말은 중요한 국면을 되돌리는 역량을 발휘했음을 비유하는 뜻으로 자주 쓰였다.

7) 삼왕三王은 일반적으로 하나라의 우 임금과 상나라의 탕 임금, 주나라의 무왕을 가리킨다.

8) 호경鎬京은 지금의 시안시[西安市] 창안구[長安區] 서북쪽에 해당하며 서도西都 또는 종주宗周라고도 불렸다.

9) 소백小白은 이른바 제나라의 제15대 군주이자 '춘추오패春秋五覇'의 첫 번째 인물인 환공(桓公 : ?~기원전 643)을 가리킨다. 강상의

12대 후손인 그는 기원전 685년부터 기원전 643년까지 제나라를 다스리면서 관중을 재상으로 삼아 국력을 강성하게 하여 기원전 681년에 송宋, 진陳을 비롯한 네 나라의 제후를 회합하여 중국 최초의 맹주盟主가 되었다. 그러나 관중이 죽은 후 말년에는 역아易牙와 수초竪貂 등 소인배를 등용하여 나라를 어지럽혔고 결국 내란 와중에 굶어 죽었다.

10) 일반적으로 이 열 명의 현명한 신하는 주공 단과 소공 석, 태공 망, 필공, 영공, 태전, 굉요, 산의생, 남궁괄, 문모(文母, 일설에는 문왕의 황후인 태사를 가리킨다고 하고 또 무왕의 황후 읍강을 가리킨다고도 함)를 꼽는다.

11) 본문의 보초補貂는 본래 속초續貂 즉 벼슬[封爵]을 함부로 내려서 그 수가 넘치게 되는 잘못된 조치를 가리키는 말이지만 여기서는 겸양의 의미를 담아 반대로 표현한 것이라 하겠다.

|『봉신연의』 7권 등장인물 |

강문환

동백후 강환초의 아들로 주나라 무왕과 함께 상나라 정벌에 나선다.

강상

강자아, 태공망. 원시천존의 제자로 곤륜산에서 수행한 도사이나 하산하여 곤륜산 선인계의 지시에 따라 봉신 계획과 은주 역성혁명을 수행한다. 주나라 문왕을 보좌하고 무왕을 도와 상나라를 멸망시킨 다음 그간 목숨을 잃은 이들을 봉신방에 따라 신으로 봉한다.

고난영

장규의 아내로 뚜껑을 열면 마흔아홉 개의 태양침이 쏟아지는 붉은 호리병을 가지고 다니며 상대방의 눈을 주로 공격한다. 그녀는 등선옥을 죽이는 등의 공을 세우지만 결국 나타의 건곤권과 화첨창에 목숨을 잃는다.

금타

이정의 아들로 문수광법천존의 제자인 그는 나타가 이정을 죽이려고 할 때 동생인 목타와 함께 저지하며 이후 구룡도의 사성 중 하나인 왕마를 죽이는 데 공헌하는 등 강상의 봉신 계획을 위해 힘쓴다.

매산칠괴

원홍, 상호, 오룡, 주자진, 양현, 대례, 김대승. 매산에서 도를 닦아 인간의 모습을 한 일곱 마리 짐승의 정령으로 상나라를 도와 강상의 군대를 막는다. 그러나 이들은 모두 나타와 여와의 도움을 받은 양전에 의해 제거된다.

목타

이정의 아들로 보현진인의 제자인 그는 나타가 이정을 죽이려 할 때 형인 금타와 함께 저지하며 이후 구룡도의 사성 중 하나인 이흥패를 죽이는 데 공헌하는 등 강상의 봉신 계획을 위해 힘쓴다.

무왕

주나라 문왕 희창의 아들 희발로 아버지가 사망한 후에 주 왕조를 세우고 강상을 중용하여 상나라를 격파한다. 맹진에서 800명의 제후들을 회합하고 중국 천하를 통일한다.

숭응란

북백후 숭흑호의 아들로 주나라 무왕과 함께 상나라 정벌에 나선다.

악순

남백후 악숭우의 아들로 주나라 무왕과 함께 상나라 정벌에 나서지만 주왕의 칼에 목숨을 잃는다.

위호

곤륜산 12대선 중 하나인 도행천존의 제자로 항마저를 사용하며 강상의 수하에서 활약하다가 천 년 뒤에 불교의 수호자가 된다.

장규

민지성의 사령관으로 머리에 뿔이 나고 다리가 화살보다 빠른 독각흑연수를 타고 숭흑호와 문빙, 최영, 장웅, 황비호 등 '오악'의 목숨을 끊으며 토행손보다 뛰어난 지행술로 토행손을 죽인다. 그러나 결국 양임과 양전의 도움을 받은 위호에 의해 목숨을 잃는다.

정륜

도액진인의 제자로 기주후 소호가 주나라에 귀의하자 주왕에 대한 신하의 도리를 지키다가 끝내 소호의 설득에 주나라로 귀순한다. 스승으로부터 콧구멍으로 기운을 내뿜어 사람의 혼백을 빨아들이는 비법을 전수받아 '홍 장군[哼將]'이라는 별명으로 불린다. 그러나 맹진의 전투에서 득도한 소의 정령인 김대승에게 목숨을 잃고 만다.

| 봉신 365위 |

청복신(清福神)	삼계수령 8부 365위 청복정신(三界首領八部三百六十伍位清福正神) 백감(柏鑑)	
삼산오악(三山五嶽)	삼산 정신(正神)	관령삼산정신병령공(管令三山正神炳靈公) 황천화(黃天化)
	오악 정신(5명)	동악태산천제인성대제(東嶽泰山天齊仁聖大帝) 황비호(黃飛虎) 남악형산사천소성대제(南嶽衡山司天昭聖大帝) 숭흑호(崇黑虎) 중악숭산중천숭성대제(中嶽嵩山中天崇聖大帝) 문빙(聞聘) 북악항산안천현성대제(北嶽恒山安天玄聖大帝) 최영(崔英) 서악화산금천순성대제(西嶽華山金天順聖大帝) 장웅(蔣雄)
뇌부(雷部)	뇌부 주신(主神)	구천응원뇌신보화천존(九天應元雷神普化天尊) 문중(聞仲)
	뇌부 정신(24명)	등충(鄧忠), 신환(辛環), 장절(張節), 도영(陶榮), 방홍(龐弘), 유보(劉甫), 구장(苟章), 필환(畢環), 진완(秦完), 조강(趙江), 동전(董全), 원각(袁角), 이덕(李德), 손량(孫良), 백례(柏禮), 왕변(王變), 요빈(姚賓), 장소(張紹), 황경(黃庚), 금소(金素), 길립(吉立), 여경(余慶), 섬전신(閃電神, 즉 금광성모[金光聖母]), 조풍신(助風神, 즉 함지선[菡芝仙])
화부(火部)	화부 주신	남방삼기화덕성군(南方三炁火德星君) 나선(羅宣)
	화부 정신(5명)	미화호(尾火虎) 주초(朱招), 실화저(室火豬) 고진(高震), 자화후(觜火猴) 방귀(方貴), 익화사(翼火蛇) 왕교(王蛟), 접화천군(接火天君) 유환(劉環)
온부(瘟部)	온부 주신	온황호천대제(瘟癀昊天大帝) 여악(呂嶽)
	온부 정신(6명)	동방행온사자(東方行瘟使者) 주신(周信) 남방행온사자(南方行瘟使者) 이기(李奇) 서방행온사자(西方行瘟使者) 주천린(朱天麟) 북방행온사자(北方行瘟使者) 양문휘(楊文輝) 권선대사(勸善大士) 진경(陳庚) 화온도사(和瘟道士) 이평(李平)

두부(斗部)	두부 주신	집장금궐감궁두모(執掌金闕坎宮斗母) 금령성모(金靈聖母)
	동두성관 (東斗星官)	소호(蘇護), 김규(金奎), 희숙명(姬叔明), 조병(趙丙)
	서두성관 (西斗星官)	황천록(黃天祿), 용환(龍環), 손자우(孫子羽), 호승(胡陞), 호운붕(胡雲鵬)
	중두성관 (中斗星官)	노인걸(魯仁傑), 조뢰(晁雷), 희숙승(姬叔昇)
	중천북극자미대제 (中天北極紫微大帝)	희백읍고(姬伯邑考)
	남두성관 (南斗星官)	주기(周紀), 호뢰(胡雷), 고귀(高貴), 여성(余成), 손보(孫寶), 뇌곤(雷鵾)
	북두성관 (北斗星官)	황천상(黃天祥, 천강[天罡]), 은비간(殷比干, 문곡[文曲]), 두융(竇融, 무곡[武曲]), 한승(韓昇, 좌보[左輔]), 한변(韓變, 우필[右弼]), 소전충(蘇全忠, 파군[破軍]), 악순(鄂順, 탐랑[貪狼]), 곽신(郭宸, 거문[巨門]), 동충(董忠, 초요[招搖])
	군성(群星) (114명)	청룡성(青龍星) 등구공(鄧九公), 백호성(白虎星) 은성수(殷成秀), 주작성(朱雀星) 마방(馬方), 현무성(玄武星) 서곤(徐坤), 구진성(勾陳星) 뇌붕(雷鵬), 등사성(螣蛇星) 장산(張山), 태양성(太陽星) 서개(徐蓋), 태음성(太陰星) 강씨(姜氏, 주왕의 황후), 옥당성(玉堂星) 상용(商容), 천귀성(天貴星) 희숙건(姬叔乾), 용덕성(龍德星) 홍금(洪錦), 홍란성(紅鸞星) 용길공주(龍吉公主), 천희성(天喜星) 천자 주왕(紂王), 천덕성(天德星) 매백(梅伯), 월덕성(月德星) 하초(夏招), 천사성(天赦星) 조계(趙啓), 모단성(貌端星) 가씨(賈氏, 황비호의 아내), 금부성(金府星) 소진(蕭臻), 목부성(木府星) 등화(鄧華), 수부성(水府星) 여원(余元), 화부성(火府星) 화령성모(火靈聖母), 토부성(土府星) 토행손(土行孫), 육합성(六合星) 등선옥(鄧嬋玉), 박사성(博士星) 두원선(杜元銑), 역사성(力士星) 오문화(鄔文化),

두부(斗部)	군성(群星) (114명)	주서성(奏書星) 교력(膠鬲), 하괴성(河魁星) 황비표(黃飛彪), 월괴성(月魁星) 철지부인(徹地夫人), 제거성(帝車星) 강환초(姜桓楚), 천사성(天嗣星) 황비표(黃飛豹), 제락성(帝輅星) 정책(丁策), 천마성(天馬星) 악숭우(鄂崇禹), 황은성(皇恩星) 이금(李錦), 천의성(天醫星) 전보(錢保), 지후성(地后星) 황씨(黃氏, 주왕의 비), 택룡성(宅龍星) 희숙덕(姬叔德), 복룡성(伏龍星) 황명(黃明), 역마성(驛馬星) 뇌개(雷開), 황번성(黃幡星) 위분(魏賁), 표미성(豹尾星) 오겸(鳴謙), 상문성(喪門星) 장계방(張桂芳), 조객성(弔客星) 풍림(風林), 구교성(勾絞星) 비중(費仲), 권설성(卷舌星) 우혼(尤渾), 나후성(羅睺星) 팽준(彭遵), 계도성(計都星) 왕표(王豹), 비렴성(飛廉星) 희숙곤(姬叔坤), 대모성(大耗星) 숭후호(崇侯虎), 소모성(小耗星) 은파패(殷破敗), 관삭성(貫索星) 구인(邱引), 난간성(欄杆星) 용안길(龍安吉), 피두성(披頭星) 태란(太鸞), 오귀성(五鬼星) 등수(鄧秀), 양인성(羊刃星) 조승(趙昇), 혈광성(血光星) 손염홍(孫焰紅), 관부성(官符星) 방의진(方義眞), 고신성(孤辰星) 여화(余化), 천구성(天狗星) 계강(季康), 병부성(病符星) 왕좌(王佐), 찬골성(鑽骨星) 장봉(張鳳), 사부성(死符星) 변금룡(卞金龍), 천패성(天敗星) 백현충(柏顯忠), 부침성(浮沉星) 정춘(鄭椿), 천살성(天殺星) 변길(卞吉), 세살성(歲殺星) 진경(陳庚), 세형성(歲刑星) 서방(徐芳), 세파성(歲破星) 조전(晁田), 독화성(獨火星) 희숙의(姬叔義), 혈광성(血光星) 마충(馬忠), 망신성(忘神星) 구양순(歐陽淳), 월파성(月破星) 왕호(王虎), 월유성(月游星) 석기낭랑(石磯娘娘), 사기성(死炁星) 진계정(陳季貞), 함지성(咸池星) 서충(徐忠), 월염성(月厭星) 요충(姚忠), 월형성(月刑星) 진오(陳梧), 흑살성(黑殺星) 고계능(高繼能), 칠살성(七煞星) 장규(張奎), 오곡성(伍谷星) 은홍(殷洪), 제살성(除殺星) 여충(余忠), 천형성(天刑星) 구양천록(歐陽天祿), 천라성(天羅星) 진동(陳桐), 지망성(地網星) 희숙길(姬叔吉), 천공성(天空星) 매무(梅武), 화개성(華蓋星) 오병(敖丙),

두부(斗部)	군성(群星) (114명)	십악성(十惡星) 주신(周信), 잠축성(蠶畜星) 황원제(黃元濟), 도화성(桃花星) 고난영(高蘭英), 소추성(掃帚星) 마씨(馬氏, 강상의 아내), 대화성(大禍星) 이간(李艮), 낭적성(狼籍星) 한영(韓榮), 피마성(披麻星) 임선(林善), 구추성(九醜星) 용수호(龍鬚虎), 삼시성(三尸星) 살견(撒堅), 삼시성(三尸星) 살강(撒強), 삼시성(三尸星) 살용(撒勇), 음착성(陰錯星) 김성(金成), 양차성(陽差星) 마성룡(馬成龍), 인살성(忍殺星) 공손탁(公孫鐸), 사폐성(四廢星) 원홍(袁洪), 오궁성(五窮星) 손합(孫合), 지공성(地空星) 매덕(梅德), 홍염성(紅艷星) 양씨(楊氏, 주왕의 비), 유하성(流霞星) 무영(武榮), 과숙성(寡宿星) 주승(朱昇), 천온성(天瘟星) 김대승(金大升), 황무성(荒蕪星) 대례(戴禮), 태신성(胎神星) 희숙례(姬叔禮), 복단성(伏斷星) 주자진(朱子眞), 반음성(反吟星) 양현(楊顯), 복음성(伏吟星) 요서량(姚庶良), 도침성(刀砧星) 상호(常昊), 멸몰성(滅沒星) 방경원(房景元), 세염성(歲厭星) 팽조수(彭祖壽), 파쇄성(破碎星) 오룡(鳴龍)
	28수(宿)	각목교(角木蛟) 백림(柏林), 두목치(斗木豸) 양위(楊偉), 규목랑(奎木狼) 이웅(李雄), 정목안(井木犴) 심경(沈庚), 우금우(牛金牛) 이홍(李弘), 귀금양(鬼金羊) 조백고(趙白高), 누금구(婁金狗) 장웅(張雄), 항금룡(亢金龍) 이도통(李道通), 여토복(女土蝠) 정원(鄭元), 위토치(胃土雉) 송경(宋庚), 유토장(柳土獐) 오곤(吳坤), 저토학(氐土貉) 고병(高丙), 성일마(星日馬) 여능(呂能), 묘일계(昴日雞) 황창(黃倉), 허일서(虛日鼠) 주보(周寶), 방일토(房日兎) 요공백(姚公伯), 필월오(畢月烏) 김승양(金繩陽), 위월연(危月燕) 후태을(侯太乙), 심월호(心月狐) 소원(蘇元), 장월록(張月鹿) 설정(薛定) • 화부(火部): 미화호(尾火虎) 주초(朱招), 실화저(室火豬) 고진(高震), 자화후(觜火猴) 방귀(方貴), 익화사(翼火蛇) 왕교(王蛟) • 수부(水部): 기수표(箕水豹) 양진(楊眞), 벽수유(壁水貐) 방길청(方吉淸), 삼수원(參水猿) 손보(孫寶), 진수인(軫水蚓) 호도원(胡道元)
	천강성(天罡星) (36명)	천괴성(天魁星) 고연(高衍), 천강성(天罡星) 황진(黃眞),

두부(斗部)	천강성(天罡星) (36명)	천기성(天機星) 노창(蘆昌), 천한성(天閑星) 기병(紀丙), 천용성(天勇星) 요공효(姚公孝), 천웅성(天雄星) 시회(施檜), 천맹성(天猛星) 손을(孫乙), 천위성(天威星) 이표(李豹), 천영성(天英星) 주의(朱義), 천귀성(天貴星) 진감(陳坎), 천부성(天富星) 여선(黎仙), 천만성(天滿星) 방보(方保), 천고성(天孤星) 첨수(詹秀), 천상성(天傷星) 이홍인(李洪仁), 천청성(天晴星) 왕용무(王龍茂), 천건성(天健星) 등옥(鄧玉), 천암성(天暗星) 이신(李新), 천우성(天祐星) 서정도(徐正道), 천공성(天空星) 전통(典通), 천속성(天速星) 오욱(鳴旭), 천이성(天異星) 여자성(呂自成), 천살성(天煞星) 임내빙(任來聘), 천미성(天微星) 공청(龔淸), 천구성(天究星) 선백초(單百招), 천퇴성(天退星) 고가(高可), 천수성(天壽星) 척성(戚成), 천검성(天劍星) 왕호(王虎), 천평성(天平星) 복동(卜同), 천죄성(天罪星) 요공(姚公), 천손성(天損星) 당천정(唐天正), 천패성(天敗星) 신례(申禮), 천뇌성(天牢星) 문걸(聞傑), 천혜성(天慧星) 장지웅(張智雄), 천폭성(天暴星) 필덕(畢德), 천곡성(天哭星) 유달(劉達), 천교성(天巧星) 정삼익(程三益)
	지살성(地煞星) (72명)	지괴성(地魁星) 진계진(陳繼眞), 지살성(地煞星) 황원제(黃元濟), 지용성(地勇星) 가성(賈成), 지걸성(地傑星) 호백안(呼百顔), 지웅성(地雄星) 노수덕(魯修德), 지위성(地威星) 수성(須成), 지영성(地英星) 손상(孫祥), 지기성(地奇星) 왕평(王平), 지맹성(地猛星) 백유환(柏有患), 지문성(地文星) 혁고(革高), 지정성(地正星) 고력(考鬲), 지벽성(地闢星) 이수(李燧), 지합성(地闔星) 유형(劉衡), 지강성(地强星) 하상(夏祥), 지암성(地暗星) 여혜 (余惠), 지보성(地輔星) 포룡(鮑龍), 지회성(地會星) 노지(魯芝), 지좌성(地佐星) 황병경(黃丙慶), 지우성(地祐星) 장기(張奇), 지령성(地靈星) 곽사(郭巳), 지수성(地獸星) 김보도(金甫道), 지미성(地微星) 진원(陳元), 지혜성(地慧星) 차곤(車坤), 지폭성(地暴星) 상성도(桑成道), 지묵성(地默星) 주경(周庚), 지창성(地猖星) 제공(齊公), 지광성(地狂星) 곽지원(霍之元), 지비성(地飛星) 섭중(葉中),

두부(斗部)	지살성(地煞星) (72명)	지주성(地走星) 고종(顧宗), 지교성(地巧星) 이창(李昌), 지명성(地明星) 방길(方吉), 지진성(地進星) 서길(徐吉), 지퇴성(地退星) 번환(樊煥), 지만성(地滿星) 탁공(卓公), 지수성(地遂星) 공성(孔成), 지주성(地周星) 요금수(姚金秀), 지은성(地隱星) 영삼익(寧三益), 지이성(地異星) 여지(余知), 지리성(地理星) 동정(童貞), 지준성(地俊星) 원정상(袁鼎相), 지락성(地樂星) 왕상(汪祥), 지첩성(地捷星) 경안(耿顏), 지속성(地速星) 형삼란(邢三鸞), 지진성(地鎭星) 강충(姜忠), 지기성(地羈星) 공천조(孔天兆), 지마성(地魔星) 이약(李躍), 지요성(地妖星) 공천(龔倩), 지유성(地幽星) 단청(段淸), 지복성(地伏星) 문도정(門道正), 지벽성(地僻星) 조림(祖林), 지공성(地空星) 소전(蕭電), 지고성(地孤星) 오사옥(嗚四玉), 지전성(地全星) 광옥(匡玉), 지단성(地短星) 채공(蔡公), 지각성(地角星) 남호(藍虎), 지수성(地囚星) 송록(宋祿), 지장성(地藏星) 관빈(關斌), 지평성(地平星) 용성(龍成), 지손성(地損星) 황오(黃烏), 지노성(地奴星) 공도령(孔道靈), 지찰성(地察星) 장환(張煥), 지악성(地惡星) 이신(李信), 지혼성(地魂星) 서산(徐山), 지수성(地數星) 갈방(葛方), 지음성(地陰星) 초룡(焦龍), 지형성(地刑星) 진상(秦祥), 지장성(地壯星) 무연공(武衍公), 지열성(地劣星) 범빈(范斌), 지건성(地健星) 섭경창(葉景昌), 지모성(地耗星) 요엽(姚燁), 지적성(地賊星) 손길(孫吉), 지구성(地狗星) 진몽경(陳夢庚)
	구요성관(九曜星官)	숭응표(崇應彪), 고문평(高系平), 한붕(韓鵬), 이제(李濟), 왕봉(王封), 유금(劉禁), 왕저(王儲), 팽구원(彭九元), 이삼익(李三益)
	북두오기수덕성군 (北斗五炁水德星君)	수덕성(水德星) 노웅(魯雄, 수부의 정신 4명을 통솔) 기수표(箕水豹) 양진(楊眞), 벽수유(壁水貐) 방길청(方吉淸), 삼수원(參水猿) 손보(孫寶), 진수인(軫水蚓) 호도원(胡道元)
태세부(太歲部)	태세부 주신	집년세군태세신(執年歲君太歲神) 은교(殷郊) 갑자태세신(甲子太歲神) 양임(楊任)

태세부(太歲部)	일치정신(日直正神)	일유신(日游神) 온량(溫良), 야유신(夜游神) 교곤(喬坤), 증복신(增福神) 한독룡(韓毒龍), 손복신(損福神) 설악호(薛惡虎), 현도신(顯道神) 방필(方弼), 개로신(開路神) 방상(方相), 치년신(直年神) 이병(李丙), 치월신(直月神) 황승을(黃承乙), 치일신(直日神) 주등(周登), 치시신(直時神) 유홍(劉洪)
사성대원수(四聖大元帥)		왕마(王魔), 양삼(楊森), 고우건(高友乾), 이흥패(李興霸)
현단부(玄壇部)	현단부 주신	금룡여의정일룡호현단진군(金龍如意正一龍虎玄壇眞君) 조공명(趙公明)
	현단부 정신 (4명)	초보천존(招寶天尊) 소승(蕭升) 납진천존(納珍天尊) 조보(曹寶) 초재사자(招財使者) 진구공(陳九公) 이시선관(利市仙官) 요소사(姚少司)
온부(瘟部)	온부 주신	주두벽하원군(主痘碧霞元君) 여화룡(余化龍) 위방성모원군(衛房聖母元君) 김씨(金氏, 여화룡의 아내)
	온부 정신	동방주두정신(東方主痘正神) 여달(余達) 서방주두정신(西方主痘正神) 여조(余兆) 남방주두정신(南方主痘正神) 여광(余光) 북방주두정신(北方主痘正神) 여선(余先) 중앙주두정신(中央主痘正神) 여덕(余德)
사대천왕(四大天王)		증장천왕(增長天王) 마예청(魔禮靑) 광목천왕(廣目天王) 마예홍(魔禮紅) 다문천왕(多文天王) 마예해(魔禮海) 지국천왕(持國天王) 마예수(魔禮壽)
형합이장(哼哈二將)		정륜(鄭倫), 진기(陳奇)
감응수세선고(感應隨世仙姑)		운소낭랑(雲霄娘娘), 경소낭랑(瓊霄娘娘), 벽소낭랑(碧霄娘娘)
분수장군(分水將軍)		신공표(申公豹)
빙소와해신(冰消瓦解神)		비렴(飛廉), 악래(惡來)

1판 1쇄 인쇄 2016년 8월 19일
1판 1쇄 발행 2016년 8월 29일

지은이 허중림
옮긴이 홍상훈
펴낸이 임양묵
펴낸곳 솔출판사

기획편집 홍지은, 임정림
교정교열 임홍열
편집디자인 오주희
마케팅 김지윤
제작관리 김윤혜, 김영주

주소 서울시 마포구 서교동 342-8
전화 02-332-1526~8
팩시밀리 02-332-1529
홈페이지 www.solbook.co.kr
이메일 solbook@solbook.co.kr
출판등록 1990년 9월 15일 제10-420호

ISBN 979-11-6020-001-3 04820
979-11-86634-94-3 (세트)

- 이 도서의 국립중앙도서관 출판예정도서목록(CIP)은 서지정보유통지원시스템 홈페이지(http://seoji.nl.go.kr)와 국가자료공동목록시스템(http://www.nl.go.kr/kolisnet)에서 이용하실 수 있습니다. (CIP제어번호:CIP2016015456)
- 잘못된 책은 구입한 곳에서 바꿔드립니다.
- 책값은 뒤표지에 표시되어 있습니다.